三國志演義

3

적벽대전

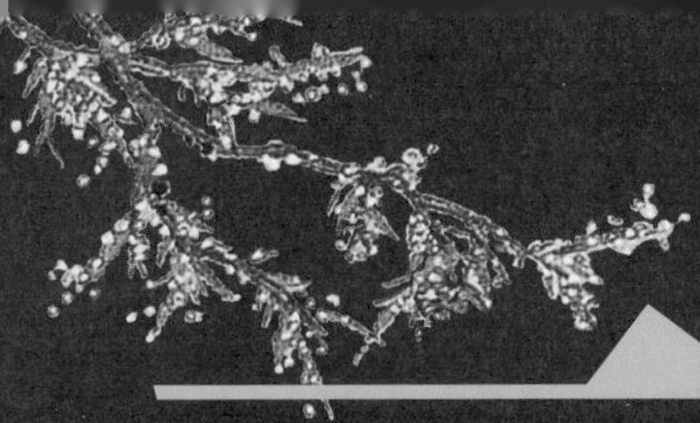

三國志 演義

Romance of the Three Kingdoms

적벽대전

나관중 지음 김민수 옮김

제 3 권

솔과학

주요 인물 소개

한헌제漢獻帝

181-234

이름은 유협劉協이며 동한의 마지막 황제이다. 영제靈帝가 특별히 사랑한 왕미인 소생으로 중평6년서기 189년 영제가 죽고 소제少帝가 즉위할 때 그는 발해왕에 봉해졌다가 다시 진류왕이 되었으나, 동탁이 소제를 폐하고 당시 아홉 살이던 그를 황제로 세웠다. 32년간 제위하면서 처음에는 이각과 곽사에게서, 후에는 조조의 꼭두각시 노릇을 하다가 결국 조조의 아들 조비에게 자리를 물려주고 말았다.

유비劉備

161-223

자는 현덕玄德이며 탁현涿縣 출신이다. 소열황제昭烈皇帝로 촉한을 건국했다. 황건적의 난이 일어나자 관우·장비와 함께 도원결의를 맺고 군사를 일으켜 공을 세우고 서주목, 예주목, 좌장군 의성정후에 봉해졌으나 세력이 약해 각지를 전전하다 삼고초려 끝에 제갈량을 얻은 뒤 뜻을 펼치며 촉을 유장에게 빼앗고 한중 땅을 차지한 뒤 황제가 되어 국호를 촉한蜀漢이라 했다. 관우의 복수를 위해 오나라를 치러 갔다가 이릉전투에서 패하고 백제성에서 죽었다.

관우關羽

?-219

자는 운장雲長이며 하동 해량解良 출신으로 충의忠義와 무용武勇의 상징으로 현재도 관성제군關聖帝君으로 숭배되고 있다. 술이 식기 전에 화웅을 베고 원소의 명장 안량과 문추를 죽였으며, 조조의 온갖 회유에도 유비를 찾아 다섯 관을 지나며 여섯 장수를 베었다. 적벽대전에서 의리 때문에 조조를 살려 보내 주었으며 형주를 지키던 중 자신을 너무 과신하다 결국 죽음을 맞고 말았다.

장비張飛

?-221

자는 익덕翼德, 축군逐郡 출신으로 유비·관우와 함께 의형제를 맺고 평생 의리를 저버리지 않았다. 성격이 괄괄하고 술을 좋아해 여포에게 성을 빼앗긴 적도 있지만 장판교 다리 위해서 기개 하나로 홀로 조조의 백만 대군을 물리친 적도 있다. 관우의 복수를 위해 오를 칠 준비를 하다가 불같은 성정을 못 이기고 결국 부하에게 암살되었다.

동탁董卓

?-192

자는 중영仲穎 농서 임조臨洮 출신이다. 공적도 없으면서 뇌물로 벼슬을 얻어 십상시 난 때 낙양으로 들어가 권력을 장악하고 황제를 폐위하고 권력을 농단했다. 낙양 궁궐을 모두 불태우고 장안으로 도읍을 옮겼다. 그가 얼마나 잔인하고 포악한 행동을 했으면 정사 삼국지에도 글자로 나타낸 이래로 이러한 자는 없었다고 기록하고 있다. 왕윤의 연환계로 초선을 이용하여 여포에게 죽임을 당했다.

여포呂布

?-198

자는 봉선奉先이며 오원군五原郡 출신이다. '마중적토 인중여포'馬中赤兎 人中呂布라는 말이 나올 정도로 당시 무장들 가운데서 무용이 가장 뛰어난 인물이다. 병주并州 자사 정원 밑에서 주부로 지내던 중, 적토마 등을 준 동탁에 매수되어 정원을 죽이고 동탁의 수양아들이 되었다. 그러나 왕윤의 연환계에 걸려 초선을 두고 동탁과 다투다가 동탁을 죽였다. 이각과 곽사에게 패해 이리저리 떠돌다 결국 조조와 유비의 연합군에 의해 죽었다.

조조曹操

155-220

본성은 하후夏候이며 자는 맹덕孟德이고 패국沛國 초현譙縣 출신이다. 황건적의 난을 진압하며 공을 세우고 동탁을 제거하기 위해 원소 등과 제휴하여 대권을 장악했다. 이후 수많은 전투에 참가하여 여러 차례 죽을 고비를 넘기며 여포·원소·유표 등을 차례로 평정하여 중국 북부를 통일했다. 난세의 간웅으로서 문무를 모두 겸비했으며 상황 판단과 결단력이 빠르고 휘하에 유능한 모사와 장수들이 많아 위나라를 세울 기틀을 마련했다.

하후돈夏候惇

?-220

자는 원양元讓이며 패국 초현譙縣 출신이다. 조조가 처음 군사를 일으킬 때부터 함께하여 조조와 같은 해에 사망했다. 고순과 싸우다 조성이 쏜 화살이 왼쪽 눈에 꽂히자 그 눈알을 바로 삼키고 달려가 조성을 죽였다. 박망파 전투에서 제갈량에게 패하자 스스로 포박하고 죽기를 청했는데 조조가 풀어줬다. 출정할 때도 스승을 모시고 학문을 익혔으며 늘 청렴하고 검소한 생활을 했다.

장료張遼

169-222

자는 문원文遠이며 안문군 마읍현馬邑縣 출신이다. 원래 여포의 부장이었으나 여포가 패하고 죽을 때 조조에게 귀순했다. 서주에서 유비가 조조에게 지고 달아나고 관우가 고립무원이 되었을 때 장료가 세 가지 죄를 들어 관우를 설득하여 항복하게 한다. 관우가 유비를 찾아 나서며 오관참육장을 하고 하후돈과 싸우려 할 때 조조의 명을 알리며 싸움을 말린다. 장료는 주로 동오와의 싸움에서 수많은 공을 세웠다.

원소袁紹

?-202

자는 본초本初이며 여남 여양汝陽 출신이다. 후한 말 사세삼공四世三公의 명문가 출신이다. 반동탁 연맹의 맹주이자 군웅할거 시대의 최대 세력으로 북부지방에 군림했으나 결단력이 부족하고 모사들의 말도 듣지 않아 관도대전에서 조조에게 패한 뒤 병이 들어 사망했다. 후계를 둘러싼 자식들 간의 다툼으로 결국 조조에게 멸망하고 말았다.

손권孫權

182-252

자는 중모仲謀이며 오군 부춘富春 출신으로 오나라 초대 황제이다. 손견의 둘째 아들로 형 손책이 죽자 그 뒤를 이어 주유 등의 보좌를 받아 강남을 경영했다. 조조가 형주를 장악하고 압력을 가하자 주유의 건의에 따라 유비와 손잡고 조조의 대군을 맞아 적벽대전에서 대승을 거두었다. 그 뒤 형주의 귀속 문제로 유비와 대립하다 다시 조조와 결탁하여 관우의 목을 베어 조조에게 보냈다.

유표劉表

142-208

자는 경승景升이며 산양 고평高平 출신이다. 형주 자사로 있을 때 몰래 전국새를 숨겨 돌아가는 손견을 공격해 원수 사이가 되었다. 손견이 형주를 침입하자 원소와 동맹하여 대항하다 황조가 포로로 잡히는 등 고전했지만 괴량의 계책으로 손견을 죽이고 형주를 지켰으며 손견의 시신과 황조를 교환함으로써 싸움을 마무리했다. 오갈 데 없던 유비를 받아 주어 후에 유비가 근거지를 마련하는 계기가 되었다.

제갈량諸葛亮

181-234

자는 공명孔明이며 낭야 양도현陽都縣 출신이다. 별호는 와룡臥龍, 시호는 충무忠武, 작위는 무향후武鄕侯이다.
유비의 삼고초려로 초야에서 나와 손권과 연합하여 적벽대전을 승리로 이끌어 천하삼분지계의 기초를 닦았다. 유비를 촉한의 황제로 만들고 승상이 되었으며 유비가 죽은 뒤에도 남만정벌을 한 뒤, 출사표를 내고 여러 차례 위를 공격했지만 성공하지 못하고 결국 오장원에서 병사하였다.

조운趙雲

?-229

자는 자룡子龍이며 상산군 진정현眞定縣 출신이다. 처음 원소의 휘하에 들어갔다가 원소의 그릇이 크지 않음을 알고 공손찬에게 갔다가 다시 유비의 휘하로 들어갔다. 그는 당양 장판 전투에서 조조의 백만 대군 사이에서 유비의 아들을 구하는 등 수많은 전투에서 혁혁한 공을 세워 관우나 장비와 동등한 대우를 받았다. 조운은 무예는 물론 학식과 통찰력까지 갖춘 인물로 무모한 전투에는 서슴지 않고 간언했다. 제갈량의 북벌 시에는 70세가 넘는 나이에도 출정하여 적장을 다섯이나 베었다.

주유周瑜

175-210

자는 공근公瑾으로 여강 서현舒縣 출신이다. 손책의 친구이자 동서지간으로 손책의 창업 일등공신이다. 손책이 죽은 후 노숙과 함께 손권을 보좌하였으며 조조의 대군을 맞아 적벽대전에서 크게 승리하는 등 동오의 정권 안정에 크게 기여하였다. 그러나 제갈량의 재능을 시기하여 몇 번을 죽이려다 실패하고 강릉전투에서 조조군에 맞은 화살의 상처가 덧나 35세의 젊은 나이에 죽고 말았다.

노숙魯肅

172-217

자는 자경子敬으로 임회 동성현東城縣 출신이다. 일찍이 주유가 노숙에게 군량을 요청하자 곡식 창고 하나를 주유에게 내어주며 친교를 쌓았다. 조조가 형주를 점령하자 동오의 대부분의 신하가 조조에게 항복하자고 했으나 유일하게 노숙이 유비와 결탁하여 조조와 싸워야 한다고 주장하여 주유와 함께 적벽대전을 승리하여 조조를 물리쳤다. 주유가 죽은 뒤 강동의 군권을 거느리다 병사하였다.

차례

Contents

삼국시대 행정 지도

량주
주천
장애
서
고장
서평
흉
노
상곡
어양
요서
대
탁
계
유주
북평
안문
중산
장무
익주
신흥
발해
진양
상산
하간
낙릉
동래
신도
평원
임치
청주
서하
낙평
청하
낙안
제
성양
병주
재남
태산
광평
동암
상당
위
등구
노
낭야
사예
조가
동
제음
금성
안정
하동
하남
연주
동해
산양
패국
협도
신평
북지
좌풍익
관도
하비
강
농서
광위
홍농
낙양
진류
초
팽성
서주
천수
오장원
장안
우부풍
영천
양국
옹주
진
여양
저
무도
남향
남양
수춘
건업
음평
한중
위흥
신야
예주
여남
회남
오
융중
의양
신성
형주
채석
재동
문산
파서
양양
양주
강하
성도
동광한
탕거
파동
이릉
여강
강릉
강하
신시
회계
한가
의도
남
적벽
기춘
건위
파
부릉
무릉
파구
파양
예장
양주
남광
장사
형주
월준
익주
주제
여릉
장가
영릉
계양
영창
운남
건영
흥고
무철
임하
창오
서수
번우
계림
광주
고량
하포
교주
용연
구진

서기 208년 4대 세력으로 재편

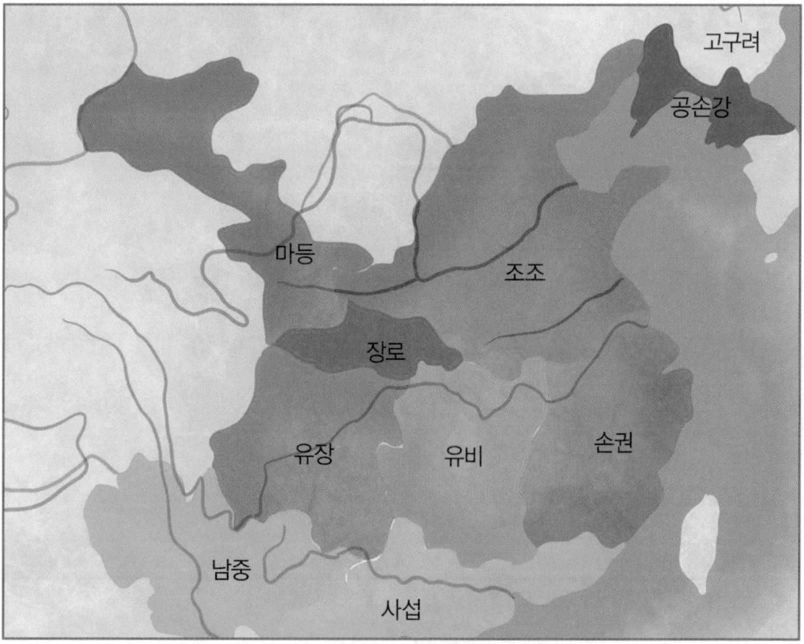

적벽대전 지도(서기 208년)

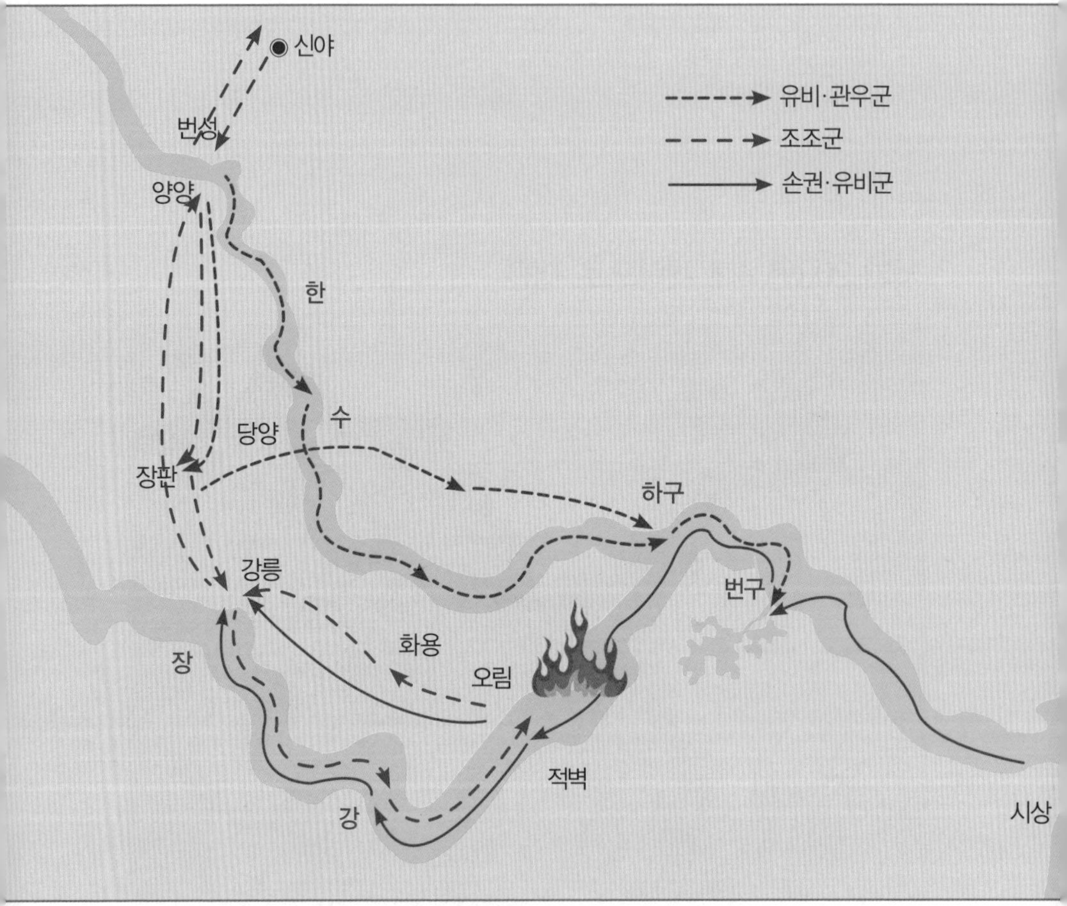

三江口曹操折兵

宴長江曹操賦詩

제

권

적벽대전 赤壁大戰

적벽대전은 수적으로 절대 열세인 유비와 손권의 군사들이
조조의 대군을 화공으로 대승을 거둔 전투로 삼국지연의의 수많은 전투 가운데
조조와 유비 그리고 손권이 동시에 출전한 유일한 전투이다.
이 싸움에서 조조가 패함으로써 비로소 천하삼분지계가 시작된다.

제 41 회

유현덕은 백성들을 데리고 강을 건너고
조자룡은 홀로 달려가서 주인을 구하다

劉玄德携民渡江

趙子龍單騎救主

한편 강 하류에 있던 장비는 운장이 상류의 강둑을 터뜨린 것을 알고 곧바로 군사를 이끌고 강을 거슬러 올라가다 조인의 앞길을 막고 싸움을 벌이던 중 허저를 만났다. 하지만 허저는 싸울 의욕이 없었는지 몇 번 겨루는 척하다가 그냥 길을 뚫고 달아나 버렸다. 허저를 쫓아가던 장비는 마침 현덕과 공명을 만나 함께 강을 따라 상류 쪽으로 올라가니, 유봉과 미방이 배를 준비해 놓고 기다리고 있었다. 그들은 군사를 거느리고 일제히 강을 건넌 뒤, 공명은 타고 온 배와 뗏목들을 모두 불살라 버리라고 지시했다.

한편 싸움에서 크게 패한 조인은 남은 군사들을 수습하여 신야로 가서 주둔하고 있으면서 조홍으로 하여금 조조에게 싸움에서 패한 경과를 자세히 보고하도록 했다.

조조가 크게 화를 내며 말하기를: "제갈량 이놈이 어찌 감히 이토록 우리를 우롱한단 말인가!"

조조는 전군을 독촉하여 신야로 와서 영채를 세우니 신야는 그야말로 산과 들이 모두 조조의 군사들로 가득 찼다. 조조는 군사들에게 신야의 온 산을 뒤지고 백하를 메우라고 지시했다. 그러고는 대군을 여덟 방면으로 나누어 일제히 번성을 치도록 명령했다.

유엽 曰: "승상께서 이제 막 양양에 오셨으니 백성들의 민심부터 얻어야 합니다. 지금 유비가 신야의 백성들을 모두 번성으로 데려갔으니, 만약 우리 군사가 곧바로 쳐들어간다면 신야와 번성 두 고을은 완전히 폐허가 되고 말 것입니다. 그러니 먼저 사람을 보내서 유비에게 항복을 권해 보는 것이 어떻겠습니까? 유비가 설령 항복하지 않더라도 우리가 백성을 사랑하는 마음을 그들에게 알릴 필요가 있으며, 다행히 항복해 온다면 승상은 싸우지 않고 형주 땅을 차지할 수 있게 되는 것입니다."

조조는 고개를 끄덕이며 묻기를: "누구를 사자로 보내면 좋겠소?"

유엽 曰: "서서는 유비와 교분이 두터운 사이인데, 마침 그가 군중에 있으니 그를 사자로 보내시지요."

조조 曰: "그를 사자로 보내면 다시 돌아오지 않을 수도 있지 않겠는가?"

유엽 曰: "그가 만약 돌아오지 않는다면 세상의 웃음거리가 될 것입니다. 그건 염려하지 않으셔도 됩니다."

조조는 서서를 불러 말하기를: "내 사실은 번성을 완전히 짓밟아 버리려고 했으나 수많은 백성들의 목숨을 불쌍히 여겨, 공을 유비에게 보내 한번 설득해 보려고 하오. 그가 만약 와서 항복을 한다면 그간의 죄를 모두 용서해 주고 벼슬도 내리겠소. 하지만 계속 고집을 부리고 항복하지 않는다면 군사와 백성들은 모두 도륙 당할 것이며 옥석 가리지 않고 모조리 불태워 버릴 것이오. 나는 공의 충정과 의리를 잘 알고 있기에 특별히 공을 사자로 보내는 것이니, 부디 내 뜻을 저버리는 일이 없기를 바라오."

서서가 명을 받고 길을 떠났다. 번성에 이르자 현덕과 공명이 반갑게 영접을 했다. 그들은 함께 옛정을 나눴다.

서서 曰: “조조가 저를 사군께 보내 항복을 권하는 것은 백성들의 마음을 사려는 사기극에 불과합니다. 지금 저들의 군사는 여덟 방면으로 나누어 백하를 메우고 쳐들어 올 준비를 하고 있는데 아무래도 번성을 지키기는 어려울 것 같습니다. 속히 이곳을 떠날 계책을 쓰셔야 합니다.”

현덕은 서서를 남아있게 하려고 했지만, 서서가 말하기를: “제가 만약 돌아가지 않으면 세인의 웃음거리만 될 뿐입니다. 저는 지금 노모를 돌아가시게 한 조조에게 평생의 한을 품고 있어 비록 몸은 조조에게 있지만 결코 단 하나의 계책도 조조에게 내지 않을 것입니다. 공에게는 와룡이 곁에서 보좌하고 있는데 어찌 대업을 이루지 못할까 봐 노심초사하십니까? 저는 이만 하직을 고하고자 합니다.”

현덕은 더 이상 그를 잡지 못했다.

현덕에게 하직 인사를 하고 돌아간 서서가 조조를 보고 현덕은 항복할 뜻이 전혀 없음을 보고했다. 화가 난 조조는 당일로 진격을 명했다.

한편 현덕은 공명에게 계책을 물었다.

공명 曰: “속히 번성을 버리고 양양을 취하여 군사를 정비해야 합니다.”

현덕 曰: “백성들이 나를 믿고 지금까지 따라왔는데 어찌 저들을 버리고 간단 말이오?”

공명 曰: “따라가겠다는 백성은 함께 가고 남겠다는 백성은 두고 가야지요.”

공명은 먼저 운장에게 강가에 가서 배들을 준비하게 하고 손건과 간옹에게 성 안을 돌아다니며 외치라고 했는데 그 내용은: “이제 조조의 대군이 쳐들어오는데 이 조그마한 성을 더 이상 지킬 수 없으니 우리와 함께 떠나고자 하는 백성은 강을 건널 준비를 하라."

신야현과 번성현의 백성들은 모두 한목소리로 외치기를: "우리는 설사 죽는 한이 있어도 사군을 따라갈 것입니다."

그날로 백성들은 울면서 길을 떠났다. 노인은 부축하고 어린애는 손을 잡고, 남자는 거느리고 여자는 따랐다. 떼를 지어 강을 건너가는데, 양쪽 강기슭에는 통곡 소리가 끊이지 않았다.

배 위에서 그런 처참한 모습을 바라보던 현덕은 소리 내어 울면서 말하기를: "나 한 사람 때문에 이리 많은 백성들에게 큰 재난을 당하게 했으니, 내가 어찌 살기를 바라겠는가!"

현덕은 강물에 몸을 던져 죽으려고 했으나, 주위에서 급히 말려서 구하니, 이런 사실을 안 백성들 가운데 통곡하지 않은 자가 없었다.

현덕의 배가 강의 남쪽 기슭에 이르러 돌아보니, 아직 강을 건너지 못한 백성들이 이쪽을 바라보며 통곡을 하고 있었다. 현덕은 급히 운장에게 배를 재촉하여 그들을 모두 건네주도록 한 다음에 비로소 말에 올랐다.

현덕 일행이 마침내 양양성 동문에 이르렀다. 성문 위에는 정기(旌旗)가 수없이 꽂혀 있고, 해자 가에는 방어용 녹각 방책이 빽빽이 설치되어 있었다.

현덕이 말을 세우고 큰 소리로 외치기를: "유종 조카님, 내 백성들을 구제하려는 마음 외에 어떤 다른 뜻이 없으니 빨리 성문을 여시게!"

현덕이 왔다는 말을 들은 유종은 무서워서 감히 나가지를 못했다. 이때 채모와 장윤은 성루 위로 올라가 군사들에게 화살을 쏘라고 명령을 했다. 현덕을 따라온 백성들은 성루를 바라보며 통곡을 했다.

이때 성 안에서 한 장수가 군사 수백 명을 이끌고 성의 망루 위로 올라가더니 큰 소리로 꾸짖기를: "나라를 팔아먹은 채모와 장윤, 이 역적

놈들아! 어질고 인자하신 유 사군께서 지금 백성들을 구하기 위해 찾아 오셨는데, 어찌하여 활을 쏘며 못 들어오게 막는 것이냐?"

사람들이 놀라 그를 보니, 그는 키가 8척이나 되고 얼굴은 잘 익은 대추 같았다. 그는 의양(義陽) 출신으로 성은 위(魏), 이름은 연(延), 자를 문장(文長)이라고 했다.

위연은 즉시 칼을 뽑아 성문지기 장수와 군사들을 베에 죽인 다음 성문을 활짝 열고 조교를 내리고 큰 소리로 외치기를: "유 황숙께서는 빨리 군사를 이끌고 성 안으로 들어오셔서 나라를 팔아먹은 역적 놈을 함께 죽입시다!"

장비가 말을 달려 들어가려는데 현덕이 급히 제지하며 말하기를: "백성들을 놀라게 해서는 안 된다!"

위연은 계속 현덕에게 군사를 이끌고 들어오시라고 불렀다. 그때 성 안에서 한 장수가 군사를 이끌고 나와서 큰 소리로 욕을 하기를: "위연네 이놈, 이름도 없는 졸개 주제에 어찌 감히 반란을 일으킨단 말이냐! 나는 대장 문빙(文聘)이다. 나를 알아보겠느냐?"

위연이 크게 화를 내며 창을 꼬나들고 말을 달려 문방에게 달려들었다. 서로 교전이 벌어지고 양쪽의 군사들이 성 주변에서 싸우느라 함성이 진동했다.

현덕 曰: "나는 본래 백성을 보호하기 위해 이곳으로 온 것인데 도리어 백성들을 해치게 되었으니 나는 양양성에 들어가지 않을 것이다."

공명 曰: "강릉(江陵)은 형주의 요지이니 먼저 강릉을 취하여 근거지로 삼는 것이 좋겠습니다."

현덕 曰: "나도 바로 그 생각을 하고 있었소이다."

이리하여 현덕은 백성들을 거느리고 양양을 떠나 다시 강릉을 향해 길을 재촉했다. 그러자 양양성 안에 있던 많은 백성들도 혼란을 피해 성을 빠져나와 현덕을 따라 강릉으로 향했다.

위연은 문빙과 사시(巳時: 오전 9시에서 11시)부터 미시(未時: 오후 3시에서 5시)까지 싸웠지만 결국 수하 병사들을 모두 잃고 말머리를 돌려 달아났다. 현덕에게 가려고 했으나 찾지 못하고 홀로 장사 태수 한현(韓玄)에게로 도망을 쳤다.

한편 현덕과 함께 가는 군사와 백성들은 모두 수만 명에 이르니, 크고 작은 수레가 수천 대나 되었으며 봇짐을 어깨나 등에 지고 가는 사람은 그 수를 헤아릴 수도 없었다.

마침 그들이 지나는 길옆에 유표의 무덤을 발견한 현덕은 여러 장수들과 함께 무덤 앞에서 절을 하고 곡을 하면서 고하기를: "이 못난 아우 유비가 덕도 재주도 없어 형님께서 거듭 부탁하신 중임을 저버렸으니, 그 죄는 오로지 저에게 있으며 백성들에게는 아무 죄도 없습니다. 바라건대 형님의 영령께서는 부디 형양의 백성들을 구해 주소서!"

유비의 말이 얼마나 애절했으면 군사와 백성들 중에 눈물을 흘리지 않은 자가 없었다.

이때 파발꾼이 달려와 보고하기를: "조조의 대군이 이미 번성에 주둔하고 있으며 배와 뗏목이 준비되는 대로 강을 건너 쫓아올 것입니다."

여러 장수들이 하나같이 말하기를: "강릉은 요새이니 적을 막아 지킬 수 있습니다. 지금은 수만 명의 백성을 데리고 가느라 하루에 10여 리밖에 가지 못하는데, 이렇게 가다가는 며칠이 걸릴지도 모릅니다. 그러다 조조의 군사가 뒤쫓아 오면 어떻게 대적하시겠습니까? 그러니 백성들은 잠시 버려두고 먼저 가는 것이 좋겠습니다."

현덕이 울면서 말하기를: "큰일을 하려는 자는 반드시 인(仁)을 근본으로 삼아야 하거늘, 지금 백성이 나에게 의탁하러 왔는데 내 어찌 그들을 버릴 수 있단 말인가!"

현덕의 이 말에 슬픔에 잠기지 않은 백성이 없었다.

후세 사람이 그를 칭찬하여 시를 지었으니:

환난 속에도 백성을 구하려는 어진 마음 臨難仁心存百姓
배에 올라 눈물 훔치니 전군이 감동하네 登舟揮淚動三軍
지금도 양강 어귀에서 지난 일 추모하면 至今憑弔襄江口
옛 노인들 아직도 유 사군을 기억하더라 父老猶然憶使君

현덕은 백성들을 데리고 가느라 속도를 낼 수 없었다.

공명 曰: "머지않아 조조의 군사가 뒤쫓아올 것이니, 운장을 강하로 보내, 유기에게 구원을 청하여 속히 군사를 일으켜 배를 타고 와서 강릉에서 만나기로 하시지요."

현덕은 그의 말대로 즉시 글을 써서 운장에게 주고, 손건과 함께 군사 5백 명을 이끌고 강하로 가서 구원을 청하도록 했다.

그리고 장비에게는 맨 후미에서 적의 추격을 막도록 했으며, 조운에게는 가솔들을 보호해 가도록 했다. 그 밖의 장수들은 백성들을 보호하며 행군을 하다 보니 매일 나아가는 거리는 불과 10여리에 지나지 않았다.

한편 번성에 있는 조조는 사람을 강 건너의 양양으로 보내 유종을 불러오도록 했다. 유종은 겁이 나서 감히 조조를 만나 보러 가지 못했다. 채모와 장윤이 가야 한다고 권했다.

이때 왕위(王威)가 은밀히 유종에게 고하기를: "장군께서 이미 항복하겠다고 하셨고 현덕 또한 떠나갔습니다. 조조는 지금 틀림없이 마음을 놓고 아무런 방비도 하지 않고 있을 것입니다. 이런 기회에 장군께서 정예의 기습병을 험준한 요새에 매복시켜 놓았다가 급습을 하면 조조를 사로잡을 수 있습니다. 그리하면 장군의 위엄이 천하에 떨칠 것이니, 중원이 비록 넓다 하지만 각처에 격문만 전파해도 천하를 평정할 수 있습니다. 이런 기회는 좀처럼 얻기 어려우니 절대 놓쳐서는 안 됩니다."

유종은 왕위가 한 말을 채모에게 알리니, 채모가 왕위를 꾸짖기를: "네놈은 천명(天命)도 모르는 주제에 어찌 그런 망언을 입에 담는단 말인가!"

왕위도 화를 내며 욕하기를: "나는 네놈들을 생으로 씹어 먹지 못하는 게 한이다. 이 매국 놈들아!"

채모가 그를 죽이려 하자 괴월이 말렸다.

채모는 마침내 장윤과 함께 번성으로 가서 조조를 알현하는데, 그들의 말과 태도는 바로 아첨꾼의 전형이었다.

조조가 묻기를: "형주의 군사·말·물자·군량미는 얼마나 있소?

채모 曰: "마군이 5만 명, 보군이 15만 명, 수군이 8만 명 등 모두 28만 명입니다. 물자와 군량의 태반은 강릉에 있고 나머지는 각 처에 나뉘어 있는데, 일 년은 족히 사용할 수 있습니다."

조조 曰: "전선(戰船)은 몇 척이나 있으며 지금 누가 통솔하고 있는가?"

채모 曰: "크고 작은 것을 모두 합치면 7천여 척은 되는데 그것들은 저와 여기 함께 온 장윤이 통솔하고 있습니다."

조조는 즉시 채모를 진남후(鎭南侯)·수군 대도독(大都督)으로, 장윤을 조순후(助順侯)·수군 부도독(副都督)으로 각각 임명했다. 두 사람은 매우 기뻐하며 고맙다고 절을 했다.

조조가 또 말하기를: "유경승은 이미 죽었고, 그의 아들이 항복하여 순종하니, 내 천자께 아뢰어 그를 영원히 형주의 주인이 되도록 하겠다."

두 사람은 좋아서 어쩔 줄을 모르며 물러갔다.

순유 曰: "채모와 장윤은 아첨꾼에 불과한 놈들인데 주공께서는 어찌하여 곧바로 그런 높은 관작(官爵)을 내리시고 수군 도독까지 시키십니까?"

조조가 웃으며 말하기를: "내 어찌 그들이 아첨꾼인 것을 모르겠는가? 단지 지금 우리 군사들은 수전(水戰)에 약하니, 당분간 이 두 사람을 이용하려는 것 뿐이네. 이번 싸움이 끝나면 달리 조치할 것이네."

한편 양양으로 돌아간 채모와 장윤은 유종에게 자세히 말하기를: "조조는 장군께서 형양을 영원히 다스릴 수 있도록 천자께 주청하기로 약속했습니다."

유종은 크게 기뻐했다.

다음 날 유종은 모친인 채 부인과 함께 인수(印綬)와 병부(兵符)를 가지고 강을 건너 번성으로 가서 조조에게 절을 하고 바쳤다. 조조는 그를 위로하고 나서 바로 정벌에 나선 모든 장수들을 거느리고 가서 양양성 밖에 주둔했다. 채모와 장윤은 양양의 백성들로 하여금 향을 피우고 절을 하며 조조를 영접하도록 했다.

조조는 인사치레로 백성들을 위로하고 양양성 부중으로 들어가 자리를 잡고 앉아, 괴월을 불러 앞으로 가까이 다가오게 하여 위로를 한 뒤 말하기를: "나는 형주를 얻은 것보다 이도(異度)를 얻은 것이 더 기쁘오."

조조는 괴월을 강릉태수 번성후(樊城侯)에 봉하고, 부손(付巽)과 왕찬(王粲) 등을 모두 관내후(關內侯)로 봉했다. 그러고는 유종을 청주자사(靑州刺史)로 봉하고 곧바로 떠나도록 분부했다.

그 분부를 받은 유종은 깜짝 놀라 사양하며 말하기를: "저는 벼슬을 바라지 않습니다. 그저 고향 땅을 지키며 살고 싶습니다."

조조 曰: "청주는 황제가 계시는 허도와 가까워 앞으로 자네가 조정에 들어가 수월하게 관원을 하도록 한 것이네. 그리고 자네가 형양에 있으면 자네를 해치려는 사람들이 주위에 많이 있어 그런 것을 면해 주려고 일부러 배려한 것이네."

유종이 재삼 사양했지만 그걸 허락할 조조가 아니다. 유종은 어쩔 수 없이 모친 채 부인과 함께 청주로 떠나는데, 그를 수행하는 사람은 오로지 옛 장수인 왕위(王威)뿐이며 나머지 관원들은 모두 강어귀까지만 전송하고 돌아가 버렸다.

조조는 우금에게 은밀히 분부하기를: "자네는 경기병(輕騎兵)들을 이끌고 유종 모자를 쫓아가 그들을 모두 죽여라. 그래야 후환이 없을 것이네."

명령을 받은 우금은 즉시 기마병들을 거느리고 뒤쫓아가서 외치기를: "나는 너희 모자를 죽이라는 승상의 명을 받고 왔다. 어서 너희 목을 내놓아라!"

채 부인은 유종을 얼싸안고 대성통곡을 했다.

우금은 군사들에게 두 모자를 죽이라고 호령했다.

분노한 왕위가 저항해 보았지만, 우금의 군사들에게 죽고 말았다. 군사들은 채 부인과 유종도 죽여 버렸다.

우금이 돌아가서 조조에게 결과를 보고하자, 조조는 그에게 많은 상을 하사하고 이어서 사람들을 융중(隆中)으로 보내 공명의 가솔들을 찾아서 모조리 잡아오도록 명령했다. 하지만 그곳에는 공명의 가솔들은 한 사람도 없었으며 그들이 어디로 갔는지 아는 사람조차 없었다. 공명이 이미 사람들을 시켜 쥐도 새도 모르게 그의 가솔들을 삼강(三江)의 은밀한 곳으로 피신시켜 놓았던 것이다. 조조의 공명에 대한 원한은 더욱 깊어졌다.

이렇게 양양이 평정되자 순욱이 조조에게 고하기를: "강릉은 형양의 군수물자와 군량미 등이 저장되어 있는 가장 중요한 곳입니다. 유비가 만약 그곳을 점거하면 정복하기가 쉽지 않습니다."

조조 曰: "내 어찌 그걸 모르겠는가?"

조조는 양양의 장수들 가운데 한 명을 골라서 먼저 군사를 이끌고 앞에서 길을 인도하도록 했다. 그런데 형주의 장수들 가운데 문빙(文聘)이 보이지 않았다. 조조가 사람을 시켜 그가 어디에 있는지 찾아보라고 하자 그때서야 나타났다.

조조 曰: "자네는 어찌하여 이리 늦었는가?"

그가 대답하기를: "남의 신하된 자로서 주인의 영토를 온전히 보전하지 못했으니, 실로 슬프고 부끄럽기 짝이 없어 일찍 와서 차마 볼 낯이 없었습니다."

말을 마친 문빙은 흐느끼며 눈물을 흘렸다.

조조 曰: "그대는 진정한 충신이로다!"

조조는 그에게 강하 태수를 제수하고 관내후(關內侯)로 봉하면서 즉시 군사를 이끌고 강릉으로 가는 길을 인도하라고 분부했다.

이때 정탐꾼이 와서 보고하기를: "유비가 많은 백성들을 데리고 하루에 십 수리씩 가고 있습니다. 그들은 지금 여기서 약 3백여 리쯤 떨어진 곳에서 가고 있습니다."

조조는 부하들 중에서 철기병 5천 명을 선발하여 밤낮으로 달려 적어도 하루 안으로 유비를 따라잡으라고 명령했다. 그리고 대군은 그들의 뒤를 따라 계속 진군했다.

한편 현덕은 십 수만 명의 백성과 3천여 명의 군사를 거느리고 한 구간 한 구간 강릉을 향해 나아가고 있었다. 조운은 노약자와 어린애들을 보호하고, 장비는 후미에서 적의 추격을 막았다.

공명 曰: "강하로 간 운장이 아직 소식이 없으니 어떻게 되었는지 모르겠습니다."

현덕 曰: "아무래도 군사께서 직접 가 보셔야 될 것 같습니다. 유기는 지난번 군사의 가르침에 감사하고 있으니, 선생께서 친히 가셔야 일이 잘 풀릴 것 같습니다."

공명은 곧바로 유봉과 함께 군사 5백 명을 거느리고 구원을 청하러 강하로 떠났다.

현덕은 간옹·미축·미방과 함께 길을 한창 가고 있는데 갑자기 바로 앞에서 광풍이 일기 시작하더니 흙먼지가 하늘로 치솟아 해를 가려 주위가 갑자기 어두워졌다.

현덕이 깜짝 놀라 묻기를: "이게 무슨 징조요?"

음양의 이치에 밝은 간옹이 소매 속에 손을 넣고 점을 쳐 보더니 아연실색을 하며 말하기를: "이것은 아주 나쁜 조짐입니다. 그것도 오늘 밤 당장 일어날 것입니다. 주공께서는 속히 백성들을 버리고 달아나셔야 합니다."

현덕 曰: "백성들은 신야에서부터 나를 따라 여기까지 왔는데 내가 어찌 그들을 버리고 도망을 간단 말이오?"

간옹 曰: "주공께서 그들을 아끼는 마음에 버리지 못하면 화가 금방 닥칠 것입니다."

현덕이 묻기를: "저 앞은 어떤 곳이오?"

주위 사람들이 대답하기를: "그곳은 당양현(當陽縣)이며 보이는 산은 바로 경산(景山)입니다."

현덕은 곧바로 그 산 아래에 가서 군사를 주둔시켜 놓도록 했다. 때는 가을이 끝나고 겨울이 시작되는 무렵이라 찬바람이 뼛속까지 스며들었다. 황혼이 가까워지자 백성들의 통곡소리가 들판을 덮었다.

그날 밤 사경(四更: 새벽 1시에서 3시) 무렵, 서북쪽에서 천지를 진동하는 듯한 함성이 들렸다. 깜짝 놀란 현덕은 급히 말에 올라 본부의 정예병 2천 명을 거느리고 적을 맞으러 나섰다. 하지만 조조의 군사들이 물밀 듯이 덮쳐오니 그 형세를 감당할 수 없었다.

현덕은 죽기로 싸웠지만 점점 위기 속으로 빠져들었다. 다행히 장비가 군사를 이끌고 달려와 적들을 무찌르며 한 가닥 혈로를 뚫어 현덕을 구하여 동쪽으로 달아났다. 그때 문빙이 길을 막아섰다.

현덕이 꾸짖기를: "주인을 배신한 도적놈아! 무슨 낯짝이 있어 나타났느냐?"

얼굴에 부끄러움을 감출 수 없었던 문빙은 군사를 이끌고 슬며시 동북쪽으로 가 버렸다. 장비는 현덕을 보호하며 싸우면서 달아나기를 거듭했다. 날이 밝아지면서 다행히 함성 소리는 점점 멀어졌다.

현덕은 그제야 말을 잠시 쉬게 하고 따라온 군사들을 점검해 보니, 1백여 기병이 고작이었다. 그 많은 백성들과 그의 가족, 그리고 미축·미방·간옹·조운 등 모든 사람들은 다 어디로 갔는지 알 수 없었다.

현덕은 통곡하며 말하기를: "십 수만 명의 사람들이 나만 믿고 따르다가 이처럼 큰 재앙을 당하고, 여러 장수들과 가족들의 생사조차 알 수 없으니, 비록 아무런 감정이 없는 목석(木石)의 인간이라 할지라도 어찌 슬프지 않겠는가!"

한창 슬픔에 잠겨있는 그때, 갑자기 미방이 얼굴에 화살을 여러 개 맞은 채 비틀거리며 걸어와서 말하기를: "조자룡이 주군을 배신하고 조조에게 투항해 가 버렸습니다."

현덕이 꾸짖기를: "자룡은 나의 오랜 친구이다. 그가 어찌 배신한단 말이냐?"

장비 曰: “그놈이 지금 우리의 형세가 궁하고 힘도 모두 빠진 것을 보고, 혹시 우리를 배반하고 조조에게 투항하여 부귀영화를 누리려고 하는 것인지도 모르잖소!”

현덕 曰: “자룡은 환난 속에서 나를 따른 사람으로 그의 마음은 철석 같다. 부귀 때문에 흔들릴 사람이 절대 아니다.”

미방 曰: “그가 서북쪽으로 달려가는 것을 제 눈으로 직접 보았단 말입니다.”

장비 曰: “내 직접 그놈을 찾으러 가겠소. 찾기만 하면 그놈을 한 번에 찔러 죽여 버리겠소.”

현덕 曰: “공연한 의심하지 말거라. 지난날 너의 둘째 형이 안량(顔良)과 문추(文醜)를 죽인 일을 잊었느냐? 설령 자룡이 조조에게 갔다 하더라도 분명 이유가 있을 것이다. 자룡은 결코 나를 버릴 사람이 아니다.”

그럼에도 장비는 현덕의 말을 믿지 않았다. 그는 기병 20여 명을 데리고 장판교(長坂橋)로 달려갔다. 그는 다리 동쪽 근처에 나무가 우거진 것을 보고 한 가지 계책을 생각해 냈다. 그는 데리고 온 기병들에게 모두 나뭇가지를 잘라서 말 꼬리에 매달고 숲속을 이리저리 달리게 했다. 흙먼지를 자욱이 일으키어 군사가 많이 있는 것처럼 위장한 것이다. 장비는 장팔사모를 비껴들고 장판교 위에 말을 세우고 서쪽을 노려봤다.

한편 조운은 사경(四更) 무렵부터 조조의 군사를 맞아 좌충우돌 싸우다보니 어느새 날이 밝았다. 그러나 아무리 사방을 둘러봐도 현덕이 보이지 않았다. 게다가 현덕의 가솔들까지 잃어버렸다.

조운은 스스로 생각하기를: ‘주공께서 나에게 감(甘) 부인과 미(糜) 부인, 그리고 작은 주인 아두(阿斗)까지 맡기셨는데, 싸우다 그만 그들의 행방을 모르게 되었으니, 내 무슨 면목으로 돌아가서 주공을 뵙겠는가! 차라리 가

서 죽기로 싸워서 두 부인과 어린 주인의 행방을 알아내야 하겠다.'

주변을 둘러보니 그를 따르는 수하의 군사는 겨우 기병 3~40명에 불과했다. 말에 박차를 가하여 혼전을 벌이고 있는 군중 속으로 뛰어든 조운은 이리저리 찾아보았지만 들리는 것은 두 고을에서 따라온 백성들의 울부짖는 소리뿐이요, 보이는 것은 화살에 맞거나 창에 찔려 가족들을 버리고 달아나는 수많은 백성들뿐이다.

조운이 한창 말을 달려가다 문득 보니 한 사람이 풀숲에 누워 있었다. 자세히 보니 바로 간옹이 아닌가!

조운이 급히 묻기를: "혹시 주공의 두 부인을 보지 못했소?"

간옹 曰: "두 부인께서는 수레를 버리고 아두를 품에 안고 달아나셨소. 내가 급히 말을 달려 뒤를 좇았는데, 산 고개를 돌아가다가 갑자기 나타난 적장의 창에 찔려 말에서 떨어지고 말조차 빼앗기어 더 이상 싸울 수가 없어서 여기 이렇게 누워 있는 것이오."

조운은 곧 따르는 기병의 말 한 필을 빌려 간옹을 태우고 두 군졸에게 간옹을 부축하여 먼저 돌아가서 주공에게 보고하라고 이르기를: "나는 하늘이 무너지고 땅이 꺼지더라도 어떻게 해서든지 두 부인과 작은 주인을 찾아서 돌아갈 것이다. 만약 찾지 못하면 모래사장에서 죽을 것이다."

말을 마친 조운은 말에 박차를 가해 장판파(長坂坡)를 향해 달려갔다.

그때 한 사람이 큰 소리로 외치기를: "조 장군님은 어디로 가십니까?"

조운이 말을 멈추고 묻기를: "너는 누구냐?"

그가 답하기를: "나는 유 사군의 휘하에서 수레를 호송하던 군사인데 화살을 맞고 여기에 쓰러져 있습니다."

조운이 바로 두 부인의 소식을 물으니, 그 군사가 말하기를 "방금 전 감 부인이 머리를 풀고 신발도 벗어 버리고 한 무리의 부녀자들 틈에 끼어 남쪽으로 가셨습니다."

그 말을 들은 조운은 그 군사는 내버려두고 급히 말을 달려 남쪽으로 가는데, 과연 한 무리의 남녀 수백 명이 서로 부축하면서 걸어가고 있었다.

조운이 큰 소리로 외치기를 "혹시 그 속에 감 부인이 계시오?"

행렬의 뒤편에서 따라가던 감 부인이 조운을 보고는 그만 대성통곡을 했다.

조운은 말에서 내려 옆에 창을 꽂아 놓고 울면서 말하기를: "두 부인을 잃은 것은 모두 저의 죄입니다. 미 부인과 작은 주인님은 어디 계십니까?"

감 부인 曰: "나와 미 부인이 적병에 쫓기다가 수레를 버리고 백성들 틈에 섞여 가던 중에 또 한 무리의 적군들이 습격하는 바람에 그만 흩어지고 말았어요. 미 부인과 아두는 어디로 갔는지 저도 몰라요. 나는 혼자 떨어져서 여기까지 도망쳐 왔어요."

한창 이야기를 하고 있는데 갑자기 백성들이 함성을 지르며 사방으로 흩어져 달아났다. 또 한 무리의 군사들이 쳐들어오고 있는 것이다. 조운은 꽂아 놓은 창을 뽑아 들고 말에 올라 바라보니 뜻밖에도 맨 앞에 오는 말 위에는 한 사람이 묶여서 끌려오고 있는데 바로 미축이 아닌가!

미축의 뒤에 한 장수가 큰 칼을 손에 들고 1천여 명의 군사를 이끌고 오고 있었다. 그는 바로 조인의 부장 순우도(淳于導)였다. 미축을 사로잡은 그는 자신의 공을 자랑하기 위해 미축을 압송해 가는 중이었다.

조운은 큰 소리로 호통을 치면서 창을 꼬나들고 말을 몰아 곧장 순우도에게 달려들었다. 순우도는 조운의 창을 막아내지 못하고 그만 창에 찔려 말에서 떨어졌다. 그대로 앞으로 달려간 조운은 미축을 구하고 또 말도 두 필을 빼앗았다.

조운은 감 부인을 말에 태우고 적들을 물리치면서 탈출로를 여유롭게 내어 곧장 장판파까지 호송하여 달려갔다. 마침 그곳에는 장비가 창을 비껴 든 채 말을 타고 다리 위에 서 있었다.

장비가 큰 소리로 외치기를: “자룡아! 너는 어찌하여 우리 형님을 배반한 것이냐?”

조운 曰: “나는 두 부인과 작은 주인을 찾지 못해 뒤떨어진 것인데, 어찌 배반했다고 그러시오?”

장비 曰: “만약 간옹이 먼저 와서 그 사실을 알려주지 않았다면 내 당장 너를 죽이려던 참이다.”

조운 曰: “주공께서는 어디 계시오?”

장비 曰: “여기서 그리 멀지 않은 곳에 계시네.”

조운은 미축에게 말하기를: “미자중(糜子仲)은 감 부인을 모시고 먼저 가시오. 나는 곧바로 미 부인과 작은 주인을 찾으러 갈 것이오.”

말을 마치자마자 조운은 기병 몇 명만 데리고 왔던 길로 다시 되돌아갔다.

조운이 한창 말을 달려가면서 보니, 손에는 철창(鐵槍)을 들고 등에는 칼을 맨, 한 장수가 십여 명의 기병을 이끌고 말을 달려오고 있었다. 조운은 한 마디 말도 건네지 않고 그 장수에게 달려들어 단번에 찔러 죽여 버렸다. 그를 따라오던 기병들은 모두 기겁을 하고 도망을 갔다.

이 장수는 원래 조조의 칼을 등에 메고 따라다니며 조조를 모시던 장수 하후은(夏侯恩)이었다.

조조에게는 보검이 두 자루 있었는데, 하나는 의천검(倚天劍)이고, 또 하나는 청강검(青釭劍)이라는 보검이다. 조조는 평소 의천검을 허리에 차고 다녔으며, 청강감은 하후은에게 메고 다니게 했던 것이다. 이 청강검은 쇠 자르기를 마치 진흙 베듯이 하였으니, 그 날카롭기는 비길 데가 없었다.

그때 하후은은 자신의 용맹을 과신한 나머지, 조조를 배신하고 수하들을 데리고 다니며 오직 남의 재물을 약탈하는 등 노략질만 일삼다가 하필이면 조운을 만나 그만 그의 창에 찔려 죽은 것이다.

조운이 그의 검을 빼앗아 자세히 살펴보니 칼집에 '청강(靑釭)'이란 두 글자가 황금으로 상감(象嵌)되어 있는 것을 보고, 예사로운 검이 아니라는 것을 알았다.

조운은 그 검을 허리에 차고, 자신의 창을 들고 다시 말을 달려 겹겹이 에워싸인 적진 속으로 뚫고 들어갔다. 그러다 되돌아보니 그를 따르던 수하들은 이미 하나도 보이지 않고 자기 혼자서 외로이 싸우고 있었다. 하지만 조운은 물러갈 생각이 전혀 없었다. 그저 이리저리 찾아다니며 백성들이 보이기만 하면 곧바로 미 부인의 행방을 물었다.

그때 문득 한 사람이 손가락을 가리키며 말하기를: "부인께서는 왼쪽 다리를 창에 찔려 도저히 걸을 수가 없어 저편 무너진 담벽 아래 아이를 안고 땅바닥에 앉아 계십니다."

그 말을 들은 조운은 황급히 그쪽으로 찾으러 가니, 정말 불에 타버린 집이 있었다. 그곳의 무너진 담벽 아래의 말라 버린 우물가에 미 부인이 아두를 품에 안고 앉아서 울고 있었다. 조운은 급히 말에서 내려 엎드려 절을 했다.

미 부인 曰: "첩이 장군을 만났으니 이제 아두는 살 수 있게 되었군요. 부디 장군은 이 아기의 부친이 반평생을 떠돌아다니느라 피붙이라고는 오직 이 아이뿐이라는 것을 가엽게 여겨주시오. 장군께서 이 아이를 잘 보호하여 부친을 만나게 해 주신다면 저는 죽어도 여한이 없습니다!"

조운 曰: "부인께서 이런 고통을 당하신 것은 다 저의 죄입니다. 여러 말씀 마시고 부인께서는 어서 말에 오르시지요. 저는 걸어가면서 죽기로 싸워 부인을 보호하며 이 포위망을 뚫고 나가겠습니다."

미 부인 曰: "그건 안 될 말이오. 장군께서 어찌 말도 없이 싸울 수 있겠습니까? 이 아이만은 장군께서 꼭 보호해 주셔야 합니다. 첩은 이미 상처가 깊어, 죽어도 아쉬울 게 하나도 없습니다. 부디 장군께서는 이 아이를 않고 속히 따나십시오. 첩이 이 아이를 살리는데 방해가 되어서는 안 됩니다."

조운 曰: "함성이 점점 가까이 들립니다. 적의 추격병들이 곧 나타날 것이니 부인께선 속히 말에 오르십시오."

미 부인 曰: "첩은 이런 몸으로 정말 가기 어렵습니다. 그러다가 둘 다 잘못 되면 안 됩니다."

그러고는 부인이 아두를 장군에게 건네주며 말하기를: "이 아이의 목숨은 장군께 달려 있습니다!"

조운은 부인에게 말에 오르시라고 거듭거듭 청하지만 부인은 끝내 거절하는데 사방에서 적군의 함성이 또 크게 일어나고 있었다. 참다못한 조운이 마침내 언성을 높이며 말하기를: "부인께서 제 말을 듣지 않다가 추격병이 들이닥치면 어쩌려고 이러십니까?"

미 부인은 마침내 아이를 땅에 내려놓고, 몸을 돌리더니 마른 우물 속으로 몸을 던져 자결해 버렸다.

후세 사람이 미 부인을 찬탄하여 시를 지었으니:

싸우는 장수는 다 말의 힘에 의지하거늘　　戰將全憑馬力多
걸어가며 싸워서 어찌 어린 주인 구하랴　　步行怎把幼君扶
자신을 희생하여 유씨 후사 보전을 하니　　併將一死存劉嗣
그 용기와 결단 과연 여장부라 가능했네　　勇決還虧女丈夫

미 부인이 이미 숨을 거둔 것을 확인한 조운은 조조의 군사가 그 시신을 훔쳐갈까 두려워 흙담 벽을 넘어뜨려 마른 우물을 덮어 버렸다. 그리고 자신의 갑옷 끈을 풀어 가슴 보호대를 내버리고 아두를 품속에 품어 안전하게 보호한 다음, 창을 들고 말에 올랐다.

그때 이미 적군의 한 장수가 한 무리의 보군(步軍)을 이끌고 오고 있었는데, 그는 바로 조홍의 부장인 안명(晏明)이었다. 안명은 삼첨양인도(三尖兩刃刀)를 휘두르며 조운에게 달려들었다. 하지만 미처 세 합도 겨루지 못하고 조운의 창에 찔려 거꾸로 말에서 떨어졌다. 조운은 그를 따르던 군사들을 무찌르며 퇴로를 열고 달려가는데 이번에는 한 무리의 기병(騎兵)이 나타나 길을 막았다.

맨 앞에 선 대장기(大將旗)에는 '하간장합(河間張郃)'이라는 네 글자가 선명하게 보였다.

조운은 어떤 말도 하지 않은 채, 곧바로 창을 꼬나들고 장합에게 달려들었다. 장합과 10여 합을 겨룬 조운은 더 이상 싸울 뜻이 없는 듯 길을 열어 달아났다. 뒤에서 장합이 쫓아왔다.

조운은 말에 박차를 가하면서 계속 달리는데, 전혀 예상치 못한 일이 발생하고 말았다. 별안간 '꽈당' 소리와 함께 조운은 말과 함께 함정 속으로 빠지고 말았다. 어느새 쫓아온 장합이 창으로 찌르려 했다. 그 순간 흙구덩이 속에서 한 줄기 붉은 빛이 치솟으며 조운을 태운 말이 한 번에 뛰어올라 밖으로 나오는 것이 아닌가!

후세 사람이 이 일을 찬탄한 시가 있으니:

붉은 빛 휘감으며 잠자던 용 날아오르듯 紅光罩體困龍飛
조운의 말은 장판파 포위망 뚫고 나갔네 征馬衝開長坂圍
그는 42년간 나라 주인이 될 운명이기에 四十二年眞命主

조 장군 이 일로 신 같은 위력 발휘했네　　　將軍因得顯神威

이를 본 장합은 기겁을 하고 달아나 버렸다.

조운이 말을 몰아 한참을 달려가는데, 등 뒤에서 두 장수가 큰 소리로 외치기를: "조운 이놈 게 섰거라!"

그런데 앞에서도 두 장수가 나타나 각각 다른 무기를 휘두르며 길을 막았다. 뒤에 쫓아온 장수는 마연(馬延)과 장의(張顗)요, 앞을 막아선 장수는 초촉(焦觸)과 장남(張南)이다. 그들은 모두 지난날 원소의 수하에 있다가 조조에게 항복한 장수들이었다.

조운은 네 명의 장수를 상대로 죽을힘을 다해 싸우고 있는데 조조의 군사들이 또 떼를 지어 달려들었다. 조운은 마침내 청강검을 빼어 들고 닥치는 대로 내리쳤다. 그가 손을 놀릴 때마다 적의 갑옷을 꿰뚫어 피가 용솟음쳤다. 조운은 몰려오는 적군과 장수를 물리치며 포위망을 뚫고 빠져나갔다.

이때 조조는 경산 위에서 전투 상황을 보고 있었다. 한 장수가 이르는 곳마다 어느 누구도 그의 위력을 감당하지 못하는 모습을 보고 급히 주위 부하에게 저 장수가 누구냐고 물으니 조홍이 말을 달려 산을 내려가 큰 소리로 외치기를: "싸우는 장수는 그 성명을 말하라!"

조운이 대답하기를: "나는 상산(常山) 출신의 조자룡(趙子龍)이다."

조홍이 돌아가서 조조에게 보고했다.

조조 曰: "참으로 범 같은 장수로군. 내 그를 사로잡아야겠다."

그러고는 급히 말을 달려 각 처에 알리기를: "조운이 가까이 이르거든 절대 화살을 쏘지 마라. 반드시 사로잡아야 한다."

조조의 이 명령으로 조운은 곤경을 벗어날 수 있었으니, 이 또한 아

두에게 복이 있었기 때문 아니겠는가!

이 싸움에서 조운은 작은 주인 아두를 품에 안은 채, 겹겹의 포위를 뚫고 나오면서 큰 깃발 두 개를 칼로 베어 쓰러뜨리고, 창을 세 자루 빼앗았으며, 조조 진영의 장수 50여 명을 창으로 찌르고 칼로 베어 죽였다.

후세 사람이 이 일을 두고 시를 지었으니:

피로 전포는 물론 갑옷까지 붉어졌는데	血染征袍透甲紅
누가 당양 싸움에서 조운을 대적하겠나	當陽誰敢與爭鋒
예로부터 적진에서 주인을 구한 장수는	古來衝陣扶危主
상산 출신 조자룡 말고 또 누가 있더냐	只有常山趙子龍

조운이 겹겹이 에워싼 포위를 뚫고 조조의 진영을 벗어나 비로소 자신의 모습을 보니 입고 있던 전포가 온통 피로 물들어 있었다. 그는 한창 말을 달려가고 있는데, 산언덕 아래에서 또 두 무리의 군사들이 뛰쳐나왔다. 그들 두 장수는 하후돈의 부장 종진(鍾縉)과 종신(鍾紳) 두 형제였다. 하나는 큰 도끼를 휘두르고, 또 하나는 화극을 들고 있었다.

그들은 큰 소리로 외치기를: "조운은 속히 말에서 내려 결박을 받아라!"

이야말로:

가까스로 도망을 쳐 범의 굴 벗어났더니	才離虎窟逃生去
또 다시 용이 물결치는 못을 만나는구나	又遇龍潭鼓浪來

과연 조자룡은 어떻게 탈출할 수 있을 것인지! 다음 회를 기대하시라.

제 42 회

장비는 장판교에서 호탕한 기개 뽐내고
유현덕은 패하여 한진 어귀로 달아나다

張翼德大鬧長坂橋

劉豫州敗走漢津口

종진과 종신 두 사람이 조운의 앞길을 막고 달려들었다. 조운이 창으로 찌르니 종진이 큰 도끼를 휘두르며 막았다. 하지만 싸운 지 3합 만에 종진은 조운의 창에 찔려 말에서 떨어졌다. 조운은 그 틈을 이용하여 길을 내어 달아났다.

등 뒤에서 종신이 화극을 들고 쫓아왔다. 종신이 탄 말이 조운의 말꼬리에 닿을 정도로 바짝 쫓아와서 화극이 조운의 등에 그림자를 드리우는 찰나, 조운이 순간적으로 말머리를 홱 돌리니 두 사람의 가슴이 서로 맞부딪치려고 했다. 그 순간 조운이 왼손에 든 창으로 화극을 막고, 오른손으로는 번개처럼 청강검을 뽑아 내려치니 종신은 투구 위에서부터 머리가 두 동강이 나면서 말에서 떨어져 그 자리에서 즉사하고 말았다. 이 광경을 목격한 나머지 군사들은 모두 기겁을 하여 달아났다.

적의 포위망을 벗어난 조운이 다시 장판교 쪽으로 말을 달리는데, 또 뒤에서 함성이 진동했다. 이번에는 문빙이 군사를 이끌고 쫓아온 것이다. 조운이 장판교 근처에 왔을 때는 사람과 말 모두 지칠 대로 지쳐 있는데 앞을 보니 장비가 다리 한가운데 말을 타고 장팔사모를 쥐고 서 있는 것이 아닌가!

조운이 큰 소리로 외치기를: "익덕, 나 좀 도와주시오!"

장비 曰: "자룡, 속히 가시오. 추격병은 내가 모두 맡으리다!"

조운이 다리를 지나 한 20여 리쯤 달려가니 현덕 등 여러 사람들이 나무 밑에서 쉬고 있는 것이 보였다.

말에서 내린 조운이 바로 땅에 엎드려 울었다. 현덕 역시 울고 있었다.

조운은 가쁜 숨을 몰아쉬며 말하기를: "이 조운의 죄, 만 번 죽어도 마땅합니다. 미 부인께서 몸에 중상을 입고 끝까지 말에 오르시기를 거부하시다가, 결국 우물에 몸을 던져 자결하시고 말았습니다. 저는 어쩔 수 없이 흙담으로 겨우 우물을 덮어 두고, 공자만 품에 안은 채, 겹겹이 싸인 적군의 포위를 뚫고 왔으니, 이는 모두 주공의 홍복(洪福) 덕분에 무사히 벗어날 수 있었습니다. 얼마 전까지만 해도 공자가 저의 품속에서 울고 있었는데, 지금은 아무런 움직임이 없으니, 혹시 잘못된 건 아닌지 모르겠습니다."

즉시 갑옷을 풀고 보니, 아두는 곤히 자고 있었다.

조운은 너무나 기쁜 나머지 말하기를: "다행히 공자께선 무사하십니다!"

조운은 두 손으로 안아 현덕에게 건네주었다. 현덕은 아두를 받아 땅에 팽개치며 말하기를: "이 어린 자식 놈 때문에 하마터면 나의 대장 한 사람을 잃을 뻔했구나!"

황급히 몸을 굽혀 땅에서 아두를 안아 올린 조운은 절을 하며 울면서 말하기를: "이 조운은 간과 뇌수를 모두 땅에 쏟는다 해도 주공께 보답할 길이 없습니다."

후세 사람이 이 일을 읊은 시가 있으니:

조조의 군사 속에서 범이 날아 나오니　曹操軍中飛虎出
조운의 품안에선 작은 용이 잠을 자네　趙雲懷內小龍眠
유현덕은 충신의 뜻 위로할 길이 없어　無由扶慰忠臣意
친자식을 받아 들어 말 앞에 내던지네　故把親兒擲馬前

한편 문빙이 군사를 이끌고 조운을 뒤쫓아 장판교에 이르러 앞을 보니, 장비가 범 같은 수염을 곧추세우고 고리눈을 부릅뜨고, 손에는 장팔사모를 들고 다리 한가운데 말을 세우고 서 있었다. 게다가 다리 동쪽 숲 뒤에서는 먼지가 자욱하게 일어나고 있었다. 복병이 있는 것으로 의심한 문빙은 말을 멈춰 세우고 감히 앞으로 나가지 못했다.

바로 뒤따라 조인·이전·하후돈·하후연·악진·장료·장합·허저 등 조조의 주요 장수들이 속속 도착했다. 그들은 장비가 눈을 부릅뜨고 장팔사모를 비껴들고 다리 한가운데 혼자 말을 타고 서 있는 것을 보고는 이것 역시 공명의 계책이 아닐까 두려워 감히 앞으로 가까이 나아가지 못하고 다리 서쪽에 진영을 횡으로 벌여 놓고 사람을 보내 조조에게 급히 보고하도록 했다.

이 소식을 들은 조조가 급히 말에 올라 대오 뒤쪽에서 앞으로 나와 보았다. 장비가 고리눈을 부릅뜨고 바라보니, 적의 후미에서 청라산개(靑羅傘蓋)[1]와 모월정기(旄鉞旌旗)[2]가 앞쪽으로 움직이고 있는 것이 희미하게 보였다. 의심이 난 조조가 직접 확인하려고 온 것이라고 판단한 장비가 큰 소리로 호통 치기를: "나는 연인(燕人)의 장익덕이니라! 누가 감히 나랑 목숨을 걸고 싸워 보겠느냐?"

그 소리는 큰 천둥소리 같았다. 그 소리를 들은 조조의 군사들은 무

1 푸른 비단으로 만든 일산. 역자 주.
2 지휘권을 상징하는 깃발. 역자 주.

서워 다리를 덜덜 떨었다.

조조는 급히 청라산개를 접으라고 명하고 좌우를 둘러보며 말하기를: "내 이전에 운장이 하는 말을 들은 적이 있는데, 익덕은 백만 명의 군사 앞에 있는 상장(上將)의 수급을 취하기를 마치 자신의 주머니에서 물건 꺼내듯이 한다고 하더라. 오늘 보니 가벼이 대적할 상대가 아니다."

조조의 말이 미처 끝나기도 전에 장비가 눈을 부릅뜨며 다시 호통을 치기를: "장익덕이 여기 있다고 하지 않았느냐! 네놈들 중에 나랑 목숨을 걸고 싸울 자가 한 놈도 없다는 말이냐?"

장비의 이런 기세에 눌린 조조는 그만 물러가려고 생각을 했다. 조조의 후군이 물러가는 것을 본 장비가 장팔사모를 꼬나들고 다시 호통을 치기를: "싸우자고 해도 싸우지 않고, 그렇다고 물러가는 것도 아니고, 도대체 어쩌겠다는 것이냐?"

장비의 고함 소리가 얼마나 우렁차고 두려웠으면 조조 곁에 있던 장수 하후걸(夏侯杰)은 그만 간담이 찢어져 말에서 떨어져 거꾸로 처박히고 말았다.

조조는 곧바로 말머리를 돌려 달아났다. 다른 모든 장수와 군사들 역시 서쪽으로 달아나 버렸다.

이야말로:

젖먹이 어린애가 어찌 벽력 소리를 들을 수 있으며
병든 나무꾼이 범의 울음소리를 어찌 감당하겠는가
黃口孺子, 怎聞霹靂之聲
病體樵夫, 難聽虎豹之吼

그들은 앞 다투어 달아나느라 손에 든 병장기도 버리고 머리에 쓴 투구조차 내팽개친 자가 부지기수였으며, 사람들은 마치 썰물 빠져나가듯 했으니 말들은 산이 무너진 듯 서로를 짓밟았다.

후세 사람이 이 일을 찬탄하여 시로 지었으니:

장판교 다리 위에서 생긴 살벌한 기세는 長坂橋頭殺氣生
창 들고 말 세워 눈 부릅뜬 장비 아닌가 橫槍立馬眼圓睛
호통치는 소리가 마치 천둥 울리듯 해서 一聲好似轟雷震
혼자 몸으로 조조의 백만 대군 물리치네 獨退曹家百萬兵

장비의 위세에 겁을 먹은 조조가 말을 달려 서쪽으로 달아나는데, 얼마나 놀랐으면 관(冠)과 비녀가 떨어진 줄도 모르고 머리도 풀어진 채 도망을 쳤다. 장료와 허저가 쫓아와서 말고삐와 재갈을 잡고 말을 겨우 멈춰 세웠는데도, 당황한 조조는 어쩔 줄을 몰랐다.

장료 曰: "승상, 고정하십시오! 그까짓 장비 한 놈을 뭘 그리 무서워하십니까? 지금이라도 군사를 돌려 쳐들어가면 유비를 사로잡을 수 있습니다."

그제야 기색이 돌아온 조조가 장료와 허저에게 다시 장판교로 가서 정황을 파악해 보라고 했다.

장비는 조조의 군사가 일제히 물러가는 것을 보았지만 감히 그 뒤를 쫓지는 못했다. 장비는 숲 뒤에서 먼지를 일으켰던 자신의 수하를 불러, 말꼬리에 매단 나뭇가지를 버리게 하고 장판교 다리를 끊어 버렸다. 그러고 나서 말머리를 돌려 현덕에게 가서 그간의 일을 자세히 보고했다.

현덕 曰: "아우가 용맹하게 행동한 것은 아주 칭찬할 만한데, 계책에 있어 실수를 한 것이 아쉽네."

장비가 그 이유를 물으니 현덕이 말하기를: "조조는 꾀가 많은 놈이다.

네가 다리를 끊어 버렸으니 그는 틀림없이 우리를 추격해 올 것이다."

장비 曰: "그는 나의 호통 소리만 듣고도 기겁을 하고 몇 리나 달아났는데, 어찌 감히 다시 쫓아온단 말이오?"

현덕 曰: "만약 다리를 끊지 않았다면 조조는 우리 군사가 매복하고 있는 것으로 의심하여 감히 쫓아오지 못할 것이나 지금 다리를 끊어 버렸으니 우리 군사가 적어 겁을 먹고 있다고 생각하고 다시 추격해 올 것이다. 그는 백만 대군을 거느리고 있다. 비록 장강이나 한수(漢水)를 건넌다 하더라도 그것을 메우고 건너려 할 텐데, 그까짓 다리 하나 끊어진 것을 겁낼 조조가 아니다."

이리하여 현덕은 즉시 일어나 작은 길을 이용하여 옆길로 들어서서 한진(漢津)을 거쳐 면양(沔陽)으로 가는 길을 향해 달아났다.

장판교 정황을 알아보고 온 장료와 허저가 조조에게 보고하기를: "장비가 이미 장판교 다리를 끊어 버리고 떠났습니다."

조조 曰: "그가 장판교 다리를 끊어 버리고 갔다는 것은 곧 내심 겁이 났기 때문 아니겠는가!"

그는 곧바로 군사 1만 명을 동원하여 당일 밤 안으로 건너갈 부교(浮橋) 세 개를 설치하도록 했다.

이전 曰: "이것 역시 제갈량의 계책인지도 모릅니다. 경솔하게 나아가서는 안 됩니다."

조조 曰: "장비는 힘만 쓸 줄 아는 장수일 뿐이다. 그가 어찌 잔꾀를 부리겠느냐!"

그러고는 서둘러 진군하라고 명령했다.

한편 현덕이 한진 가까이 이르렀을 때, 문득 뒤에서 먼지가 구름처럼 일면서 북소리가 하늘 높이 울리고 함성이 땅을 뒤흔들었다.

현덕 曰: "앞에는 큰 강이 가로막고 있고 뒤에서는 적병이 추격해오니 이 일을 어찌해야 좋단 말인가!"

현덕은 급히 조운에게 적병을 맞을 준비를 하라고 일렀다.

이때 조조는 군사들에게 명령하기를: "지금 유비는 솥 안에 든 물고기요(釜中之漁), 함정에 빠진 호랑이다(阱中之虎). 만약 이번에도 사로잡지 못한다면, 솥 안의 물고기를 바다에 풀어 주고 함정에 빠진 호랑이를 산으로 돌려보내는 것과 같다. 모든 장수들은 일제히 진군하라!"

명을 받은 모든 장수들이 저마다 분발하여 추격하기 시작했다. 그때 갑자기 산언덕 뒤에서 북소리가 울리면서 한 무리의 군사들이 뛰쳐나오며 큰 소리로 외치기를: "내 여기서 너희들을 기다린 지 오래다."

선두의 대장은 손에 청룡도를 들고 적토마를 타고 있으니, 바로 관운장이다. 원래 운장은 강하로 가서 군사 1만 명을 빌려가지고 오다가 당양의 장판파에서 큰 싸움이 벌어지고 있다는 소식을 듣고, 일부러 길을 가로질러 왔던 것이다.

운장을 보자마자 조조는 말을 세우고 여러 장수를 돌아보며 말하기를: "제갈량의 계략에 또 걸려들었구나!"

조조는 즉시 퇴군 명령을 내렸다.

운장은 달아나는 조조의 군사를 십여 리쯤 쫓아가다 곧 군사를 돌려 현덕 일행을 보호하며 한진에 이르니 배가 이미 준비되어 있었다. 운장은 우선 현덕과 감 부인, 그리고 아들 아두를 배 안으로 모시고 현덕에게 묻기를: "둘째 형수님께서는 왜 보이지 않습니까?"

현덕이 당양에서 있었던 일을 자세히 말해 주었다.

운장이 탄식하며 말하기를: "지난번 허전(許田)에서 황제를 모시고 사냥하던 날, 제 뜻을 따랐더라면 오늘과 같은 우환은 당하지 않았을 것 아닙니까?"

현덕 曰: "내 그때는 쥐 잡자고 그릇을 깰 수는 없었기 때문이라네."

한창 이야기하고 있을 때, 문득 강 남쪽 기슭에서 북소리가 크게 울리면서 배들이 마치 개미떼처럼 순풍에 돛을 달고 몰려오고 있는 것이 아닌가!

깜짝 놀란 현덕이 쳐다보니, 맨 앞 뱃머리에 흰 전포에 은빛 갑옷을 입은 사람이 외치기를: "숙부님, 그간 별고 없으신지요? 이 조카가 숙부님께 큰 죄를 지었습니다."

그는 바로 유기였다. 유기는 현덕의 배로 옮겨 타자 울면서 절을 하며 말하기를: "숙부께서 조조에게 곤경을 당하고 계신다는 말을 듣고 서둘러 지원하러 왔습니다."

현덕은 매우 기뻐하며 군사를 한 곳으로 합쳐 나아가며 그간 지내온 사연들을 이야기하고 있는데, 강의 서남쪽 방향에서 한 무리의 전함이 일자로 옆으로 늘어서서 바람을 타고 휘파람을 불면서 다가왔다.

유기가 깜짝 놀라며 말하기를: "강하의 군사는 제가 모조리 데려왔는데, 지금 또 다른 전선들이 우리를 가로 막고 있으니, 저것은 조조의 군사가 아니면 강동의 군사일 것입니다. 이를 어찌하면 좋습니까?"

현덕이 뱃머리로 나와 자세히 살펴보니, 저편 전함의 뱃머리에 윤건(綸巾)에 도복(道服) 차림으로 앉아 있는 사람은 분명 공명이고 그의 등 뒤에 서 있는 사람은 손건이다.

현덕이 급히 공명에게 자신의 배로 건너오게 하여 어찌된 일인지 물었다.

공명 曰: "저는 강하에 이르자 먼저 운장에게 한진으로 가서 주공을 돕도록 했습니다. 그리고 조조가 틀림없이 다시 추격해 올 것이며 그러면 주공은 필시 강릉 쪽으로 가지 못하고, 옆길로 빠져서 한진으로 오실 것으로 생각했습니다. 그래서 유기 공자님께 한진으로 먼저 가서 주공을 맞이하도록 하고, 저는 하구(夏口)로 가서 그곳의 군사들을 모조리 데리고 싸움을 돕기 위해 이곳으로 온 것입니다."

현덕은 매우 기뻐하며 모든 군사들을 한 곳으로 모으고 조조를 쳐부술 계책을 상의했다.

공명 曰: "하구는 성이 험준한데다 군사 물자와 군량도 풍부하여 오래 지킬 수 있습니다. 그러니 주공께서는 일단 하구로 가셔서 주둔하시고, 공자께서는 강하로 돌아가시어 전선을 정비하고 병장기도 수습하여 의각지세(犄角之勢)를 이루시면 조조를 충분히 대적할 수 있습니다. 만일 우리 모두 강하로 간다면 우리의 형세는 도리어 고립되고 말 것입니다."

유기 曰: "군사의 말씀이 지당하지만 제 어리석은 소견으로는 숙부님을 모시고 잠시 강하로 가서 군사들을 잘 정돈하신 뒤에 다시 하구로 가셔도 늦지 않을 것 같습니다."

현덕 曰: "조카의 말 역시 일리가 있네."

현덕은 운장에게 군사 5천 명을 거느리고 먼저 하구로 가서 지키도록 하고 자신은 공명·유기와 함께 강하로 갔다.

한편 조조는 운장이 산모퉁이에서 군사를 이끌고 나타나 길을 끊는 것을 보고는 복병이 있지 않을까 의심하여 감히 추격하지 못했다. 또한 현덕이 강을 따라 배를 타고 와서 먼저 강릉을 빼앗을까 염려되어 곧바로 군사를 이끌고 밤낮으로 강릉으로 달려갔다.

이때 강릉에 있던 형주의 치중(治中) 등의(鄧義)와 별가(別駕) 유선(劉先)은 이미 양양성의 일을 알고 있었으므로, 조조를 대적할 수 없음을 알고 미리 형주의 군사와 백성들을 이끌고 성을 나와 항복했다.

성으로 들어간 조조는 먼저 백성들을 안정시킨 다음 옥에 갇혀 있던 한숭(韓嵩: 제 23회 참조)을 석방하여 대홍려(大鴻臚)로 삼고 그 외의 모든 관리들에게도 각각 벼슬과 상을 내렸다.

조조는 여러 장수들과 상의하기를: "이제 유비가 강하로 갔으니, 만일 그가 동오와 손을 잡으면 세력이 더욱 강해지지 않을까 염려된다. 그를 쳐부수려면 어떤 계책을 써야 하는가?"

순유 曰: "우리는 지금 군사들의 위세가 매우 강하므로 동오로 사자를 보내 격문을 띄우십시오. 손권에게 강하에 와서 함께 유비를 사냥하여 사로잡고 형주를 각각 반으로 나누어 갖고서 길이길이 사이좋게 지내자고 하십시오. 손권은 필시 놀라고 의심은 하겠지만 결국 와서 항복할 것입니다. 그리 되면 우리 일은 성사된 것과 다름없습니다."

조조는 순유의 계책에 따라 한편으로는 동오로 사자를 파견하여 격문을 보내고, 또 한편으로는 기병·보병·수군 도합 83만 명을 100만 대군이라 칭하면서 수륙으로 동시에 출발시켜 배와 기병들이 나란히 강물을 따라 내려갔다.

그 군사의 행렬은 서쪽으로는 형주·협중(陝中)까지 이어지고, 동쪽으로는 기춘(蘄春)·황주(黃州)에 닿았으며 영채는 무려 3백 여리에 걸쳐 세워졌다.

한편 시상군(柴桑郡)에 군사를 주둔하고 있는 강동의 손권은 조조의 남정 소식에 촉각을 곤두세우고 있었다. 조조의 대군이 양양에 당도하자 유종은 곧바로 항복해 버렸으며, 지금 밤낮으로 달려가 강릉을 취하러 가고 있다는 보고를 받고 여러 모사들을 불러 모아 계책을 상의했다.

노숙 曰: "형주는 우리 동오와 접경인데다가 강산은 험준하고 백성도 많고 물자 또한 풍부합니다. 우리가 만약 그곳을 차지하면 제왕의 업적을 이루기 위한 기반이 될 것입니다. 지금 유표는 죽었고 유비마저 패하여 그들의 상황이 좋지 않을 것입니다. 제가 주군의 명을 받들어 유표의 조상(弔喪)을 핑계로 강하로 가서 유비로 하여금 유표 수하의 여러 장수들과 함께 힘을 합쳐 우리와 같이 조조를 치자고 설득해 보겠습니다. 유비가 기꺼이 승낙을 한다면 대사는 이루어진 것이나 다름없습니다."

손권은 기뻐하며 그의 말에 따라 즉시 노숙으로 하여금 예물을 가지고 강하로 가서 유표의 죽음에 문상을 하도록 했다.

한편 강하에 온 현덕은 공명·유기와 함께 조조를 막아낼 계책을 논의했다.

공명 曰: "조조의 세력이 너무 커서 우리의 적은 군사로는 그들을 대적하기가 어려우니 차라리 동오의 손권을 찾아가 그의 도움을 청하는 편이 낫습니다. 남쪽의 손권과 북쪽의 조조가 서로 대치하여 싸우게 하고 우리는 중간에서 이득을 취하는 것이지요."

현덕 曰: "강동에는 인물이 많습니다. 틀림없이 멀리 내다보는 계책을 낼 사람이 있을 텐데, 저들이 우리 뜻을 받아드리려 하겠습니까?"

공명이 웃으며 말하기를: "지금 조조가 백만 대군을 거느리고 장강과 한수 일대를 차지하고 범처럼 웅크리고 앉아 노려보고 있는데, 강동에서는 어찌 그 상황이 궁금하지 않겠습니까? 틀림없이 우리에게 사람을 보내 그 실정을 알아보려 할 것입니다. 만약 이리 오는 사람이 있으면 제가 순풍에 돛을 달고 직접 강동으로 가서 저의 이 능숙한 세 치 혀를 놀려, 남과 북 양쪽 군사들이 서로 삼키도록 설득해 보겠습니다. 만약 남쪽의 손권이 이기면 우리도 함께 조조를 쳐서 형주 땅을 되찾으면 되고, 만약 북쪽의 조조가 이기게 되면 우리는 그 틈을 타서 강남을 취하면 됩니다."

현덕 曰: "그 계책이 훌륭하기는 하지만, 그리 되려면 우선 강동에서 사람이 와야 할 것 아니오?"

한창 이야기를 나누고 있을 때, 강동의 손권이 노숙을 보내 조문을 하러오는데 배가 이미 강기슭에 닿았다고 보고를 했다.

공명이 웃으며 말하기를: "대사는 이미 이루어진 거나 다름없습니다."

그리고 곧바로 유기에게 묻기를: "이전에 손책이 죽었을 때 양양에서 사람을 보내 문상한 적이 있었나요?"

유기 曰: "강동과 우리는 아비를 죽인 원수지간인데 어찌 애경사에 왕래가 있었겠습니까?"

공명 曰: "그렇다면 노숙이 여기를 찾아온 이유는 문상을 핑계로 군사 상황을 탐지하러 온 것입니다."

다시 현덕에게 말하기를: "노숙이 만약 조조의 동정을 묻거든 주공께서는 그저 모른다고만 대답하십시오. 그래도 거듭 묻거든, 제갈량에게 물어보라고 하십시오."

이렇게 상의를 마치고 나서 유기는 사람을 보내 노숙을 영접하도록 했다. 노숙이 성 안으로 들어와서 문상을 하고 예물을 바치자 유기는 노숙을 청하여 유비를 만나게 했다.

노숙 曰: "황숙의 존함을 들은 지 오래되었지만 인연이 없어 뵙지를 못했는데, 지금 다행히 만나 뵙게 되어 여간 기쁘지 않습니다. 근자에 듣기로 황숙께서는 조조와 싸우셨다고 하던데, 조조의 군사 내막은 잘 알고 계시리라 믿습니다. 조조의 군사는 대략 얼마나 되는지 감히 여쭤 봐도 되겠습니까?"

현덕 曰: "나는 군사도 적고 장수들도 얼마 되지 않아, 조조가 온다는 말만 듣고 곧바로 달아났기 때문에 그들의 실상에 대해서는 잘 모르오."

노숙 曰: "제가 듣기로는 황숙께서는 제갈공명의 계책을 이용하여 두 번이나 화공(火攻)으로 조조의 군사를 크게 무찔렀다고 하던데 어찌 모른다고 하십니까?"

현덕 曰: "아마 그건 공명이 아니면 다른 사람은 잘 모를 것이오."

노숙 曰: "공명은 어디 계십니까? 한번 뵙고 싶습니다."

현덕은 공명을 오라고 하여 서로 만나 보게 하였다.

공명이 오자 노숙이 인사를 하고 묻기를: "일찍이 선생의 재주와 덕을 흠모해 왔는데 이렇게 만나 뵙게 되어 영광입니다. 작금의 안위(安危)의 사태가 어찌 돌아가는지 듣고 싶습니다."

공명 曰: "조조의 간교한 계책을 저는 이미 다 알고 있으나, 안타깝게도 힘이 거기에 미치지 못해 잠시 그를 피하고 있는 것이오."

노숙 曰: "황숙께서는 계속 이곳에 머물러 계실 작정이십니까?"

공명 曰: "우리 주공께서는 창오(蒼梧) 태수 오신(吳臣)[3]과 오랜 교분이 있어 그를 찾아가려고 하십니다."

노숙 曰: "오신은 군량도 적고 군사의 수도 미미하여 자기 보전도 어려울 텐데 어찌 다른 사람까지 받아들일 수 있겠습니까?"

공명 曰: "비록 그곳에 가더라도 오래 머물러 있지는 않을 것입니다. 잠시만 머물러 있을 것이며, 따로 생각이 있습니다."

노숙 曰: "우리 손 장군께서는 강동의 여섯 개 군을 범처럼 차지하고 계시고, 잘 훈련된 군사와 넉넉한 군량미, 게다가 어진 인사들을 존경하고 예우하십니다. 그래서 많은 영웅들이 강동에 모여 있습니다. 내 귀공을 위하여 한 가지 계책을 말씀드리는데, 심복 한 사람을 동오로 보내시어 함께 손을 잡고 대사를 도모하시면 어떻겠습니까?"

공명 曰: "유 사군께서는 손 장군과 지금까지 교분이 없으셔서, 말을 해 봐야 헛수고라 생각하고 계시며 게다가 사신으로 보낼만한 심복도 없습니다."

노숙 曰: "선생의 형님 되는 분이 강동의 모사로 계시며, 늘 선생을 만

3 진수의 삼국지에는 吳巨로 나옴. 역자 주.

나보기를 원하고 있소. 내 비록 재주는 없지만, 부디 선생과 같이 가서 손 장군을 뵙고 대사를 함께 의논하기를 바라오."

현덕 曰: "공명은 나의 군사(軍師)로 잠시도 떨어져 있어서는 안 되는데 어찌 갈 수 있단 말이오."

노숙은 공명과 함께 가게 해 달라고 청하는데, 현덕은 일부러 허락하지 않았다.

공명 曰: "이 일은 시급을 요하는 일이니, 한번 다녀오게 해 주십시오."

현덕은 그제야 못 이기는 체하면서 허락했다. 이에 노숙은 현덕과 유기에게 작별 인사를 하고 공명과 함께 배에 올라 시상군으로 향했다.

이야말로:

제갈량이 배를 타고 강동으로 갔으니	只因諸葛扁舟去
조조의 군사 하루아침에 끝장이 나네	致使曹兵一旦休

공명이 이번에 가서 어찌 될지 궁금하거든 다음 회를 기대하시라.

제 43 회

제갈량은 여러 모사들과 설전을 벌이고
노숙은 모사들의 중론을 모두 물리치다

諸葛亮舌戰群儒

魯子敬力排衆議

공명과 함께 강동으로 돌아오는 노숙은 배 안에서 함께 논의를 하는데, 노숙이 공명에게 말하기를: "선생은 손 장군을 뵐 때 조조의 군사와 장수가 많다고 사실대로 말씀드려서는 결코 안 됩니다."

공명 曰: "자경(子敬: 노숙)께서 미리 당부하지 않아도 제가 알아서 대답하겠소."

배가 강기슭에 닿자 노숙은 공명에게 역관에 가서 잠시 쉬도록 한 뒤 먼저 손권에게로 갔다.

이때 손권은 여러 문관과 무관을 당상에 모아 놓고 의논을 하고 있었는데 마침 노숙이 돌아왔다는 말을 듣고 급히 불러들여 묻기를: "자경이 직접 강하로 가서 내막을 알아보니 어떠하였소?"

노숙 曰: "대략 파악하고 왔습니다. 자세한 것은 나중에 천천히 말씀드리겠습니다."

손권은 조조가 보내온 격문을 노숙에게 보여 주며 말하기를: "어제 조조의 사자가 이 격문을 가지고 왔소. 나는 사자를 먼저 돌려보내고 지금 여러 관원들과 이 문제를 의논 중인데 아직 결론을 내리지 못 하였소."

노숙이 격문을 받아서 읽어 보니:

"나는 근자에 황제의 명을 받아 죄인을 벌하기 위해 군사를 거느리고 남으로 내려오매, 유종은 스스로 손을 묶고 항복을 청하고, 형양의 백성들은 소문만 듣고 귀순하였소.

이제 백만 대군과 1천여 명의 장수를 거느리고 온 내가 장군과 함께 강하에서 만나 함께 유비를 정벌하고 그 땅을 똑같이 나누어 길이길이 우호 관계를 맺고자 하니 형세만 관망하지 말고 속히 답장을 주시오."

노숙이 격문을 다 보고나서 말하기를: "주공의 뜻은 어떠하신지요?"

손권 曰: "아직 정하지 않았소."

장소 曰: "조조는 백만 대군을 거느리고 있고, 게다가 천자의 이름을 빌려서 사방을 치고 있으니, 이를 거역하는 것은 순리를 거스르는 것입니다. 또 주공께서 조조를 막으시려면 장강의 천연 요새를 이용해야 하는데, 조조가 이미 형주를 차지하여 장강의 요새를 우리와 공유하고 있기 때문에, 우리의 군사로도 저들을 대적할 수 없게 되었습니다. 제 생각에는 그들의 요구를 받아들이는 것이 가장 안전한 계책일 것 같습니다."

여러 모사들 또한 이구동성으로 말하기를: "자포의 말이 바로 하늘의 뜻에 합당합니다."

손권은 아무 말도 없이 침묵에 잠겨 있었다.

장소가 다시 말하기를: "주공께서는 너무 의심하지 마십시오. 만약 조조에게 항복한다면 동오의 백성들은 모두 무사할 것이고 강남 6군도 온전히 보전할 수 있습니다."

손권은 머리를 숙이고 아무 말이 없었다. 잠시 후 손권이 화장실을 간다는 핑계로 밖으로 나가자, 노숙이 그 뒤를 따라갔다.

손권은 노숙의 의도를 알아차리고 노숙의 손을 잡고 말하기를: "경이라면 어찌하겠소?"

노숙 日: "지금 여러 사람들의 말은 장군을 매우 그르치게 하고 있습니다. 다른 사람들이 모두 조조에게 항복을 한다 해도 장군만은 항복을 해서는 안 됩니다."

손권 日: "그게 무슨 말이오?"

노숙 日: "저 같은 사람들이야 조조에게 항복하면 당연히 고향으로 돌아가거나 아니면 관직 경험을 이유로 주(州)나 군(郡)에 관직 하나는 얻을 수 있겠지요. 그러나 장군께서 조조에게 항복하신다면 과연 어디로 돌아갈 수 있겠습니까? 기껏해야 후(侯) 작위는 하나 주겠지요. 그러면 타실 차는 수레 한 대와 말 한 필, 수행하는 종자 겨우 몇 명밖에 허용되지 않을 텐데, 그런 상황에서 어찌 임금이 된다고 말할 수 있겠습니까?

여러 사람들이 하는 말은 모두 자신을 위한 것이지, 결코 장군을 생각해서 하는 말이 아닙니다. 장군께서는 보다 큰 계책을 속히 정하셔야 합니다."

그 말을 들은 손권이 탄식하며 말하기를: "여러 사람들이 의논을 한답시고 나를 크게 실망시켰소. 자경이 내게 큰 계책을 정하라 일러주었는데, 그게 바로 내 생각이오. 이는 하늘이 그대를 내게 보내준 것이오. 다만 조조는 이미 원소의 군사를 차지하였을 뿐만 아니라 형주의 군사도 손아귀에 넣었으니 그 세력이 너무 커져서 대적하기 어려울까 봐 그것이 걱정이오."

노숙 日: "제가 이번에 강하에 가서 제갈근의 아우 제갈량을 데려왔으니, 주공께서 그에게 직접 물어보시면, 실정을 정확히 알 수 있을 것입니다."

손권 曰: "와룡선생이 여기에 와 있단 말이오?"

노숙 曰: "지금 역관에서 쉬고 있습니다."

손권 曰: "오늘은 이미 해가 저물었으니, 내일 모든 모사들과 장수들을 장하(帳下)에 모아 놓고 먼저 그에게 우리 강동의 인물들을 보인 뒤에 당상으로 올라오게 하여 함께 일을 의논해 봅시다."

노숙은 명을 받고 물러 나왔다.

다음 날 역관에 온 노숙이 공명에게 다시 당부하기를: "지금 가서 우리 주공을 뵙거든 절대로 조조의 군사가 많다는 말은 하지 마시오."

공명은 웃으며 말하기를: "내가 상황을 봐서 대처할 것이며, 결코 일을 그르치지 않을 것이니 걱정 마시오."

노숙이 공명을 데리고 막사에 이르니 이미 그 안에는 장소·고옹 등 문무 관원 20여 명이 모두 높은 관을 쓰고 넓은 띠를 두르고 의관을 정제하고 단정히 앉아 있었다. 공명은 그들을 일일이 만나 통성명을 했다. 인사를 마친 공명이 객석에 가서 앉았다. 장소 등은 공명의 활달한 풍채와 당당한 기품을 보고 '이 사람은 틀림없이 우리를 설복하러 왔구나.'하고 짐작했다

먼저 장소가 공명의 기세를 꺾고자 말하기를: "저는 강동의 보잘것없는 선비외다. 선생께서 과거 융중에 있을 때 높은 베개를 베고 누워 스스로를 관중(管仲)과 악의(樂毅)에 비교했다는 소문이 있던데, 그런 말을 한 것이 사실이오?"

공명 曰: "그건 제가 평생 적어도 그 정도는 되게 하겠다는 뜻에서 한 말이오."

장소 曰: "근자에 들으니 유 예주가 삼고초려 끝에 다행히 선생을 얻게 되자, 마치 물고기가 물을 만난 것과 같이 곧바로 형양 지역을 손에 넣을 줄로 생각했는데, 하루아침에 조조에게 빼앗겼으니, 이에 대해서는 어떻게 설명하시겠소?"

공명이 속으로 생각했다. 장소는 손권 수하의 최고의 모사이다. 먼저 이 사람을 꺾어 놓지 않고서 어찌 손권을 설복시킬 수 있겠는가?

마침내 공명이 대답하기를: "내가 보기에 형양을 취하기는 마치 손바닥 뒤집는 일보다 쉬운 일이었소. 하지만 우리 주인께서는 몸소 인의(仁義)를 행하시는 분으로, 차마 종친의 기업을 빼앗을 수 없다고 하여 극력 사양하셨던 것입니다. 그런데 어린 유종이 간특한 자들의 말만 믿고 우리 몰래 투항해 버림으로써 조조로 하여금 날뛰게 한 것이오. 이제 우리 주인이 강하에 주둔하고 계시는 것은, 따로 좋은 계획을 세우셨기 때문이며, 이는 아무나 알 수 있는 예사로운 것은 아니지요."

장소 曰: "만약 그렇다면 선생의 말과 행동이 다른 것 아니오? 선생은 스스로를 관중과 악의에 견주었는데, 관중으로 말하자면 제(齊) 환공(桓公)을 도와 제후들 가운데 패자(霸者)가 되게 하여 천하를 바로 잡았으며, 악의는 미약한 연(燕) 나라를 일으켜 세워 제나라 70여 개 성을 항복받았으니, 이 두 사람은 참으로 세상을 구제한 인재들이오. 그러나 선생은 초려 안에서 단정히 앉아 그저 풍류나 즐기다가 이제 유 예주를 섬기게 됐으니, 마땅히 백성을 위해서 이로운 것은 일으키고 해로운 것은 제거하고 세상을 어지럽히는 도적들을 무찔렀어야 할 것 아니오?

그래도 유 예주가 선생을 얻기 전에는 천하를 누비고 다니며 남의 성이라도 차지하고 있었소. 그러던 차에 유 예주가 선생을 얻게 되자, 사람들은 모두 우러러 보며, 삼척동자들도 말하기를 '이제 범에 날개가 생겼으니 장차 한 황실은 다시 일어날 것이요, 조조는 곧 멸망할 것이다.'라고 했소. 뿐만 아니라 조정의 옛 신하와 초야에 은거하고 있은 선비들까지도 모두 눈을 비비고 기대하면서, 하늘의 구름을 흩어 버리고 해와 달의 광명을 우러러 볼 수 있을 것이고, 도탄에 빠진 백성들을 구해 주고, 어지러운 천하를 안정시켜 태평성세가 곧 오리라고 기대 했었소.

그런데 선생이 유 예주를 섬긴 뒤로 조조의 군사가 나타나기만 하면 갑옷은 벗어 버리고 창은 내던지고, 적이 온다는 소문만 들어도 달아나 숨어 버렸소. 그 결과 위로는 유표의 뜻에 보답하기 위해서라도 백성들을 편안하게 했어야 했는데 그러지 못했고, 아래로는 어린 아들 유기를 도와 그 강토를 보전했어야 했는데 그러하지 못하였소. 결국 신야를 버리고 번성으로 달아났고, 당양에서 패하여 하구로 도망쳐 이제 몸 둘 땅도 없게 되었으니, 이는 유 예주가 선생을 얻은 뒤로 도리어 그전보다 더 못한 것 아니오? 관중과 악의도 과연 이런 일이 있었소? 어리석고 고지식한 나의 말을 너무 책망으로만 여기지 마시오."

장소의 장황한 말을 다 듣고 난 공명이 어이가 없어 웃으며 말하기를:
"만 리를 날아가는 붕새의 뜻을 뭇새들이 어찌 알리요. 비유해서 말하리다. 사람이 중병에 걸리면 우선 미음과 죽을 먹이고, 순한 약을 써서 오장육부를 조화시키고 몸을 안정시켜야 하오. 그런 다음에 육식으로 보신하고 강한 약을 써서 다스려야 병의 근원을 제거하여 온전히 살릴 수 있는 것이오.

만약 기맥이 고르지 않고 천천히 뛰는데, 곧바로 독한 약과 육식을 먹게 하여 온전해지기를 기대한다면, 이는 참으로 어리석은 일이오.

우리 주공 유 예주께서 지난날 여남 전투에서 패하고 유표를 찾아가 몸을 의탁하셨을 때 군사는 고작 1천 명도 안 되고 장수라고는 관우와 장비 그리고 조운뿐이었으니, 이는 병으로 비유하면 바로 몸이 쇠약해질대로 쇠약해진 위중한 상태였소. 그리고 신야는 궁벽한 조그만 고을로 백성은 많지 않고 양식도 부족한데, 유 예주께서는 잠시 그곳에 가서 계신 것이지, 어찌 그곳에 주저앉아 지키려고 했겠소?

병장기도 부족하고 성곽도 견고하지 않은데다 군사는 훈련조차 받지 못했으며 군량미도 부족한 그런 열악한 상황이었지만, 박망파에서 적의 주둔지를 불태우고, 백하에서는 수공으로 하후돈과 조인의 무리들을 혼비백산하여 달아나게 하였으니, 관중과 악의의 용병술도 이보다 더하지는 못했을 것이오.

유종이 조조에게 투항한 일은 유 예주께서는 전혀 모르는 사이에 벌어진 일이었고, 또 그런 혼란을 틈타 종친의 기업을 차마 빼앗지 못하겠다고 하셨으니, 이야말로 유 예주는 참으로 큰 인덕과 의리를 지닌 분이 아니겠소?

그리고 당양에서 패할 때에도 유 예주께서는 의인(義人)을 따라가려는 수십만 명의 백성들이 늙은이를 부축하고 어린애의 손을 잡고 따라나서는 것을 보고 차마 그들을 버리지 못하시고 하루에 10여 리씩 밖에 갈 수 없어, 결국 얻을 수 있었던 강릉 땅까지 단념하시고 기꺼이 그들과 함께 패하는 고초를 당하셨으니, 이는 하늘과 같은 인덕과 의리를 지닌 분만 할 수 있는 일이오.

본래 적은 군사는 많은 군사를 이길 수 없으며(寡不敵衆), 싸움에서 이기고 지는 것은 흔히 있는 일(勝負乃其常事)이라. 옛날 고조 황제께서는 항우에게 번번이 패했으나 해하(垓下)에서의 한 번 싸움으로 공을 이루었으니, 그것은 한신의 뛰어난 계책 덕분 아니겠소? 고조 황제를 그렇게 오랫동안 섬긴 한신 조차도 언제나 이겼던 것은 아니오.

무릇 국가의 대계(大計)와 사직의 안위는 오로지 계책을 책임지고 세우는 사람이 따로 있어야 하는 법이오. 그런 사람을 그저 호언장담이나 하는 그런 무리들과 비교해서는 안 되오. 헛된 명예로 사람을 속이고,

앉아서 말로는 못하는 것이 없고, 서서 장담을 하는 데는 누구도 따를 자가 없지만, 실제의 복잡한 현실에서 적절히 대처하는 임기응변이 부족한 자들은 결국 천하의 웃음거리가 될 뿐이오."

한 편의 논리 정연한 연설을 들은 장소는 한마디 대꾸도 하지 못했다.

이때 갑자기 한 사람이 따지듯 큰 소리로 묻기를: "지금 조조는 백만 대군에 장수도 천여 명이나 되어 용처럼 날뛰고 범 같은 눈초리로 쏘아보면서(龍驤虎視) 강하를 삼키려고 하는데, 공은 어찌할 셈이요?"

공명이 보니 그는 바로 우번(虞翻)이었다.

공명 曰: "조조가 원소의 개미 떼 같은 군사를 거두었으며, 유표의 오합지졸을 빼앗은 것으로, 설사 백만 대군이 된다 할지라도 두려워할 게 못 되오."

우번이 비웃으며 말하기를: "당양에서 패하고, 하구에서는 더 이상 쓸 계책이 없어 구차스럽게 남에게 구원을 청하는 주제에 오히려 무섭지 않다고 말하는 것이야말로 큰 소리치면서 남을 속이는 것 아니오?"

공명 曰: "유 예주께서는 수천 명의 인의(仁義)의 군사밖에 없는데, 어찌 잔인하고 포악한 백만 대군을 대적할 수 있겠소? 잠시 물러서서 하구를 지키고 있는 것은 때를 기다리려는 것이오. 그러나 지금 강동은 정예로운 병사와 넉넉한 군량미가 있고 또한 장강의 험한 요새까지 있음에도, 그 신하들은 오히려 자신의 주군에게 천하의 도둑 앞에 무릎을 꿇고 항복하시도록 권하니, 천하 사람들의 멸시와 조소는 상관하지 않겠다는 것이오? 이런 점에서 보면 유 예주야말로 참으로 역적 조조를 두려워하지 않는 분이오!"

우번은 아무런 대꾸를 하지 못했다.

또 한 사람이 묻기를: "공명은 장의(張儀)와 소진(蘇秦)의 언변을 본받아서 동오를 설득하러 온 것이오?"

그 사람은 바로 보즐(步騭)이었다.

공명 曰: "보자산(步子山: 보즐)은 소진과 장의가 그저 말만 잘하는 변사(辯士)인 줄로만 알지, 그들 역시 호걸이었음은 모르고 계시오. 소진은 여섯 나라 재상의 인수를 차고 다녔으며, 장의는 두 차례나 진(秦)의 재상으로 있었소. 이들은 모두 한 나라를 바로 세울 지모를 가진 인물들로서 결코 강한 자를 두려워하거나 약한 자를 능멸하지 않았으며, 칼과 검이 무서워 피하려는 자들과는 비교할 수 없는 그런 분들이었소.

여러분들은 거짓으로 써서 보낸 조조의 격문에 겁을 집어먹고 놀라 항복하자고 주장하면서, 어찌 감히 소진과 장의를 비웃는단 말이오?"

보즐 역시 입을 다물고 말이 없었다.

문득 한 사람이 묻기를: "공명은 조조를 어떤 사람이라고 생각하시오?"

그는 바로 설종(薛綜)이었다.

공명이 답하기를: "조조는 한(漢)의 역적이오. 그런 걸 구태여 물어볼 필요가 있소?"

설종 曰: "공의 말은 틀렸소이다. 한 왕조는 대대로 내려오다가 이제 천수(天壽)가 끝나려 하고 있소. 지금 조조는 천하의 3분의 2를 차지하고 있으며 인심이 그에게 쏠리고 있는데, 유 예주는 천시(天時)도 모르고 기어코 그와 다투어 보려 하는데, 이는 바로 계란으로 바위를 치는 격이니, 어찌 패하지 않겠소?"

공명이 언성을 높여 말하기를: "설경문(薛敬文: 설종)은 어찌 부모도 임금도 없다는 듯이 감히 그런 망발을 하시오? 무릇 사람이 천지간에 태어나 세상을 살아갈 때에는 충성과 효도를 입신(立身)의 근본으로 삼아야 하는 것이오. 공은 이미 한 황실의 신하로서, 신하의 도리를 지키지 않은 자를 보게 되면, 함께 그를 죽이기로 맹세해야만 그것이 신하 된 사람의 도리일 것이요.

지금 조조는 그의 조상 때부터 한 황실의 녹을 먹어 왔으면서도 그에 대한 보답을 하기는커녕 도리어 반역을 하여 황위를 찬탈할 마음을 품고 있어 온 천하 사람들이 모두 공분을 하고 있거늘, 그대는 이것을 천수가 그에게 돌아갔다고 말하고 있으니, 그대야말로 참으로 부모도 임금도 없는 사람 아니오! 그대와는 더 이상 말할 가치도 없으니 다시는 말하지 마시오!"

온 얼굴에 창피함과 부끄러움이 드러난 설종은 아무 대답도 하지 못했다.

또 한 사람이 설종을 대신하여 따지기를: "조조가 비록 천자를 내세워 제후들을 호령하고 있기는 하나, 그래도 그는 상국(上國) 조참(曹參)의 후손이오. 하지만 유 예주는 비록 중산정왕(中山靖王)의 후예라고 말은 하지만 그것을 증명할 증거는 아무것도 없고, 확실한 증거는 그가 돗자리를 짜고 미투리를 팔던 촌부(村夫)라는 것이오. 그런 그가 어찌 조조와 맞서려 하는가?"

공명이 보니 그는 육적(陸績)이었다.

공명이 웃으며 말하기를: "공은 어릴 적 원술의 방에서 귤을 품속에 넣었다는 육랑(陸郎)이 아니시오. 편히 앉아서 내 말을 들어 보시오. 조조가 조 상국(曹上國) 정승의 후손이라면 바로 대대로 내려오는 한 황실의 신하이거늘, 지금 권력을 제멋대로 농간하면서 군부(君父)를 업신여기고 능멸하고 있소. 그의 눈에는 군주가 없을 뿐만 아니라 자신의 조상도 보이지 않으니, 한 황실의 난신(難臣)일 뿐만 아니라, 조씨 집안에서도 반역자가 아니오.

그러나 유 예주는 당당한 한 황실의 후예로서, 지금의 황제께서도 황실의 족보를 확인하시어 벼슬을 내리셨거늘, 어째서 증거가 없다고 하시오. 옛날 한고조께서는 일개 정장(亭長) 출신으로 마침내 천하를 차지하셨소. 돗자리 짜고 미투리 판 것이 무슨 욕될 것이라도 된단 말이오. 그대의 어린애 같은 소견으로는 수준 높은 인사들과 더불어 이야기하기에는 부족하오."

육적은 말문이 막혀 아무 말도 못했다.

좌중의 한 사람이 또 묻기를: "공명의 말은 모두 정론이 아니고 다 억지투성이로 더 이상 따질 필요도 없지만, 내 한 가지만 물어보겠소. 공명은 어떤 경전(經典)을 배우셨소?"

그 사람은 바로 엄준(嚴畯)이었다.

공명 曰: "옛 글이나 뒤적이며 자신의 입맛에 맞는 글귀나 인용하는 것은 세상의 썩은 선비나 하는 짓이지요. 그런 자가 어찌 나라를 흥성하게 하고 기업의 뜻을 세울 수 있겠소.

그 옛날 신국(莘國)의 들판에서 밭을 갈았던 이윤(伊尹: 은殷나라의 개국공신), 위수(渭水)에서 낚시질이나 했던 자아(子牙: 강태공. 주周나라 개국공신), 그리고 장량(張良)·진평(陳平: 두 사람 모두 한漢 개국공신)과 같은 사람들과 등우(鄧禹)·경감(耿弇: 두 사람 모두 동한東漢 개국공신) 등은 모두 천하를 바로잡아 세운 재주가 있었던 사람들인데 그들이 평생 어떤 경전을 배웠는지 알려진 바가 없소. 그들이 어찌 서생(書生)처럼 구차스럽게 붓대와 벼루사이에 얽매어, 되는대로 지껄이고 붓끝을 마음대로 놀려 지식을 우롱했겠소."

엄준은 기가 죽어 머리를 숙이고 아무 말도 못했다.

이때 문득 또 한 사람이 큰 소리로 말하기를: "공은 큰 소리치는 것은 좋아하지만 견실한 학문이 있는 것 같지는 않으니 선비들의 웃음거리가 되지 않을까 걱정이오?"

공명이 보니 그는 여남 출신 정덕추(鄭德樞)였다.

공명 曰: "선비 중에도 군자와 소인의 구별이 있소. 군자인 선비는 임금에게 충성하고 나라를 사랑하며, 바른 일은 지키고 사악한 것을 미워하며, 그 시대에 도움을 주기 위하여 힘써서 후세에 이름을 남기지요. 하지만 소인인 선비는 그저 책벌레처럼 책이나 파고, 글귀나 가다듬고, 서화나 글짓기에나 공을 들여 젊어서는 부(賦)나 짓고, 늙어지면 경서(經書)를 파고들어 붓으로는 수천 마디도 써낼 수 있지만, 가슴 속에는 실로 단 한 가지 계책도 들어 있지 않지요. 이는 마치 양웅(揚雄)이 문장으로는 세상에 이름을 날렸으나 반역자인 왕망(王莽) 같은 자에게 몸을 굽혀 섬기다가 결국 천록각(天祿閣)에서 몸을 던져 죽는 신세를 면치 못했으니, 이런 사람이 바로 소인 선비이지요. 설사 하루에 만 마디 부(賦)를 짓는다 한들, 그들에게서 배울 게 무엇이 있겠소?"

정덕추 역시 아무 대답도 못했다. 그곳에 앉아 있던 모든 사람들이 청산유수와 같은 공명의 대답에 놀라 얼굴빛이 달라졌다.

이때 좌중의 장온(張溫) 낙통(駱統) 두 사람이 또 따지려고 하는데 문득 한 사람이 밖에서 들어오더니 소리를 지르며 말하기를: "공명은 당대의 기재(奇才)이거늘, 여러분들이 온갖 트집을 잡아 비난만 하려는 것은 손님을 접대하는 예의가 아니오. 지금 조조가 대군을 거느리고 우리 경계까지 와 있는데, 적을 물리칠 계책은 생각하지 않고 공연히 입씨름만 할 것이오?"

모든 사람들이 보니 그는 영릉(零陵) 사람으로 성명은 황개(黃蓋)요, 자는 공복(公覆)이며, 현재 동오의 군량관(軍粮官)으로 있는 사람이었다.

황개가 공명에게 말하기를: "제가 듣기로 이익을 얻으려 여러 말을 하는 것보다 차라리 아무 말도 하지 않은 편이 낫다고 합디다. 선생께서는 어찌하여 그런 귀중한 말씀들을 우리 주공께 직접 하시지 않고 공연히 여러 사람과 변론만 하십니까?"

공명 曰: "여러분들이 현 시국을 제대로 알지 못하면서 서로들 돌아가면서 트집만 잡으려 하니, 대답을 하지 않을 수 없었소."

이리하여 황개와 노숙은 공명을 안내하여 들어가다가 중문에 이르렀을 때, 마침 친형님인 제갈근(諸葛瑾)을 만났다.

공명이 먼저 예를 갖추자 제갈근이 말하기를: "아우님이 강동에 왔으면 나를 먼저 찾아왔어야지!"

공명 曰: "이 아우는 이미 유 예주를 섬기고 있어 선공후사(先公後私)의 도리로, 공무를 마친 뒤에 개인적으로 형님을 찾아뵈려고 했던 것이니 양해해 주시기 바랍니다."

제갈근 曰: "아우는 오후(吳侯: 손권)를 만나 뵌 뒤에 나랑 얘기 좀 나누도록 하세."

말을 마친 제갈근은 혼자 가 버렸다.

노숙 曰: "방금 제가 한 말을 잊지 마시오."

공명은 알고 있다는 듯 고개를 끄덕였다.

공명이 당상(堂上)에 이르자 손권이 계단을 내려와 극진한 예를 갖추어 맞이했다. 서로 인사를 마치고 손권이 공명에게 자리를 내주어 앉도록 했다. 여러 문무 관원들이 두 줄로 나누어 늘어섰다. 노숙은 공명의 곁에 서서 그의 입만 보고 있었다.

공명은 우선 현덕의 뜻을 전하고 슬쩍 손권의 얼굴을 훔쳐보았다. 푸른 눈동자에 자줏빛 수염을 한 그는 매우 당당한 생김새다.

공명이 마음속으로 생각하기를: '얼굴 생김새가 범상치 않은 인물이다. 이런 사람에겐 좋은 말로 설득시키기 어렵다. 충격을 줘서 자존심을 건드려야 한다. 그가 물어볼 때까지 기다렸다가 말로 충동을 일으켜야

한다.'

차를 다 들고 나서 손권이 말하기를: "노자경(魯子敬: 노숙)에게서 공의 재주에 대해 자주 들어왔는데, 이제 만나 보게 되어 다행이오. 많은 가르침을 받고자 하오."

공명 曰: "저는 재주도 없고 배운 것도 없는데 고명하신 물음에 욕되지나 않을지 모르겠습니다."

손권 曰: "공은 최근 신야에서 유 예주를 도와 조조와 싸워보셨으니, 틀림없이 조조군의 실상을 잘 알고 계시리라 믿소."

공명 曰: "유 예주께서는 군사도 적고 장수도 몇 명 안 되는데다, 성도 작고 군량도 없으니 어찌 조조와 대적할 수 있었겠습니까?"

손권 曰: "조조의 군사는 모두 얼마나 되지요?"

공명 曰: "기병·보병·수병 다 합하면 약 백만 명은 될 것입니다."

손권 曰: "그 숫자는 좀 과장된 건 아니오?"

공명 曰: "과장된 게 아닙니다. 조조는 연주(兗州)에 있을 때 이미 청주군 20만 명을 거느렸는데, 원소를 평정해서 5~60만 명을 얻었으며, 중원에서 새로 모집한 군사가 3~40만 명은 되고, 이번에 또 형주의 군사 2~30만 명을 얻었으니, 이렇게 따지면 150만 명이 넘지만, 제가 백만 명이라고 말한 것은 강동의 인사들이 놀랄까 염려하여 줄잡아 말씀드린 것입니다."

곁에서 이 말을 듣고 있던 노숙이 아연실색하여 공명에게 계속 눈짓을 보낸다. 하지만 공명은 못 본 체했다.

손권 曰: "조조의 부하 장수들은 얼마나 됩니까?"

공명 曰: "지모가 뛰어난 모사들과 전쟁 경험이 풍부한 장수가 어찌 1~2천 명뿐이겠습니까?"

손권 曰: "지금 조조는 형(荊)·초(楚) 일대를 모두 평정했건만 그래도 원대한 뜻을 가지고 있을까요?"

공명 曰: "조조는 지금 장강을 따라 영채를 세우고 전선들을 준비하고 있으니, 이는 강동을 도모하지 않는다면 어디를 취하려고 그러겠습니까?"

손권 曰: "만약 조조가 강동을 삼키려는 뜻을 가지고 있다면 그들과 싸워야 할지 말아야 할지, 공께서 내 대신 결단을 내려주시오."

공명 曰: "제가 한마디 드릴 말씀이 있기는 하나, 장군께서 들어주지 않으실 것 같아 두렵습니다."

손권 曰: "부디 고견을 들려주시오."

공명 曰: "이전에 천하가 크게 어지러웠을 때 돌아가신 장군의 부친 손견 장군께서는 강동에서 기병을 하셨고, 유 예주는 한수(漢水) 남쪽에서 군사를 모아 조조를 상대로 천하를 다투었습니다. 그러나 지금 조조는 큰 적들을 다 제거하고 천하의 대부분을 차지하였고 이번에 형주까지 쳐부수어 위엄을 천하에 떨쳤으니, 지금은 설령 영웅이 있다고 하더라도 싸워 볼 만한 땅이 없습니다. 그래서 유 예주께서는 이곳까지 도망쳐 오신 것입니다. 부디 장군께서는 강동의 힘을 헤아리시어 잘 대처하십시오.

만약 오(吳)·월(越)의 군사로 중원의 조조와 맞설 수 있다고 생각하시거든 속히 조조와 절교해야 할 것이며, 만일 그렇게 하지 못하겠거든 어찌 여러 모사들이 건의한 대로 속히 무장을 해제하고 북쪽을 향해 조조를 섬기겠다고 항복하지 않으십니까?"

손권이 미처 대답을 하기도 전에 공명이 계속 말하기를: "지금 장군께서는 겉으로는 조조에게 복종하는 척하면서 속으로는 그를 의심하여 딴 마음을 품어서는 안 됩니다. 사태가 급박하게 돌아가는데 속히 결단을 내리지 않으시면 당장에 화가 닥칠 것입니다."

손권 曰: "그대 말대로라면 유 예주는 어째서 조조에게 항복하지 않는가?"

공명 曰: "옛날 전횡(田橫)은 제(齊)나라의 일개 장사에 불과했지만 오히려 의(義)를 지켰기 때문에 욕을 보지 않았지요. 하물며 유 예주께서는 황실의 후예이면서 당대의 영웅으로 세상의 백성은 물론 선비들로부터 우러러 존경을 받고 있습니다. 세상 일의 성공 여부는 하늘의 운수에 달려 있거늘, 어찌 굴복하여 남의 지배를 받아야 한단 말입니까?"

공명의 이 말을 들은 손권은 자신도 모르게 발끈 화가 나서 얼굴색이 변하더니 소매를 털고 벌떡 일어나 후당으로 들어가 버렸다. 함께 있던 모든 문·무 인사들이 공명을 비웃으며 자리를 떠나 버렸다.

노숙이 공명을 책망하여 말하기를: "선생은 왜 그런 말을 하였소이까? 다행이 우리 주공께서 도량이 넓고 크셔서 면전에서 책망은 하시지 않았지만, 선생은 우리 주공께 너무 무례를 범하였소."

공명이 얼굴을 쳐들고 웃으며 말하기를: "손 장군은 어찌 그리 포용력도 없단 말인가! 내 원래 조조를 깨뜨릴 계책을 가져 왔건만, 그가 묻지도 않기에 나도 일부러 말하지 않았소."

노숙 曰: "정말 좋은 계책이 있단 말이오? 그럼 제가 주공께 청하여 다시 선생의 가르침을 받도록 해보겠소."

공명 曰: "나는 조조의 백만 대군을 그저 개미 떼로 보고 있소. 내가 손만 한 번 쳐들면 저들은 모조리 가루가 되고 말 것입니다."

공명의 말을 들은 노숙은 곧바로 후당으로 들어가 손권을 뵈었다. 아직 노기가 풀리지 않은 손권은 노숙을 쳐다보며 말하기를: "공명이 나를 이리도 기만한단 말인가!"

노숙 曰: "저도 그 일로 공명을 심하게 책망했습니다. 하지만 공명은 도리어 주공께서 포용력이 없다고 하면서 웃었습니다. 공명은 조조를 깨뜨릴 계책을 가져 왔지만 경솔히 말하지 않으려는 것뿐인데, 주공께선 어찌 그 계책을 묻지 않았습니까?"

마침내 노기를 푼 손권이 밝은 표정으로 말하기를: "이제 보니 공명이 좋은 계책을 숨기고 일부러 나의 자존심을 건드려 화나게 만들었던 것이군. 내 한순간 좁은 소견으로 하마터면 대사를 그르칠 뻔했구나!"

노숙과 함께 다시 대청으로 나온 손권이 먼저 공명을 보고 사과의 말을 하기를: "방금 전 내가 선생의 위엄을 모독한 것 같은데 너무 언짢게 여기지 않았으면 합니다."

공명 역시 사과하기를: "제가 오히려 장군의 기분을 상하게 해드렸는데, 부디 용서해 주시기 바랍니다."

손권이 공명을 후당으로 안내하여 술상을 내오게 하여 대접을 했다. 술이 몇 순배 오간 뒤 손권이 말하기를: "조조가 평생 미워했던 자로는, 여포·유표·원소·원술·유 예주 그리고 내가 있소. 그러나 지금은 다른 영웅들은 이미 다 죽었고 유 예주와 나만 남아 있소. 나는 오(吳)나라 전부를 갖다 바치고 조조의 통제를 받고 살 수는 없소이다. 그래서 나는 이미 결단을 하였소. 지금 유 예주가 아니고는 조조를 대적할 사람이 누가 있겠소. 그러나 예주께서는 최근에 조조에게 패했으니, 나 혼자서 조조를 어찌 막아낼 수 있겠소?"

공명 曰: "유 예주께서 비록 최근에 패했다고 하지만, 관운장이 여전히 정예병 1만 명을 거느리고 있고, 강하에서 유기가 거느리고 있는 군사 또한 줄잡아 1만 명은 됩니다. 조조의 군사들은 멀리서 오느라 지칠 대로 지쳐 있습니다. 특히 기병들은 이번에 유 예주의 뒤를 추격하느라 하루에 3백 리를 밤낮으로 달려왔습니다. 이는 이른바 아무리 강한 활도 거리가 멀면 힘이 약해져서 얇은 비단 한 장도 뚫지 못하는 것과 같은 상황이지요. 더구나 북방 사람들은 원래 수전(水戰)을 할 줄 모르며, 또 조조에게 붙은 형주 군사들은 그들의 위협에 어쩔 수 없이 복종할 뿐이지 결코 조조를 진심으로 섬기는 것이 아닙니다.

지금 장군께서 진실로 우리 주공과 힘을 합쳐 협력하실 수 있다면 반드시 조조의 군사를 깨부술 수 있습니다. 조조가 패하면 틀림없이 북으로 돌아갈 것이고, 그렇게 되면, 형주와 동오의 세력이 강해져서 천하는 솥발처럼 셋으로 나뉘는 새로운 형세를 이루게 될 것입니다.

성패의 계기는 바로 오늘 장군의 결심에 달려 있으니, 부디 장군께서 잘 판단하시어 결정하십시오."

손권은 크게 기뻐하며 말하기를: "선생의 말씀은 갑자기 막혔던 것이 훤히 뚫리듯 나를 깨우쳐 주었소. 나는 이미 결정했으니 다시는 의심하지도 않을 것이오. 오늘 당장 군사를 일으켜 조조를 없애 버릴 일을 상의하겠소."

손권은 즉시 노숙에게 자신의 이러한 뜻을 모든 문무 관원들에게 전달하도록 하고, 공명을 역관으로 보내서 쉬도록 했다.

장소는 손권이 군사를 일으키기로 했다는 것을 알고 즉시 여러 사람들과 논의하기를: "이는 주공이 공명의 계책에 넘어간 것이오!"

그러고는 급히 들어가 손권을 보고 말하기를: "주공께서 군사를 일으켜 조조와 싸우겠다고 하셨다는데, 주공께서는 스스로 생각하시기에 원소에 비해 어떻다고 생각하십니까? 조조는 이전에 미약한 군사와 적은 장수로도 원소를 단번에 이겼는데, 지금은 백만 대군을 거느리고 내려왔습니다. 그들을 어찌 대적한단 말입니까? 만약 제갈량의 말만 듣고 경솔하게 군사를 일으킨다면, 이것은 이른바 섶을 지고 불속에 뛰어드는 격입니다."

손권은 고개를 숙이고 있을 뿐 말이 없었다.

고옹 曰: "조조에게 패한 유비가 우리 강동의 군사를 빌려 조조를 막아보려는 수작인데, 주공께서는 어찌하여 그에게 이용당하려 하십니까? 부디 자포(子布: 장소)의 말을 들으셔야 합니다."

손권은 망설이며 결단을 내리지 못했다.

장소 등이 물러가자 노숙이 들어와 말하기를: "방금 장소 등이 주공께 군사를 일으키지 말고 항복하자고 주장하는 것은 모두 자신과 처자식들만 보호하려는 신하들로서 오로지 자기 자신들을 보전하기 위한 계책일 뿐입니다. 주공께서는 그들의 말을 들어서는 안 됩니다."

손권은 여전히 주저하고 있었다.

노숙 曰: "주공께서 망설이며 결단을 내리지 못하시면 틀림없이 그들 때문에 대사를 그르치게 될 것입니다."

손권 曰: "그대는 잠시 물러가 있으시오. 내 마지막으로 깊이 생각해 볼 것이네."

노숙은 물러나올 수밖에 없었다.

이때 장수들 중에는 싸우자고 하는 사람이 있기는 했지만, 문관들은 모두 항복해야 한다고 주장했다.

한편 안채로 들어간 손권은 불안하여 침식도 제대로 못하고 주저하며 결단을 내리지 못했다. 이때 손권의 이런 모습을 보고 오 국태(吳國太: 손견의 둘째부인으로 손권 모친의 친동생)가 묻기를: "도대체 무슨 걱정이 있기에 침식조차 모두 폐하는가?"

손권 曰: "지금 조조가 장강과 한수에 군사를 주둔시켜 놓고 강남을 치려고 합니다. 문무 관원들을 모아 놓고 의논한 결과, 일부는 항복하자고 하고 또 일부는 싸우자고 합니다. 싸우자니 적군이 우리의 군사보다 더 강하고, 항복하자니 조조가 어떻게 나올지 몰라 두렵습니다. 그래서 주저하며 결단을 내리지 못하고 있습니다."

오국태 曰: “너는 내 언니가 죽을 때 했던 말을 벌써 잊었단 말이냐?”

이 말을 들은 손권은 마치 취했던 술이 방금 깨고, 꿈에서 막 깨어난 듯 모친의 유언을 생각해 냈다.

이야말로:

모친이 임종 때 한 말 생각이 나서	追思國母臨終語
주유를 불러다가 큰 전공을 세우네	引得周郎立戰功

필경 무슨 말을 했을까? 다음 회를 기대하시라.

제 44 회

제갈량은 지모를 써서 주유를 자극하고 손권은 조조를 쳐부술 계책을 수립하다

孔明用智激周瑜

孫權決計破曹操

손권이 주저하며 결단을 내리지 못하고 있는 것을 보고 오 국태가 말하기를: "내 언니가 너에게 유언하기를, '너의 부친(손견)이 임종 때 나라 안의 일로 결단하기 어려운 일은 장소에게 물어보고, 나라 밖의 일로 결단이 어려울 때는 주유에게 물어보라.'고 하셨는데 너는 왜 주유를 불러다가 그 중요한 일을 물어보지 않느냐?"

그 말을 들은 손권은 너무 기뻐하며 즉시 파양(鄱陽)으로 사자를 보내 주유를 불러오도록 했다. 원래 파양호에서 수군을 훈련시키고 있던 주유는 조조의 대군이 한수 상류에 이르렀다는 말을 듣고 손권과 군사 일을 논의하려고 시상군으로 오고 있는 중이었다.

그래서 사자가 파양으로 떠나기도 전에 주유가 먼저 당도했다. 노숙은 주유와 가장 교분이 두터운 사이이므로 먼저 그에게 가서 지금까지 있었던 일을 자세히 일러 주었다.

주유 曰: "자경(子敬)은 걱정 마시오. 내게 생각이 다 있소. 지금 속히 공명을 데려오시오."

노숙이 공명을 데리러 간 사이 주유는 잠시 쉬려고 했다. 그때 갑자기 장소·고옹·장굉·보즐 등 네 사람이 찾아왔다고 보고를 했다. 주유는 그들과 대청에 마주 앉아 의례적인 인사를 나눈 뒤, 장소가 먼저 말하기를: "도독은 어떻게 하는 것이 강동에 이익이고 또 손해인지 알고 계시오?"

주유 曰: "알지 못합니다."

장소 曰: "조조가 지금 백만 대군을 거느리고 한수 상류에 주둔시켜 놓고, 얼마 전 우리에게 격문을 보냈는데, 우리 주공에게 강하에서 만나 사냥을 같이 하자는 내용이었소. 비록 강동을 삼키려는 뜻이 있는 것 같으나, 아직 그 본색을 드러낸 것은 아니오. 그래서 우리는 주공에게 항복을 권하여 강동의 화를 미연에 방지하고자 하는데, 뜻밖에 노자경이 강하에 가서 유비의 군사(軍師) 제갈량을 데리고 왔소. 제갈량은 자기들이 조조에게 패한 분을 설욕하고자 온갖 궤변으로 우리 주군을 현혹시켰소. 더구나 자경은 그의 말에 미혹되어 이를 깨닫지 못하고 있소. 그래서 마침 도독께서 결단을 해 주기를 기다리던 참이었소."

주유 曰: "공들의 의견은 모두 같은지요?"

고옹 등이 말하기를: "의논한 결과 모두 같은 의견이오."

주유 曰: "나 역시 항복해야 한다고 생각한 지 오래 되었소. 공들은 그만 돌아가시오. 내일 아침 주공을 뵙고 의논을 하면 결정이 나겠지요."

장소 등 네 사람이 돌아간 뒤 얼마 안 되어 또 정보·황개·한당 등 장수들이 몰려왔다. 그들을 맞이한 주유는 각자의 안부를 나누었다.

정보 曰: "우리가 손 장군(손견)을 따라다니며 창업을 하기까지 수백 번의 크고 작은 싸움을 치러 겨우 6군의 성을 거느리게 되었는데, 이제 주공께서는 모사들의 말만 들으시고 조조에게 항복하려고 하시니, 참으로 수치스럽고 애석한 일이 아닐 수 없소. 우리는 차라리 죽으면 죽었지 그런 치욕을 당할 수는 없소. 부디 도독께서는 주공께 권하여 군사를 일으키도록 방침을 정해 주시오. 우리는 목숨을 바쳐 싸우기를 원하오."

주유 曰: "장군들의 의견이 다 같으신지요?"

황개가 분연히 자리를 박차고 벌떡 일어나, 주먹으로 자신의 이마를 치며 말하기를: "내 머리가 잘리는 일이 있더라도 결단코 조조에게 항복하지는 않을 것이오!"

모든 장수가 동시에 말하기를: "우리는 절대로 항복하지 않을 것이오."

주유 曰: "나 또한 조조와 결전을 바라고 있소. 어찌 조조에게 항복하려 하겠소. 장군들은 일단 돌아가시오. 제가 주공을 뵙고 결정하겠소."

정보 등이 돌아가고 난 뒤 또 얼마 지나지 않아 이번에는 제갈근·여범(呂範) 등 일반 문관 등이 찾아왔다.

주유가 그들을 맞아 인사를 마치자 제갈근이 말하기를: "제 동생 제갈량이 하구에서 유비의 사자로 와서 우리 동오와 손을 잡고 함께 조조를 치자는 유비의 뜻을 주공께 전했다는데, 우리 문무 관원들의 의견이 일치되지 않아 아직 결정을 내리지 못하고 있습니다. 제 아우가 사자로 왔기 때문에 제가 여러 말을 하는 것은 적절하지 않은 것 같지만 도독께서 이 일만은 결정을 해 주기를 바랍니다."

주유 曰: "그러면 귀공의 의견은 어떤 것이오?"

제갈근 曰: "항복하면 안전하기는 할 것이고 싸우면 보전하기는 어렵겠지요."

주유가 웃으며 말하기를: "제게도 생각이 있습니다. 내일 부중에서 함께 의논하여 결정하시지요."

제갈근 등이 물러가자 또 여몽·감영 등이 보러왔다. 주유가 그들을 맞아들이자 그들 역시 이 일에 대해 이야기를 했다. 그런데 그들은 싸우자는 쪽과 항복하자는 쪽의 의견이 팽팽하여 서로 논쟁을 벌였다.

주유 曰: "여러 말 할 것 없이 내일 부중에서 함께 의논하여 결정합시다."

이제 모든 사람들이 물러갔다. 혼자 앉아있는 주유는 씁쓸한 미소를 지울 수가 없었다.

저녁이 되자 노숙이 공명을 데리고 왔다.

주유는 중문까지 나가 공명을 모시고 들어와 인사를 마친 뒤 손님과 주인으로 자리를 잡고 앉았다.

먼저 노숙이 주유에게 말하기를: "지금 조조가 우리를 치려고 하여 주공께서 화친과 전쟁 중 어느 쪽을 택해야 할지 결정을 못 내리시고 장군의 의견을 들어 보려고 하시는데, 장군의 생각은 어떻소?"

주유 曰: "조조는 천자를 내세우고 내려온 것이니 우리가 그들에게 항거할 명분이 없거니와, 그들은 백만 대군이라는 막강한 세력을 갖고 있으니 가벼이 대적할 수도 없소. 싸운다면 반드시 패할 것이고 항복하면 쉽게 안정을 찾을 수 있을 것이오. 내 뜻은 이미 결정 되었소. 내일 주공을 뵙고 당장 조조에게 사자를 보내어 항복하자고 할 것이오."

이 말을 들은 노숙이 어안이 벙벙하여 말하기를: "장군이 어찌 그러실 수가 있소이까? 우리 강동의 기업은 이미 3대째 걸쳐 내려오고 있거늘, 어떻게 하루아침에 남에게 넘겨준단 말이오? 지난 날 백부(伯符: 손책)께서 세상을 떠나실 때 마지막으로 유언하시기를, '나라 바깥일은 주유에게 부탁한다.'고 하셨기에 지금 주공께서는 나라의 보전을 위해 장군을 태산처럼 의지하고 계시는데, 장군마저 어찌 나약한 자들의 의론을 좇으려 한단 말이오?"

주유 曰: "우리 강동의 6개 군에는 수많은 백성들이 살고 있소. 만약 그들이 전쟁의 참화를 당하게 된다면 틀림없이 그 원망은 오롯이 나에게 돌아올 것이오. 그래서 나는 주공에게 항복을 청하자 권하기로 결심한 것이오."

노숙 曰: "그렇지 않소이다. 장군과 같은 영웅이 동오의 험한 요새를 이용하여 맞서 싸운다면 제아무리 조조라도 제 뜻을 그리 쉽게 이루지는 못 할 것이오."

두 사람이 서로 논쟁을 벌이는 동안 공명은 팔짱을 끼고 빙그레 웃기만 했다.

주유 曰: "선생은 왜 비웃고만 계시오?"

공명 曰: "제가 웃는 것은 다름이 아니라, 자경께서 현 정세를 너무 모르시기에 웃었던 것이오."

노숙 曰: "선생은 어째서 내가 현 정세를 모른다고 비웃으신단 말이오?"

공명 曰: "조조에게 항복하자는 공근(公瑾: 주유)의 주장이 매우 합리적이요."

주유 曰: "공명은 현 정세를 잘 파악하고 있으니 틀림없이 내 생각과 같으리라 믿소."

노숙 曰: "공명 선생, 도대체 당신까지 왜 이러시오?"

공명 曰: "조조의 용병술은 천하무적이지요. 지난날 여포·원소·원술·유표 등이 감히 그에게 덤벼봤지만 결국 그들 모두 조조에게 멸망하여 천하에 그를 대적할 사람이 누가 있소. 오로지 세상 물정을 모르는 유 예주만이 억지로 조조와 승패를 다투어 보려다 지금은 그 생사존망도 보증할 수 없는 채로 강하에 외로이 머물러 있는 것 아니오.

장군께서 조조에게 항복하기로 결정하시면 처자식도 보전할 수 있고 부귀영화도 그런대로 누리겠지요. 나라의 운명이 다른 사람에게 넘어가는 것이야 천명에 맡기면 그만이지, 애석해 할 게 뭐 있겠소!"

노숙이 크게 화를 내며 말하기를: "당신은 우리 주공께서 나라의 역적 놈에게 무릎을 꿇는 치욕을 당하게 할 것인가!"

공명 曰: "제게 한 가지 계책이 있긴 합니다. 조조에게 땅과 인수를 바칠 필요도 없고, 그들을 축하해 주기 위해 술과 고기를 대접할 필요도 없으며, 게다가 직접 강을 건너갈 필요도 없소. 단지 사자 한 사람을 시켜, 쪽배에 사람 두 명만 그들에게 보내 주면 되는 일이지요. 조조는 그 두 사람만 얻으면 백만 대군은 갑옷을 벗기고 기(旗)는 둘둘 말아 들고 물러갈 것이오."

주유 曰: "어떤 두 사람을 쓰면, 조조의 군사를 물리칠 수 있단 말이오?"

공명 曰: "강동에서 그 두 사람이 떠나는 것은 마치 큰 나무에서 잎 하나가 바람에 떨어진 것이며, 큰 곡식 창고에서 좁쌀 한 알 없어지는 것과 다름없지만, 조조는 그 두 사람을 얻으면 틀림없이 크게 기뻐하며 떠나갈 것이오."

주유가 다시 묻기를: "과연 그 두 사람이 누구란 말이오?"

공명 曰: "내가 융중에 있을 때 들은 바에 의하면, 조조는 장하(漳河) 강변에 대(臺)를 신축하고 이름하여 '동작대(銅雀臺)'라 하였으니, 그 규모가 매우 장엄하고 화려한지라, 천하의 미녀를 널리 뽑아 동작대에 두기로 하였소.

조조는 본래 호색한(好色漢)으로, 그는 오래 전부터 강동의 교공(喬公)이라는 분에게 대교(大喬)와 소교(小喬) 두 딸이 있는데, 그 용모가 너무 아름다워 물 위의 물고기가 부끄러워서 물속 깊이 숨고, 하늘 높이 날던 기러기가 부끄러워서 땅으로 떨어졌을 정도이고(有浸魚落雁之容), 달은 구름 속으로 숨고, 꽃은 부끄러워 고개를 숙일 정도로 아름다운 미모(閉月羞花之貌)라는 소문을 들었다고 하였소.

그래서 일찍이 조조는 맹세하기를, '내게 두 가지 소원이 있으니, 하나는 천하를 평정하여 제업(帝業)을 이루는 것이며, 또 하나는 강동의 교씨(喬氏) 여인 둘을 얻어 동작대에서 만년을 즐길 수 있다면 죽어도 여한이 없을 것이다.'라고 했다고 하였소. 지금 그가 백만 대군을 이끌고 내려와 강남을 범처럼 노려보고 있는 것은, 실은 이 두 여인 때문이요.

장군께서는 어찌하여 교공을 찾아서 천금을 주더라도 이 두 여인을 사서 조조에게 보내 주지 않으시오? 조조는 이 두 여인만 얻으면 더 없이 만족하여 틀림없이 군사를 돌려 돌아갈 것이오.

이는 범려(范蠡: 춘추시대 월나라의 모신謀臣)가 서시(西施: 범려가 오나라 왕에게 보내준 미녀)를 바친 것과 같은 계책이니 속히 서두르시지요."

주유 曰: "조조가 두 교씨를 얻고자 한다는 무슨 증좌라도 있는 것이오?"

공명 曰: "조조의 막내아들 조식(曹植)은 자를 자건(子建)이라 하는데, 그는 붓을 종이에 대기만 하면 바로 문장이 지어질 정도로 글을 아주 잘 짓지요. 조조가 일찍이 그로 하여금 부(賦)를 하나 짓도록 했는데, 그 제목이 동작대부(銅雀臺賦)이지요. 그 부의 내용은 간단히 말해서, 자기 집안은 천자가 되기에 합당하며, 맹세코 두 교씨를 취하고야 말겠다는 것이지요."

주유 曰: "공은 그 부를 기억하고 있소"

공명 曰: "글이 워낙 아름답고 화려하기에 일찍이 외워두었지요."

주유 曰: "한 번 외워보시오."

공명이 즉시 〈동작대부〉를 읊조리는데:

밝으신 군주를 따라 즐겁게 노닐다가	從明后以嬉遊兮
높은 누대에 올라오니 기분이 좋구나	登層臺以娛情
황실의 곳간이 활짝 열려있음을 보니	見太府之廣開兮

이는 성덕으로써 나라 경영하신 바라	觀聖德之所營
높은 대문이 우뚝하게 세워져 있는데	建高門之嵯峨兮
한 쌍의 대궐 푸른 공중에 떠 있도다	浮雙闕乎太淸
중천에 세워져 있는 화려한 장관이여	立中天之華觀兮
공중의 복도는 서쪽 성으로 이어지네	連飛閣乎西城
흘러가는 장하의 강물을 옆에 끼고서	臨漳水之長流兮
동산에 무성히 달린 과일을 바라보네	望園果之滋榮
한 쌍의 누대 좌우 양쪽 세워 놓으니	立雙臺于左右兮
하나는 옥룡이요 또 하나는 금봉이라	有玉龍與金鳳
교씨 두 사람을 동남쪽에서 잡아와서	攬二喬於東南兮
아침저녁으로 그 둘과 함께 즐기리라	樂朝夕之與共
아래를 보니 웅장하고 화려한 황도요	俯皇都之宏麗兮
하늘에는 구름과 노을 둥둥 떠다니네	瞰雲霞之浮動
천하의 인재 모여드는 것을 기뻐하니	欣群才之來萃兮
주문왕 길몽 꾸고 강태공 얻음이로다	協飛熊之吉夢
화창한 봄바람을 고개 들어 음미하며	仰春風之和穆兮
뭇 새들 슬피 우는 소리 귀 기울이네	聽百鳥之悲鳴
구름이 하늘에서 누대에 뻗쳐 있으니	天雲亘其旣立兮
우리 집안의 소원을 모두 이루었도다	家願得乎雙逞
인자함을 통한 교화를 천하에 떨치니	揚仁化於宇宙兮

황도를 향해 엄숙한 공경 다하는구나　　盡肅恭於上京

제환공과 진문공 패업 성대하다 해도　　惟桓文之爲盛兮
어찌 우리 밝으신 성덕과 비교하리요　　豈足方乎聖明
아, 아름답구나! 그 은혜 멀리 떨치고　　休矣美矣惠澤遠揚
황가를 잘 보좌하니 천하가 편안하네　　翼佐我皇家兮寧彼四方

금상의 도량은 하늘과 땅처럼 넓으며　　同天地之規量兮
찬란한 영예는 해와 달과 한가지로다　　齊日月之輝光
존귀함은 영원하여 끝이 없을 것이니　　永貴尊而無極兮
금상의 장수하심 태양의 신과 같으리　　等年壽於東皇

용 깃발 꽂은 어가 타고 놀러 다니고　　御龍旂以遨游兮
난가를 타고 세상을 두루 살피시도다　　回鸞駕而周章
금상의 은덕이 온 백성들에게 미치니　　恩化及乎四海兮
물자는 풍부하고 백성들은 잘 지내니　　嘉物阜而民康

원컨대 이 동작대 길이길이 견고하여　　願斯臺之永固兮
이 즐거움 영원토록 끝나지 말지어다　　樂終古而未央

원래 〈동작대부〉의 원작에는 위 13~14 구절은

두 다리가 동과 서로 연결되어 있음이　　連二橋於東西兮
마치 공중에 걸려 있는 무지개 같도다　　若長空之蝃蝀

고 한 것인데 즉, 람이교(攬二喬: 두 교씨를 잡아와서)가 아니라 연이교(連二橋: 두 다리가 연결되어)로 되어 있는 것을 공명이 그럴듯하게 조작을 하여 일부러 주유를 화나게 만든 것이다.

〈동작대부〉를 다 듣고 난 주유는 발끈 화를 내며 자리에서 벌떡 일어나더니 손으로 북쪽을 가리키며 욕을 하기를: "늙은 역적 놈이 나를 이리도 모욕하다니!"

공명이 급히 일어나 그를 제지하며 말하기를: "옛날 흉노의 선우(單于)가 여러 차례 국경을 침범하자 한(漢) 황제께서는 공주를 시집보내 화친을 맺은 적이 있소. 그런데 장군은 어째서 백성의 계집 둘을 그리 아까워하십니까?"

주유 曰: "공이 모르는 게 있소. 실은 대교는 전 주공 손책 장군의 부인이고, 소교는 바로 내 아내요."

공명은 짐짓 깜짝 놀라는 표정을 지으며 말하기를: "제가 그런 사실을 알지도 못하면서 함부로 입을 놀렸으니 참으로 죽을죄를 지었소이다!"

주유 曰: "내 맹세코 저 늙은 도적놈과 한 세상에서 살아가지 않을 것이오!"

공명 曰: "일을 할 때는 적어도 세 번은 생각을 해야 후회하지 않는 법이오."

주유 曰: "나는 손 백부의 유언을 실천해야 하는 몸인데 어찌 몸을 굽혀 조조에게 항복할 리가 있겠소. 방금 전에 했던 말들은 공의 속을 떠보기 위해 일부러 그런 것이오. 나는 파양호를 떠나올 때부터 조조와 싸우기로 결심했소. 설령 칼과 도끼로 내 머리를 내리친다 해도 내 의지는 변하지 않을 것이오. 부디 공명께서 나를 좀 도와주시오. 함께 조조를 쳐부숩시다."

공명 曰: "만일 장군이 저를 버리지 않으신다면 저는 견마지로(犬馬之勞)를 다 할 것이며 언제든지 장군께서 시키는 일은 무슨 일이든 할 것입니다."

주유 曰: "내일 들어가서 주공을 뵙고 즉시 군사를 일으키도록 의논을 하겠습니다."

공명과 노숙은 인사를 하고 나와 각자 헤어졌다.

다음 날 이른 아침, 손권이 당상(堂上)에 올랐다. 왼편에는 문관인 장소·고옹 등 30여 명이, 오른편에는 무관인 정보·황개 등 30여 명이 의관을 정제하고 양쪽으로 순서대로 서 있는데 모두들 허리에 찬 검과 허리띠에 달린 옥패에서 나는 쟁쟁 소리가 더욱 긴장감을 고조시켰다.

잠시 후 주유가 들어와서 손권을 보고 예를 마치고 손권이 위로의 안부를 묻고 나자, 주유가 말하기를: "근자에 듣기로 조조가 군사를 이끌고 내려와 한수 상류에 군사를 주둔시켜놓고 우리에게 글을 보냈다고 하던데, 주공께서는 어떻게 생각하고 계십니까?"

손권이 즉시 격문을 꺼내 주유에게 보여 주었다. 격문을 다 읽은 주유가 웃으며 말하기를: "이 늙은 도적놈이 강동에는 사람이 없다고 생각했기에 이처럼 모욕적인 글을 보내온 것이 아니겠습니까?"

손권 曰: "그대의 뜻은 어떠한가?"

주유 曰: "주공께서는 이미 여러 문무 관원들과 상의하지 않으셨습니까?"

손권 曰: "연일 이 문제를 상의 하였소. 나에게 항복을 권하는 자도 있었고 싸우자고 하는 자들도 있었으나 아직 내 뜻을 결정하지 못했소. 그래서 공근을 청해서 의견을 듣고 최종 결정을 하려는 것이오."

주유 曰: "누가 주공께 항복을 권했습니까?"

손권 曰: “장자포(張子布: 장소) 등은 모두 그런 뜻을 주장하고 있소.”

주유는 즉시 장소에게 묻기를: “선생이 항복을 주장하는 이유를 듣고 싶소이다.”

장소 曰: “조조는 천자를 끼고 사방을 정벌하고 있으며, 군사를 움직일 때마다 조정을 명분으로 내세우고 있소. 더구나 근자에 또 형주를 얻어 그 위세가 더욱 커져 버렸소. 우리 강동이 조조를 대적할 수 있는 것은 오로지 장강뿐인데 조조가 이미 보유하고 있는 전함과 전선이 수백 수천 척에 이르니, 저들이 수륙 병진으로 밀고 내려오면 그들을 어찌 감당할 수 있단 말이오? 일단 항복했다가 후일을 도모하는 편이 나을 것이오.”

주유 曰: “그것은 세상 돌아가는 것도 모르고 그저 책이나 읽는 유생들의 논리일 뿐이요. 우리 강동은 나라를 세운지 이미 3대가 됐는데, 어떻게 하루아침에 나라를 송두리째 남에게 넘겨준단 말이오?”

손권 曰: “그렇다면 장차 어찌 대처해야 좋단 말이오?”

주유 曰: “조조는 비록 한나라 정승으로 행세하고 있지만 실은 한나라의 가장 큰 역적입니다. 장군께서는 영명하고 위엄이 있으며 뛰어난 재주를 지니고(神武雄才) 계신데다 부친과 형님이 남기신 기업과 강동을 차지하고 계십니다. 그리고 휘하의 군사들은 정예롭고 군량미도 넉넉합니다. 지금이야말로 천하를 종횡으로 누비며 나라를 위해 잔인하고 포악한 무리들을 제거해야 하거늘, 어찌 역적에게 항복을 한단 말입니까?

더구나 조조가 이번에 남으로 내려오면서 병가(兵家)로써 행해서는 안 될 금기 사항 몇 가지를 어겼습니다. 아직 북방 지역이 평정되지 않아서 마등(馬騰)과 한수(韓遂)가 그 뒤를 노리고 있음에도 남쪽을 치기 위해 내려왔음이 그 첫 번째 금기사항이요. 북쪽의 군사들은 수전(水戰)에 익숙하지 못함에도 말을 버리고 배를 선택하여 우리 동오와 싸우려고 하는 것이 두 번째 금기 사항이요. 지금은 한겨울이라 말에게 먹일 마초를 구할 수 없는데, 이런 시기에는 싸움을 하려는 것이 세 번째 금기 사항이요. 중원의 군사들이 멀리서 강과 호수를 지나오느라 이곳의 기후와 풍토에 적응하지 못해 질병에 많이 걸릴 것이니 이것이 네 번째 금기 사항입니다.

조조의 군사들은 이러한 여러 가지 금기 사항을 범하고 있으므로, 비록 군사의 수는 많다 하더라도 반드시 패배할 것이오. 장군께서 조조를 사로잡을 기회는 바로 지금입니다. 저에게 정예병 수천 명만 내어 주시면 하구로 나아가 주둔하고 있다가 장군을 위해 적군을 쳐부수겠습니다."

손권은 눈을 휘둥그레 뜨고 주위를 돌아보며 자리에서 벌떡 일어나 말하기를: "늙은 역적 놈이 한나라를 없애고 자신이 천자가 되려 한 지 오래 되었다. 그러나 원술·원소·여포·유표 그리고 내가 무서워 그러지 못했던 것인데, 지금은 그 영웅들이 다 죽었고 나만이 남았다. 나는 그 늙은 도적놈과는 맹세코 같은 하늘에서 양립하지 않을 것이다. 마땅히 조조를 쳐부수어야 한다는 경의 말이 내 뜻과 심히 합당하다. 이는 하늘이 경을 나에게 보내 주심이로다."

주유 曰: "신은 장군을 위해 싸울 수만 있다면, 만 번 죽어도 여한이 없을 것이오나 오로지 장군께서 의심을 하면서 결단을 못 내리실까 봐 그것이 두려울 뿐입니다."

손권이 차고 있던 칼을 뽑아 앞에 놓인 탁자를 내리쳐 두 동강을 내며 말하기를: "모든 관리와 장수들 중에 조조에게 항복하자는 말을 다시 꺼내는 자가 있으면 바로 이 탁자처럼 될 것이니라!"

말을 마친 손권은 곧바로 그 칼을 주유에게 하사하며, 즉시 주유를 대도독으로 삼고 정보를 부도독, 노숙을 찬군교위(贊軍校尉)로 임명했다.

그리고 만약 문관이든 무장이든 명령에 복종하지 않은 자는 누구를 막론하고 즉시 이 검으로 베어 버리도록 주유에게 명령했다.

검을 하사받은 주유는 모든 사람들에게 말하기를: "나는 주공의 명을 받들어 군사를 거느리고 나가 조조를 쳐부술 것이다. 모든 장수와 관리들은 내일 모두 강변의 군영에서 나의 명령을 기다려라. 만약 시각을 어기거나 오지 않는 자는 칠금령(七禁令)과 54가지 참(斬)에 의거하여 처벌할 것이다."

말을 마친 주유는 손권에게 하직 인사를 하고 부중을 나왔다. 모든 문무 관원들 역시 말없이 흩어졌다.

주유는 숙소로 돌아오자마자 곧바로 공명을 청하여 앞일을 상의했다.

공명이 도착하자 주유가 말하기를: "방금 전 부중에서 공론이 정해졌소. 이제 조조를 쳐부술 계책을 들려주시오."

공명 曰: "손 장군의 마음은 여전히 흔들리고 있으니 계책을 정할 수가 없소이다."

주유 曰: "어찌 마음이 흔들린다고 말하시오?"

공명 曰: "손 장군은 여전히 조조의 군사가 많다는 것에 겁을 먹고 적은 수의 군사로는 많은 군사를 당해내기 어렵다고 생각하고 계시오. 장군께서는 능히 군사의 숫자로서 그의 의심을 풀어드릴 수 있으니, 우선 손 장군이 확실히 이해하여 의심이 없도록 한 다음에야 대사를 이룰 수가 있소이다."

주유 曰: "선생의 말이 지당하오."

주유는 다시 손권을 만나러 들어갔다.

손권 曰: "공근이 이 밤중에 온 것을 보니 필시 무슨 중요한 일이 있음이로다."

주유 曰: "내일 군사를 일으키는데 주공은 여전히 승리를 의심하는 건 아니신지요?"

손권 曰: "다른 건 걱정이 안 되는데 단지 우리 군사에 비해 조조의 군사가 너무 많다는 것이 마음에 걸리네."

주유가 웃으며 말하기를: "역시 제 짐작이 맞았군요. 제가 그것 때문에 주공의 의심을 확실히 풀어드리고자 이 밤중에 일부러 찾아온 것입니다. 주공께서는 조조가 보낸 격문에 수륙 대군이 백만 명이라는 것만 보셨기 때문에 의심과 두려움을 품으시고, 그의 실상을 따져보려고 하지 않으신 것이지요.

제가 그 실상을 설명 드리겠습니다. 먼저 그가 중원에서 데리고 온 군사는 15~16만 명에 불과하며, 그들은 지칠 대로 지쳐있습니다. 그가 얻은 원씨의 군사는 7~8만 명에 지나지 않으며 그들 중 대부분은 의심을 품고 복종을 하지 않고 있습니다. 장군께서도 잘 아시겠지만 무릇 오랫동안 지쳐있는 군사나 의심을 품은 군사들은 설령 그 수가 많다고 해도 조금도 겁낼 것이 없습니다. 저에게 군사 5만 명만 내어 주시면 저들을 충분히 쳐부술 수 있으니, 부디 주공께서는 염려하지 마십시오."

손권은 주유의 등을 어루만지며 말하기를: "공근의 이 말은 내 의심을 풀기에 충분하다. 장소는 지모가 부족하여 나를 크게 실망시켰는데, 그대와 노숙만은 나와 한마음 한뜻이라. 경은 노숙·정보와 함께 내일 당장 군사를 거느리고 출동하시오. 나는 계속해서 군사를 보낼 것이고 군사 물자와 군량미를 넉넉히 실어 보내 경을 지원할 것이오. 만약 경이 전방에서 싸우다가 여의치 않거든 언제든지 나랑 교대하시오. 내가 직접 나가서 조조 역적 놈과 싸울 것이오. 이제는 더 이상 승리의 확신에 대한 의심을 하지 않을 것이오."

손권에게 하직 인사를 하고 밖으로 나온 주유는 속으로 생각하기를:

'공명은 어찌하여 우리 주공의 속마음까지 이리도 훤히 헤아리고 있단 말인가! 그의 계책은 역시 나보다 한 수 위인 게 틀림없다. 만약 오래 놔두었다가는 우리 강동에 틀림없이 우환거리가 될 것이다. 차라리 그를 죽여 버리는 편이 낫겠다.'

주유는 곧바로 사람을 보내 노숙을 막사로 불러 공명을 죽이자고 말했다.

노숙 曰: "안 됩니다. 아직 조조와 싸움을 시작도 하지 않았는데, 그런 군사를 죽이는 것은 우리를 도와주려는 사람을 스스로 버리는 격입니다."

주유 曰: "이 사람이 유비를 돕고 있는 한, 반드시 우리 강동의 우환거리가 될 것이오."

노숙 曰: "제갈근이 그의 친형이니 그로 하여금 동생을 데려와서 함께 강동을 섬기게 한다면 그보다 더 좋은 묘수가 어디 있겠습니까?"

주유도 그렇게 하자고 했다.

다음 날 새벽, 강변의 군영으로 나간 주유는 중군 막사의 가장 높은 곳에 앉아 좌우로 도부수들을 세워 놓고 모든 문관과 무장들에게 명령을 내리는데 정보(程普)가 보이지 않았다.

원래 정보는 주유보다 나이가 많다. 그런데 지금 주유가 자신보다 윗자리에서 명령을 내리는 것이 불쾌하여 몸이 아프다는 핑계로 나오지 않고 대신 장자인 정자(程咨)를 보낸 것이다.

주유는 모든 장수들에게 명을 내리기를: "나라 법에는 친소 관계를 따지지 않는다. 제군들은 각자 맡은 바 직분을 다하라. 지금 조조가 국정을 농단함이 동탁보다 심하여 천자를 허도에 감금하고, 포악한 군사들을 우리 국경에 주둔시켜 놓았다.

내 지금 명을 받들어 그를 치려고 하니 제군들은 힘차게 전진하라. 우리 대군이 가는 곳에서는 백성들을 놀라게 해서는 안 된다. 신상필벌(信賞必罰)을 확실히 할 것이며 결코 사사로운 정에 얽매어 불공평하게 하는 일은 없을 것이다."

그러고는 즉시 한당과 황개를 전방 부대의 선봉으로 삼아, 본부의 전선(戰船)들을 거느리고 그날 중으로 출발하여 삼강구(三江口)로 가서 영채를 세운 뒤, 다음 명령을 기다리도록 했다. 그리고 장흠(蔣欽)과 주태(周泰)를 제 2대로, 능통(凌統)과 반장(潘璋)을 제 3대로, 태사자(太史慈)와 여몽(呂蒙)을 제 4대로, 육손(陸遜)과 동습(董襲)을 제 5대로 각각 삼고, 여범(呂範)과 주치(朱治)를 사방순경사(四方巡警使)로 삼아서 여섯 개 군의 모든 군관들을 감찰하도록 했다. 그리하여 강과 육지로 나란히 진군하여 정한 기일에 함께 모이기로 했다.

이렇게 군사 배치가 모두 끝나자, 모든 장수들은 각자 자신들의 전함들과 병장기를 수습하여 동시에 출발했다.

집으로 돌아간 정자가 부친 정보에게 주유의 군사 배치 상황과 그의 행동거지가 모두 법도에 어긋남이 없었다고 보고하자 정보는 크게 놀라며 말하기를: "나는 평소 주유는 나약하여 전 군을 통솔하는 장수가 되기에는 부족하다고 깔보았었는데 그리 하였다니 그는 진정한 장수가 아니더냐! 내 어찌 복종하지 않겠느냐!"

그는 친히 군영으로 찾아가서 사죄했다. 주유는 겸허히 그의 사과를 받아 주었다.

다음 날 주유는 제갈근을 만나서 말하기를: "아우님인 공명은 왕을 보좌할 뛰어난 재능이 있는데 어째서 유비를 섬기고 있는지 모르겠소. 지금 다행히 강동에 와 있으니, 수고스럽지만 선생께서 어떻게 해서든지 잘 설득하여 아우님이 유비를 버리고 동오를 섬기도록 해 주시오. 그러면 우리 주공은 훌륭한 보좌를 받을 수 있게 되고, 선생 형제분도 늘 함께 있게 되니 이보다 더 다행스러운 일이 어디 있겠소? 선생께서 즉시 한 번 다녀와 주시오."

제갈근 曰: "제가 강동에 온 이래로 한 치의 공도 세우지 못해 늘 부끄럽게 여기던 차에, 지금 도독께서 그런 분부를 내리시니 어찌 감히 힘을 다하지 않을 수 있겠습니까."

즉시 말에 올라 공명을 만나러 역관으로 찾아갔다.

공명이 형님을 맞아들여 울면서 인사를 하고 오랫동안 서로 떨어져서 그리웠던 형제애를 나누었다.

제갈근이 울면서 말하기를: "아우는 백이(伯夷)와 숙제(叔齊)를 알고 있는가?

공명은 속으로 생각하기를: '이는 필시 주유가 나를 설득하라고 형님을 보내신 게 분명하다.'

공명이 즉시 대답하기를: "백이와 숙제는 옛 성현들 아니십니까?"

제갈근 曰: "백이와 숙제는 수양산에 들어가서 굶어 죽을 때까지 함께 있었다. 그런데 나와 너는 한 어머니 뱃속에서 태어나 같은 젖을 먹고 자랐으면서 이제 섬기는 주인이 달라 아침저녁으로 만나지도 못하고 있으니, 백이와 숙제의 사람됨과 비교해 보니 부끄럽기 짝이 없구나!"

공명 曰: "형님께서 말씀하시는 것은 정(情)이고, 이 아우가 지키려는 것은 의(義)입니다. 형님과 저는 모두 한나라 사람이고, 지금의 유 황숙께서는 한 황실의 후예이십니다. 형님이 이곳 동오를 떠나 저와 함께 유 황숙을 섬긴다면, 위로는 한나라의 신하로서 부끄럽지 않고, 또 형제가 함께 모여 살 수 있으니, 이야말로 정과 의, 두 가지를 온전히 지킬 수 있는 방법인데, 형님의 의향이 어떠신지 모르겠습니다."

제갈근은 속으로 생각하기를: '나는 아우를 설득하러 왔는데 오히려 내가 아우에게 설득당하고 말겠구나.'

대답할 말이 없는 제갈근은 결국 그대로 일어나서 작별 인사를 하고 나와 버렸다.

그는 돌아와서 주유에게 공명의 말을 자세히 전했다.

주유 曰: "공의 뜻은 어떠하오?"

제갈근 曰: "나는 손 장군의 두터운 은혜를 입은 사람인데, 어찌 배반하고 이곳을 떠나겠소."

주유 曰: "공께서는 이미 주공을 충심으로 섬겨 오셨으니 더 무슨 말이 필요하겠소. 내게 공명을 설복시킬 계책이 따로 있소.

이야말로:

지혜와 지혜가 서로 만나면 마땅히 합해지나　　智與智逢宜必合
재주와 재주가 서로 다투면 용납하기 어렵네　　才和才角又難容

필경 주유는 어떤 계책으로 공명을 굴복시킬 것인가?

다음 회를 기대하시라.

제 45 회

조조는 삼강구에서 군사를 모두 잃었고
장간은 군영회에서 계략에 빠지고 말다

三江口曹操折兵

群英會蔣干中計

제갈근의 말을 들은 주유는 공명을 더욱 시기하며 마음속으로 죽일 생각을 품었다. 다음 날 주유는 거느리고 떠날 군사와 장수들에 대한 점검을 마치고 손권에게 하직 인사를 하러 들어갔다.

손권 曰: "경이 먼저 떠나시오. 나도 곧 군사를 이끌고 뒤따라 갈 것이오."

주유는 물러나와 정보·노숙과 함께 군사를 거느리고 출발하면서 공명에게도 함께 가자고 했다. 공명은 흔쾌히 승낙을 하고 그들과 함께 배에 올랐다.

수많은 배들이 돛을 높이 올리고 하구를 향해 구불구불 길게 열을 지어 앞으로 나아가 삼강구에서 5~60리 떨어진 곳에 이르러 배들은 차례로 닻을 내리고 정박했다.

주유는 강 안에 영채를 세우고, 육군은 강기슭 위에서 서산(西山)에 의지하여 영채를 세운 뒤 그 주위에 군사를 주둔시켰다.

공명은 일엽편주(一葉片舟) 안에서 쉬고 있었다.

군사들의 배치를 마친 주유는 사람을 공명에게 보내 의논할 일이 있으니 와달라고 청했다. 공명이 중군(中軍) 막사에 당도하여 인사를 나눈 뒤 주유가 말하기를: "지난번 조조가 원소와의 싸움에서 조조의 군사가 원소의 군사보다 훨씬 작았음에도 조조가 이길 수 있었던 것은 허유(許攸)의 계책을 써서 오소에 저장해 둔 군량미를 모두 불살라 버렸기 때문이오. 지금 조조의 군사는 83만 명이나 되지만 우리의 군사는 5~6만 명에 지나지 않으니 어찌 저들을 물리칠 수 있겠소. 역시 저들의 군량미 저장소를 끊어 놓은 후에 깨뜨릴 수 있을 것이오.

내가 알아본 바에 의하면 조조 군의 군량과 마초들은 모두 취철산(聚鐵山)에 쌓여 있다고 하더이다. 선생은 한수 상류에 오래 있어서 그곳 지리에 익숙할 터이니, 수고스럽겠지만 선생께서 관우·장비·자룡 등과 함께 오늘밤 안으로 취철산으로 가서 조조의 군량미 보급로를 끊어주기를 감히 부탁하오. 저 역시 군사 1천 명을 내어 도와드리겠소. 피차 각자의 주인을 위해서 하는 일이니 거절하지 말아 주시오."

공명은 속으로 생각하기를: '이것은 분명 형님을 시켜 나를 설득하려다 실패하니 계략을 써서 나를 죽이려는 것이다. 내가 만약 그의 제안을 거절하면 틀림없이 웃음거리가 될 것이니, 차라리 승낙을 하고 달리 방법을 찾아보는 게 좋겠다.'

공명이 흔쾌히 승낙하자 주유는 크게 기뻐했다.

공명이 하직 인사를 하고 나가자, 노숙이 은밀히 주유에게 묻기를: "공께서 공명으로 하여금 조조의 군량미 저장소를 습격하도록 한 것은 무슨 의도가 있어 보입니다."

주유 曰: "내가 직접 공명을 죽이고 싶지만 그리하면 남들의 웃음거리가 되겠기에, 조조의 손을 빌려서 그를 죽임으로써 후환을 없애려고 하는 것이오."

그 말을 들은 노숙은 곧바로 공명이 주유의 이런 내막을 눈치 채고 있는지 살펴보러 찾아갔다. 하지만 공명은 어떠한 낌새도 모르는 듯 군마를 점검하며 떠날 채비를 하고 있다. 노숙은 차마 모르는 척 그냥 보고만 있을 수가 없어 말로 떠보기를: "선생께서는 이번 계책을 성공하실 수 있겠소이까?"

공명이 웃으면서 말하기를: "나는 수전(水戰)·보전(步戰)·마전(馬戰)·차전(車戰) 등 모든 전투에서 기묘한 계책을 쓸 수 있으니, 성공하지 못할까 어찌 근심하겠소. 강동의 그대나 주유처럼 한 가지밖에 할 줄 모르는 사람과 저를 비교하지 마시오."

노숙 曰: "나와 공근은 어째서 한 가지만 할 줄 안다고 말하시오?"

공명 曰: "내 이곳에 와서 어린애들이 부르는 동요를 들으니:

복병으로 관문 지키는 것은 자경이 제일이며 伏路把關饒子敬
강에서의 수전에는 우리 주랑만한 이가 없네 臨江水戰有周郎

라고 부르더군요. 이 말은 곧, 공 같은 분은 육지에서 매복으로 관문을 지킬 줄만 알고, 공근은 오로지 물 위에서 싸울 줄만 알고 육지에서는 싸우는 법을 모른단 말 아니겠소?"

노숙은 돌아가 공명에게서 들은 이 말을 주유에게 전했다.

주유가 화를 내며 말하기를: "어찌 내가 육지에서는 싸울 줄 모른다고 모욕을 하는가! 그를 이용할 필요 없다. 내 친히 군사 1만 명을 거느리고 취철산으로 가서 조조의 군량미 보급로를 끊어놓을 것이다."

노숙이 주유의 이 말을 또 공명에게 전하니, 비로소 공명이 웃으며 말하기를: "공근이 나에게 조조의 군량미 보급로를 끊도록 한 것은 실은 조조로 하여금 나를 죽이게 하려는 것이었소. 그래서 내가 농담 한 마디 한 것인데, 공근은 그것을 농담으로 받아들이지 못한 것 같소이다. 지금 사람을 쓰는데 있어서 오후(吳候)와 유 사군이 한 마음 한 뜻으로 협력을 해야 성공할 것이오. 서로 해치려 든다면 대사는 바로 끝장나고 맙니다. 조조 역적 놈은 꾀가 많은 놈이오. 그는 평소에 적의 군량미 보급로를 차단하는데 누구보다 익숙한 자인데, 어찌 그에 대한 대비를 소홀히 하겠소? 공근이 만약 간다면 틀림없이 사로잡히게 될 것이오. 지금은 마땅히 수전으로 북방 군사들의 사기를 꺾어놓고 따로 묘책을 찾아 그를 쳐부숴야 하오. 그러니 자경께서 공근에게 잘 말씀드려 주시오."

노숙은 곧바로 돌아가서 주유에게 공명의 말을 자세히 설명해 주었다. 주유는 머리를 흔들고 발을 구르며 말하기를: "이 사람의 안목이 나보다 열 배는 높으니, 지금 제거하지 않으면 후일 반드시 우리나라에 화가 될 것이오!"

노숙 曰: "지금 사람을 쓰는 데 있어서 무엇보다 나라의 이익이 먼저요. 우선 급한 일은 조조를 깨뜨리는 일이니, 그런 일은 나중에 도모해도 늦지 않을 것이오."

주유는 일단 그렇게 하기로 했다.

한편 현덕은 유기에게 강하를 지키도록 분부하고 자신은 모든 장수들을 거느리고 하구로 갔다. 멀리 강남 쪽을 바라보니 강기슭에는 각종 깃발들이 펄럭이고 창들이 겹겹이 세워져 있었다. 현덕은 동오의 군사들이 이미 움직인 것으로 짐작하고 강하의 군사들을 전부 이동시켜 번구(樊口)에 주둔했다.

현덕이 여러 장수들을 모이라고 하여 말하기를: "공명이 동오로 간 뒤 아직 소식이 없어 일이 어찌 돌아가는지 모르겠다. 누가 그곳에 가서 정황을 파악해서 오겠느냐?"

미축 曰: "제가 갔다 오겠습니다."

이리하여 현덕은 양고기와 술을 준비하여 동오의 군사를 위로한다는 명목으로 미축을 보내 그곳 정황을 탐지해 오도록 했다.

명을 받은 미축은 조그만 배를 타고 강물을 따라 내려가서 주유가 있는 본채 앞에 이르렀다. 군사가 들어가서 주유에게 보고하자 주유가 미축을 안으로 들어오게 했다. 미축은 주유에게 재배를 하고 현덕의 인사말을 전한 다음 가져간 술과 고기 등을 바쳤다. 선물을 받은 주유는 연회석을 마련하여 미축을 대접했다.

미축 曰: "공명이 여기에 온 지도 이미 오래되었으니 이번에 함께 돌아가고자 합니다."

주유 曰: "공명은 지금 나와 함께 조조를 쳐부술 계책을 논의 중인데 어찌 곧바로 떠난단 말이오? 내가 유 예주를 만나 뵙고 함께 계책을 의논하고 싶으나 아시다시피 나는 대군을 거느리고 있는 몸이라 한시도 자리를 비울 수가 없으니 유 예주께서 이곳으로 왕림해 주신다면 매우 고맙겠소."

미축은 그리 하겠다고 대답을 하고 하직 인사를 하고 돌아갔다.

노숙이 주유에게 묻기를: "공은 무슨 계책을 논의하고자 현덕을 만나려고 하는 것이오?"

주유 曰: "현덕은 당세의 효웅(梟雄)이므로 반드시 제거해야만 하오. 내가 이번 기회에 그를 유인하여 죽이려는 것은 실은 나라를 위해 후환을 없애 버리려는 것이오."

노숙은 그러면 안 된다고 재삼 말려보지만 주유는 끝내 노숙의 말을 듣지 않고 은밀히 명령을 내리기를: "현덕이 오거든, 먼저 도부수 50명을 벽장 뒤에 숨겨 놓았다가 내가 술잔 던지는 것을 신호로 일제히 뛰쳐나와 현덕을 죽이도록 하라."

한편 미축은 돌아가서 현덕에게 주유가 주공을 직접 만나 별도로 상의할 일이 있다면서 그곳으로 와 달라고 청한 일을 자세히 보고했다. 현덕은 곧바로 쾌선 한 척을 준비하라고 이르고 당장 떠나려고 했다.

운장이 간하기를: "주유는 꽤가 많은 사람입니다. 더구나 공명에게서는 아무 서신도 없으니, 무슨 속임수가 있을 지도 모릅니다. 경솔하게 가서는 안 됩니다."

현덕 曰: "나는 이제 동오와 손을 잡고 함께 조조를 쳐부수고자 하면서 주랑이 나를 보자고 하는데 내가 만약 가지 않는다면 이는 동맹을 맺을 의사가 없는 것이라 생각하지 않겠는가? 둘이 서로 시기한다면 무슨 일을 이룰 수 있겠는가!"

운장 曰: "형님께서 굳이 가시겠다면 이 아우가 따라가겠습니다."

장비 曰: "나도 따라가겠소."

현덕 曰: "운장만 나를 따르고 익덕은 자룡과 함께 영채를 지켜라. 그리고 간옹은 악현(鄂縣)을 굳게 지키고 있으라. 내 갔다가 곧바로 돌아올 것이다."

분부를 마친 현덕은 곧바로 운장과 함께 조그마한 배에 올라 20여 명만 데리고 쏜살같이 배를 저어 강동으로 갔다. 현덕은 강동의 크고 작은 수많은 전함들이 강 위에 떠있고, 배 위에는 깃발과 갑옷을 입은 병사들이 좌우로 질서 정연하게 나누어 벌려 있는 것을 보고 속으로 매우 기뻤다.

군사가 급히 주유에게 보고하기를: "유 예주께서 도착하셨습니다."

주유가 묻기를: "배는 몇 척이나 왔느냐?"

군사가 대답하기를: "배는 단 한 척 왔으며 따라온 자들도 20여 명밖

에 오지 않았습니다."

주유가 회심의 미소를 지으며 말하기를: "이 사람의 운명도 이제 끝이로구나!"

주유는 먼저 도부수들을 매복시킨 다음 그를 영접하러 영채를 나왔다. 현덕은 운장 등 20여 명을 데리고 중군 막사로 들어갔다. 인사가 끝나자 주유는 현덕을 상석에 앉으라고 청했다.

현덕 曰: "장군의 명성은 천하에 알려져 있거늘, 나 같은 사람에게 어찌 그런 후한 예우를 하시려고 그러십니까?"

그러고는 굳이 손님 자리에 앉았다. 주유는 연회를 베풀어 그를 대접했다.

한편 우연히 강변에 나왔던 공명은 현덕이 이곳에 와서 도독을 만나고 있다는 말을 듣고 깜짝 놀라서, 급히 중군 막사로 들어가서 동정을 살펴보았다. 주유의 얼굴에는 살기가 가득하고 양편의 장막 뒤에는 도부수들이 숨어 늘어서 있는 것이 보였다.

소스라치게 놀란 공명은 혼자말로 말하기를: "도대체 이 일을 어찌해야 좋단 말인가!"

고개를 돌려서 현덕을 보니, 그는 그저 태연히 웃으며 이야기를 하고 있었다. 그러나 그의 등 뒤에 한 사람이 손에 칼을 쥐고 서 있는데, 바로 관운장이다.

공명은 기뻐서 말하기를: "우리 주공은 위험하지는 않겠구나."

안심한 공명은 더 들어가지 않고 몸을 돌려서 강변으로 나와서 기다렸다.

이때 현덕과 술을 마시던 주유는 술이 몇 순배 돌자, 자리에서 일어나 현덕에게 술을 권하려다 문득 현덕의 등 뒤에 칼을 쥐고 서 있는 관운장을 보고 급히 누구인지 물어보았다.

현덕 曰: "제 아우 관운장입니다."

주유가 놀라며 말하기를: "그럼 지난날 안양과 문추를 베어 죽인 장수란 말입니까?"

현덕 曰: "그렇소이다."

너무나 놀란 주유는 등에서 식은땀이 줄줄 흘러내렸다. 그는 곧바로 술을 따라서 관운장에게 권했다.

잠시 후 노숙이 들어왔다.

현덕 曰: "공명은 어디 계시오? 수고스럽겠지만 자경께서 공명을 불러오시면 안 되겠습니까?"

주유 曰: "조조를 쳐부순 뒤 만나 보면 어떻겠습니까?"

현덕은 감히 더 말을 못하는데 운장이 현덕에게 눈짓을 하자, 현덕이 그 뜻을 알아차리고 즉시 일어나서 주유에게 하직 인사를 하며 말하기를: "저는 이제 돌아가 봐야겠습니다. 가까운 시일 내에 적군을 쳐부순 뒤에 정식으로 축하를 드리기 위해 다시 찾아오겠습니다."

주유는 더 붙들어 둘 수도 없어서 원문(轅門) 밖까지 전송해 주었다. 주유와 헤어진 현덕이 관운장 등과 함께 강변에 이르러 보니 공명이 배 안에서 기다리고 있었다. 현덕은 매우 기뻤다.

공명 曰: "주공께선 오늘 큰일날 뻔 하신 것을 알고 계셨습니까?"

깜짝 놀란 현덕이 말하기를: "그게 무슨 말이오?"

공명 曰: "만약 운장이 없었더라면 주공께선 주유에게 해를 당하셨을 것입니다."

현덕은 그제야 크게 깨달으며 공명에게 함께 번구로 돌아가자고 했다.

공명 曰: "저는 비록 범의 아가리 속에 있지만 태산처럼 안전합니다. 이제 주공께서는 배를 수습하고 군마를 준비해 두셨다가 11월 20일 갑자일이 지나면, 자룡으로 하여금 작은 배들을 몰고 장강 남쪽 강변에 와서 기다리고 있도록 하시면 됩니다. 날짜는 꼭 지키셔야 합니다."

현덕이 그 의도를 물으니, 공명이 말하기를: "동남풍이 불기 시작하면 저는 돌아갈 것입니다."

현덕이 다시 물으려고 하자, 공명이 현덕에게 빨리 배를 출발하라고 재촉했다. 말을 마친 공명은 혼자 돌아갔다.

현덕이 관운장과 함께 따르는 자들을 데리고 배를 출발시켜 몇 리쯤 달리는데, 문득 보니 상류에서 5~60척의 배들이 내려오고 있었다. 맨 앞 뱃머리에 한 장수가 창을 짚고 서 있는데 그는 바로 장비였다. 그는 현덕에게 무슨 일이 생기면 운장 혼자 힘으로는 감당하기 어려울까 염려되어 일부러 지원하러 온 것이다. 이리하여 현덕·운장·장비 세 사람은 함께 영채로 돌아왔다.

한편 주유가 현덕을 배웅하고 영채로 돌아오니 노숙이 들어와서 묻기를: "공은 현덕을 이곳까지 유인해 놓고 왜 손을 쓰지 않고 그냥 돌려보낸 것이오?"

주유 曰: "관운장은 천하의 범과 같은 용맹한 장수인데, 그가 현덕 곁에 꼼짝 않고 붙어 있으니, 내가 만약 손을 썼다면 그는 틀림없이 나를 죽였을 것이오."

노숙은 깜짝 놀랐다. 그때 문득 조조가 사자를 보내왔다고 알렸다. 주유가 그를 불러들였다.

사자가 들어와 조조의 글을 올렸는데, 겉봉에 분명하게 '한(漢) 대승상이 주 도독에게 내리노니 열어보도록 하라.'라고 씌어 있었다. 몹시 화가 난 주유는 그 서신을 뜯어보지도 않은 채 찢어서 땅바닥에 내던지며 사자의 목을 베어 버리라고 호통을 쳤다.

노숙 曰: "두 나라가 서로 싸울 때도 사자를 죽이지 않는 법이오."

주유 曰: "사자의 목을 베어 우리의 위엄을 보여 주겠소!"

마침내 사자의 목을 베어 그 수급을 함께 따라온 자에게 가지고 돌아가게 했다.

그러고는 감녕(甘寧)을 선봉으로 삼고 한당(韓當)을 좌익(左翼)으로, 장흠(蔣欽)을 우익(右翼)으로 각각 삼고, 자신은 여러 장수들을 거느리고 후원하기로 하고, 다음 날 사경(四更)에 밥을 지어 먹고, 오경(五更)이 되자, 북 치고 함성을 지르며 일제히 배를 출발시켰다.

조조는 자신이 보낸 서신을 주유가 읽어 보지도 않고 찢어 버리고 사신조차 목을 베서 돌려보낸 사실을 알고, 크게 화를 내며 곧바로 채모와 장윤 등 형주에서 항복해온 장수들을 선봉으로 삼고 자신은 후군이 되어 전함들을 재촉하여 삼강구로 나아갔다. 삼강구에 이르러 보니 벌써 동오의 전선들이 강을 뒤덮다시피 오는데, 앞장 선 장수 한 명이 뱃머리에 앉아서 큰 소리로 외치기를: "나는 감녕이다. 누가 감히 나와서 나와 싸워보겠느냐?"

이에 채모는 자신의 아우 채훈(蔡壎)에게 앞으로 나가라고 했다. 두 배가 서로 가까워지자 감영이 채훈을 향해 화살을 쏘니 채훈이 시위 소리와 동시에 그 자리에서 거꾸러지고 말았다. 감녕은 모든 배를 몰아 힘차게 전진하며 일제히 쇠뇌를 발사하자 조조의 군사들은 막아낼 수가 없었다.

게다가 오른편의 장흠과 왼편의 한당이 곧바로 조조의 전선 속으로 쳐들어갔다. 원래 조조의 군사의 대부분은 청주와 서주 출신이라 수전(水戰)에 익숙하지 못하기 때문에 강 위의 전함들이 물결에 요동을 치기 시작하니 싸우기는커녕 두 발로 서있기조차 힘든 지경이었다. 감녕 등 세 방면에서 쳐들어간 동오의 군사들이 강 위에서 종횡무진 누비고 다니며 조조의 전선들을 무찌르고, 주유도 자신의 전선들을 재촉하며 싸움을 지원하니 화살과 포에 맞아 죽은 조조의 군사는 이루 다 셀 수 없을 정도로 많았다.

사시(巳時:오전 9시부터 11시)부터 시작된 조조의 군사에 대한 살육전은 미시(未時: 오후 1시에서 3시)까지 계속되었다. 주유는 크게 이기기는 했지만 아군의 적은 군사로 많은 적군을 감당하지 못할까 두려워 마침내 징을 울려 모든 전함을 거두도록 명령했다.

조조는 육지의 영채로 올라가서 패하고 돌아온 군사들을 다시 정돈하고 채모와 장윤을 불러 꾸짖기를: "동오의 군사가 우리보다 훨씬 적은데도 도리어 그들에게 패한 것은 너희들이 최선을 다하지 않았기 때문 아니냐!"

채모 曰: "형주의 군사들은 오랫동안 훈련을 하지 않았고, 청주와 서주의 군사들은 수전을 해보지 않았기 때문에 그만 패한 것입니다. 그래서 지금은 당장 강 위에 영채를 세우고 청주와 서주의 군사들은 중앙에, 그리고 형주의 군사들은 외곽에 두어서 매일 훈련을 시켜서 수전에 완전히 익숙해지도록 해야만 그들을 쓸 수 있습니다."

조조 曰: "자네가 수군도독이니 그런 것은 상황에 맞게 알아서 하면 될 일이거늘 그런 것까지 일일이 나에게 보고할 필요가 어디 있느냐?"

이에 채모와 장윤 두 장수는 몸소 나가서 수군을 훈련시키는데, 강 연안 일대에 24개의 수문을 만들어 놓고 큰 배는 바깥을 둘러쌓아 성곽으로 삼고, 작은 배들은 그 안에서 왕래하면서 훈련을 했다. 밤에도 등불을 켜 놓고 훈련을 하느라 불빛에 하늘과 물 위가 온통 붉었다. 3백여 리에 걸쳐 있는 육지의 영채에서도 연기와 불빛이 끊이지를 않았다.

한편 승리를 하고 영채로 돌아온 주유는 전군을 위로하고 포상하는 한편 손권에게 사람을 보내 승전보를 전했다. 그날 밤 주유가 높은 곳에 올라가 멀리 바라보니 서쪽 강변에는 무수한 불빛이 하늘에 닿아 있었다.

곁에 있던 사람이 보고하기를: "저것은 모두 북군의 등불입니다."

주유는 내심 놀라지 않을 수 없었다.

다음 날 주유는 조조의 수군 영채를 직접 가서 살펴보기 위하여 여러 층으로 된 큰 전함을 한 척 준비하도록 일렀다. 그러고는 고적대를 수행하고 건장한 장수 몇 명들은 각자 강궁과 쇠뇌를 지니도록 하고 일제히 배를 몰아 앞으로 나아갔다. 조조의 영채 근처에 이르자, 주유는 닻을 내리게 하고 고적대에 일제히 악기를 연주하도록 했다.

주유는 몰래 조조의 수군 영채를 엿보다 크게 놀라서 말하기를: "이는 수군의 기묘한 전법을 터득한 자의 전술이다!"

이어서 묻기를: "적의 수군도독은 누구냐?"

옆에 있는 자가 대답하기를: "채모와 장윤입니다."

주유는 속으로 생각하기를: '두 사람은 강동에 오래 있었으니 수전에 대해 잘 알고 있다. 내 기필코 계략을 써서 우선 이 두 사람부터 없애 버려야겠다. 그런 뒤에야 조조를 깨뜨릴 수 있다.'

이때 조조의 군사는 이미 조조에게 달려가서 보고하기를: "주유가 우리 수군 영채를 엿보러 왔습니다."

조조는 즉시 주유를 사로잡으라고 명령을 내렸다. 주유는 조조의 수군 영채 안의 깃발이 움직이는 것을 보고 즉시 닻을 올리고, 배의 양쪽 군사들에게 노를 힘차게 젓도록 하여 나는 듯이 달아났다. 조조의 배들이 수채 안에서 밖으로 나왔을 때는 주유가 탄 배는 이미 십여 리나 달아난 뒤여서 뒤쫓을 수가 없었다. 그들은 돌아가서 조조에게 보고했다.

조조가 여러 장수들에게 묻기를: "어제는 싸움에서 패하여 기세가 꺾였는데, 오늘은 또 적장이 우리의 수군 영채를 샅샅이 염탐하고 돌아갔으니, 우리는 무슨 계책으로 적을 깨뜨릴 수 있겠는가?"

말이 채 끝나기도 전에 문득 휘하의 한 사람이 나서며 말하기를: "저는 어렸을 때부터 주유랑 동문수학한 사이입니다. 제가 강동으로 가서 이 세 치의 부드러운 혀로 주유를 잘 설득하여 항복하러 오도록 하겠습니다."

조조가 크게 기뻐하며 보니, 그는 원래 구강(九江) 출신으로 성은 장(蔣), 이름은 간(幹), 자는 자익(子翼)이라고 하는 자로, 현재 휘하의 막빈(幕賓)으로 있었다.

조조가 묻기를: "자익은 주공근(周公瑾)과 교분이 두터운 사이인가?"

장간 曰: "승상은 걱정하지 마십시오. 제가 강동에 가서 기필코 성공하고야 말겠습니다."

조조가 묻기를: "어떤 물건을 가지고 가려 하는가?"

장간 曰: "단지 저를 따라다닐 동자 한 명과 노를 저을 노복(奴僕) 두 사람만 있으면 됩니다."

조조는 매우 기뻐하며 장간에게 주연을 베풀고 전송했다.

갈포로 만든 두건과 도포 차림을 한 장간은 조그만 배를 타고 주유의 영채로 찾아가 군사에게 말하기를: "도독에게 옛 친구 장간이 찾아왔다고 전하거라!"

마침 장막 안에서 작전 계획을 논의하던 주유는 장간이 왔다는 보고를 받고 웃으면서 여러 장수들에게 말하기를: "조조의 변설가가 찾아왔구먼!"

곧바로 여러 장수들에게 귓속말로 여차여차하라고 일러주었다.

장수들은 명을 받고 물러갔다.

주유는 의관을 정제하고 수백 명의 수행원을 앞뒤로 둘러싸도록 하고 나갔는데, 수행원들도 모두 비단옷에 꽃무늬를 수놓은 모자를 쓰고 있었다. 장간이 푸른 옷을 입은 작은 동자 하나를 데리고 야속하다는 표정으로 걸어왔다.

주유가 반가이 맞아들이자, 장간이 말하기를: "공근은 그간 별고 없으신가?"

주유 曰: "자익은 조씨의 변설가가 되려고 멀리서 강과 호수를 건너오느라 수고 많았겠구먼."

장간이 깜짝 놀라며 말하기를: "내 자네와 헤어진 지 오래되어 그저 옛 얘기나 나눠보려고 찾아왔는데, 나를 변설가로 의심하니 섭섭하네."

주유가 웃으며 말하기를: "내 비록 사광(師曠: 춘추시대 진나라의 악성)만큼 득음을 하지는 못했지만 거문고 소리를 들으면 연주자의 생각쯤은 알 수 있다네."

장간 曰: "자네가 옛 친구를 이렇게 대우할 줄은 몰랐네. 나는 그냥 돌아가야겠네."

주유는 웃으며 말하기를: "나는 다만 형이 조조를 위한 변설가가 되었을까 염려했던 것뿐인데, 그런 마음이 없었다면 굳이 벌써 돌아갈 필요야 없지 않은가!"

주유는 그의 팔을 잡아끌고 막사 안으로 들어갔다. 서로 인사를 나누고 자리에 앉자 주유는 강동의 모든 영웅호걸들을 불러들였다.

잠시 후 문관과 무장들은 각기 비단옷 차림으로, 휘하의 편장(偏將)과 비장(裨將) 등 장교들은 은빛 갑옷을 입고 두 줄로 들어왔다. 주유는 그들을 일일이 장간에게 인사시키고 양쪽으로 열을 지어 자리에 앉게 한 다음 큰 연회를 베풀어 승전을 축하하는 군악대의 연주와 함께 술을 마셨다.

주유가 여러 문무 관원들을 바라보며 말하기를: "이 사람은 어렸을 적 동문수학한 옛 친구이다. 비록 강북에서 오기는 했지만 조가의 변설가로 온 것은 아니니 여러분들은 추호도 그를 의심하지 마시오."

그러고는 허리에 차고 있던 검을 풀어 태사자에게 주며 말하기를: "공은 나의 이 검을 차고 술자리를 감시하거라. 오늘 연회는 오로지 옛 친구와의 정을 나누기 위한 자리이니, 만약 조조와 동오의 군사 관련 일을 꺼내는 자는 즉시 그의 목을 베도록 하라."

태사자가 그러겠다고 대답을 하고 검을 손에 쥐고 자리에 앉으니, 장간은 겁에 질려 감히 말도 제대로 꺼내지 못했다.

주유 曰: "나는 군사를 거느린 이후 술을 한 방울도 입에 대지 않았지만, 오늘만큼은 옛 친구를 만났고 또 거리낄 것이 없으니 한번 제대로 취해보려고 한다."

말을 마친 그는 크게 웃으며 통쾌하게 술을 마셨다.

술잔이 빈번히 오가며 연회가 성황리에 진행되며 모두 술이 얼큰하게 취했다. 주유가 장간의 손을 잡고 막사 밖으로 걸어 나갔다. 좌우 군사들은 완전무장을 하고 창과 칼을 잡고 서 있었다.

주유 曰: "우리의 군사들이 어떠한가?"

장간 曰: "참으로 곰이나 범처럼 용맹한 군사들이오!"

주유는 다시 장간을 막사 뒤로 데리고 가서 산더미처럼 쌓여 있는 군량과 마초를 보여 주면서 말하기를: "우리의 군량과 마초는 충분하다고 보는가?"

장간 曰: "군사는 정예롭고 군량이 풍부하다더니 과연 명불허전이로군!"

주유는 취한 척하며 큰 소리로 웃으며 말하기를: "내가 자네와 함께 공부하던 시절을 회상해보면 오늘 같은 날이 있을 것이라고 어찌 상상이

나 했겠는가!"

장간 曰: "자네의 뛰어난 재주에 비하면 지금의 자네는 조금도 과분한 일이 아니네."

주유는 장간의 손을 잡고 말하기를: "사내대장부가 세상에 태어나서 자신을 알아주는 주인을 만나 밖으로는 군신의 의리를 맺고, 안으로는 혈육의 은혜로 결합하여, 위에서 내린 말씀은 반드시 실천하고, 아래에서 올린 계책은 반드시 따라주어 길흉화복을 함께 한다면, 설령 소진과 장의(蘇秦 張儀: 두 사람 모두 전국시대의 달변가), 육가와 여생(陸賈 酈生: 두 사람 모두 한나라 초 달변가) 등이 다시 태어나서 말을 제아무리 청산유수처럼 하고, 혀끝이 칼날보다 더 날카롭다 하더라도 그들이 어찌 내 마음을 흔들 수 있겠는가!"

말을 마친 주유가 큰 소리로 웃었다.

장간의 얼굴빛이 흙색으로 변하였다. 주유는 장간을 데리고 다시 막사 안으로 들어가 장수들과 함께 계속 술을 마셨다. 그리고 장수들을 손으로 가리키며 말하기를: "이곳에 강동의 영웅호걸들이 다 모였으니, 오늘 이 모임을 군영회(群英會)라 불러도 손색이 없을 것이야!"

해가 저물어 밤이 되자 등불을 훤히 밝히고 연회는 계속 이어졌다. 주유는 자신이 칼춤을 추면서 노래를 지어 부르니:

장부가 세상에 태어나 공을 세워야지	丈夫處世兮立功名
공을 세우니 평생에 위안이 되었다네	立功名兮慰平生
평생 위안이 되니 나 술 취하려 하네	慰平生兮吾將醉
내 술에 취하니 미친 듯 노래 부르네	吾將醉兮發狂吟

주유가 노래를 다 부르고 나니 좌중의 모든 사람들이 환호성을 지르

며 웃었다.

밤이 깊어지자 장간이 사양하며 말하기를: "더 이상은 술을 감당하지 못하겠네."

주유가 연회를 마치자고 하자 모든 장수들이 인사를 하고 물러갔다.

주유 曰: "자익과 한 침상에서 잠을 자 보지 못한 지가 얼마나 되었는가! 오늘 밤은 오랜만에 한 침상에서 같이 자 보세."

주유는 일부러 만취한 척하고 장간을 막사 안으로 데리고 들어가 함께 잤다. 주유는 옷을 입은 채 쓰러지더니 마신 술을 다 토해낸다. 그러니 장간이 어찌 잠을 이룰 수 있겠는가?

장간은 베개에 엎드려 잠을 이루지 못하는데 군중에서 이경(二更: 밤 9시에서 11시)을 알리는 북소리가 들려왔다. 자리에서 일어나보니 등불은 여전히 어둠을 밝히고 있고, 주유의 코고는 소리가 우레와 같다. 장간은 옆에 있는 책상 위에 문서들이 쌓여 있는 것을 보고 침상에서 일어나 몰래 훔쳐보니 모두들 최근에 오고간 서신들이었다. 그 가운데 한 통의 겉봉에 '장윤채모 근봉(張允蔡瑁 謹封)'이라고 씌어 있었다. 몹시 놀란 장간은 몰래 그것을 읽어 보았다. 그 서신의 내용은:

"저희들이 조조에게 항복한 것은 관직이나 봉록을 얻기 위함이 아니며, 어쩔 수 없는 상황에서 조조에게 강요되었기 때문입니다. 지금 북군을 속여 영채 안에 곤경에 빠지게 해 놓았으니, 기회를 보아 조조의 수급을 베어 휘하에 바치겠습니다. 조만간 사람이 도착하는 대로 다시 소식을 알릴 것이니 조금도 우리를 의심하지 마시기 바랍니다. 우선 이렇게 답장을 보냅니다."

장간은 생각하기를: '원래 채모와 장윤은 동오와 내통을 하고 있었

구나!'

장간이 그 서신을 옷 속에 숨기고, 다시 다른 서신을 뒤지려고 하는데 침상에서 자고 있는 주유가 몸을 뒤집는다.

장간은 급히 등불을 끄고 침상에 돌아와서 자리에 누웠다. 주유가 잠꼬대를 하기를: "자익, 내 수일 내로 자네에게 역적 조조의 수급을 보여주마."

장간도 잠꼬대를 하듯이 응수하기를: "그리 하시게."

주유는 계속 잠꼬대하기를: "자익, 며칠만 여기서 기다리시게. 자네에게 역적 조조의 수급을 보여줄 것이야!"

장간이 무슨 뜻인지 물어보려고 하는데 주유는 다시 잠이 들었다.

장간이 침상에 엎드려 자는 척 하고 있는데, 사경(四更:새벽 1시에서 3시)이 다 되어갈 무렵 누군가 막사 안으로 들어오더니 낮은 소리로 말하기를: "도독께서는 잠에서 깨어나셨습니까?"

주유는 마치 꿈에서 방금 깨어난 사람인 양 그 사람에게 묻기를: "내 침상에서 자고 있는 저 자는 누구냐?"

그 사람이 대답하기를: "도독께서 자익에게 함께 자자고 하신 말씀을 기억하지 못하십니까?"

주유가 후회하면서 말하기를: "내가 어제 오랜만에 술을 마시다 보니 큰 실수를 하고 말았구나. 내가 무슨 말을 했는지 도무지 생각이 안 나는구나."

그 사람이 말하기를: "지금 강 북쪽에서 사람이 왔습니다."

주유가 호통을 치기를: "목소리 낮춰!"

그러고는 가만히 불러 보기를: "자익!"

장간은 세상모르고 자는 척하고 있었다.

주유는 살며시 밖으로 나갔다. 장간이 몰래 엿들으니, 밖에서 누군가

말하기를: "장·채 두 도독께서 말씀하시기를, '당장에는 급히 손을 쓸 수 없다.'고…"

뒷부분의 말들은 소리가 너무 낮아 무슨 말인지 알아들을 수가 없다. 잠시 후 막사 안으로 다시 들어온 주유가 또 불러 보기를: "자익!"

장간은 아무 대꾸도 없이 이불을 머리까지 뒤집어쓰고 자는 척했다. 주유는 즉시 옷을 벗고 자리에 누웠다.

장간은 속으로 생각하기를: '주유는 꼼꼼한 사람이다. 아침에 일어나서 그 서신이 없어진 것을 알면 틀림없이 나를 죽이려 할 것이다.'

오경쯤 되었을 때 장간이 일어나서 주유를 불러 보았으나 주유는 한참 자고 있었다. 장간은 머리에 두건을 쓰고 살금살금 막사를 나와 데리고 왔던 동자를 불러 원문으로 나갔다.

군사가 묻기를: "선생은 어디 가십니까?"

장간 曰: "내가 여기 있으면 도독께서 일을 그르칠까 염려되어 떠나려고 하네."

군사는 길을 막지 않았다.

배에 오른 장간은 나는 듯이 노를 저어 돌아가서 조조를 뵈었다.

조조가 묻기를: "갔던 일은 어찌 되었는가?"

장간 曰: "주유는 도량이 크고 규범적이어서 말로써는 그를 움직일 수가 없었습니다."

조조가 화를 내며 말하기를: "일도 성사시키지 못하고 도리어 그들의 비웃음만 사고 왔단 말인가!"

장간 曰: "비록 주유는 설득하지 못했지만 승상을 위해 한 가지 중대한 사실을 알아왔으니 주위를 좀 물리어 주시지요."

서신을 꺼내 조조에게 보여 주고 주유의 막사 안에서 있었던 일들을 소상히 설명했다.

조조가 크게 화를 내며 말하기를: "두 도적놈이 이렇게나 무례했단 말이지!"

즉시 채모와 장윤을 막사로 불러들였다.

조조 曰: "너희 둘은 곧 진군하도록 하여라!"

채모 曰: "군사들이 아직 숙련되지 않아 경솔하게 싸우러 가서는 안 됩니다."

조조가 화를 내며 말하기를: "군사들이 만약 숙련되면 내 수급이 주랑에게 바쳐지겠지!"

두 사람은 조조가 한 말이 무슨 의미인지 몰라 어리둥절하고 당황하여 아무런 답변도 할 수가 없었다.

조조는 무사들에게 그 둘을 끌고 나가 목을 베라고 호통을 쳤다. 잠시 후 무사들이 그들의 머리를 막사 안으로 들고 들어와 바쳤을 때 비로소 조조는 깨닫고 말하기를: "내가 주유의 계책에 걸려들고 말다니!"

후세 사람이 이 일을 탄식하여 시를 지었으니:

간웅 조조 대적할 자 세상에 없다더니	曹操奸雄不可當
그도 한때 주유의 꾀에 걸리고 말았네	一時詭計中周郎
채모와 장윤은 주인 팔아 살길 찾더니	蔡張賣主求生計
오늘 칼 맞아 죽을 줄 그 누가 알겠나	誰料今朝劍下亡

여러 장수들은 조조가 두 장수를 죽인 것을 보고 들어가서 그 까닭을 물었다. 조조는 비록 그가 주유의 계책에 말려든 것을 알고 있었지만 자기 잘못을 인정하고 싶지 않아 그들에게 말하기를: "두 사람이 군법을 지키지 않아 내가 그들의 목을 베라고 했다."

그 말을 들은 모든 장수들은 탄식을 금치 못했다. 조조는 여러 장수들 중에서 모개와 우금을 수군 도독으로 삼고 채모와 장윤의 직책을 대신하도록 했다.

정탐꾼이 이런 사실을 파악하여 강동에 보고하자 주유가 크게 기뻐하며 말하기를: "채모와 장윤이 내게 근심거리였는데, 이 두 사람을 제거하였으니 이제 나의 걱정거리가 없어졌다."

노숙 曰: "도독의 용병술이 이와 같은데, 어찌 조조를 쳐부수지 못할까 걱정하겠습니까?"

주유 曰: "우리 장수들은 내가 쓴 이 계책을 모르겠지만 제갈량의 식견은 나보다 한 수 위이니, 이번 계책도 그를 속여 넘기지는 못했을 것이오. 제갈량이 이번 일을 눈치챘는지 노숙이 가서 슬쩍 그의 속을 떠보고 나에게 알려주시오."

이야말로:

반간계를 써서 일을 성공시킨 다음에	還將反間成功事
제갈량도 속였는지 시험해 보러 가네	去試從旁冷眼人

노숙이 공명에게 물어보려고 간 일이 어찌 될지 궁금하거든 다음 회를 기대하시라.

제 46 회

제갈량은 기이한 계책으로 화살을 얻고
황개는 고육지계 제안하여 형벌을 받다

用奇謀孔明借箭

獻密計黃盖受刑

주유의 말을 들은 노숙은 곧장 공명을 방문했다. 공명이 그를 맞이하여 배 안으로 들어와 자리에 앉자, 노숙이 말하기를: “날마다 군무(軍務)에 바빠 그만 가르침을 받지 못했습니다.”

공명 曰: “이 사람 역시 도독께 축하의 인사를 올리지 못했소이다.”

노숙 曰: “무엇을 축하한단 말이오?”

공명 曰: “공근이 선생으로 하여금 제가 알고 있는지 여부를 알아보라고 한 일이 축하드릴 일이지요.”

깜짝 놀란 노숙이 묻기를: “아니! 선생은 그것을 어찌 아시오?”

너무나 놀라서 노숙은 얼굴색까지 변했다.

공명 曰: “그 계책으로 장간은 속일 수 있었소이다. 조조도 비록 잠시 속일 수는 있었지만, 조조는 틀림없이 금방 자신이 주유의 계책에 말려들었다는 것을 깨달았을 것이오. 그렇지만 조조는 끝내 자신의 잘못을 인정하려 들지 않았을 것이오. 이제 채모와 장윤 두 사람이 죽었으니 강동의 근심은 없어졌소. 그러니 당연히 축하드려야지요. 내 듣기로 모개와 우금을 새로운 수군 도독으로 임명했다고 하던데, 이제 두 사람의 손으로 수많은 수군을 물귀신으로 만들겠지요."

공명의 말을 들은 노숙은 어안이 벙벙하여 횡설수설 둘러대다가 하직하고 일어서려는데, 공명이 당부하며 말하기를: "자경은 주유에게 가서 내가 이 일을 미리 알고 있더라는 말은 하지 말아 주시오. 공근이 내심 질투하여 또 무슨 트집을 잡아 나를 해하려 들지 않을까 두렵소이다."

노숙은 그리하겠다고 말은 했지만, 주유 앞에 가서는 사실대로 말을 하지 않을 수 없었다.

몹시 놀란 주유가 말하기를: "공명을 그대로 놔둘 수 없소. 내 반드시 그 자를 죽여 버릴 것이오."

노숙이 권하기를: "만약 공명을 죽이면 결국 도독은 조조의 비웃음만 사게 될 것이오."

주유 曰: "그가 죽더라도 나를 원망하지 못하게 할 떳떳한 방법으로 그를 죽일 것이오. 그런 계책이 내게 있소."

노숙 曰: "어떻게 그를 떳떳하게 죽이겠다는 것이오?"

주유 曰: "자경은 구경만 하시오. 내일이면 알게 될 것이오."

다음 날 막사에 여러 장수들을 불러 모은 주유는 공명에게 사람을 보내 의논할 일이 있으니 오시라고 청하니 공명이 흔쾌히 응했다.

공명이 자리에 앉자, 주유가 묻기를: "가까운 시일 안에 조조와 크게 싸우려고 하는데, 물에서 싸우려면 무슨 무기가 가장 유용하겠소?"

공명 曰: "넓은 강 위에서의 전투는 역시 화살이 제일 좋지 않겠소이까?"

주유 曰: "선생의 말은 내 생각과 같구려. 다만 군중에 화살이 부족한데, 수고스럽지만 선생께서 감독하여 화살 10만 개만 만들어 적과 싸울 무기로 사용하고자 하오. 이는 공적인 일이니, 선생께서 부디 거절하지 않았으면 좋겠소."

공명 曰: "도독께서 맡기시는 일인데 어찌 거절할 수 있겠소이까? 그런데 화살 10만 개는 언제 쓰실 것이오?"

주유 曰: "열흘이면 만들 수 있겠소?"

공명 曰: "조조의 군사가 오늘이라도 들이닥칠 수 있는데 열흘까지 기다린다면 필시 대사를 그르치고 말 것이오."

주유 曰: "그럼 선생은 며칠이면 다 준비할 수 있겠소?"

공명 曰: "사흘이면 충분하오."

주유 曰: "군중에서 농담을 해서는 안 된다는 것쯤은 알고 있겠지요?"

공명 曰: "어찌 감히 도독과 농담을 하겠소이까? 사흘 안에 준비하지 못하면 중벌을 받겠다는 군령장(軍令狀)이라도 기꺼이 쓰지요."

주유는 크게 기뻐하며 군의 행정을 담당하는 군정사(軍政司)를 불러 그 자리에서 군령장을 받아 놓게 한 다음, 술상을 내오라고 하여 대접하며 말하기를: "이번에 일을 마치고 나면 사례를 하겠소이다."

공명 曰: "오늘은 이미 늦었으니 내일부터 만들겠소이다. 사흘째 되는 날 군사 5백 명을 강변으로 보내서 화살을 나르게 해 주시오."

공명은 술을 몇 잔 더 마시고 하직 인사를 하고 돌아갔다.

노숙 曰: "그 사람이 설마 거짓말을 하는 것은 아니겠지요?"

주유 曰: "그가 스스로 죽겠다는 것이지, 내가 죽으라고 한 것은 아니지 않소? 오늘 분명히 여러 사람들 앞에서 군령장까지 받아 놓았으니 설령 그의 양쪽 겨드랑이에 날개가 돋친다고 하더라도 날아가지 못할 것이오. 나는 군중의 장인들에게 특별히 명령하여 고의로 일을 늦추도록 할 것이며 화살 만드는데 필요한 재료들도 제때에 대주지 않을 작정이오. 그리하면 그가 무슨 수로 사흘 안에 10만 개의 화살을 만들 수 있겠는가! 그때 죄를 물어 죽인다 한들 그가 변명할 게 뭐 있겠소. 공은 지금 가서 그쪽 정황이나 알아보고 나에게 보고해 주시오."

명을 받은 노숙은 공명을 찾아갔다.

공명 曰: "내 지난번 자경께 공근에게 말하면 그가 반드시 나를 해하려 할 것이니 말하지 말아 달라고 신신당부하지 않았소이까? 그런데 뜻밖에 자경께서 내 당부를 들어주지 않아 오늘 또 이런 변고가 나고 말았소이다. 3일 안에 어떻게 화살 10만 개를 만들 수 있겠소이까? 자경께서 나를 구해 주셔야만 하오!"

노숙 曰: "공이 그 화를 자초했는데 제가 무슨 수로 그대를 구할 수 있겠습니까?"

공명 曰: "자경께서는 나에게 배 20척을 빌려주되 배마다 군사 30명씩 태우고, 배 위는 전부 푸른 천으로 장막을 두르고, 배마다 풀 다발을 천 개씩 양쪽으로 쌓아두시오. 그러면 내가 배를 교묘히 사용하여 사흘째 되는 날에 책임지고 화살 10만 개를 만들겠소. 부디 부탁하는데 이것만은 공근이 알게 해서는 절대로 안 되오. 만약 그가 이 일을 알게 되면 내 계책은 물거품이 될 뿐더러 나는 그에게 죽임을 당할 것이오."

노숙은 그리하겠다고 말은 했지만, 공명이 그것으로 뭘 하려는지 도무지 이해가 되지 않았다. 그는 돌아가서 주유에게 보고하면서 과연 공명이 배 20척을 빌려달라고 한 말은 하지 않고, 다만 공명이 화살을 만드는데 필요한 대나무·새의 깃털·아교·칠 등의 물건들은 전혀 사용하지 않고도 화살을 만들 방법이 따로 있다고 하더라는 말만 전해 주었다.

주유는 크게 의심을 하면서 말하기를: "일단 삼일 후에 그가 내게 어떻게 변명하는지 두고 봅시다."

한편 노숙은 주유 몰래 가벼운 쾌속선 20척을 준비하여 각 배에 군사 30여 명씩을 배치했다. 그리고 배마다 장막을 두를 천과 풀 다발 등 물건을 모두 갖춰놓고 공명이 사용하기만을 기다렸다. 그러나 첫째 날은 물론 둘째 날까지 공명은 어떤 움직임도 보이지 않았다. 사흘 째 되는 날 사경(四更: 새벽 1시에서 3시) 무렵이 되자, 공명은 사람을 보내 은밀히 노숙을 배 안으로 청했다.

노숙 曰: "공은 무슨 일로 나를 부른 것이오?"

공명 曰: "이제 자경과 함께 화살을 가지러 가려 합니다."

노숙 曰: "어디로 가지러 간단 말이오?"

공명 曰: "가 보면 압니다. 그냥 저랑 함께 가면 되오."

마침내 공명은 배 20척을 긴 밧줄로 묶어서 서로 연결하게 한 다음에 곧바로 강의 북쪽 기슭을 향해 출발했다. 이날 밤은 유난히 안개가 온 하늘을 짙게 드리웠는데, 특히 장강 안쪽은 안개가 얼마나 자욱했으면 서로 마주보고 서 있어도 얼굴을 알아볼 수 없을 정도였다.

공명은 배를 재촉하여 앞으로 나아갔는데 과연 근래 한 번도 볼 수 없었던 엄청난 안개였다.

옛 사람이 이날의 안개를 노래한 '대무수강부(大霧垂江賦)'가 있다.

크도다 그리고 길도다 장강이여	大哉長江
서쪽엔 민산과 아미산에 접하고	西接岷峨
남쪽으론 오군땅 셋을 관통하고	南控三吳
북쪽엔 황하의 아홉 지류를 두르고	北帶九河
백 갈래의 강물이 바다로 들어가며	匯百川而入海
만고의 세월 동안 파도를 일으키네	歷萬古而揚波

신화속 인물 용백과 해약	至若龍伯·海若

강비 수모도 여기에 살고	江妃·水母
천 길의 거대한 고래들과	長鯨千丈
머리 아홉이나 달린 지네	天蜈九首
그리고 온갖 마귀와 요괴	鬼怪異類
이곳에 모두 모여 있으니	咸集而有
여기는 귀신들의 본거지요	蓋夫鬼神之所憑依
영웅들이 싸워 지키는 곳	英雄之所戰守也
때로는 음과 양이 어지러워져서	時而陰陽既亂
밝음과 어두움이 구분되지 않아	昧爽不分
끝없는 하늘이 한 가지 색이라네	訝長空之一色
홀연히 짙은 안개 사방 뒤덮으면	忽大霧之四屯
수레에 실은 나무조차 안 보이고	誰輿薪而莫睹
징소리 북소리만 들을 수 있다네	唯金鼓之可聞
처음에는 어슴푸레하게 보이면서	初若溟濛
남산의 표범 정도만 안 보였는데	纔隱南山之豹
점점 더 짙은 안개가 밀려오더니	漸而充塞
북해의 큰 물고기도 길을 잃었네	欲迷北海之鯤
마침내 위로는 높은 하늘에 닿고	然後上接高天
아래로는 두텁게 땅에 드리우니	下垂厚地
끝이 없이 넓고 멀어 아득하도다	渺乎蒼茫浩乎無際
고래는 물위로 솟구쳐 파도를 일으키고	鯨鯢出水而騰波
교룡은 물속에 잠수하여 기운을 내뿜네	蛟龍潛淵而吐氣
장마철처럼 무덥고 습해지며	又如梅霖收溽

흐린 봄날에는 음산해지네	春陰釀寒
짙은 안개로 아무것도 보이지 않으니	溟溟漠漠
한없이 넓어 끝이 없다네	浩浩漫漫
동쪽으론 시상의 기슭도 보이지 않고	東失柴桑之岸
남쪽으론 하구의 산도 숨었도다	南無夏口之山
전함 일천 척이	戰船千艘
모두 암벽 골짜기에서 침몰하였는데	俱沈淪於岩壑
고깃배 한 척만	漁舟一葉
놀랍게도 파도를 타고 노네	驚出沒於波瀾
심할 때는 하늘의 빛이 사라지고	甚則穹昊無光
아침 햇볕도 빛을 잃으니	朝陽失色
백주 대낮을 황혼으로 바꾸어놓고	返白晝爲昏黃
붉은 산이 자수정 색으로 변한다네	變丹山爲水碧
비록 우임금의 지혜로도	雖大禹之智
그 깊고 얕음을 가늠할 수 없고	不能測其淺深
천리안을 지닌 이루조차도	離婁之明
어찌 지척을 분간할 수 있으랴	焉能辨乎咫尺
그리하여 풍이는 파도를 멈추고	於是馮夷息浪
병예는 바람을 그친다네	屛翳收功
물고기와 자라는 종적을 감추고	魚鼈遁跡
새들과 짐승들도 자취를 감추네	鳥獸潛踪
봉래 섬 가는 길도 끊어지고	隔斷蓬萊之島

어둠이 하늘 궁전을 감싸네	暗圍閶闔之宮
황홀하게 안개가 솟구치니	恍惚奔騰
소낙비 금방이라도 쏟아 부을 듯하고	如驟雨之將至
어지럽고 소란스러운 것이	紛紜雜沓
차가운 구름이 모여드는 것 같구나	若寒雲之欲同
그 안에는 독사가 숨을 수 있어	乃能中隱毒蛇
그로 인하여 괴상한 전염병이 번지고	因之而爲瘴癘
그 안에 요사한 귀신들 숨어 있어	內藏妖魅
그 때문에 재앙이 생긴다네	憑之而爲禍害
인간에게 질병과 재앙 내리고	降疾厄於人間
변경 밖에서는 어지러운 세상 일으키니	起風塵於塞外
불쌍한 백성들만 어려움 겪고	小民遇之大傷
군자는 이를 보고 개탄하네	大人觀之感慨
타고난 기운을 태고의 모습으로 되돌려	蓋將返元氣於洪荒
천지를 혼합하여 한 덩어리로 만들었네	混天地爲大塊

이날 새벽 오경(五更: 새벽 3시에서 5시) 무렵 공명의 배는 조조의 수채(水寨) 가까이에 이르렀다. 공명은 뱃머리는 서쪽으로 배꼬리는 동쪽으로 돌려 일자로 늘어세우고 배 위에서 북을 치고 함성을 지르도록 했다.

노숙이 놀라서 말하기를: "만약 조조의 군사들이 일제히 몰려오면 어쩌려고 이러시오?"

공명이 웃으며 말하기를: "조조는 이렇게 짙은 안개 속에서는 감히 나올 생각을 하지 못할 것이오. 우리는 그저 술이나 마시며 즐기다 안개가 걷히거든 돌아갑시다."

한편 조조의 수상 영채에서 북소리 함성 소리를 들은 모개와 우금 두 사람은 당황하여 급히 조조에게 보고했다.

조조가 명을 내리기를: "강물이 보이지 않을 정도로 안개가 짙게 끼어 있음에도 적군이 갑자기 나타났으니 틀림없이 매복이 있을 것이다. 절대 경솔하게 움직이지 마라. 수군의 궁노수들을 동원하여 일제히 화살을 쏘도록 하라."

또한 육지의 영채로 사람을 보내 장료, 서황을 불러 각기 궁노수 3천 명씩을 거느리고 속히 강변으로 나와 활을 쏴서 수군을 돕도록 했다.

조조의 명령이 전달되었을 때는 이미 모개와 우금은 적군들이 자신들의 수군 영채까지 쳐들어오지 않을까 겁을 먹고 궁노수들을 영채 앞으로 내보내 활을 마구 쏘아대고 있었다.

잠시 후 육상의 영채에 있던 궁노수들까지 강변에 도착하여 약 일만여 명이 일제히 강 안쪽을 향해 화살을 쏘아대니 화살은 마치 비 오듯 쏟아졌다.

공명은 다시 배를 반대로 돌려서 머리는 동쪽으로, 꼬리는 서쪽으로 하여 수상 영채에 바짝 다가가서 화살을 받도록 하는 한편, 북을 치고 함성을 지르도록 지시했다.

해가 높이 뜨고 안개가 걷히기 시작하자 공명은 배들을 거두고 급히 돌아가도록 명령했다. 20척의 배 양쪽의 풀 더미 위에는 더 이상 화살들이 박힐 수 없을 정도로 빽빽이 꽂혀 있었다.

공명은 배 위의 군사들에게 일제히 함성을 지르기를: "승상, 화살을 주셔서 감사합니다!"라고 외치도록 했다.

조조의 군사가 이 사실을 조조에게 보고했을 때는 공명의 배는 가볍고, 빠른 데다 물살도 급하여 이미 20여 리나 도망을 가서 쫓아가도 따

라잡을 수 없었다. 조조는 정말로 후회막급이었다.

한편 공명은 돌아오며 노숙에게 말하기를: "배 한 척마다 꽂힌 화살이 적어도 5~6천 개는 될 것이오. 강동은 직접 만드는 것에 비해 아주 적은 노력으로 이미 10만 개의 화살을 얻었으니, 내일 이 화살을 가지고 조조의 군사를 쏜다면 아주 편리하지 않겠소?"

노숙 曰: "선생은 참으로 귀신같은 사람이오! 오늘 이처럼 짙은 안개가 낄 줄을 어찌 아셨소?"

공명 曰: "장수로서 천문을 통달하지 못하고, 지형의 유불리를 알지 못하고, 기문(奇門)[4]을 알지 못하고, 음양의 이치를 알지 못하고, 진지의 배치를 볼 줄 모르고, 군세(軍勢) 판단을 제대로 못 한다면, 이는 하찮은 재주에 불과하오. 나는 사흘 전에 이미 오늘 짙은 안개가 낄 것을 알고 있었소. 그래서 감히 사흘이라는 기한을 감내했던 것이오.

공근은 나에게 열흘 안에 화살 10만 개를 모두 만들어 놓으라고 하면서도 일부러 화살 만드는 장인들과 필요한 물자도 제공하지 않았소. 그러고도 기일을 넘기기만 하면 가벼운 죄를 핑계로 나를 죽이려고 했음이 명백하오. 하지만 나의 목숨은 하늘에 달렸거늘, 공근이 어찌 나를 해칠 수 있겠소이까?"

노숙은 탄복했다.

배가 강기슭에 당도하자, 주유가 보낸 5백 명의 군사는 화살을 나르기 위해 이미 강변에서 기다리고 있었다. 공명은 배 위에서 수거한 10만여 개의 화살을 모두 중군의 군영으로 옮기도록 했다.

노숙은 주유에게 가서 공명이 화살 10만여 개를 얻은 경위를 소상히

4 길흉을 점치는 방법의 하나. 십간(十干) 가운데 을(乙) ·병(丙) ·정(丁)을 삼기(三奇)로 하고, 휴(休)·생(生)·상(傷)·두(杜)·경(景)·사(死)·경(警)·개(開)를 팔문(八門)으로 함. 역자 주.

설명했다. 몹시 놀란 주유는 감개하며 탄식하기를: "공명의 귀신같은 재주와 묘책을 나는 도저히 따라갈 수 없구나!"

후세 사람이 이 일을 찬탄한 시가 있으니:

장강에 짙은 안개가 자욱했던 어느 날	一天濃霧滿長江
원근 알 수 없으며 강물만 아득하여라	遠近難分水渺茫
비와 메뚜기 떼처럼 배로 날아든 화살	驟雨飛蝗來戰艦
공명이 오늘에서야 주유를 굴복시켰네	公明今日伏周郎

잠시 후 공명은 주유를 만나러 영채로 찾아갔다. 주유는 막사 밖에까지 나와 그를 맞이하며 칭찬의 말을 하기를: "선생의 신묘한 계책은 나를 감복하게 하였소이다."

공명 曰: "보잘것이 없는 계책을 어찌 기이하다 하십니까!"

주유는 공명을 막사로 안내하여 함께 술을 마셨다.

주유 曰: "어제 우리 주공께서 사람을 보내 공격을 재촉하시는데, 내게는 마땅한 묘책이 없소이다. 선생의 가르침을 받고 싶소."

공명 曰: "저는 그저 변변치 못한 재주꾼에 불과한데 어찌 묘책이 있겠소이까?"

주유 曰: "제가 얼마 전 조조의 수상 영채에 가서 자세히 살펴보니 군사를 엄정하게 관리하고 질서가 있어 보였소. 무턱대고 공격해서는 안 될 것 같았소. 그래서 한 가지 계책을 생각해 내기는 했는데, 그것이 가능할지는 잘 모르겠소. 선생이 들어 보시고 판단해 주시오."

공명 曰: "도독께서는 말하지 마시고 우리 각자 손바닥에 써서 같은 생각인지 확인해 보면 어떻겠소?"

주유는 크게 기뻐하며 붓과 벼루를 가져오게 하여 먼저 자신이 모르게 쓴 다음 붓을 공명에게 건네주었다. 공명 역시 남이 보지 않게 쓴 다음, 두 사람은 긴 의자 가까이 다가가서 각자 손바닥에 쓴 글자를 동시에 펼쳐보고 함께 크게 웃었다.

원래 주유가 손바닥에 쓴 글자는 화(火)자였는데, 공명 역시 불 화(火)자 하나를 적었던 것이다.

주유 曰: "우리 두 사람의 의견이 같으니 의심할 게 없구려. 누설하지만 말아 주시오."

공명 曰: "두 집안의 공적인 일을 어찌 누설하겠소이까. 조조가 비록 우리의 계책에 두 번 속았지만, 이번에도 어떤 대비도 하지 못할 것이니 도독께선 제대로 그것을 실행해 보시지요."

술자리를 파한 두 사람은 헤어졌다. 어느 누구도 이 일은 알지 못했다.

한편 화살을 공연히 십오륙 만개나 잃어버린 조조는 기분이 언짢아 있는데, 순유가 계책을 건의하기를: "강동에는 주유와 제갈량 두 사람이 계책을 내고 있으니 쉽게 쳐부수기는 어려울 것 같습니다. 사람을 강동으로 보내 거짓 항복을 시키고, 그 사람으로 하여금 적의 내막을 탐지하여 우리에게 내통하게 한다면 적을 도모할 수 있을 것입니다."

조조 曰: "나도 그런 생각을 하고 있었네. 그런데 자네 생각에는 누가 이 계책을 실행할 수 있을 것 같은가?"

순유 曰: "채모는 죽임을 당했지만 채씨 종족은 아직 다 우리 군중에 있습니다. 채모의 친족 동생인 채중(蔡中)과 채화(蔡和)가 현재 부장으로 있으니, 승상께서 그들에게 후한 상을 내리시기로 하고 동오로 보내어 거짓 항복을 하게 한다면 적들은 틀림없이 그들을 의심하지 않을 것입니다."

조조는 그의 말에 따라 그날 밤 채중·채화 두 사람을 은밀히 장막으

로 불러 부탁하기를: "너희 두 사람은 약간의 군사를 데리고 동오로 가서 거짓 항복을 하거라. 그리고 무슨 정보를 입수하거든 은밀히 사람을 보내 보고하도록 하라. 일이 성공한 뒤에 후한 상과 벼슬을 내릴 것이니, 두 마음을 품지 말라."

두 사람 曰: "저희 처자들이 모두 형주에 있는데, 어찌 감히 두 마음을 품겠습니까? 저희 둘이 반드시 주유와 제갈량의 수급을 가지고 와서 휘하에 바치겠습니다."

조조는 그들에게 후한 상을 내렸다. 다음 날 두 사람은 군사 5백 명을 데리고 몇 척의 배에 나누어 순풍을 타고 남쪽 기슭을 향했다.

한편 주유는 조조를 공격할 마지막 작전을 구상 중인데 갑자기 보고가 들어오기를, 강북에서 배가 와서 강구에 도착했는데 채모의 아우 채화와 채중이 투항하러 찾아왔다는 것이다.

주유는 그들을 불러들였다.

두 사람이 울면서 절을 하고 말하기를: "우리 형은 아무런 죄도 없는데 조조 도적놈에게 죽임을 당했습니다. 우리 두 사람은 형의 원수를 갚고자 일부러 투항하러 온 것입니다. 부디 저희를 거두어 전방 부대에 넣어주십시오."

크게 기뻐한 주유는 두 사람에게 후한 상을 내리고 즉시 감녕에게 명령하여 선두 부대에 배치하게 했다.

두 사람은 감사하다고 절을 하며 주유가 자신들의 계략에 걸려든 것으로 생각했다.

주유는 다시 은밀히 감녕을 불러 지시하기를: "이 두 사람은 처자식을 데리고 오지 않았으니 진짜 투항하러 온 것이 아니라 조조가 보낸 첩자들이오. 내 이제 그들의 계책을 역으로 이용하는 계책을 써서(將計就

計) 저들로 하여금 이쪽의 거짓 정보를 전하게 할 것이오. 그러니 그대는 두 놈을 은근히 대우하여 눈치채지 못하게 하면서 방비를 하고 있다가 출병 당일 먼저 두 사람을 죽여 깃발에 제사를 지내도록 하시오. 절대로 조심하여 실수하는 일이 없도록 하시오."

감녕이 명령을 받고 나가자 노숙이 들어와서 말하기를: "채중·채화가 투항해 온 것은 아무래도 속임수 같으니 거두어서는 안 되오."

주유가 질책하며 말하기를: "그들은 조조가 그의 형을 죽였기 때문에 형의 원수를 갚고자 투항해 온 것인데 어찌 속임수라고 그러시오! 자네는 이처럼 의심이 많아서야 어떻게 천하의 인재들을 포용할 수 있겠는가!"

노숙은 더 이상 말을 하지 못하고 물러나와 공명을 찾아가서 이 말을 했다. 공명은 웃기만 할뿐 말이 없다.

노숙 曰: "공명은 어째서 비웃기만 하는 거요?"

공명 曰: "자경은 공근이 쓰는 계책을 알지 못하고 있기에 내가 웃고 있었소이다. 큰 강이 멀리 가로막고 있어 첩자들의 왕래가 어려우니, 조조가 채중·채화로 하여금 위장 투항을 하게 하여 우리 군사 정보를 탐지하라는 계책을 쓴 것이지요. 공근은 그 계책을 역이용하여 저들로 하여금 이쪽의 정보를 전하도록 하려는 것이요. 병법에 '용병에 있어서 적을 속이는 것도 꺼려하지 않는다(兵不厭詐).'고 하였는데, 공근이 바로 그 계책을 쓰고 있는 것입니다."

노숙은 그제야 비로소 깨달았다.

한편 주유가 밤중에 막사 안에 앉아 있는데 갑자기 황개가 찾아왔다.

주유 曰: "공복(公覆: 황개)께서 이 밤중에 찾아 온 것은 필시 좋은 계책이 있어 일러주려는 것이 아니오."

황개 曰: "적의 군사는 많고 우리는 적은데, 오래 끌수록 우리에게 이로울 게 없습니다. 어째서 적에게 화공을 사용하지 않으십니까?"

주유 曰: "누가 공에게 그 계책을 올리라고 하였소?"

황개 曰: "내 생각을 말한 것뿐이지 누구에게도 들은 바가 없습니다."

주유 曰: "나도 바로 그럴 작정이오. 그래서 위장 투항한 채중과 채화에게 우리의 정보를 흘려서 조조에게 알리게 하려고 합니다. 그렇게 하려면 우리 편에서도 조조에게 가서 거짓 투항할 사람이 있어야 하는데 그럴만한 사람이 없어서 안타까워하고 있소."

황개 曰: "저에게 그 계책을 실행하게 해 주십시오."

주유 曰: "조조에게 투항한 것을 믿게 하려면 적지 않은 고통을 감내해야 되는데 장군이 그럴 수 있겠소이까?"

황개 曰: "저는 손 장군의 하해와 같은 은혜를 입은 몸인데 비록 간과 뇌수를 땅바닥에 쏟는다 하더라도 여한이 없습니다."

주유는 그에게 엎드려 절을 하고 감사하다며 말하기를: "공이 만약 고육지계(苦肉之計: 적을 속이기 위한 수단으로 제 몸을 괴롭혀 가면서까지 짜내는 계책)를 몸소 실행해 주신다면 강동으로서는 그보다 다행한 일은 없을 것이오."

황계 曰: "나는 설령 죽더라도 원망하지 않을 것이오."

그는 하직 인사를 하고 밖으로 나왔다.

다음 날 주유는 북을 울려 모든 장수들을 막사 앞으로 모이게 했다. 공명도 그 자리에 참석했다.

주유 曰: "조조가 백만 대군을 거느리고 내려와 3백여 리에 걸쳐 영채를 세워 놓고 있으니, 우리가 하루아침에 그들을 쳐부술 수는 없다. 이제 모든 장수들에게 명령하노니, 3개월 동안 먹을 군량과 마초를 수령하여 적을 막을 준비를 하라."

말이 채 끝나기도 전에 황개가 나서며 말하기를: "3개월이 아니라 설령 30개월 분량의 군량과 마초를 지급해 준다 해도 쳐부술 수 없소이다. 당장 이 달 안으로 적을 쳐부술 수 있으면 쳐부수고, 그럴 수 없다면 장자포(張子包: 장소)가 말한 대로 모두 다 갑옷과 창을 버리고 조조의 신하를 인정하고 항복해야 할 것이오!"

주유가 발끈하여 얼굴색까지 변하면서 화를 내며 말하기를: "나는 지금 군사를 지휘하여 조조를 쳐부수려고 하고 있으며, 감히 항복하자는 말을 다시 꺼내는 자는 반드시 참하라는 주공의 명을 받들고 있다. 지금 양쪽의 군사가 서로 대치하는 상황에서 네가 감히 그런 망발을 하여 우리 군의 사기를 떨어뜨렸으니, 너의 목을 베지 않고서는 모든 군사들을 복종시키기 어려울 것이다!"

그러고는 좌우에 호통치기를, 황개를 끌고 나가서 참하고 그 결과를 보고하라고 했다.

황개 역시 화를 내며 말하기를: "나는 파로장군(破虜將軍: 손견) 시절부터 삼대에 걸쳐 동남 지역을 종횡으로 누비고 다닌 사람인데 당신이 감히 나를 어쩌겠다고?"

주유가 크게 화를 내며 속히 끌고 나가 참하라고 호통을 쳤다.

감녕이 얼른 앞으로 나와 고하기를: "공복은 동오의 원로 장수이신데 너그러이 용서해 주시기 바랍니다."

주유가 다시 호통치기를: "너는 어찌 감히 여러 말을 하여 법도를 어지럽히려 하느냐!"

주유는 좌우에 호통을 쳐서 우선 감녕부터 곤장을 쳐서 밖으로 내보냈다.

여러 관원들이 모두 무릎을 꿇고 사정하기를: "황개의 죄는 죽어 마땅하오나 지금 죽이면 적에게만 이로울 뿐이니 당분간 그의 죄를 기록해 두었다가 조조를 쳐부순 다음에 참해도 늦지 않을 것입니다."

하지만 주유의 화는 풀리지 않았다.

여러 관원들이 살려주기를 애걸하자, 주유가 말하기를: "내 저놈의 목을 베는 것이 마땅하나 모든 관리들의 체면을 생각하여 오늘 목숨만은 살려 주겠다!"

그러고는 좌우에 명령하여 그를 끌고 나가 엎어놓고 곤장 1백 대를 쳐서 그 죄를 물으라고 했다.

여러 관원들이 다시 죄를 용서해 주자고 사정을 하자, 주유는 앞에 놓인 탁자를 뒤엎으면서 여러 관원들을 꾸짖어 물리치고 빨리 곤장을 치라고 호통을 쳤다.

그리하여 황개의 옷을 벗기고 땅바닥에 엎어놓고 그의 등에 곤장 50대를 쳤다. 모든 관원들이 다시 애걸복걸 사정을 한다.

주유는 자리에서 벌떡 일어나 손가락으로 황개를 가리키며 말하기를: "네놈이 이래도 감히 나를 얕볼 테냐! 나머지 50대는 일단 달아놓아라. 또 다시 태만히 할 때는 두 가지 죄를 모두 물을 것이야!"

분을 못 참고 계속 중얼거리던 주유는 그만 막사 안으로 들어가 버렸다.

여러 관원들이 황개를 부축해 일으켜 보니 피부가 갈라지고 살은 터져서 시뻘건 피가 줄줄 흘러내렸다. 부축을 받으며 본채로 돌아가는 동안 황개는 몇 번이나 기절을 했다. 위문을 온 사람들 중에서 그 참혹한 꼴을 보고 눈물을 흘리지 않은 이가 없었다.

노숙도 그를 찾아가 위문한 다음 공명이 타고 있는 배를 찾아가 그에게 말하기를: "오늘 공근이 분노하여 공복을 심하게 질책할 때, 우리들이야 그의 부하이니 감히 그의 위엄에 도전한다고 할까 봐 극렬하게 말리지 못했지만, 선생은 손님이신데 어찌하여 수수방관하면서 말 한마디 하지 않으셨소?"

공명이 웃으며 말하기를: "자경이 지금 나를 속이시려는 것이오?"

노숙 曰: "내가 선생과 함께 강을 건너온 이후 한 번도 선생을 속인 적이 없는데 어찌 그런 말씀을 하시는 겁니까?"

공명 曰: "공근이 오늘 공복을 그리 심하게 매질한 것이 모두 그의 계책이라는 것을 모르시오? 그런데 내가 어떻게 공근을 말린단 말이오?"

노숙은 비로소 깨달았다.

공명 曰: "고육지계를 쓰지 않고 어떻게 조조를 속여 넘길 수가 있겠소? 지금은 틀림없이 황공복으로 하여금 조조에게 가서 위장 항복을 하도록 하고, 그런 다음 채중과 채화에게 그런 사실을 보고하도록 하려는 것이지요. 자경은 공근을 보거든 내가 그런 사실을 이미 알고 있더라는 말은 절대로 하지 마시고, 저 역시 도독의 이번 처사는 너무 심했다고 원망하더라고만 전해 주시오."

공명과 작별한 노숙은 주유를 만나러 갔다. 주유가 그를 막사 안으로 맞아들였다.

노숙 曰: "오늘 도독은 어째서 황공복을 그리도 혹독하게 매질하셨습니까?"

주유 曰: "모든 장수들이 원망하지요?"

노숙 曰: "마음속으로 불안해하는 자들이 많습니다."

주유 曰: "공명의 생각은 어떻소?"

노숙 曰: "그 역시 도독이 너무 야박한 사람이라고 원망합디다."

주유가 웃으며 말하기를: "이번에는 그 사람도 속아 넘어갔구나!"

노숙 曰: "그게 무슨 말입니까?"

주유 曰: "오늘 황개를 매질한 것은 바로 나의 계책이오. 나는 황개를 조조에게 보내 위장 투항을 시킬 것이오. 조조를 속이기 위해 그런 고육지계를 쓴 것이오. 그런 다음에 화공으로 그를 공격하면 승리를 쟁취할 수 있을 것이오."

노숙은 마음속으로 공명의 예리한 통찰력에 탄복했으나 주유에게 감히 사실대로 말할 수가 없었다.

한편 막사 안에 누워 있는 황개를 여러 장수들이 위문을 하러 찾아왔다. 하지만 황개는 아무 말도 하지 않고 그저 한숨만 길게 내쉬고 있었다. 그때 갑자기 참모 감택(闞澤)이 위문을 왔다고 알리니 황개는 그를 들어오게 하고는 다른 사람들은 모두 물렸다.

감택 曰: "장군은 도독과 무슨 원수진 일이라도 있으십니까?"

황개 曰: "그런 게 뭐 있겠소."

감택 曰: "그렇다면 장군이 그런 심한 곤장을 맞은 것은 고육계가 아닙니까?"

황개 曰: "그것을 어찌 아셨는가?"

감택 曰: "제가 공근의 거동을 보니 십중팔구는 그럴 것으로 짐작을 했습니다."

황개 曰: "나는 오후(吳侯)의 삼대에 걸친 두터운 은혜를 입었지만 보답할 길이 없어 이런 계책을 올려 조조를 쳐부수고자 마음먹었으니 어떠한 고통을 받더라도 여한은 없소. 내 우리 군중을 다 둘러봤지만 심복으로 삼을 만한 사람이 하나도 없었는데, 오직 그대만은 평소 충의의 마음을 가지고 있기에 감히 내 속마음을 털어놓는 것이오."

감택 曰: "장군께서 내게 그런 말씀을 하신 것은 나에게 거짓 항복 문서를 가지고 가서 조조에게 바쳐 달라는 뜻이 아닌지요?"

황개 曰: "실은 그렇소이다만 들어 주실지 모르겠소."

감택은 흔쾌히 승낙했다.

이야말로:

용장이 몸을 던져 주인에게 보답하려 하니	勇將輕身思報主
참모 신하도 나라 위해 뜻을 함께하는구나	謀臣爲國有同心

감택이 무슨 말을 할지 궁금하거든 다음 회를 기대하시라.

제 47 회

감택은 비밀리에 거짓 항복문서 바치고
방통은 교묘하게 연환계를 가르쳐 주다

闞澤密獻詐降書

龐統巧授連環計

감택의 자는 덕윤(德潤)으로 회계군(會稽郡) 산음(山陰) 출신이다. 비록 집은 가난했지만 학문을 좋아해서 늘 남의 책을 빌려와서 읽었으며, 기억력이 남달라 한 번 읽은 책은 그 내용을 잊어버리지 않았다. 또한 말 재주와 판단력도 빠르고 어려서부터 담력도 있었다.

손권이 그를 불러와서 참모로 삼았는데 감택은 황개와 가장 친하게 지냈다. 황개는 그가 언변도 좋고 담력도 크다는 것을 잘 알고 있었기 때문에 그를 시켜서 거짓 항복 문서를 바치게 하려는 것이다.

감택이 흔쾌히 승낙하며 말하기를: "대장부가 세상에 태어나서 공을 세우지 못한다면 초목과 같이 썩는 것과 무엇이 다르겠습니까? 장군이 몸을 버리면서까지 주인을 위해 보답을 하는데 저 또한 어찌 하찮은 목숨을 아끼겠습니까?"

침상에서 굴러떨어지듯 내려온 황개가 감택에게 고맙다고 절을 했다.

감택 曰: "이 일은 늦춰서는 안 되니 지금 가겠습니다."

황개 曰: "거짓 항서는 이미 써 놓았소."

글을 받아 든 감택은 그날 밤 어부로 변장을 하여 조그만 배를 타고 북쪽 강기슭을 향해 노를 저었다. 이날따라 반짝이는 겨울밤의 별들이 온 하늘에 가득했다. 삼경(三更: 밤11시에서 1시) 무렵이 되자 감택의 배는 이미 조조의 수상 영채에 이르렀다. 강을 순찰하던 군사가 그를 붙잡아 즉시 조조에게 보고되었다.

조조 曰: "그 자는 첩자가 아니냐?"

군사 曰: "보기에는 어부 같은데 자기 말로는, 동오의 참모 감택으로 중요한 기밀 사항을 가지고 왔다고 합니다."

조조는 즉시 데리고 오라고 지시를 했다.

군사가 감택을 데리고 들어가니, 막사 안에는 등불이 대낮처럼 밝게 켜져 있고 조조는 탁자에 기대어 단정히 앉아 있었다.

조조가 묻기를: "네가 동오의 참모라면 여기를 왜 왔느냐?"

감택 曰: "조 승상께서는 어진 인재 구하기를 목마른 자가 물을 찾듯이 한다고 들었는데 이렇게 물어보는 것을 보니 소문과는 상당히 다르군. 황공복(黃公覆: 황개) 당신은 또 잘못 생각했구려!"

조조 曰: "우리는 동오와 지금 전쟁 중인데, 당신이 이렇게 은밀히 왔으니 어찌 물어보지 않을 수 있겠는가?"

감택 曰: "황공복은 동오에서 3대를 섬겨온 원로 신하인데 이번에 모든 장수들이 보는 앞에서 주유에게 아무런 이유도 없이 혹독한 곤장을 맞는 모욕을 당했소. 공복은 그 분을 참을 수 없어 승상께 투항을 하여 원수를 갚으려고 일부러 나에게 그 방법을 물어왔소. 나와 공복은 서로의 정이 한 가족처럼 돈독한 사이이기에 밀서를 바치기 위해 제가 먼저 찾아온 것인데, 승상께서는 받아 주실지 모르겠습니다."

조조 曰: "밀서는 어디 있는가?"

감택이 밀서를 꺼내 조조에게 바쳤다. 조조가 밀서를 개봉하여 등잔

아래에서 읽어 보았다. 그 서신의 내용은:

"저는 손씨의 두터운 은혜를 입은 자로서 본래는 두 마음을 품어서는 안 되는 사람입니다. 그러나 오늘날 형세를 보건데 강동이 6개 군의 군사로 중국의 백만 대군을 상대로 싸우려 하고 있으니, 이처럼 적은 군사로 많은 군사를 이길 수 없는 것(衆寡不敵)은 천하가 다 아는 사실입니다. 동오의 모든 장수들과 관리들도 그들이 지혜롭고 어리석음을 떠나 싸워서 절대 이길 수 없다는 것을 잘 알고 있습니다.

그럼에도 주유 이놈은 마음이 편협하여 하는 짓마다 거칠고, 머리는 아둔하면서도 스스로 잘난 체 하면서 계란으로 바위를 치는 무모한 짓을 할 뿐만 아니라, 멋대로 권세를 휘둘러 죄 없는 자에게 형벌을 내리고 공이 있어도 상을 주지 않습니다. 이 황개는 원로 신하임에도 아무런 이유도 없이 그 자에게 곤장을 맞고 굴욕을 당했는바, 실로 원통하고 분합니다.

소신이 듣기에 승상께서는 사람을 성심으로 대하고 인재를 겸허히 받아들이고 계신다기에 이 황개는 군사를 거느리고 가서 투항하여 승상을 위해 공을 세우고 주유에게 받은 치욕을 씻고자 합니다. 군량과 마초 그리고 무기들은 배로 싣고 가서 함께 바치겠습니다. 피눈물을 흘리면서 절을 하고 아뢰니, 부디 의심하지 말아주십시오."

조조는 탁자 위에 그 서신을 올려놓고 이리저리 뒤집어 가며 십여 차례나 읽어본 뒤, 갑자기 손으로 탁자를 내리치면서 눈을 크게 뜨고 화를 내며 말하기를: "황개는 고육계를 써서 네놈으로 하여금 거짓 항서를 바치게 하고, 그런 와중에 일을 꾸미려는 것이 아니냐? 그러고도 도리어 감히 나를 희롱하고 모욕하려 들다니!"

곧바로 좌우에 지시하여 그를 끌고 나가 목을 베라고 했다. 사람들이 감택을 에워싸고 끌고 나갔다. 그러나 그는 얼굴색 하나 변하지 않고 고개를 쳐들고 큰 소리로 웃었다. 조조가 그를 다시 끌고 오라고 하여 꾸짖기를: "내 이미 네놈들의 간사한 계교를 모두 간파했거늘, 네놈은 어찌하여 비웃는 게냐?"

감택 曰: "나는 너를 비웃는 게 아니다. 나는 황공복이 사람 볼 줄 모르는 것을 비웃은 것이다."

조조 曰: "어찌하여 그가 사람 볼 줄 모른다는 것이냐?"

감택 曰: "죽이려면 바로 죽일 것이지, 웬 말이 그리 많으냐?"

조조 曰: "나는 어려서부터 병서를 많이 읽어 간교한 속임수들을 다 알고 있느니라. 네놈들의 이런 계략으로 다른 사람들은 다 속일지 몰라도 나까지 속일 수 있을 것이라고 생각했더냐?"

감택 曰: "그러면 그 서신 속의 어떤 부분이 간교한 계략이라는 것인지 말해 보아라."

조조 曰: "내가 그 서신의 허점을 말해 주어 네놈이 죽더라도 원망은 하지 못하게 해 주겠다. 너희들이 진심으로 항서를 바치고 투항하려고 했다면 어째서 투항해 올 날짜와 시간을 밝히지 않았느냐? 그러고도 무슨 변명할 말이 있느냐?"

감택은 듣고 나서 큰 소리로 웃으며 말하기를: "너는 그러고도 병서를 독파했다고 감히 자랑했느냐? 부끄러운 줄 알아라. 만약 싸운다면 틀림없이 주유에게 사로잡히고 말 것이니 차라리 속히 군사를 거두어 돌아가는 게 나을 것이다. 무식한 놈 같으니라고! 내가 너처럼 무식한 놈 손에 죽는 것이 원통하구나!"

조조 曰: "어째서 내가 무식하다는 게냐?"

감택 曰: "너는 전략도 모르고 도리에도 밝지 못하니 그게 바로 무식한 사람이 아니면 무엇이겠느냐?"

조조 曰: "도대체 내 말 어디가 틀렸는지 한번 말해 보아라."

감택 曰: "너는 현사를 대하는 예법부터 틀려먹었다. 더 말할 가치조차 없구나! 어서 나를 죽여라."

조조 曰: "네 말이 이치에 맞는다면 너를 살려줄 수도 있다."

감택 曰: "너는 '주인을 배신하여 도둑질을 할 때에는 기일을 정해서는 안 된다(背主作竊, 不可定期).'는 말도 들어 보지 못했느냐? 만약 미리 기일을 정해 놓았다가 갑자기 불가피한 상황이 발생하여 손을 쓸 수 없게 되었는데도 이쪽에서 대응을 하러 온다면, 일은 반드시 탄로가 나고 말 것이다. 그래서 상황을 봐 가면서 행동을 해야지, 어찌 미리 기일을 정해 놓는단 말이냐? 너는 이러한 이치도 모르면서 도움을 주려는 사람을 죽이려고 하니, 참으로 무식한 사람이 아니면 무엇이란 말이냐!"

그 말을 들은 조조는 즉시 얼굴 표정을 고치고 자리에서 내려와 사과하며 말하기를: "내 그만 사리에 밝지 못해 귀공의 깊은 뜻을 오해하였으니 부디 용서해 주시오."

감택 曰: "나와 황공복이 마음을 다해 투항하는 것은 마치 어린애가 부모의 품속을 바라는 것과 같은데, 거기에 무슨 거짓이 있겠습니까?"

조조는 크게 기뻐하며 말하기를: "만약 두 사람이 큰 공을 세울 수 있다면, 훗날 다른 사람들보다 훨씬 높은 벼슬을 줄 것이오."

감택 曰: "우리는 무슨 벼슬이나 녹봉을 바라고 투항하려는 것이 아니라 오직 하늘의 뜻에 순응하고 인심을 따르려는 것뿐입니다."

조조는 술상을 내오라고 하여 감택을 대접했다.

잠시 후 한 사람이 막사 안으로 들어오더니 조조의 귀에 대고 뭐라고 속삭였다.

조조 曰: "그 서신을 이리 내놓아라!"

그 사람이 밀서를 꺼내 바치자, 그것을 본 조조의 얼굴에 희색이 가득했다.

감택은 속으로 생각하기를: '이는 필시 채중과 채화가 황개의 처벌 받은 사실을 알리는 밀서일 것이다. 그래서 내가 투항한 일이 진실임을 알고 조조가 기뻐하는 것이 틀림없다.'

조조 曰: "수고스럽겠지만 선생은 다시 강동으로 돌아가서 황공복과 기일을 정하고, 언제 강을 건너올 지를 미리 알려 주면, 내가 군사를 보내 지원하겠소."

감택 曰: "저는 이미 강동을 떠나온 몸이라 다시 돌아갈 수는 없습니다. 승상께서는 기밀을 전할 사람을 따로 보내시지요."

조조 曰: "만약 다른 사람이 간다면 기밀이 누설되지 않겠소?"

감택은 재삼 사양하다가 한참만에야 대답하기를: "만약 제가 가야만 한다면 이곳에 오래 머물러 있을 수 없습니다. 지금 당장 떠나야 합니다."

조조는 황금과 비단을 주려고 했으나 감택은 끝내 받지 않았다. 조조에게 하직 인사를 하고 나온 감택은 다시 쪽배를 저어 강동으로 돌아와 황개를 만나 보고 조조를 만났던 일을 자세히 설명했다.

황개 曰: "공의 기개와 말솜씨가 아니었더라면 나는 그저 헛고생만 하고 말았겠소이다!"

감택 曰: "나는 지금 감녕의 영채로 가서 채중과 채화의 의중을 살펴봐야겠습니다."

황개 曰: "그러는 것이 좋겠소."

감택이 감녕의 영채에 이르자 그가 맞아하여 들어가 자리에 앉았다.

감택 曰: "장군께서 어제 황공복을 구하려다 오히려 주공근에게 욕을 보셨는데 저도 몹시 언짢았습니다."

감녕은 그저 웃기만 할 뿐 대답이 없었다.

한창 대화를 나누고 있을 때 채화와 채중이 들어왔다. 감택이 감녕에게 눈짓을 하자, 감녕은 그 뜻을 알아차리고 말하기를: "주공근은 자만심에 빠져 우리들의 생각은 모두 무시하고 있소. 내 이번에 모욕을 당하고 보니 강동 사람들 보기가 부끄럽소이다."

아직도 분을 참지 못하던 감녕은 이를 부득부득 갈고 책상을 주먹으로 치며 큰 소리를 질렀다. 감택은 감녕의 귀에다 대고 무언가 속삭이는 체하니, 감녕은 고개를 숙이고 아무 말 없이 길게 탄식하며 한숨만 내쉬었다.

채화와 채중은 그들이 모반의 뜻이 있음을 눈치채고 그 속을 떠보려고 말하기를: "장군께선 무슨 일로 고민하고 계신지요? 선생은 무슨 불만이라도 있으신지요?"

감택 曰: "우리 마음속의 괴로움을 당신들이 어찌 알겠소?"

채화 曰: "혹시 동오를 배반하고 조조에게 투항하시려는 것 아니시오?"

감택은 얼굴색이 변할 정도로 놀랐고, 감녕은 칼을 뽑아 들고 일어서며 말하기를: "우리 일을 이미 눈치채고 말았으니 입을 닫게 하기 위해서는 죽여 버리는 수밖에 없다!"

채화와 채중이 당황하여 말하기를: "두 분께선 염려하지 마십시오. 우리 역시 그동안 마음속에 담아 두었던 비밀을 털어놓겠습니다."

감녕 曰: "속히 말하라!"

채화 曰: "우리들은 조조의 명을 받고 이곳으로 거짓 항복해온 자들입니다. 두 분께서 만약 조조에게 귀순할 뜻이 있으시면 우리들이 안내할 것입니다."

감녕 曰: "네 말이 과연 정말이냐?"

두 사람이 동시에 대답하기를: “어찌 감히 속이겠습니까?”

감녕이 기뻐하는 척하며 말하기를: “만약 그렇다면 이는 하늘이 나를 도우심이라!”

두 사람이 다시 말하기를: “황공복과 장군께서 모욕당하신 일을 이미 승상께 보고하여 알고 계십니다.”

감택 曰: “내 이미 황공복의 항서를 조조에게 바쳤으며 지금 특별히 흥패(興敗: 감녕)에게 함께 항복하자고 약속하러 온 것이네.”

감녕 曰: “대장부가 훌륭한 주인을 만나게 되었으면 성심을 다해 섬겨야지.”

이리하여 네 사람은 함께 술을 마시며 속내를 털어놓았다. 채중과 채화는 즉시 ‘저희들은 감녕과 함께 내응하기로 했습니다.’ 라는 내용의 서신을 은밀히 조조에게 보냈다.

감택 역시 별도로 글을 써서 사람을 보내 은밀히 조조에게 보고하였는데, 그 글은 황개는 아직 형편이 안 되어 가지 못하나 뱃머리에 청아기(青牙旗)를 꽂은 배가 가거든 바로 황개가 탄 배로 알고 있으라는 내용이었다.

한편 연달아 두 통의 밀서를 받고도 마음속의 의심을 풀지 못한 조조는 여러 모사들을 불러 모아 상의하며 말하기를: “강동의 감녕이 주유에게 모욕을 당하고 우리와 내통하기를 바라고, 황개는 곤장을 맞고 감택을 시켜서 항서를 보내왔으나 아직 둘 다 완전히 믿을 수는 없다. 누가 직접 주유의 영채에 가서 내막을 확실히 알아오지 않겠는가?”

장간이 나서며 말하기를: “제가 지난번 동오에 갔다가 성공하지 못해 못내 부끄러웠습니다. 이번에 저를 다시 보내준다면 목숨을 버리더라도 가서 확실한 정보를 알아내어 승상께 보고하겠습니다.”

조조는 매우 기뻐하며 즉시 장간에게 배에 오르도록 하였다. 장간이 조그만 배를 타고 강남의 수상 영채에 이르러 자기가 왔다는 것을 주유에게 알리도록 했다.

주유는 장간이 또 왔다는 말을 듣고 크게 기뻐하며 말하기를: "내가 이번에 성공하느냐의 여부는 바로 이 사람에게 달려있다."

주유는 노숙에게 부탁하기를: "방사원(龐士元: 방통)을 오시라고 하여 여차여차해 주시오."

원래 방통(龐統)은 양양(襄陽) 사람으로 자는 사원(士元)이라 하는데, 마침 난을 피해 강동에 잠시 머무르고 있었다.

노숙이 일찍이 그를 주유에게 천거했었다. 방통이 주유를 만나러 오기 전에 먼저 주유가 노숙을 보내 방통에게 묻기를: "조조를 쳐부수려면 어떤 계책을 써야 합니까?"

방통이 은밀히 노숙에게 말하기를: "조조를 쳐부수려면 반드시 화공을 써야 하오. 다만 큰 강에서 배 한척에 불이 붙으면 나머지 배들은 모두 흩어질 것이니 그들에게 연환계(連環計)를 알려주어 그들이 쇠못을 이용하여 모든 배들을 한곳에 고정시켜 놓도록 해야만 비로소 화공을 성공시킬 수 있소."

노숙이 방통의 말을 주유에게 전하자 주유가 방통의 논리에 깊이 감복하여 노숙에게 말하기를: "내 계책을 실천해 줄 사람은 방사원이 아니면 안 되겠소."

노숙 曰: "조조는 교활하고 간사한데 어찌 그에게 눈치채지 못하게 접근하겠습니까?"

주유도 이리저리 궁리해 봤지만 뾰족한 수가 떠오르지 않아 고민하고 있던 터에 마침 장간이 왔다는 보고를 받은 것이다.

문득 방법이 떠오른 주유는 크게 기뻐하며 한편으로는 방통에게 계책을 쓰라고 분부하고, 또 한편으로는 막사 안에 앉아서 장간을 불러들이라고 했다.

장간은 주유가 직접 나와 영접을 하지 않는 것을 보고 마음속으로 의심도 나고 또 걱정도 되어, 타고 온 배를 눈에 띄지 않은 구석진 곳에 묶어놓게 한 다음 영채 안으로 들어가 주유를 보았다.

장간을 본 주유가 얼굴색을 바꾸고 화를 내며 말하기를: "자익은 어찌하여 그토록 철저하게 나를 속였는가?"

장간이 웃으며 말하기를: "나는 자네를 여전히 옛 형제로 여겨 일부러 마음속의 일을 털어놓고자 찾아왔는데 어찌 속였다고 그러는가?"

주유 曰: "나에게 항복하라고 설득하러 왔는지 모르지만, 바다가 마르고 바위가 썩어 흙이 되기 전에는 불가능한 일이다. 지난번에는 내 옛정을 생각하여 너랑 취하도록 마시고, 한 침상에서 함께 자게 해 주었는데, 너는 도리어 내 사신(私信)을 훔쳐가지고 간다는 말도 없이 몰래 돌아가서 조조에게 보고하여 채모와 장윤을 죽게 하여 내 계책을 망쳐 놓지 않았느냐?

그래 놓고 또 오늘 무슨 염치로 찾아왔는지 몰라도 결코 도움을 주기 위해 찾아온 것은 아닐 것이다. 내가 옛 정을 생각하지 않았다면 단칼에 너를 두 동강 내버리고 말았을 것이다.

너를 곧바로 돌려보내려고 했지만, 내 하루 이틀 내에 곧바로 조조 역적 놈을 치려고 하니 이를 어쩌나. 그렇다고 너를 군중에 남겨 놓으면 틀림없이 우리의 계책이 새어나가고 말 것이다."

그러고는 즉시 좌우에 명령하기를: "자익을 서산의 암자로 보내서 쉬게 하라. 내 조조를 쳐부순 뒤에 강 너머로 보내도 늦지 않을 것이다."

장간이 말을 꺼낼 틈도 주지 않고 주유는 막사 안으로 들어가 버렸다. 군사들은 곧 장간을 말에 태워 서산 뒤의 조그만 암자로 데려가 쉬도록 하고 군사 두 명을 남게 하여 그의 시중을 들게 했다. 암자에 있는 장간은 마음이 우울하여 침식조차 불안했다.

그날 밤 온 하늘에 별들로 가득 찼다. 장간은 혼자 암자 뒤로 걸어갔다. 그때 어디선가 글 읽는 소리가 들려왔다. 그가 소리 나는 곳으로 걸어가 보니 바위 근처에 몇 칸짜리 초가집이 있는데, 그 안에서 불빛이 새어 나왔다. 장간이 가까이 다가가서 가만히 안을 들여다보니, 한 사람이 등잔 앞에 검을 걸어 놓고 손자(孫子)와 오기(吳起)의 병서를 읽고 있었다.

틀림없이 보통 사람은 아닐 것이라고 생각한 장간은 문을 두드리고 뵙기를 청했다. 그 사람이 문을 열고 나왔는데 그 풍채가 비범하였다.

장간이 성명을 물으니 답하기를: "성은 방(龐), 이름은 통(統), 자는 사원(士元)이라고 하오."

장간 曰: "혹시 봉추(鳳雛)선생 아니시오?"

방통 曰: "그렇소이다."

장간은 기뻐서 말하기를: "오래 전부터 선생의 존함을 익히 들어 왔는데, 지금 어찌하여 이런 궁벽한 곳에 계시는지요?"

방통 曰: "주유가 자신의 재주가 높은 것만 믿고, 다른 사람들을 용납하지 않기에 내 이곳에서 은거 중이오. 그런데 공은 누구시오?"

장간 曰: "저는 장간이라고 합니다."

방통은 장간을 방 안으로 들어오게 하여 함께 앉아 마음을 터놓고 이야기를 했다.

장간 曰: "선생의 그만한 재주라면 어디를 가든 성공하지 못하겠습니까? 만약 조조에게 가시겠다면 제가 마땅히 모시고 가겠습니다."

방통 曰: "나는 강동을 떠나야겠다고 마음먹은 지 오래되었소. 공께서 나를 데려다 줄 생각이 있다면 지금 당장 갑시다. 지체하다가는 주유에게 들킬 것이고 그리되면 틀림없이 우리를 해치려 할 것이오."

이리하여 방통은 장간과 함께 그날 밤 산을 내려와 강변에 이르러 장간이 원래 타고 왔던 배를 타고 나는 듯이 노를 저어 강북으로 달아났다.

조조의 영채에 도착한 장간은 우선 자신이 혼자 들어가 조조에게 다녀온 경과를 자세히 보고했다. 조조는 봉추선생이 왔다는 말을 듣고 몸소 막사 밖으로 나와 그를 맞이하여 들어갔다.

자리에 앉은 다음 조조가 묻기를: "주유는 나이도 어린 것이 자신의 재주만 믿고 여러 장수와 모신들을 업신여기고 좋은 계책을 건의해도 받아들이지 않는다고 들었소이다. 이 조조는 오래 전부터 선생의 명성을 익히 들어 왔는데, 이렇게 왕림해 주셨으니 부디 많은 가르침을 주시기 바랍니다."

방통 曰: "저는 평소 승상께서 병법에 맞게 군사를 운용한다고 들었습니다. 지금 군사들의 진용을 한번 볼 수 있겠습니까?"

조조는 말을 준비하도록 하여 우선 육상의 영채부터 살펴보자고 했다. 방통은 조조와 말머리를 같이 하고 높은 곳에 올라가 바라보았다.

방통 曰: "산 근처에 숲을 의지하여 영채를 세우고 앞과 뒤가 서로 바라보고 있으며 출입하는 곳에 문이 있고, 나아가고 물러나는 곳이 구부러져 있으니, 손자(孫子)와 오기(吳起)가 다시 살아나고 양저(穰苴: 춘추 말기 제나라 병법가)가 다시 태어난다 해도 이보다 더 잘하지는 못할 것입니다."

조조 曰: "선생께서는 과찬만 하지 마시고 부족한 것을 가르쳐 주시기 바라오."

조조는 다시 방통을 수상 영채로 안내했다. 수상 영채는 남쪽으로 스물네 개의 문이 나뉘어 있고, 모든 문마다 큰 전함들을 벌여 놓아 성곽을 이루었고, 그 안에 조그만 배들을 숨기고, 배가 드나들 수 있는 길이 나 있는 등 모든 배치에 질서가 있었다.

방통이 웃으며 말하기를: "승상의 용병술이 이러하시니 과연 명불허전입니다."

그러고는 멀리 강남을 손으로 가리키며 말하기를: "주랑아, 주랑아! 네가 망할 날이 얼마 남지 않았구나!"

조조는 매우 기뻐하며 영채로 돌아와 방통과 함께 막사 안에서 술상을 차려 놓고 함께 마시며 군사전략에 대해 의견을 나누었다. 방통은 뛰어난 말솜씨로 묻는 말에 마치 물 흐르듯 거침없이 대답을 하니 조조는 탄복해 마지않아 더 정성을 들여 대접했다.

방통이 취한 척하며 말하기를: "군중에 용한 의원은 있는지요?"

조조가 무엇 때문에 그러냐고 묻자, 방통이 말하기를: "수군들은 질병에 많이 걸리므로 그들을 제때 치료하기 위해서는 용한 의원이 많이 있어야 합니다."

마침 조조의 군사들은 물과 풍토에 적응하지 못해, 먹으면 바로 토하는 병에 걸려 죽는 자가 많았다. 조조는 마침 이 일로 골치를 앓던 중에 문득 방통의 그 같은 말을 듣게 되었으니 어찌 물어보지 않을 수 있겠는가?

방통 曰: "승상께서 수군을 훈련시키는 방법이 훌륭하지만 애석하게도 완전하지는 못합니다."

몸이 단 조조가 재삼 그 대책을 묻자, 방통이 말하기를: "내게 계책이 하나 있긴 합니다. 그 계책대로만 하시면 많은 수군들이 질병에 걸리지 않고 안전하게 훈련을 할 수 있을 것입니다."

매우 기뻐하며 조조가 그 묘책을 물었다.

방통 曰: "큰 강에서는 조수 간만의 차가 심하고 풍랑이 그치질 않습니다. 북방의 군사들은 배를 타는 데 익숙하지 않은데, 배는 이리저리 심하게 흔들리니 병이 나게 마련이지요. 만약 큰 배와 작은 배들을 각각 적절히 섞어서 연결하여 30척이나 50척을 한 줄로 하여 뱃머리와 선미(船尾)를 쇠줄로 묶어놓고 그 위에 넓은 판자를 깔아 놓는다면, 군사들이 쉽게 건너다닐 수 있는 것은 말할 것도 없거니와 말도 그 위를 달릴 수 있습니다. 이것을 타고 다니면 설령 풍랑이 일거나, 조수가 오르거나 내려간들 걱정할게 있겠습니까?"

조조는 의자에서 내려와 고맙다고 인사를 하며 말하기를: "선생의 기발한 묘책이 아니었다면 어찌 동오의 군사를 쳐부술 수 있겠소이까?"

방통 曰: "이는 제 어리석은 소견이니 승상께서 잘 알아서 결정하십시오."

조조는 즉시 명령을 내려 군중의 모든 대장장이들을 불러 모아 밤을 세워가며 쇠사슬과 대못을 만들어 배들을 묶도록 했다. 모든 군사들이 이 모습을 보고 기쁨을 감추지 못했다.

후세 사람이 이 일에 대해 읊은 시가 있으니:

적벽대전에서는 화공을 써야만 한다고 赤壁鏖兵用火攻
짜낸 계략과 방책 모두 다 일치하였네 運籌決策盡皆同
하지만 방통의 연환계가 아니었더라면 若非龐統連環計
주유가 어찌 공적을 세울 수 있었겠나 公瑾安能立大功

방통은 또 조조에게 말하기를: "내가 보기에 강동의 많은 호걸들이 주유를 원망하고 있으니, 제가 이 세 치 혀를 이용하여 그들을 설득하여 승상께 투항하게 할 것이오. 그리하면 주유는 고립무원이 되어 반드시 승상에게 사로잡힐 것입니다. 주유만 쳐부수고 나면 유비도 어찌 해볼 도리가 없을 것입니다."

조조 曰: "선생께서 큰 공을 세우신다면 내가 천자께 상주하여 선생을 삼공의 반열에 봉하겠소이다."

방통 曰: "나는 부귀를 바라서가 아니라 그저 만백성을 구원하려는 것뿐이오. 승상께서 강을 건너시거든 절대로 백성들을 죽여서는 안 됩니다."

조조 曰: "나는 하늘을 대신하여 도를 행하는데 어찌 백성들을 죽이겠소?"

방통은 자신의 친척의 안위를 위해서라며 조조에게 방문(榜文)을 써달라고 부탁을 하였다.

조조 曰: "선생의 가족들은 어디에 있소?"

방통 曰: "모두 강가에 살고 있으니 이 방문만 얻을 수 있다면 안전을 보장받을 수 있겠지요."

조조는 즉시 방문을 하나 써 오도록 하여 그 위에 친히 서명하여 방통에게 주었다.

방통은 고맙다고 절을 하며 말하기를: "내가 떠난 뒤에 바로 진군하십시오. 주유에게 눈치챌 시간을 주어서는 안 됩니다."

조조는 그리하겠다고 대답했다.

방통이 조조를 작별하고 강변에 이르러 막 배에 오르려는 순간, 갑자기 도포차림에 대나무 관을 쓴 사람이 강기슭에서 나타나 방통을 잡아당기며 말하기를: "자네는 참으로 대담하구나! 황계는 고육계를 쓰고 감택은 거짓 항서를 바치더니, 자네는 또 와서 연환계를 바치니, 그저 모조리 다 태워 죽이지 못해 안달이 났구나! 너희들이 그런 악독한 수법으로 조조는 속일지 몰라도 나만은 속이지 못할 것이네."

깜짝 놀란 방통은 그 자리에서 혼비백산(魂飛魄散)하고 말았다.
이야말로:

동남쪽이 꼭 승리할 것이라 말하지 마라 莫道東南能制勝
서북에는 사람 없다고 그 누가 말했던가 誰云西北獨無人

필경 이 사람이 누구인지 궁금하거든 다음 회를 기대하시라.

제 48 회

조조는 장강 배에서 술 마시며 시 짓고 북군은 배를 쇠사슬로 엮어매고 싸우다

宴長江曹操賦詩

鎖戰船北軍用武

방통은 그 말을 듣고 깜짝 놀라 급히 돌아보니 그는 다름 아닌 서서(徐庶)가 아닌가!

방통은 그런 말을 한 사람이 옛 친구임을 알고 비로소 놀란 가슴을 쓸어내리며 주위를 둘러보니 다행히 아무도 없기에 입을 열기를: "자네가 만약 나의 계책을 폭로해 버리면 애석하게도 강남 81주 백성들은 모두 자네가 죽이는 거나 마찬가지네!"

서서가 웃으며 말하기를: "그럼 여기에 있는 83만 군사들은 다 죽어도 괜찮다는 말인가?"

방통 曰: "원직(元直: 서서)은 정말 내 계책을 폭로할 작정인가?"

서서 曰: "나는 지난날 유 황숙께 두터운 은혜를 입었으며 그 은혜를 어찌 갚아야 할지 한시도 잊은 적이 없다네. 조조는 나의 모친을 돌아가시게 했기 때문에 나는 죽을 때까지 조조를 위해 어떠한 계책도 내지 않을 것이라고 이미 선언했었네. 그런 내가 어찌 자네의 계책을 폭로하겠는가? 다만 나 역시 북군을 따라 이곳에 와 있으니, 싸움에서 패한 뒤에는 옥석구분 없이 모두 죽을 것이니 난들 어찌 그 화를 피할 수 있겠는가!

그러니 내가 이곳을 벗어나는 방법만 가르쳐 주면 나는 입을 다물고 멀리 피해 있을 것이네."

방통이 웃으며 말하기를: "자네처럼 먼 앞날까지 훤히 내다보는 사람이 그까짓 방법 알아내는 일이 뭐가 어렵다고 그리 엄살인가?"

서서 曰: "그래도 나는 자네의 가르침을 듣고 싶네."

방통은 그의 귀에다 대고 몇 마디 속삭이니 서서는 크게 기뻐하며 방통에게 고맙다고 인사를 했다. 방통은 서서와 작별하고 배를 타고 강동으로 돌아갔다.

한편 서서는 그날 밤 은밀히 자신의 심복을 시켜 각 영채를 돌아다니며 몰래 헛소문을 퍼뜨리도록 했다. 다음 날 각 영채에서는 군사들이 삼삼오오 모여 귀에 입을 대고 수군거렸다. 정탐병이 이런 사실을 즉시 파악하여 조조에게 보고하였는데, 그 내용은 '군중에 떠도는 말이 서량주(西凉州)의 한수(韓遂)와 마등(馬騰)이 반란을 일으켜 지금 허도로 쳐들어가고 있다고 합니다.'였다.

깜짝 놀란 조조는 급히 모든 모사들을 불러 모아 상의하기를: "내가 군사를 거느리고 남정(南征)을 하는 동안 늘 마음속으로는 한수와 마등을 걱정하고 있었다. 지금 군중에 떠도는 유언비어는 비록 그 사실 여부는 아직 알 수 없지만 대비를 하지 않을 수는 없다."

말이 채 끝나기도 전에 서서가 나서며 말하기를: "승상께서 저를 거두어 주셨지만 저는 그동안 조그만 공도 세우지 못해 보답해 드리지 못한 것이 늘 한이었습니다. 청컨대 저에게 군사 3천 명만 내어 주신다면 밤낮을 가리지 않고 산관(散關)으로 달려가서 요새를 지키며 만약 긴급 상황이 발생하면 즉시 보고드리겠습니다."

조조가 기뻐하며 말하기를: "원직이 가 준다면야 나는 걱정할 게 없소. 그곳에도 군사들이 있으니, 공이 그들을 통솔하시고, 이곳에서 마보군(馬步軍) 3천 명을 내어줄 테니 장패(藏覇)를 선봉으로 삼아 밤낮을 가리지 말고 속히 가도록 하시오."

서서는 조조에게 하직 인사를 하고 장패와 함께 즉시 떠났으니 이는 곧 방통이 서서를 구해준 계책이었다.

후세 사람이 이 일을 시로 읊었으니:

조조가 남정하면서 날마다 걱정한 것은	曹操征南日日憂
마등과 한수가 모반 일으키는 것이었지	馬騰韓遂起戈矛
봉추선생이 서서에게 한 마디 일러주니	鳳雛一語教徐庶
서서는 낚시바늘 벗어난 물고기 같았네	正似遊魚脫釣鉤

서서를 떠나보낸 조조는 어느 정도 마음이 안심되자, 곧바로 말에 올라 강변을 따라가며 육상 영채를 둘러본 뒤 다시 수상의 영채를 살펴봤다. 조조는 가장 큰 전함에 올라 중앙에 수(帥)자가 새겨진 깃발을 세우고, 양 옆의 수상 영채의 선상에 궁노수 1천여 명을 매복시켜 놓은 뒤, 그 위의 중앙에 자리를 잡고 앉았다.

때는 건안 13년(서기 208년) 11월 보름이었다. 하늘엔 구름 한 점 없고 바람도 자니 물결은 잔잔히 흐른다.

조조가 명령하기를: "큰 배 위에 연회 자리를 성대히 마련하고 풍악을 준비하라. 내 오늘 밤 모든 장수들과 한자리에서 모이고자 하노라!"

이윽고 날이 저물고 동산에 둥근 달이 떠오르니 달빛이 대낮처럼 밝아 장강 일대는 마치 흰 비단이 펼쳐진 것처럼 보였다. 조조가 배 위의 가장 높은 곳에 앉아 있고, 문무 관원들이 각자 서열에 따라 좌우 양쪽으로 수백 명이 모두 비단옷에 수놓은 저고리를 입고 창을 어깨에 메거나 짚고 서 있었다.

조조가 보니 남병산(南屏山)의 경치가 마치 한 폭의 그림 같았다. 동쪽으로는 시상(柴桑)의 경계까지 바라보이고 서쪽으로는 하구(河口) 땅의 강까지 보이며, 남쪽으로는 번산(樊山)이 멀리 바라보이고 북쪽으로는 오림(烏林)까지 보이니 사방 어디를 둘러봐도 확 트이어서 넓기가 그지없었다. 조조는 마음속에 희열을 느끼며 여러 관원들에게 말하기를: "내가 의병을 일으킨 이래 나라를 위해 흉악한 자들을 제거해 오면서 사해(四海)를 깨끗이 소탕하여 천하를 평정하기로 맹세했으나, 아직도 얻지 못한 곳이 있으니 그곳이 바로 이 강남이로다.

그러나 나는 지금 씩씩한 백만 대군을 거느리고 있고, 게다가 나의 명을 잘 따라주는 여러분들이 있는데 어찌 성공하지 못할까 걱정하겠는가! 이제 강남을 거두어들인 후에 천하가 무사해지면 나는 여러분과 함께 부귀를 누리면서 태평세월을 즐기리라!"

모든 문무 관원들이 일어서서 감사의 인사를 하며 말하기를: "하루속히 승전가를 부르기를 원합니다. 저희들은 한평생 오로지 승상의 그늘에 의지하여 복덕을 누릴 것입니다."

조조는 매우 기뻐하며 모든 관원들에게 술잔을 들도록 했다. 밤늦도록 마셔 술에 취한 조조는 남쪽 강기슭을 가리키며 말하기를: "주유야, 노숙아! 너희는 어찌 천시(天時)도 모르느냐? 이제 너희 부하들이 내게 투항해 오면 너에게는 심복지환(心腹之患)이 되겠구나. 이게 하늘이 나를 돕는 게 아니면 무엇이겠느냐!"

순유 曰: "승상께선 그런 말씀 마십시오. 그 일이 사전에 누설될까 두렵습니다."

조조는 껄껄 웃으며 말하기를: "이곳에 있는 모든 관원들과 시중을 드는 사람들은 모두 나의 심복들인데, 그런 말을 한들 무슨 문제가 생기

적벽의 모습

적벽대전이 일어난 장강

겠느냐?"

조조는 다시 하구 쪽을 가리키며 말을 하기를: "유비, 제갈량아! 너희는 겨우 땅강아지나 개미만도 못한 힘으로 감히 태산을 흔들려고 하다니, 어찌 그리도 어리석단 말이냐!"

그리고 모든 장수들을 바라보며 말하기를: "내 나이 올해 쉰네 살이다. 내 강남을 얻으면 기뻐할 일이 또 하나 있느니라. 지난날 교공(喬公)과 내가 매우 가까운 사이였을 때 나는 그의 두 딸이 모두 경국지색(傾國之色)임을 알고 있었는데, 그들을 뜻밖에 손책과 주유가 각각 아내로 삼아 버렸다. 나는 지금 장수(漳水)가에 새로이 동작대를 세워 놓았으니, 이번에 강남을 얻기만 하면 마땅히 교공의 두 딸을 데려와 동작대 위에 두고 나의 만년을 즐길 것이다. 그것으로 나의 소원은 다 성취하게 된다."

말을 마친 조조는 큰 소리로 웃었다.

이 일을 당나라 시인 두목(杜牧)이 지은 시가 있으니:

부러진 창 모래에 묻혀 아직 쇠가 삭지 않아	折戟沈沙鐵未消
그걸 잘 갈고 씻어 보니 지난 왕조 물건이네	自將磨洗認前朝
만약 동풍이 주유를 위해 불어주지 않았다면	東風不與周郎便
봄날 동작대에는 교공의 딸들이 갇혀 있으리	銅雀春深鎖二喬

조조가 그렇게 웃으면서 말하고 있을 때 문득 까마귀가 울면서 남쪽으로 날아갔다.

조조가 묻기를: "저 까마귀가 어찌 밤에 우느냐?"

좌우의 사람들이 대답하기를: "달이 워낙 밝아 날이 샌 줄 알고 나무를 떠나면서 우는 것입니다."

조조는 다시 크게 웃었다. 이미 잔뜩 취한 조조는 창을 짚고 뱃머리에 서서 술을 강물에 뿌려 제를 올리고 다시 석 잔을 거듭 마셨다.

그러고는 창을 비껴 잡고 여러 장수들에게 말하기를: "나는 이 창으로 황건적을 쳐부수고 여포를 사로잡았으며 원술을 멸망시켰고 원소의 땅을 회수하였으며 북쪽 변경 너머 깊숙이 쳐들어가서 요동까지 이르는 등 천하를 종횡하였으니, 이만하면 대장부의 뜻을 이루었다고 할 수 있지 않겠느냐! 지금 이런 아름다운 경치를 대하고 보니 어찌 강개(慷慨)가 없겠는가! 내가 노래를 지어 부를 테니 너희들도 이 노래에 화답해 보아라."

그러고는 노래를 부르는데:

술잔을 들고서 노래할 때가	對酒當歌
인생에서 몇 번이나 있을까	人生幾何
비유하면 아침 이슬 같으니	譬如朝露
지나간 날들이 너무 많구나	去日若多

문득 감정이 북받쳐 오르니	慨當以慷
마음속 근심을 어찌 잊으랴	憂思難忘
무엇으로 이 시름 풀어볼까	何以解憂
오로지 술이 있을 따름이라	惟有杜康

푸르고 푸른 그대의 옷깃을	靑靑子衿
아득히 그리는 나의 마음은	悠悠我心
오직 그대만 생각을 하면서	但爲君故
지금도 내심 깊이 생각하네	沈吟至今

매매 하고 사슴은 울어대며	呦呦鹿鳴
들에서 부평초를 뜯어 먹고	食野之萍
나에겐 반가운 손님이 있어	我有嘉賓
가야금을 타고 생황을 부네	鼓瑟吹笙
새하얗고 깨끗한 저 달빛은	皎皎如月
어느 때에 비추임 멈추려나	何時可輟
가슴속에 일어나는 이 시름	憂從中來
도저히 끊을 수가 없겠구나	不可斷絕
이길 저길 건너고 넘어와서	越陌度阡
굽히고 베풀어 안부를 묻고	枉用相存
술을 마시며 담소를 나누니	契闊談讌
마음의 옛정 살려 되새기네	心念舊恩
달빛은 밝고 별들은 드문데	月明星稀
까막까치 남으로 날며 도네	烏鵲南飛
나무를 세 바퀴나 맴돌아도	繞樹三匝
의지할 만한 가지가 없구나	無枝可依
산은 높음을 싫어하지 않고	山不厭高
물은 깊을수록 좋다고 하듯	水不厭深
주공은 먹다가도 인재 받아	周公吐哺
천하 인심 그에게 돌아갔네	天下歸心

노래가 끝나자 모두들 화답을 하며 함께 웃고 즐겼다. 그때 문득 한 사람이 나서며 말하기를: “대군이 지금 큰 싸움을 앞두고 모든 장수와 군사들이 명령에 복종하고 목숨을 걸고 싸워야할 이때에 승상께서는 어찌하여 그처럼 불길한 노래를 부르십니까?”

조조가 보니, 그는 양주 자사로 패국(沛國) 상현(相縣) 출신의 성은 유(劉), 이름은 복(馥), 자는 원영(元穎)이라는 자였다.

유복은 원래 합비(合淝)에서 몸을 일으킨 이래 양주의 행정 관청을 건설하고 달아나고 흩어진 백성들을 모아 학교를 세우고 둔전을 개간하여 교화에 힘을 쓰면서 오랫동안 조조를 섬기며 적지 않은 공을 세웠다.

조조가 즉시 창을 비껴 잡고 묻기를: “내 노래가 어째서 불길하다는 것이냐?”

유복 曰: “ ‘달빛은 밝고 별들은 드문데, 까막까치가 남으로 날면서 나무를 세 바퀴나 맴돌아도 의지할 만한 가지가 없구나.’ 라고 하신 부분이 불길합니다.”

조조가 벌컥 화를 내며 말하기를: “네놈이 어찌 감히 흥을 깨느냐!”

조조는 손에 쥔 창으로 유복을 그 자리에서 찔러 죽였다. 모든 관원들이 깜짝 놀랐으며 술자리는 그것으로 끝나고 말았다.

다음 날 술이 깬 조조는 매우 후회했다. 유복의 아들 유희(劉熙)가 부친의 시신을 거두어 장사라도 지낼 수 있도록 해달라고 청하니, 조조가 울면서 말하기를: “내 어젯밤 술에 취해 너의 부친을 죽였으니 후회막급이로다. 삼공(三公)의 후한 예로 장사를 지내도록 하라.”

그러고는 군사들을 보내 영구를 호송하여 그날로 돌아가 성대하게 장사를 지내주도록 했다.

다음 날 수군 도독 모개와 우금이 조조의 장막을 찾아와 말하기를:

宴長江曹操賦詩

"크고 작은 배들을 적절히 배합하여 튼튼히 묶어서 연결해 놓았으며 각종 병장기와 깃발들도 철저히 준비했으니, 승상께서 지휘하시어 날짜를 정해 진군하십시오."

조조는 수군 중앙의 가장 큰 배 위로 가서 자리에 앉아 모든 장수들을 불러 놓고 명령을 내렸다. 수군과 육군을 각각 다섯 가지 색깔의 깃발로 나누었다. 먼저 수군의 깃발과 장수를 알려 주었다. 중앙군은 황색 깃발로 모개와 우금이 통솔하고, 전군은 붉은 깃발로 장합이, 후군은 흑색 깃발로 여건이, 좌군은 청색 깃발로 문빙이, 우군은 백색 깃발로 여통이 각각 이끌도록 했다.

이어서 육군의 깃발과 장수를 발표했다. 전군은 붉은 깃발로 서황이, 후군은 흑색 깃발로 이전이, 좌군은 청색 깃발로 악진이, 우군은 백색 깃발로 하후연이 각각 이끌도록 했다.

그리고 수군과 육군의 총 지원군 책임자(水陸路 都接應使)로 하후돈과 조홍을 임명하고, 군진(軍陣)을 왕래하며 싸움을 감독하는 책임자(護衛往來 監戰使)로 허저와 장료를 임명했으며 그 외 장수들은 각 부대에 배치되었다.

각 부대의 깃발과 장수들의 배치 명령을 마치고 수군 영채에서 큰 북소리가 세 번 울려 퍼지자, 각 부대의 전선들이 문을 나누어 출발했다. 이날따라 마침 북풍이 불어주니 모든 전선들은 돛을 높이 달고 거친 파도를 가르며 나아갔으나, 배 위에는 평온하기가 마치 평지를 달리는 것과 같았다.

조조의 수군은 배 위에서 이리저리 뛰고 달리며 창으로 찌르고 칼로 내리치는 동작을 하면서 용맹을 뽐냈다. 전후좌우 각 부대의 깃발은 질서가 정연했으며 또한 작은 배 50여 척은 이곳저곳을 왕래하며 순찰하고 독려했다.

조조는 지휘소에서 군사들의 훈련 상황을 시찰하고 마음속으로 크게 기뻐하며 이 계책이야말로 필승의 전략이라고 확신했다. 그러고는 돛을 거두어 차례대로 수채로 돌아가도록 지시했다.

막사로 돌아온 조조는 여러 모사들에게 말하기를: "만약 하늘이 도와주려는 게 아니라면 어찌 내가 봉추의 묘책을 얻을 수 있었겠는가! 쇠줄로 배를 연결해 놓으니 과연 강을 건너는 일이 마치 평지를 걷는 것과 다름없다."

정욱 曰: "배들을 모두 연결해 놓았으니 흔들림이 없는 것은 당연하나 저들이 만약 화공을 쓴다면 피하기가 어려울 테니 이에 대한 방비를 하지 않으면 안 됩니다."

조조가 큰 소리로 웃으면서 말하기를: "정중덕(程仲德: 정욱)은 비록 멀리 고려하긴 했지만 깊게 고려하지 못한 것이 있소."

순유 曰: "중덕의 말이 매우 타당한데, 승상은 어찌 그를 비웃으십니까?"

조조 曰: "무릇 화공을 하려면 반드시 바람의 힘이 필요하다. 지금은 한겨울인지라 서풍과 북풍은 불지만, 어찌 동남풍이 불겠는가! 우리는 서북쪽에 있고 저들의 군사는 모두 남쪽 기슭에 있으니 만약 저들이 화공을 쓰면 자기 군사들만 불태우게 될 것이다. 그러니 내가 화공을 왜 두려워하겠소. 만약 지금이 음력 시월이라면 내 이미 그것에 대한 방비를 했을 것이다."

여러 장수들이 모두 탄복하며 말하기를: "승상의 높으신 안목은 저희들로서는 도저히 따라갈 수가 없습니다."

조조는 장수들을 돌아보며 말하기를: "청주(青州)·서주(徐州)·연주(燕州)·대주(代州)에서 온 군사들은 배를 타는데 익숙하지 않으니 이런 계책을 쓰지 않고서는 어찌 이 험한 강을 건널 수 있겠는가!"

그때 문득 반열 가운데서 두 장수가 불쑥 나서며 말하기를: "소장은 비록 북쪽의 유주·연주 지방 출신이지만 능히 배를 탈 줄 아니, 지금 순시선 20척만 내어 주시면 곧바로 북강구(北江口)로 쳐들어가서 적의 깃발과 북을 빼앗아 돌아와, 우리 북쪽 군사도 능히 배를 탈 줄 안다는 것을 보여 드리겠습니다."

조조가 보니 그는 옛날 원소의 수하 장수 초촉(焦觸)과 장남(張南)이었다.

조조 曰: "너희들은 북쪽에서 나고 자라, 아무래도 배를 타고 싸우는 것은 쉽지 않을 것이다. 강남의 군사들은 강 위를 오가며 오랜 시일동안 훈련을 하여 매우 익숙하니 너희들은 경솔하게 목숨을 가지고 애들 장난하듯 하지 말거라."

초촉과 장남이 큰 소리로 말하기를: "만약 이기지 못하면 군법에 따른 처벌을 달게 받겠습니다!"

조조 曰: "전선들은 이미 전부 연결해 묶어 놓았고, 있는 것이라고는 작은 배들뿐인데, 그 배에는 겨우 스무 명밖에 타지 못하니 그런 배로는 적과 맞붙어 싸우기 어려울 것이다."

초촉 曰: "큰 배를 끌고 나가 이긴다면 그게 무슨 별난 일이라고 할 수 있겠습니까? 작은 배 20여 척만 내어 주시면 저와 장남이 각각 절반씩 이끌고, 오늘 당장 강남의 수상 영채로 쳐들어가서 기필코 깃발을 빼앗고 장수의 목을 베어 돌아오겠습니다."

조조 曰: "그럼 내 너희들에게 배 20척과 정예군 5백 명을 뽑아주겠다. 그들에게 각자 긴 창과 강한 쇠뇌로 무장시키고 내일 날이 밝거든 출발하라. 큰 영채의 배들을 내보내 멀리서 위세를 과시하도록 하고, 또 문빙에게 순시선 30척을 주어 너희들이 돌아올 때 지원하도록 할 것이다."

초촉과 장남은 기뻐하며 물러갔다.

다음 날 사경(四更:새벽 1시에서 3시) 무렵, 밥을 지어 먹고 오경이 되자 출전할 준비를 마쳤다. 이미 수채 안에서 북소리와 징소리가 들리고 배들이 모두 수상 영채를 떠나 강물 위를 뒤덮으니 장강 일대는 푸른 깃발과 붉은 깃발들이 온통 뒤섞였다.

초촉과 장남은 순시선 20척을 거느리고 수상 영채를 떠나 강남을 향해 출발했다.

한편 주유의 진영에서는 이틀 전 북소리가 진동하는 것을 듣고 멀리서 바라보니 조조가 수군을 훈련시키고 있음을 인지하고 이 사실을 주유에게 보고했다. 주유가 그것을 확인하고자 산 정상에 올라갔을 때에는 조조의 군사들은 이미 배를 거두어 들어가 버린 뒤였다.

다음 날 또 북소리가 하늘을 진동하듯 들리기에 강남의 군사는 급히 산 위에 올라가서 살펴보니, 북쪽에서 조그만 배들이 파도를 가르며 오고 있는 것을 발견하고 급히 중군에 보고했다.

주유가 묻기를: "누가 나가서 적을 막겠느냐?"

한당(韓當)과 주태(周泰)가 동시에 나서며 말하기를: "제가 당분간 선봉이 되어 적을 무찌르겠습니다."

주유는 쾌히 승낙하고 각 영채에 명을 내려 각기 수비에 만전을 기하고 경솔하게 움직이지 않도록 했다. 한당과 주태는 각기 순시선 5척을 이끌고 좌우로 나누어 출발했다.

한편 초촉과 장남은 자신들의 용기만 믿고 나는 듯이 작은 배의 노를 저어 달려오는데 한당은 홀로 가슴을 보호하는 갑옷을 입고 손에 긴 창을 잡고 뱃머리에 서 있었다. 먼저 당도한 초촉의 배는 곧바로 군사들에게 한당이 타고 있는 배를 향하여 화살을 쏘라고 명령했다. 한당은 방패로 화살을 막아냈다.

한당의 배에 접근한 초촉은 긴 창을 비껴들고 한당에게 달려들었다. 그러나 한당이 몸을 피하면서 창을 높이 들어 한번 찌르자 초촉은 그만 창에 찔려 죽고 말았다.

뒤따라오던 장남이 큰 소리를 지르며 쫓아오니, 측면에서 주태의 배가 그를 막아섰다. 장남이 창을 꼬나들고 뱃머리에 서서 양쪽의 배에 화살을 마구 쏘라고 명령을 했다. 주태는 한 손에 방패를 들고 날아오는 화살을 막고 다른 손에는 칼을 들었다. 두 배 사이의 간격이 7~8자(약 2미터) 정도로 좁혀지자, 주태는 재빨리 몸을 날려 장남의 배로 건너뛰어 가서 손에 든 칼로 장남을 내리쳐 물속에 처박아 버렸다. 그러고는 궁수는 물론 노를 젓는 병사들까지 닥치는 대로 죽였다. 그러자 나머지 배들은 모두 놀라서 급히 노를 저어 달아났다.

한당과 주태는 배들을 독촉하여 그들을 추격하여 강 한복판에 이르자 마침 구원하러 나온 문빙의 배를 만났다. 양편에서는 곧바로 배들을 벌려놓고 다시 한바탕 싸움이 벌어졌다.

한편 주유는 여러 장수들을 데리고 산 정상에 올라가 강 북쪽의 수면을 멀리 바라보니 큰 배들이 강 위에 줄지어 서 있고 배 위의 깃발들이 모두 색깔별로 질서정연했다. 고개를 돌려 문빙과 대치 중이던 한당과 주태가 용맹스럽게 공격을 하자, 문빙은 더 이상 감당을 하지 못하고 배를 돌려 달아나기 시작하는 것이 보였다.

한당과 주태가 계속 문빙을 뒤쫓아 추격하는 것을 본 주유는 두 사람이 너무 적진 깊숙이 들어 갈까 봐 염려되어 즉시 백기를 흔들어 군사들에게 징을 울려 두 장수를 돌아오게 했다.

주유가 산 정상에서 보니 강 건너 조조의 배들은 모두 수상 영채로 들어가고 있었다.

주유가 여러 장수들에게 묻기를: “강북의 전함들은 갈대처럼 밀집해 있고 조조는 또 꾀가 많으니, 우리는 어떤 계책을 써야 저들을 쳐부술 수 있겠는가?”

장수들이 미처 대답하기도 전에 문득 보니, 조조의 영채 안에 갑자기 돌풍이 불더니 중앙의 황색기가 부러져 강물에 떠내려가는 것이었다.

주유가 크게 웃으며 말하기를: “저것은 조조에게 분명 상서롭지 못한 징조이다.”

한창 살펴보고 있을 때 갑자기 바람이 크게 불더니 파도가 크게 일면서 강 언덕에 하얀 물보라를 일으켰다. 그리고 또 한 차례의 광풍이 몰아치며 깃발을 휘감아 주유의 얼굴을 스치며 지나갔다. 순간 주유는 갑자기 한 가지 일을 마음속에 떠올리고는 외마디 소리를 크게 지르며 뒤로 벌렁 나자빠지더니, 입에서 시뻘건 선혈을 토했다. 여러 장수들이 급히 달려들어 부축해 일으켰으나 주유는 의식을 잃고 깨어나지 못했다.

이야말로:

크게 웃다가 갑자기 비명소리 지르니 一時忽笑又忽叫
강남 군사들 북군 이기기는 어렵겠네 難使南軍破北軍

필경 주유의 목숨은 어찌 될 것인가! 다음 회를 기대하시라.

제 49 회

공명은 칠성단에 올라가서 바람을 빌고
주유는 마침내 삼강구에서 불을 지르다

七星壇諸葛祭風

三江口周瑜縱火

주유는 산꼭대기에 서서 한참 동안을 바라보다 갑자기 뒤로 자빠지면서 인사불성(人事不省)이 되었다. 좌우의 장수들이 등에 업고 막사 안으로 들어갔다.

병문안을 온 여러 장수들이 다들 깜짝 놀라 서로 얼굴을 쳐다보며 말하기를: "강북의 백만 대군이 범처럼 웅크리고 앉아 고래처럼 우리를 삼키려고 하고 있는데, 도독께서 이렇게 되시다니! 이럴 때 조조의 군사들이 쳐들어온다면 어찌해야 한단 말인가!"

그들은 황급히 오후(吳候: 손권)에게 사람을 보내 이 사실을 보고하는 한편, 의원을 불러 병을 치료하게 했다.

한편 주유가 병석에 누워있는 것을 본 노숙은 괴롭고 답답하여 공명을 찾아가 주유가 돌연 병이 생긴 일을 얘기했다.

공명 曰: "공은 이 일을 어찌 생각하십니까?"

노숙 曰: "이는 조조에게는 복이지만 강동에게는 화가 되겠지요."

공명 曰: "주유의 병은 내가 고칠 수 있소."

노숙 曰: "정말로 그럴 수만 있다면 나라를 위해 이보다 다행한 일이 어디 있겠소."

노숙은 즉시 공명에게 함께 가서 주유의 병세를 살펴봐 달라고 청했다. 노숙이 먼저 들어가 보았다. 주유는 이불을 머리 위까지 덮어쓰고 누워 있었다.

노숙 曰: "도독의 병세는 어떠신지요?"

주유 曰: "창자가 꼬이는 듯한 통증에 때로는 정신을 잃을 때도 있소."

노숙 曰: "무슨 약이나 음식은 들어 보셨습니까?"

주유 曰: "속이 메스꺼워 뭐든지 들어가기만 하면 토할 것 같아 약도 먹을 수가 없소이다."

노숙 曰: "방금 전 공명을 찾아가 만났는데, 그가 도독의 병을 고칠 수 있다기에 지금 막사 밖에 데리고 왔습니다. 들어와서 한번 보라고 할까요?"

주유가 공명을 들어오시게 하고, 주위 사람들에게 자신을 부축하여 일으키게 하여 침상에 앉았다.

공명 曰: "며칠간 장군의 얼굴을 뵙지 못했는데 이렇게 편찮으신 줄은 미처 몰랐습니다."

주유 曰: "사람의 화(禍)와 복(福)은 아침저녁으로 달라질 수 있다(人有旦夕禍福)고 했거늘, 나라고 그러지 말란 법이 어디 있겠소이까?"

공명이 웃으며 말하기를: "'하늘에는 예측할 수 없는 풍운이 있다(天有不測風雲).'고 했으니, 인간이 어찌 그것을 헤아릴 수 있겠습니까?"

그 말을 들은 주유는 얼굴색이 변하며 신음을 토했다.

공명 曰: "도독의 가슴이 꽉 막힌 것처럼 갑갑하지 않습니까?"

주유 曰: "그렇소이다."

공명 曰: "그러면 반드시 열을 식히는 약(凉藥)으로 풀어야만 합니다."

주유 曰: "이미 그런 약을 먹어 보았지만 전혀 효과가 없었소."

공명 曰: "먼저 기운을 다스려야 합니다. 기운이 순조로워지면 숨을 내쉬는 사이에 도독의 병은 저절로 낫게 될 것입니다."

주유는 비로소 공명이 자신의 속을 빤히 들여다보고 있음을 알고 그를 떠보듯 묻기를: "기운을 순조롭게 하려면 무슨 약을 써야 하오?"

공명이 웃으면서 말하기를: "내게 한 가지 처방이 있으니, 곧바로 도독의 기운을 순조롭게 해드리지요."

주유 曰: "선생께서 처방을 내려주십시오."

공명은 붓과 종이를 달라고 한 다음 주위 사람을 밖으로 물리고 종이에 은밀히 아래의 열여섯 자를 썼다.

조조를 이기려면 화공을 써야 하는데	欲破曹公 宜用火攻
준비를 다 마쳤으나 동풍만 부족하네	萬事具備 只欠東風

공명이 쓴 글을 주유에게 건네주며 말하기를: "이것이 바로 도독께서 병이 나신 까닭이오."

글을 읽어 본 주유는 크게 놀라며 속으로 생각하기를: '공명은 참으로 귀신같은 사람이 아닌가! 내 속마음을 이리도 정확히 꿰뚫고 있으니 사실대로 말하지 않을 도리가 없겠다.'

그러고는 웃으며 말하기를: "선생이 내가 병이 난 까닭을 알았으니, 이제 어떤 약으로 그 병을 다스리시겠소? 일이 급하니 속히 가르침을 주시기 바라오."

공명 曰: "제가 비록 재주는 없지만 일찍이 기인을 만나 기문둔갑천서(奇門遁甲天書)를 전수받은 적이 있어 바람과 비를 부를 수 있소. 도독께서 동남풍을 원하신다면 남병산(南屛山)에 높이는 아홉 자에 3층으로 된 칠성단(七星壇)이라는 대(臺)를 하나 세우시고, 군사 120명에게 각자 기

(旗)와 번(幡)을 잡고 단을 빙 에워싸고 서 있도록 해 주십시오. 그러면 제가 그 단에 올라가서 술법을 부려, 삼일 밤낮 동안 동남풍이 크게 불도록 하여 도독의 군사 부리는 것을 도와드릴까 하는데, 그리하면 되겠소?"

주유 曰: "삼 일 밤낮은커녕 하룻밤만이라도 동남풍이 크게 불어 준다면 대사를 성공시킬 수 있겠소. 다만 일이 너무나 급하니 지금 당장 서둘러 주시오."

공명 曰: "그럼 11월 20일 갑자(甲子)일에 바람을 빌어, 22일 병인(丙寅)날에 바람이 멎도록 하면 어떻겠소이까?"

그 말을 들은 주유는 너무나 기뻐서 언제 아팠느냐는 듯이 자리에서 벌떡 일어나, 곧바로 정예군사 5백 명을 남병산으로 보내 단을 쌓도록 하고, 또 120명을 뽑아 기를 잡고 단을 지키면서 무조건 공명이 시키는 대로 하라고 했다.

주유에게 인사를 하고 막사를 나온 공명은 노숙과 함께 말에 올라 남병산으로 가서 지세를 살펴보고 군사들로 하여금 동남쪽의 붉은 흙을 파다가 단을 쌓도록 했다. 단의 둘레는 24장(丈)으로, 각 층의 높이는 3척(尺)으로 총 9척이 되었다.

맨 아래층에는 28수(宿)의 기(旗)를 꽂아 놓았으니, 동쪽 일곱 개의 푸른 기는 각(角)·항(亢)·저(氐)·방(房)·심(心)·미(尾)·기(箕) (28수 중 동방 7수에 속한 별 이름)의 별을 상징하는 창룡(蒼龍)의 형태로 꾸몄다. 북쪽 일곱 개의 검은 기는 두(斗)·우(牛)·여(女)·허(虛)·위(危)·실(室)·벽(壁) (28수 중 북방 7수에 속한 별 이름)의 별을 상징하는 현무(玄武)의 형태로 꾸몄다. 서쪽 일곱 개의 흰 기는 규(奎)·누(婁)·위(胃)·묘(昴)·필(畢)·자(觜)·삼(參)[5]의 별을 상징하는 백호(白虎)의 위엄을 나타냈다. 남쪽 일곱

5 28수 중 서방 7수에 속한 별 이름. 역자 주.

개의 붉은 기는 정(井)·귀(鬼)·유(柳)·성(星)·장(張)·익(翼)·진(軫)[6]의 별을 상징하는 주작(朱雀)의 모양을 이루었다.

그리고 2층에는 64괘(卦)를 상징하는 황기(黃旗) 64개를 여덟 방위로 나누어 세웠다.

맨 위의 3층에는 네 사람이 각기 머리를 묶은 관(束髮冠)을 쓰고, 검은 비단 도포(皂羅袍)를 입고, 봉황 무늬 옷의 넓은 띠(鳳衣博帶)를 두르고, 붉은 신에 모난 옷자락의 옷(朱履方裾)을 입고 있었다. 앞의 왼쪽에서 있는 사람은 장대를 들게 했는데 장대 끝에 닭의 깃을 달아 바람의 상태를 알 수 있게 하였고, 앞의 오른쪽에 선 사람이 든 장대에는 북두칠성의 이름이 적힌 깃발을 메달아 바람의 방향을 알 수 있게 하였다. 그리고 뒤쪽 왼편에 선 사람은 보검을 받들고 있게 하였고, 뒤쪽 오른편에 선 사람은 향로를 받들고 있게 했다.

단 아래에 있는 24명은 각기 정기(旌旗)·보개(寶蓋: 보물로 장식한 일산)·대극(大戟: 끝이 두 세 가닥으로 갈라진 창)·장과(長戈: 긴 창)·황모(黃旄: 소꼬리로 장식된 지휘 깃발)·백월(白鉞: 장수의 권위를 상징하는 은도끼)·주번(朱旛: 붉은 깃발)·조독(皂纛: 검은 깃발)을 들고 사방을 빙 둘러싸고 있었다.

11월 20일 갑자일, 목욕재개를 한 공명은 도의(道衣)를 입고 맨발에 머리를 풀어 헤치고 칠성단 앞에 이르러 노숙에게 분부하여 말하기를: "자경은 이제 군중으로 돌아가서 공근의 군사 배치를 도와주시오. 혹시 내가 비는 기도가 효험이 나타나지 않더라도 괴이하게 여겨서는 아니 되오."

노숙은 공명과 작별하고 영채로 돌아갔다.

공명은 단을 지키는 군사들에게 당부하기를: "각자 서 있는 위치를

6 28수 중 남방 7수에 속한 별 이름. 역자 주.

함부로 이탈해서는 안 되고, 서로 머리를 맞대고 수근거려도 안 된다. 쓸데없이 입을 열어 함부로 말을 해서도 안 되며, 무엇을 보더라도 놀라거나 이상하게 생각해서도 안 된다. 만약 명령을 어기는 자는 목을 벨 것이다."

모든 군사들이 명을 받들겠다고 하자, 공명은 천천히 걸어서 단 위로 올라가서 모든 정해진 위치를 다시 한번 확인한 뒤에 향로에 향을 피우고 그릇에 물을 따른 후 하늘을 우러러 은밀히 축원했다. 그리고 단에서 내려와 막사 안으로 들어가 잠시 쉬면서 군사들에게 교대로 식사를 하게 했다. 공명은 이날 하루 동안 단을 세 번 오르내렸으나 동남풍은 일어나지 않았다.

한편 주유는 정보와 노숙 등 주요 장수들을 막사 안으로 불러 동남풍이 일어나는 즉시 군사들을 출병하도록 대기시키는 한편, 손권에게 이런 사실을 보고하고 지원을 요청했다.

황개는 이미 화공에 사용할 배 20척을 준비하여 뱃머리 앞에 대못을 빽빽이 박아놓고, 배 안에는 갈대와 마른 장작을 가득 싣고 그 위에 생선 기름을 뿌리고, 그 위에 유황과 염초 등 인화물질을 얹은 뒤에 그 위를 기름먹인 청포로 덮어씌웠다. 뱃머리 위에는 청룡아기(靑龍牙旗)를 꽂고, 배꼬리에는 가볍고 날쌘 작은 배를 매어놓고 막사 안에서 주유의 출동 명령이 떨어지기만을 기다리고 있었다.

감녕과 감택은 채중과 채화를 위로한다는 구실로 수중 영채 안에서 매일 술을 마시며 한 명의 군사도 강기슭에 올려보내지 않았다. 더구나 주위는 모두 동오의 군사뿐이어서 물 한 방울 새어나갈 틈도 없이 단단히 지키고 오직 본영에서 명령이 떨어지기만을 기다리고 있었다.

주유가 한창 막사 안에서 회의를 하고 있을 때 정찰병이 들어와서 보

七星壇諸葛祭風

고하기를: "오후께서 배들을 거느리고 여기서 85리 떨어진 곳에 정박하고 계시며 도독께서 좋은 소식이 오기만을 기다리고 계십니다."

주유는 즉시 노숙을 각 부대의 관원들과 장병들에게 보내 널리 알리게 하기를: "각자 자신이 타는 배에 병장기와 돛 그리고 노 등을 점검해 놓고 있다가 명령이 떨어지면 즉시 출동하라. 만약 이를 어기거나 잘못을 저지른 자는 군법으로 다스릴 것이다."

그 명을 들은 모든 장수와 군사들은 주먹을 문지르고 손바닥을 비비면서 싸울 준비를 하고 있었다.

이날 해가 저물고 밤이 가까워지는데 하늘은 구름 한 점 없이 맑고 평소에 불던 미풍조차 일지 않았다.

주유가 노숙에게 말하기를: "아무래도 이번만은 공명이 틀린 것 같소. 지금이 한겨울인데 어찌 동남풍이 불 수 있겠소."

노숙 曰: "나는 공명의 말이 틀림없을 것이라고 믿습니다."

삼경(三更: 밤 11시에서 새벽 1시)이 가까워질 무렵 갑자기 바람소리가 들리고 깃발 흔들이는 방향이 바뀌었다. 주유가 막사를 나가서 보니 깃발이 서북쪽을 향해 펄럭이더니 순식간에 동남풍이 크게 불기 시작한다.

주유가 깜짝 놀라며 말하기를: "이 사람이 천지조화를 부리는 법과 귀신도 헤아릴 수 없는 술법을 지녔구나! 만약 이 자를 살려 두었다가는 동오에게 큰 화근이 될 것이다. 일찌감치 그를 죽여 후환을 없애야겠다."

주유는 급히 막사 앞의 호군교위(護軍校尉)인 정봉(丁奉)과 서성(徐盛)을 불러 명령하기를: "너희 둘은 각기 군사 1백 명씩을 데리고 서성은 강으로, 그리고 정봉은 육로로 달려가서 남병산 칠성단 앞에 이르거든, 아무것도 묻지 말고 무조건 공명을 끌어내어 그 자리에서 참하고, 그 목을 가지고 와서 공을 청하도록 하라."

두 장수는 명령을 받자, 서성은 배에 올라 도부수 1백 명을 데리고 서둘러 노를 저어 나가고, 정봉은 말을 타고 궁노수 백 명과 함께 남병산으로 달려갔다. 가는 도중 마침 동남풍이 불기 시작했다.

후세 사람이 이 일을 시로 노래했으니:

칠성단 위로 와룡선생께서 올라가니	七星壇上臥龍登
밤새 동풍 불어 장강 물결 솟구치네	一夜東風江水騰
제갈량의 신묘한 계책이 없었더라면	不是公明施妙計
주유가 어찌 재능을 펼 수 있으리요	周郎安得逞才能

정봉의 기병들이 먼저 도착하여 보니 단상에서 깃발을 잡고 있는 군사가 바람을 맞으며 서 있었다. 말에서 내린 정봉이 칼을 들고 단 위로 올라갔으나 공명이 보이지 않아 황급히 단을 지키는 군사에게 물으니 그가 대답하기를: "방금 전에 단에서 내려가셨습니다."

정봉이 급히 단 아래로 내려와 공명을 찾는데 마침 서성의 배가 도착하여 두 사람이 강변에서 만났다.

그때 한 군사가 보고하기를: "지난 밤 한 척의 쾌선이 저 앞의 여울 입구에 정박해 있었는데, 방금 전 공명이 머리를 풀어 헤친 채 그 배에 오르자마자 바로 강 상류 쪽으로 떠나갔습니다."

정봉과 서성은 곧바로 수륙 양 편으로 나뉘어 추격했다. 서성이 돛을 높이 올리도록 하여 바람을 가득 담아 전속력으로 노를 저어 달리니 그리 멀지 않은 곳에 배 한 척이 가고 있었다. 서성이 뱃머리에 서서 큰 소리로 외치기를: "군사는 잠시 멈추시오! 도독께서 찾으십니다."

공명이 배꼬리에 서서 웃으며 말하기를: "도독께 가서 용병이나 잘 하라고 전하시오. 그리고 제갈량은 잠시 하구(夏口)로 돌아가면서 나중에 다시 찾아뵙겠노라고 전하시오."

서성 曰: "제발 잠시만 멈추시오! 긴히 드릴 말씀이 있소이다."

공명 曰: "나는 이미 도독이 나를 용납하지 않고 죽이려 할 줄 알고 있었소. 그래서 미리 조자룡을 불러서 기다리게 한 것이오. 장군은 더 이상 쫓아올 필요 없소이다."

서성은 공명이 탄 배에 돛이 없는 것을 보고 계속 쫓아갔다. 바짝 다가가자 조운이 활에 화살을 메겨들고 배꼬리에 서서 큰 소리로 외치기를: "나는 상산의 조자룡이다. 특별히 명을 받들어 군사를 모셔가는 중인데 너희들은 무슨 일로 쫓아오는 것이냐? 화살 한 대면 너를 쏘아 죽일 수도 있지만, 양가의 화목에 금이 갈 수도 있어 내 재주만 보여 주겠다."

말을 마친 조운은 곧바로 화살을 날려 돛을 오르내리는 밧줄을 맞혀 끊어 버렸다. 그러자 돛이 물 위로 떨어지고 배가 돌면서 옆으로 기울어졌다. 그제야 조운은 자기의 배에 돛을 높이 올리고 순풍을 타고 나는 듯이 달려가니 서성이 아무리 쫓아가도 따라잡을 수가 없었다.

말을 타고 강기슭으로 쫓아오던 정봉이 서성을 불러 배를 강기슭으로 대라고 하면서 말하기를: "제갈량의 신기묘산(神機妙算)은 사람으로는 도저히 따라갈 수가 없소. 게다가 조운은 1만 명의 군사도 당해낼 수 없는 용맹스러운 장군이 아닌가. 자네는 그가 당양의 장판파(長坂坡)에서 활약했던 일을 듣지 않았소. 그러니 우리는 돌아가서 사실대로 보고하는 수 밖에 없네."

이리하여 두 사람은 돌아가서 주유에게 공명이 미리 조운에게 약속해 놓고 그와 함께 배를 타고 가 버렸다고 보고를 했다.

주유가 크게 놀라서 말하기를: "그가 이처럼 지모가 많으니 나는 낮이고 밤이고 마음이 편할 날이 없겠구나!"

노숙 曰: "우선 조조부터 쳐부순 뒤에 다시 생각하시지요."

주유는 노숙의 말을 따르기로 하고 여러 장수들을 불러 놓고 명을 내렸다. 먼저 감영에게 지시하기를: "채중과 항복해 온 군사들을 데리고 강 남쪽 기슭을 따라가되, 북군의 깃발을 내걸고 곧바로 오림(烏林)으로 가라. 그곳은 바로 조조가 군량을 쌓아 놓은 곳이니 군중으로 깊숙이 들어가 불을 질러 신호를 올려라. 채화는 내 따로 쓸데가 있으니 막사에서 기다리도록 하라."

두 번째로 태사자를 불러 분부하기를: "그대는 군사 3천 명을 이끌고 곧바로 황주(黃州) 경계로 가서 합비(合淝)로부터 지원하러 오는 조조 군의 길목을 차단하고 그들에게 가까이 가서 불을 질러 신호를 보내라. 붉은 깃발이 보이면 곧 오후께서 지원하러 오신 줄로 알아라."

이상 두 부대는 가장 멀리까지 가야 하므로 먼저 출발시켰다.

세 번째로 여몽에게는 군사 3천 명을 거느리고 오림으로 가서 감녕을 지원하여 조조의 영채를 불질러 태워 버리도록 지시했다.

네 번째로 능통은 군사 3천 명을 거느리고 곧바로 이릉(彝陵) 경계에 있다가 오림에서 불길이 오르거든 상황에 따라 대응하도록 했다.

다섯 번째로 동습에게는 군사 3천 명을 거느리고 가서 곧바로 한양(漢陽)을 취하고, 한천(漢川)으로부터 조조의 진영을 쳐들어가되, 흰 기를 보거든 호응하도록 했다.

여섯 번째로 반장(潘璋)에게는 군사 3천 명을 거느리고 가되 전부 흰 기를 들고 한양으로 가서 동습과 긴밀히 연락을 취하며 싸우라고 지시했다.

이렇게 6개 부대의 배들은 맡은 바 임무를 숙지하고 목적지를 향하여 떠났다.

그리고 주유는 황개로 하여금 화선(火船)들을 정돈하고 졸병들을 시켜 조조에게 서신을 보내 오늘밤 항복하러 가겠다고 알리라고 하는 한편, 전선 4척을 내어 황개가 탄 배를 따라가며 뒤에서 지원하도록 했다.

이어서 본격적으로 화공을 펼칠 전투 부대를 배치했다. 제 1부대의 영병군관(領兵軍官)은 한당, 제 2부대는 주태, 제 3부대는 장흠, 제 4부대는 진무였다. 4개 부대는 각각 전선 3백 척을 이끌고 나가는데, 맨 앞에는 각각 화선 20척을 옆으로 벌여 놓았다.

주유 자신은 정보와 함께 가장 큰 전함 위에서 싸움을 총지휘하고, 서성과 정봉으로 하여금 좌우에서 호위하도록 했다. 마지막으로 노숙과 감택 등 모사들은 남아서 수상 영채를 지키도록 했다. 정보는 주유가 군사를 배치하는 것이 법도가 있는 것을 보고 감복해 마지않았다.

한편 손권이 보낸 차사(差使)가 병부(兵符)를 가지고 와서, 오후(吳候)는 이미 육손(陸遜)을 선봉으로 기춘(蘄春)과 황주(黃州) 지역으로 군사를 보냈으며 자신이 뒤에서 지원하기로 했다고 말했다.

주유는 또 서산(西山)에서는 화포를 쏘도록 하고 남병산에서는 신호 깃발을 흔들도록 했다.

모든 준비를 마친 동오의 군사는 황혼이 되어 출동하기만을 기다렸다.

한편 현덕은 하구(夏口)에서 공명이 오기만을 기다리고 있는데, 문득 한 무리의 배가 도착했다. 그것은 공자 유기(劉琦)가 소식을 알아보기 위해 직접 찾아온 것이었다. 현덕은 그를 맞이하여 성의 망루로 올라가 자리를 잡고 앉아 말하기를: "동남풍이 불기 시작한 지 한참이 지났는데 공명을 모시러 간 자룡이 지금까지 오지 않고 있으니 여간 걱정되는 일이 아니네."

그때 하급 장교가 멀리 번구(樊口) 포구 쪽을 손으로 가리키며 말하기를: "돛을 단 배 하나가 바람을 타고 들어오고 있는데, 틀림없이 군사(軍師)이실 것입니다."

현덕과 유기는 공명을 맞이하러 망루를 내려왔다. 잠시 후 배가 도착하고 공명과 자룡이 강기슭으로 올라왔다. 현덕은 너무나 기뻤다. 서로 안부를 묻고 나서 공명이 말하기를: "지금 다른 일은 말씀 드릴 겨를이 없습니다. 지난번에 말씀드린 군마와 배들은 모두 준비되었는지요?"

현덕 曰: "준비된 지 오래됐습니다. 군사께서 돌아와서 써 주기만 기다리고 있소."

공명은 현덕 유기와 함께 막사 안으로 들어가서 자리에 앉자마자 조운에게 말하기를: "자룡은 군마 3천 명을 거느리고 강을 건너 바로 오림 땅 샛길로 가서 수목과 갈대가 우거진 곳을 골라 군사를 매복해 놓으시오. 오늘 밤 사경(四更: 새벽 1~3시 사이)이 지나면 조조가 반드시 그 길로 도망쳐 올 것이니, 그들 군사가 반쯤 지나간 뒤에 불을 지르시오. 비록 그들을 모조리 죽이지는 못해도 절반은 죽일 수 있소."

조운 曰: "오림에서 나오는 길은 두 갈래가 있습니다. 하나는 남군(南郡)으로 통하는 길이며, 다른 하나는 형주로 가는 길인데 조조가 어느 길로 올지 모르겠습니다."

공명 曰: "남군은 형세가 너무 급해 조조는 감히 가지 못하고 반드시 형주로 갈 것이오. 그런 뒤 패한 군사들을 수습하여 허창으로 돌아갈 것이오."

명령을 받은 조운은 곧바로 떠났다.

공명은 이어서 장비를 불러서 말하기를: "익덕은 군사 3천 명을 거느리고 강을 건너가서 이릉(彝陵)으로 가는 길을 차단하고 호로곡(葫蘆谷) 입구에 이르러 군사를 매복하고 기다리시오. 조조는 감히 이릉 남쪽으로 달아나지 못하고 이릉 북쪽으로 달아날 것이며 내일 비가 그친 뒤에 틀림없이 그곳에 와서 솥단지를 걸고 밥을 지으려 할 것이오. 연기가 오르는 즉시 산기슭에 불을 지르도록 하시오. 그리하면 비록 조조는 잡지 못한다고 할지라도, 익덕의 전공은 적지 않을 것이오."

장비도 계책을 받고 떠났다.

공명은 또 미축·미방·유봉 세 사람을 불러 각기 배를 타고 강을 돌아다니며 적의 패잔병을 사로잡고 그들의 무기를 빼앗도록 했다.

세 사람 역시 계책을 받아서 떠나갔다.

공명이 일어나서 공자 유기에게 말하기를: "무창(武昌)은 한눈에 바라볼 수 있는 가장 중요한 요지입니다. 공자께서는 곧바로 돌아가시어 군사를 이끌고 강기슭으로 가서 진을 치십시오. 조조가 싸움에 패하면 반드시 그곳으로 도망가는 군사들이 있을 것이니, 그들을 사로잡으시오. 그러나 경솔하게 성곽을 떠나지는 마시오."

유기는 곧바로 현덕과 공명에게 하직 인사를 하고 떠났다.

공명이 현덕에게 말하기를: "주공께서는 번구에 군사를 주둔시켜 놓고, 높은 곳에 올라가 오늘 밤 주유가 큰 공을 세우는 것을 앉아서 구경이나 하시지요."

이때 운장도 줄곧 옆에 있었지만, 공명은 그를 아예 못 본 체했다. 참다못한 운장이 마침내 언성을 높이며 말하기를: "내가 형님을 모시고 오랫동안 싸워오면서 한 번도 남에게 뒤떨어진 적이 없는데, 오늘 아주 중요한 싸움을 하면서 군사께서 나를 쓰지 않으니, 이렇게 하는 의도가 도대체 무엇이오?"

공명이 웃으며 말하기를: "운장은 괴이하게 여기지 마시오. 나는 원래 장군에게 가장 중요한 역할을 맡기려고 했었소. 하지만 한 가지 미덥지 못한 구석이 있어 감히 보내지 못한 것이오."

운장 曰: "미덥지 못한 구석이라는 게 무엇이오? 제발 말해 주시오."

공명 曰: "지난날 조조가 장군을 매우 두텁게 대우했으니, 장군도 그에게 은혜를 갚으려고 생각할 것이오. 오늘 조조는 싸움에서 패하고 화용도(華容道)로 달아날 것이 분명한데, 만약 장군에게 그곳을 지키게 한다면 장군은 틀림없이 그를 그냥 놓아 보내고 말 것이오. 그 때문에 감히 보내지 못하고 있는 것이오."

운장 曰: "군사께서는 참으로 걱정이 많으시오. 그 당시 조조가 나에게 대우를 잘해 준 것은 사실이나 나는 이미 안량(顏良)과 문추(文醜)를 베어 죽여, 백마(白馬)에서의 포위를 풀어준 것으로 이미 그에 대한 은혜는 모두 갚았다고 생각하고 있소. 그러니 오늘 그를 만난다면 어찌 그냥 놓아 보내겠소."

공명 曰: "만약 그를 놓아주면 그때는 어떻게 하시겠소?"

운장 曰: "군법에 따라 처리하시오?"

공명 曰: "그러면 각서를 쓰시겠소?"

운장은 즉시 군령장(軍令狀)을 썼다. 그러고는 묻기를: "만약 조조가 그쪽으로 오지 않을 때는 어찌할 테요?"

공명 曰: "나 역시 장군에게 각서를 써 주겠소."

운장은 내심 쾌재를 불렀다

공명 曰: "장군은 화용의 샛길에 있는 높은 산에다 장작과 마른 풀 더미를 쌓아 놓고 불을 질러 연기를 피워 조조를 그곳으로 유인하시오."

운장 曰: "조조가 멀리서 연기가 나는 것을 보면 매복이 있을 것으로 생각할 텐데, 그가 어찌 그곳으로 오려고 하겠소?"

공명이 웃으며 말하기를: "병법에 나오는 허허실실(虛虛實實) 전술에 대해 들어는 보셨겠지요? 조조가 비록 용병에 능하기는 하지만 이것만이 그를 속여 넘길 수가 있소. 그는 연기가 일어나는 것을 보고는 우리 쪽에서 허장성세(虛張聲勢)하는 것이라 생각하고, 반드시 그길로 들어설 것이니 장군은 절대로 그에게 인정을 베풀지 마시오."

명령을 받은 운장은 관평(關平)·주창(周倉), 그리고 군사 5백 명을 이끌고 화용도로 매복을 하러 떠났다.

현덕 曰: "내 아우는 의리를 너무 중하게 여기므로 만약 조조가 정말 화용도로 간다면 필시 놓아 보내고 말 것 같아서 걱정이오."

공명 曰: "제가 밤에 천문을 보았는데, 조조의 운세가 아직 죽을 때가 아니었습니다. 그래서 운장에게 인정이나 한번 베풀게 해 주는 것도 나쁘지 않을 것 같아 그리한 것입니다."

현덕 曰: "선생의 귀신같은 헤아림을 감히 세상에서 따를 자가 있겠습니까!"

공명은 현덕과 함께 주유의 용병술을 구경하기 위해 번구로 가면서 손건과 간옹은 남아서 하구성(夏口城)을 지키도록 했다.

한편 조조는 대채(大寨) 안에서 여러 장수들과 상의하면서 황개로부터 소식이 오기만을 기다리고 있었다. 이날 동남풍이 심하게 불자 정욱이 들어와서 고하기를: "오늘 동남풍이 부니 미리 대비를 해야 됩니다."

조조가 웃으며 말하기를: "동지에는 양(陽)의 기운이 한번 되살아나는 시기이니 어찌 잠시 동남풍이 없을 것이며, 그것을 괴이하게 여길 게 무엇이오."

이때 문득 군사가 들어와서 강동에서 작은 배 한 척이 왔는데, 황개의 밀서를 가지고 왔다고 보고를 했다.

조조가 급히 그 사람을 불러들이자 그가 밀서를 바쳤는데 그 내용은: "그동안 주유의 감시가 삼엄하여 몸을 빠져나갈 수가 없습니다. 오늘 파양호(鄱陽湖)로부터 새로 군량미를 운반해 오는데 주유가 나에게 순찰을 하도록 하여 이제 탈출할 기회가 생겼습니다. 강동의 유명한 장수의 목을 베어 그 수급을 가지고 오늘 밤 승상께 투항하겠습니다. 오늘 밤 이경(二更: 밤 9시에서 11시)에 배 위에 청룡아기(靑龍牙旗)를 꽂고 가는 배가 바로 제가 타고 가는 군량미를 실은 배입니다."

조조는 매우 기뻐하며 여러 장수들과 함께 수상 영채의 가장 큰 배 위에 올라가서 황개의 배가 오기를 기다렸다.

한편 강동에서는 날이 저물자 주유가 채화를 불러내서 군사들을 시켜 그를 꽁꽁 묶어 눕혀 놓으라고 했다.

채화가 외치기를: "내가 무슨 죄가 있다고 이러시오!"

주유 曰: "닥쳐라! 너는 대체 어떤 놈이기에 감히 내게 거짓 항복을 한단 말이냐! 내 이제 조조와의 결전을 앞두고 기(旗)에 제사를 지내려고 하나, 마땅한 제물이 없어 네놈의 수급을 빌리려고 하노라."

채화는 더 이상 발뺌해 봐야 소용이 없음을 깨닫고 큰 소리로 외치기를: "당신 수하의 감택과 감녕 역시 나와 함께 모반하기로 했소."

주유 曰: "그 둘은 내가 시켜서 그렇게 한 것이다."

채화는 후회했지만 이미 때가 늦었다. 주유는 그를 강변에 세워 놓은 조독기(皂纛旗: 검은색의 가장 큰 깃발) 아래로 끌고 가서, 술을 따르고 제문(祭文)을 태운 뒤 몸소 단칼에 채화의 목을 베어 그 피로 깃발에 제사를 지내고 곧바로 배를 출발시켰다.

황개는 세 번째 화선 위에 있었는데, 그는 가슴에는 엄심갑(掩心甲)을 두르고 손에는 시퍼런 칼을 들고 뱃머리에 홀로 서 있었다. 그리고 그가 탄 배에는 큰 글씨로 '선봉 황개(先鋒黃蓋)'라고 쓴 깃발이 순풍을 타고 적벽을 향해 힘차게 출발했다. 마침 동풍이 크게 불어 파도가 요동을 쳤다.

조조가 중군(中軍)에서 달빛이 비치는 강물을 아득히 바라보니 마치 황금 뱀 1만 마리가 물결을 뒤집으며 희롱하는 것 같았다. 조조는 바람을 맞고 서서 호탕하게 웃으며 마침내 뜻이 이루어진 것처럼 여겨졌다.

그때 문득 한 군사가 손가락으로 가리키며 말하기를: "강남에서 한 무리의 돛단배가 바람을 타고 이쪽으로 다가오는 것이 어렴풋이 보입니다."

조조가 좀 더 높은 곳으로 올라가 보고 있는데 누군가 다시 보고하기를: "모든 배에 청룡아기가 꽂혀 있는데, 그중에 '선봉 황개'라고 쓴 큰 기가 보입니다."

조조가 웃으며 말하기를: "공복(公覆: 황개)이 항복하러 오는 것이다! 이는 하늘이 나를 도우심이야!"

배가 점점 가까이 다가오자, 한참을 바라보던 정욱이 조조에게 말하기를: "오는 배들에는 속임수가 있습니다. 일단 수상 영채 가까이 오지 못하도록 하십시오."

조조 曰: "그것을 어찌 아시오?"

정욱 曰: "배 안에 군량이 실려 있다면 배가 묵직하게 가라앉아야 정상인데, 지금 오고 있는 배는 가벼이 물 위에 떠 있습니다. 더구나 오늘 밤에는 동남풍이 심하게 불고 있으니 만약 저기에 속임수라도 있다면 그것을 어떻게 당해내시겠습니까?"

그제야 깨달은 조조가 곧바로 묻기를: "누가 가서 저들이 더 가까이 오지 못하도록 하겠는가?"

문빙 曰: "제가 물에 익숙하니 나가서 막아보겠습니다."

말을 마친 문빙이 조그만 배로 뛰어내려 손을 들어 지시하니 10여 척의 순시선이 문빙의 배를 따라 나섰다.

문빙이 뱃머리에 서서 큰 소리로 외치기를: "승상의 명령이다! 남쪽에서 오는 배는 수상 영채 가까이 오지 말고 강 가운데 잠시 멈추어라!"

문빙을 따라온 여러 군사들 역시 소리를 지르기를: "빨리 돛을 내려라!"

그들의 외침이 미처 끝나기도 전에 화살 날아오는 소리와 동시에 문빙은 왼팔에 화살을 맞고 배 안으로 넘어지고 말았다. 문빙을 따라온 배들 안의 군사들은 혼비백산하여 각기 뱃머리를 돌려 도망쳤다.

강남에서 온 배들이 조조의 수채에서 2리 정도 되는 거리에 이르러, 황개가 칼을 번쩍 들어 신호를 하자, 앞에 있던 배들에서 일제히 불화살을 쏘기 시작했다. 불은 바람의 위세를 타고 바람은 불의 기세를 도왔다. 배는 쏜살처럼 달리고 연기와 불꽃은 하늘을 뒤덮었다.

화선 20척이 불화살을 내뿜으며 앞 다투어 조조의 수채 안으로 들이닥치니 조조의 영채에 있던 배들은 일시에 불이 붙었다. 그러나 배들은 쇠사슬로 단단히 묶여 있어 피하거나 도망갈 곳이 없었다.

이때 강 건너에서 울리는 포성 소리를 신호로 화선들이 사방에서 일제히 들이닥쳤다. 삼강(三江)의 수면 위에는 화염이 세찬 바람을 타고 하늘로 날아, 하늘과 땅 그리고 바다가 온통 불바다로 변했다.

조조가 강기슭의 영채를 돌아보니 그곳에도 여러 군데서 불길이 치솟고 있었다. 작은 배로 뛰어 내린 황개가 노를 힘차게 저어 화염을 뚫고 조조를 찾으러 들어갔다. 조조는 형세가 매우 급박해진 것을 보고 강기슭 위로 막 뛰어오르려고 하는 순간 장료가 작은 배를 타고 와서 조조를 부축하여 배에 오르게 했다. 그때 조조가 타고 있던 큰 배는 이미 불이 활활 타오르고 있었다.

장료는 십여 명의 군졸들과 함께 조조를 호위하고 나는 듯이 강기슭 어귀로 달아났다. 진홍색 전포를 입은 자가 작은 배로 옮겨 타는 것을 본 황개는 그가 틀림없이 조조일 것이라고 짐작하고 힘차게 노를 저으라고 명령을 하며 시퍼런 칼을 손에 쥐고 큰 소리로 외치기를: "역적 조조는 달아나지 마라! 황개가 여기 있다!"

이 상황이 너무나 기가 막힌 조조는 연달아 신음을 토해 냈다.

장료가 활에 화살을 메겨 들고 황개가 가까이 오기를 기다렸다가 힘차게 시위를 당겼다. 이때는 몰아치는 바람소리가 너무 큰데다, 불빛 아

三江口周郎縱火

래에 있는 황개가 어둠속에서 숨어 쏘는 장료를 볼 수도 없었으니 어찌 화살 날아오는 소리를 들을 수 있었겠는가! 결국 화살을 피하지 못한 황개는 어깻죽지에 정통으로 맞고 몸을 뒤집으며 강물로 떨어지고 말았다.

이야말로:

불의 재앙이 한창일 때 물의 재앙 만나니	火厄盛時遭水厄
곤장 맞은 상처 아물자 금창을 앓게 되네	棒瘡愈後患金瘡

황개의 목숨이 어찌 될지 궁금하거든 다음 회를 기대하시라.

제 50 회

제갈량은 조조를 화용도로 꾀어 들이고
관운장은 의리를 지켜 조조를 놓아주다

諸葛亮智算華容

關雲長義釋曹操

그날 밤 장료가 활을 쏘아 황개를 강물에 떨어뜨림으로써 조조를 구하여 강기슭으로 올라가 어렵사리 말을 구하여 도망치는 동안 군중(軍中)은 일대 혼란에 빠져 있었다.

강동의 장수 한당은 화염을 뚫고 조조의 수상 영채를 공격하고 있는데, 갑자기 군사 하나가 보고하기를: "배꼬리 밑에서 누군가 장군의 이름을 부릅니다."

한당이 귀를 기울여 들어 보니: "공의(公義: 한당), 나를 구해다오!" 하고 부르짖는 소리가 아닌가!

한당 曰: "이 사람은 황공복(黃公覆: 황개)이다!"

한당은 즉시 군사들을 시켜 황개를 배 위로 끌어올려 보니 황개의 어깨에 화살이 꽂혀 있었다. 한당은 화살을 입으로 물고 뽑으려고 하였으나 화살대만 뽑히고 화살촉은 살 속에 깊숙이 박혀 있었다. 한당은 급히 황개의 젖은 옷을 벗기고 칼끝으로 살을 도려내고 화살촉을 뽑은 뒤 깃발을 찢어 상처를 매주고, 자신의 전포를 벗어 황개에게 입혀 주었다.

그러고는 다른 배에 태워서 본채로 돌려보내 치료하도록 했다.

사실 황개는 강물에 워낙 익숙해 있었기 때문에 한겨울에 갑옷을 입은 채로 강물에 빠졌지만 죽지 않고 목숨을 건질 수 있었던 것이다.

강은 온통 불바다로 덮여 있고 함성은 땅을 뒤흔들었다. 왼편에서는 한당과 장흠(蔣欽) 양군이 적벽(赤壁) 서편으로부터 쳐들어오고, 오른편에서는 주태(周泰)와 진무(陳武) 양군이 적벽 동쪽으로부터 공격하고, 중앙에서는 주유가 정보·서성·정봉과 함께 함대를 거느리고 모두 도착했다.

불길은 군사들의 전투 의욕을 북돋우고, 군사들은 불의 위세에 의지를 하니, 이것이 바로 삼강수전(三江水戰)이요, 적벽오병(赤壁鏖兵)[7]이었다.

이 싸움에서 창에 찔려 죽고 화살에 맞아 죽고, 불에 타서 죽고 물에 빠져 죽은 조조의 군사들은 그 수를 다 헤아릴 수 없을 정도였다.

후세 사람이 이 일을 시로 읊었으니:

조조와 손권이 싸워 자웅 겨루었는데　　魏吳爭斗決雌雄
적벽의 조조 배들 말끔히 쓸어버리네　　赤壁樓船一掃空
세찬 불길 일어나 구름 강물 비출 때　　熱火初張照雲海
주유는 일찍이 여기서 조공 격파했네　　周郎曾此破曹公

또 다른 시가 있으니:

높은 산 작은 달에 강물이 아득한데　　山高月小水茫茫
지난날 격렬했던 싸움을 회상하노라　　追嘆前朝割據忙

7 전투가 매우 치열함을 이르는 말. 역자 주.

강남 군사는 조조와 싸울 뜻 없는데 南士無心迎魏武
동풍이 곧 주유를 도울 뜻이 있었네 東風有意便周郎

주유가 강 위에서 조조의 수군을 전멸시킨 이야기는 그만하기로 한다.

한편 감녕은 거짓 항복을 해온 채중(蔡中)을 앞장세우고 조조의 영채 깊숙이 들어간 다음, 채중을 단칼에 베어 말 아래로 떨어뜨리고 마른 풀에 불을 질렀다. 여몽(呂蒙)은 멀리 조조의 영채에서 불길이 오르는 것을 보고 즉시 십여 곳에 불을 질러 감녕과 호응을 했다. 반장(潘璋)과 동습(董襲)도 길을 나누어 불을 놓고 함성을 지르자, 사방에서 일제히 북소리가 진동을 했다.

조조와 장료는 고작 기병 1백여 명을 데리고 불길을 뚫고 달아나는데 앞을 보니 온통 불바다였다. 우왕좌왕 어찌할 바를 모르고 있는데, 마침 모개(毛玠)가 문빙(文聘)을 구출하여 기병 십여 명을 데리고 왔다. 조조는 군사들에게 속히 길을 찾도록 했다. 장료가 손으로 길을 가리키며 말하기를: "오직 오림(烏林)으로 가는 길밖에 없습니다. 그쪽만 넓게 틔어 있어서 달아날 수 있습니다."

조조는 오림 쪽으로 달리기 시작했다. 한참 달아나는데 등 뒤에서 한 무리의 군사들이 쫓아오며 큰 소리로 외치기를: "조조 역적 놈! 게 섰거라!"

불빛 속에서 여몽의 깃발이 나타났다. 조조는 장료로 하여금 뒤를 차단하여 여몽을 막게 하고, 다른 군사들을 재촉하여 앞으로 달려 나갔다. 그런데 앞에서 또 횃불이 오르더니 산골짜기에서 한 무리의 군사들이 몰려오면서 큰 소리로 외치기를: "능통(淩統)이 여기에서 네놈을 기다리고 있느니라!"

앞뒤가 모두 막힌 조조는 간담이 떨어지는 것 같았다. 그때 갑자기 측면에서 한 무리의 군사가 당도하며 외치기를: "승상! 이제 안심하십시오. 서황이 왔습니다!"

양쪽의 군사들이 한바탕 혼전을 벌이는 사이, 조조는 북쪽으로 길을 내어 달아나기 시작하는데, 언덕 앞에 한 무리의 군사가 주둔하고 있었다. 서황이 다가가서 물으니 그들은 원래 원소 수하에 있다가 항복해온 장수 마연(馬延)과 장의(張顗)였다. 그들은 북방의 군사 3천 명을 거느리고 그곳에 영채를 세우고 있었는데 그날 밤 온 천지가 불길에 휩싸이는 것을 보고 감히 움직이지 못하고 있다가 때마침 조조를 만나게 된 것이다.

조조는 두 장수에게 각각 군사 1천 명씩을 이끌고 앞장서서 길을 열게 하고 나머지는 자신을 호위하도록 했다. 조조는 뜻밖의 새로운 군사를 얻고 나니 마음이 다소 놓였다.

마연과 장의 두 장수가 말을 달려 불과 십리도 채 못 갔는데 함성이 일어나면서 한 무리의 군사가 쏟아져 나왔는데, 선두에 선 장수가 큰 소리로 외치기를: "나는 동오의 감흥패(甘興霸: 감녕)다!"

마연이 감녕과 겨루고자 했으나 마연은 그의 상대가 되지 못했다. 감녕이 단 한 번 휘두른 칼에 베여 말 아래로 떨어졌다. 이에 장연이 창을 꼬나들고 싸우러 달려 나갔으나, 감녕이 벽력같이 호통을 치니 이미 기가 죽어 미처 손을 써보지도 못하고 그의 칼에 맞아 뒤로 벌렁 나자빠져 말 아래로 떨어지고 말았다. 이를 본 군사들이 나는 듯이 달려가 조조에게 보고했다.

이때 조조는 합비에서 구원군이 올 것으로 한 가닥 희망을 갖고 있었다. 하지만 기대와는 달리 손권이 합비의 어귀를 틀어막고 있으면서 멀리 강 위에서 화염이 솟구치는 것을 보고 자신들의 수군이 승리했음을 알고 곧바로 육손(陸遜)에게 불화살을 올려 신호를 보내니 태사자(太史慈)가 그것을 보고 육손과 같이 군사를 합쳐 오히려 조조를 뒤쫓기 시작했다.

어쩔 수 없이 조조는 이릉(彝陵) 쪽으로 달아나다가 길 위에서 다행히 장합을 만났다. 조조는 그에게 뒤에서 쫓아오는 적의 추격을 막으라고 하고 달리는 말에 채찍을 가하여 오경(五更: 새벽 3시에서 5시)이 될 때까지 달아난 후에야 고개를 돌려 바라보니 불빛이 희미하였다. 비로소 마음이 안정된 조조가 묻기를: "여기는 어디냐?"

옆에 있던 자가 말하기를: "여기는 오림의 서쪽이며 의도(宜都)의 북쪽입니다."

조조는 그곳이 수목이 우거지고 산천이 험준한 지역임을 보고 말 위에서 고개를 쳐들고 큰 소리로 껄껄 웃었다. 여러 장수들이 묻기를: "승상께서는 어인 일로 그리 크게 웃으십니까?"

조조 曰: "내 다름이 아니라 그저 꾀 없는 주유와 지혜가 없는 제갈량을 비웃은 것이다. 내가 만약 용병을 했다면 반드시 이곳에 미리 매복을 시켰을 것이다. 그리했더라면 나라고 어찌해 볼 수 있었겠느냐!"

말이 미처 끝나기도 전에 양쪽에서 북소리가 진동하며 불길이 하늘 높이 치솟았다. 순간 얼마나 놀랐으면 조조는 하마터면 말에서 떨어질 뻔했다. 측면에서 한 무리의 군사들이 뛰쳐나오며 소리치기를: "나 조자룡은 군사의 명을 받아 이곳에서 너를 기다린 지 오래다."

조조는 서황과 장합에게 둘이서 조운을 대적하라고 명령하고 자신은 화염을 뚫고 달아나기 시작했다. 자룡은 더 이상 조조를 쫓지 않고 그저 대장기만 빼앗으니 조조는 그곳을 쉽게 탈출할 수 있었다.

어느덧 날이 밝아 오는데 먹구름이 하늘을 뒤덮기 시작했다. 여전히 동남풍은 그칠 줄을 모르고 갑자기 소낙비가 억수같이 쏟아지니 조조는 전포와 갑옷 속까지 몽땅 젖었다. 조조와 그의 군사들은 몽땅 비를 맞으며 앞으로 계속 달아났다. 하지만 이제는 배가 고파 더 이상 걸을 힘도 없었다. 하는 수 없이 조조는 군사들에게 인근 마을로 내려가서 식량을 약탈하고 불씨를 가져와서 속히 밥을 짓도록 했다.

군사들이 막 밥을 지으려고 하는데 뒤에서 한 무리의 군사들이 달려오고 있었다. 몹시 놀란 조조가 어찌할 바를 모르고 있는데 알고 보니 그들은 그의 장수 이전(李典)과 허저(許褚)가 여러 모사들과 함께 온 것이었다.

조조는 매우 기뻐하며 그들과 함께 계속 가다가 두 갈래 길이 나타나자 앞을 가리키며 말하기를: "저기는 어디냐?"

한 군사가 보고하기를: "한쪽은 남이릉으로 가는 큰 길이고, 다른 한쪽은 북이릉으로 빠지는 산길입니다."

조조가 묻기를: "남군 강릉(江陵)으로 가려면 어느 쪽으로 가는 게 지름길인가?"

한 군사가 아뢰기를: "남이릉으로 빠져 호로구(葫蘆口)를 거쳐 가는 것이 가장 빠릅니다."

조조는 그 군사가 말한 대로 남이릉으로 가는 길로 해서 가도록 지시했다. 조조 일행이 호로구에 이르렀을 때에는 모두 허기가 져서 한 발짝도 더 내디딜 힘이 없었을 뿐만 아니라 말들도 지칠 대로 지쳐, 아예 길바닥에 쓰러지는 자들도 많았다. 조조는 잠시 쉬어가기로 하고 그날 아침 마을에서 약탈해온 양식과 솥 등을 말에서 내려 산기슭의 마른자리를 찾아 솥을 걸고 밥을 짓고 말을 잡아 말고기를 구워 먹었다. 그리고 모두 다 비에 젖은 옷을 벗어 바람에 말리고 말들도 안장을 벗기고 들에 풀어놓아 풀뿌리라도 뜯어먹게 했다.

조조는 나무가 그리 많지 않은 숲 아래 앉아 있다가 갑자기 고개를 쳐들고 크게 웃었다. 어리둥절한 여러 관원들이 묻기를: "방금 전에도 승상께서 주유와 제갈량을 비웃다가 조자룡이 나타나는 바람에 많은 군사들이 죽었는데 어째서 또 웃으시는 겁니까?"

조조 曰: "제갈량과 주유는 역시 나보다는 꾀가 부족하기에 그래서 웃었느니라. 만약 내가 용병을 했다면 이런 곳에 한 무리의 군사를 매복시켜 편안히 앉아서 지친 군사를 기다리게 했을 것이다. 저들이 그리했더라면 우리는 설령 목숨은 부지한다손 치더라고 치명상을 입지 않았겠느냐? 이곳을 알아보지 못한 저들을 비웃어 준 것이다."

그런데 말이 또 씨가 되고 말았다. 조조의 말이 미처 끝나기도 전에 전군과 후군이 일제히 고함을 질렀다. 적군이 또 나타난 것이다. 기겁을 한 조조는 갑옷도 버리고 말에 올랐다. 풀어 놓았던 말을 거두어 드릴 시간도 없었다. 이미 사방에서 불과 연기가 치솟으면서 산 어귀에서 한 무리의 군사가 쏟아져 나오는데 맨 앞의 장수는 그 이름도 유명한 연(燕)나라 장수 장익덕(張翼德: 장비)이 아닌가!

그는 장팔사모(丈八蛇矛)를 비껴들고 말을 세우고 서서 큰 소리로 외치기를: "역적 조조는 어디로 도망가려 하느냐!"

장비를 본 조조의 장수들과 군사들은 모두 간담이 싸늘해졌다. 허저가 안장도 없는 말을 타고 장비에게 달려들자 장료와 서황도 달려가 협공을 했다. 양쪽의 군사들이 혼전을 벌이는 틈을 타서 조조는 말을 달려 달아났고 여러 장수들도 각기 달아나기에 바빴다. 장비가 뒤에서 쫓아가자 조조는 이리저리 방향을 틀며 달아났다. 추격해 오는 적의 군사가 점점 멀어져, 고개를 돌려 보니 대부분의 장수가 부상을 당한 채 따라왔다.

조조가 길을 재촉하여 가고 있을 때 한 군사가 아뢰기를: "저 앞에 길이 두 갈래로 나뉘는데 승상께서는 어디로 가시겠습니까?"

조조가 묻기를: "어느 길이 지름길이냐?"

군사 曰: "큰 길은 약간 평탄하긴 해도 50여 리는 더 돌아 가야하고, 샛길로 가면 화용도를 경유하는데 50여 리는 가깝지만 길이 좁고 험한 데다 움푹 파인 웅덩이도 많아 가기가 힘듭니다."

조조는 먼저 군사를 산 위로 보내 동정을 살펴보도록 했다. 그가 돌아와서 보고하기를: "산기슭의 좁은 길옆에서는 곳곳에서 연기가 피어나는데 큰길가에는 아무런 동정도 없습니다."

조조는 앞쪽 군사에게 좁은 길로 들어서서 화용도로 가라고 지시를 했다.

여러 장수들이 말하기를: "연기가 피어오른다면 필시 군마들이 있을 텐데 어찌하여 오히려 이 길로 가시려고 합니까?"

조조 曰: "병서(兵書)에 '있는 것처럼 보이는 곳은 실제로는 없고, 없는 것처럼 보이는 곳은 오히려 있다(虛則實之 實則虛之).'는 말을 그대들은 들어보지도 못했는가! 제갈량은 꾀가 많은 놈이다. 일부러 산에다 연기를 피워 우리 군사들이 감히 이곳을 지나가지 못하게 위장을 해 놓고 실제로는 큰 길가에 매복하고 우리를 기다리고 있는 것이 틀림없다. 내 이미 그의 계책을 간파했는데 또 다시 걸려들어서야 되겠는가!"

여러 장수들이 모두 말하기를: "승상의 신기묘산(神奇妙算)은 인간이 따라갈 수가 없습니다."

마침내 그들은 화용도를 향해 좁은 산길로 접어들었다.

이때 병사들은 배가 고파 쓰러질 지경이고 말들 역시 마찬가지였다. 불에 머리를 태우고 이마를 덴 자는 지팡이에 의지하여 걸어가고, 화살에 맞고 창에 찔린 자들은 죽을힘을 다해서 한 걸음 한 걸음 내딛었다. 옷과 갑옷은 모두 젖어 누구 하나 온전한 사람이 없으며 병장기와 깃발들 역시 모두 흐트러져 질서라고는 찾아볼 수 없었다. 이렇게 된 가장 큰 이유는 이릉의 호로구에서 잠시 휴식을 취하는 동안 장비의 습격을 당했기 때문이다. 그들은 급히 달아나느라 많은 말들을 잃어버렸을 뿐만 아니라, 겨우 얻은 말들도 말안장이나 재갈이 없는 민둥 말을 탔으며 옷들도 다 버리고 온 터라, 한겨울 엄동설한에 그들의 고통을 어찌 다 말로 표현할 수 있겠는가!

조조는 선두의 군사들이 말을 세우고 나아가지 못하는 것을 보고 어찌된 일인지 물으니 그들이 보고하기를: "산길이 너무 좁은데다 오늘 새벽에 내린 비로 웅덩이에 물이 잔뜩 고여 말굽이 진흙탕에 빠져 앞으로 나아갈 수가 없습니다."

조조가 몹시 화를 내며 호통을 치기를: "원래 군사는 산을 만나면 길을 만들고 물을 만나면 다리를 놓아 건너는 법이거늘 진흙탕 길이라서 갈 수 없다는 게 말이 되느냐!"

조조는 명령을 전달하여 노약자와 부상병들은 뒤에 남아 천천히 걸어오고 건장한 자들은 흙을 져 나르고, 나뭇가지들을 묶고 풀과 갈대 등을 날라다가 길을 메우라고 했다. 즉시 행동을 개시하되 명령을 어기는 자는 목을 베겠다고 엄포를 놓았다.

모든 군사들은 어쩔 수 없이 말에서 내려 주위의 나무와 대나무 등을 베어와 길을 메웠다.

조조는 적들이 또 쫓아올까 두려워서 장료·허저·서황으로 하여금 기병 1백여 명을 데리고 각자 손에 칼을 들고 꾸물거리는 자는 가차 없이 베어 버리라고 명령했다.

이때 군사들은 굶주린 데다 지칠 대로 지쳐 땅에 푹푹 쓰러졌는데 조조는 더 이상 그들을 돌보지 않고 그냥 사람과 말이 그 위를 짓밟고 지나가도록 했다. 그 때문에 밟혀 죽은 자들의 수도 셀 수가 없었으며, 울부짖는 소리가 가는 길 내내 끊이지를 않았다.

조조가 화를 내며 말하기를: "죽고 사는 것은 다 운명이거늘 어찌 운단 말이냐? 만일 또 우는 자가 있으면 그 자리에서 참하리라!"

조조를 뒤따르던 군사 중 3분의 1은 뒤에 쳐지고, 3분의 1은 짓밟혀 죽고, 3분의 1만 겨우 조조를 따랐다. 마침내 험준한 길을 벗어났다. 조조가 뒤를 돌아보니 자신을 따르는 자는 3백여 명에 불과한데 그중 온전히 의복을 갖춘 군사는 눈을 씻고 찾아봐도 없었다.

조조가 속히 길을 재촉하니 여러 장수들이 말하기를: "말들이 지쳐 있으니 잠시 쉬었다 가시지요."

조조 曰: "어서 가자. 형주에 가서 쉬어도 늦지 않다."

어쩔 수 없이 지친 군마들의 행군이 계속되었다. 불과 몇 리도 채 못 갔는데 조조는 말 위에서 채찍을 높이 흔들며 큰 소리로 웃었다. 여러 장수들이 묻기를: "승상은 어찌 또 그리 크게 웃으십니까?"

조조 曰: "사람들은 다 주유와 제갈량은 지모가 뛰어나다고 말하지만 내가 보기에 참으로 무능한 자들이로다. 만약 여기에 수백 명의 군사만 매복시켜 두었더라면 우리들은 모조리 속수무책으로 결박당하지 않았겠느냐!"

그 말이 미처 끝나기도 전에 포성이 울리면서 양 편에서 5백 명의 군사들이 칼 등을 들고 나타나 벌려 섰는데, 맨 앞에서 길을 막고 서 있는 장수는 청룡도를 손에 쥐고 적토마를 타고 있는 관운장이 아닌가!

그를 본 조조의 군사들은 모두 넋을 잃고 간담이 떨어져 그저 새파랗게 질려 서로의 얼굴만 쳐다보고 있었다.

조조 曰: "기왕 이렇게 된 바에야 이제는 죽기로 싸울 수밖에 없지 않은가!"

모든 장수들이 고하기를: "군사들은 어떻게든 싸운다 하더라도 말들이 이미 기력이 다 빠졌는데 어찌 싸운단 말입니까?"

정욱 曰: "제가 알고 있는 운장은 윗사람에게는 오만하나 아랫사람에게는 인정에 약하고, 강한 자는 멸시하나 약한 자는 업신여기지 않습니다. 그리하여 은혜와 원한이 분명하며 평소에 신의를 중히 여깁니다. 승상께서는 전에 그에게 은혜를 베푼 일도 있으니 지금은 승상께서 몸소 그에게 사정해보는 길만이 유일하게 이 난을 피할 수 있습니다."

조조는 그의 말에 따라 즉시 말을 달려 앞으로 나아가 몸을 굽히고 운장에게 말하기를: "장군은 그간 별고 없으시오?"

운장 역시 몸을 굽히며 대답하기를: "저는 군사(軍師: 제갈량)의 명을 받들어 여기서 승상을 기다린 지 오래 되었소."

조조 曰: "나 조조는 이번 싸움에서 패하여 위기에 빠져 이곳까지 왔으나 이제 빠져나갈 길이 없소. 장군은 지난날 우리의 정을 감안하시어 길을 터주시면 안 되겠소?"

운장 曰: "지난날 제가 비록 승상의 두터운 은혜를 입었지만 그 뒤 안량과 문추을 죽이고 백마에서 포위를 풀어줌으로써 그 은혜는 이미 갚았소이다. 오늘의 일은 나도 군명(軍命)을 따라야 하거늘, 어찌 사사로운 정으로 공사(公事)를 그르칠 수 있겠소이까!"

조조 曰: "관공은 지난날 나를 버리고 떠날 때 다섯 관문을 지나면서 관문을 지키던 장수들을 죽인 일을 잊지는 않으셨지요?

대장부는 신의를 중히 여깁니다. 더구나 관공은 춘추(春秋:공자의 저서)에 밝으시니 유공지사(庾公之斯)가 자탁유자(子濯孺子)를 추격할 때의 일[8]을 모르시지는 않겠지요?"

---

8 춘추 시대 때 위(衛) 나라는 유공지사를 보내 정(鄭) 나라의 자탁유자를 추격하게 했음. 그들 둘은 모두 활을 잘 쏘았으나 자탁유자가 갑자기 병이 나서 활을 잡고 전장에 나설 수 없었음. 유공지사가 그에게 말하기를: "나는 윤공지타(尹公之他)에게서 활 쏘는 법을 배웠고 윤공지타는 당신에게서 활 쏘는 법을 배웠으니, 나는 차마 당신이 가르친 기술을 이용하여 당신을 해칠 수 없습니다." 그리하여 유공지사는 화살촉을 뺀 화살 4대만 쏘고 그냥 돌아갔음. 역자 주.

운장은 원래 의리를 태산보다 중히 여기는 장수다. 당시 조조에게 입은 수많은 은혜와 그 뒤 조조를 떠나면서 다섯 관문을 지날 때마다 그곳을 지키던 장수를 죽인 일을 생각하니 어찌 마음이 동요하지 않겠는가! 더구나 무서워서 벌벌 떨면서 울려고 하는 조조의 군사들을 보니 측은한 마음을 금할 수가 없었다.

운장은 마침내 말머리를 돌려 군사들에게 말하기를: "사방으로 물러서거라!"

이것은 분명 조조를 살려 보내겠다는 의미이다.

운장이 말 머리를 돌리는 것을 본 조조는 곧바로 모든 장수 등과 함께 쏜살같이 그곳을 지나갔다. 운장이 몸을 돌렸을 때는 조조가 이미 모든 장수들과 함께 달아난 뒤였다. 운장이 한 번 크게 소리를 치자 남아 있던 조조의 군사들은 모두 말에서 내려 땅에 엎드려 울기 시작했다. 더욱 측은한 생각이 든 운장이 어찌하지 못하고 망설이고 있는데 조조의 장수 장료가 가던 길을 돌려 다시 돌아왔다. 운장의 마음에 또 다시 옛 정이 발동했다. 길게 탄식을 한 운장은 결국 그들마저 모두 놓아 보내 주고 말았다.

후세 사람이 이 일을 탄식하여 지은 시가 있으니:

조조가 패배하고 화용으로 달아나다	曹瞞兵敗走華容
막다른 길목에서 관운장을 마주쳤네	正與關公狹路逢
옛날에 입은 은혜와 의리 중히 여겨	只爲當初恩義重
쇠 자물쇠 열어 교룡을 놓아 보냈지	放開金鎖走蛟龍

화용도에서 죽을 고비를 넘긴 조조가 계곡 어귀에 이르러 돌아보니 따르는 군사는 겨우 27명뿐이었다. 날이 저물 무렵 남군(南郡) 가까이에

이르렀는데, 또 갑자기 횃불을 일제히 밝히면서 한 무리의 군사들이 나타나 앞길을 막았다. 몹시 놀라 얼굴빛이 하얗게 질린 조조가 말하기를: "내 목숨도 이제는 끝이로구나!"

바로 그때 문득 보니 한 무리의 기마 초병이 달려오는데, 알고 보니 그들은 조인의 군사들이었다. 조조는 비로소 마음이 놓였다.

조인이 그를 맞이하며 말하기를: "우리 군사가 패한 줄은 알았지만 제가 지키고 있는 곳을 멀리 떠날 수는 없어 이 부근에서 영접할 수밖에 없었습니다."

조조 曰: "하마터면 너를 다시 못 볼 뻔했구나!"

이리하여 조조는 그들을 데리고 남군으로 들어가서 휴식을 취하고 있는데 뒤를 따라온 장료가 도착하여 운장이 덕을 베푼 이야기를 했다. 조조가 장수들을 점검해 보니 중상을 입은 자가 대다수여서 그들에게 당분간 치료를 받으며 휴식을 취하도록 했다.

조인이 조조를 위로하기 위하여 술자리를 만들었는데 그 자리에 모든 모사들도 자리를 함께 했다. 조조는 갑자기 하늘을 보면서 대성통곡을 했다.

여러 모사들이 말하기를: "승상께서는 범의 굴에서 도망쳐 나오실 때에도 전혀 두려움이 없으셨는데, 지금은 안전한 성 안에 도착하여 군사는 음식을 먹을 수 있게 되었고, 말은 마초를 먹을 수 있게 되어, 이제는 군마를 정돈하여 원수를 갚아야 할 때인데 어찌하여 통곡을 하십니까?"

조조 曰: "나는 곽봉효(郭奉孝: 곽가)가 그리워 우는 것이다. 그가 살아 있었다면 그는 결코 내가 이런 큰 실수를 하도록 내버려 두지는 않았을 것이다."

이어서 가슴을 치고 통곡을 하며 부르짖기를: "슬프도다, 봉효여! 비통하도다, 봉효여! 애석하도다, 봉효여!"

여러 모사들은 부끄러워 아무도 입을 열지를 못했다.

다음 날 조조는 조인을 불러서 말하기를: "내 잠시 허도로 돌아가서 군마를 수습해서 꼭 원수를 갚으러 올 것이다. 너는 그동안 남군(南郡)을 잘 지키고 있거라. 내 너에게 계책을 남기고 갈 것이니 평소에는 보지 말고 위급한 일이 생기거든 열어 보거라. 그 계책대로만 하면 동오가 감히 남군을 넘보지 못할 것이다."

조안 曰: "합비와 양양은 누가 지킵니까?"

조조 曰: "형주는 네가 맡아서 관리하고, 양양은 내 이미 하후돈을 보내서 지키도록 했다. 합비는 전략적으로 가장 중요한 지역이므로 장료를 주장으로 삼고, 악진과 이전을 부장으로 삼아 지키도록 했다. 그러나 급한 일이 생기거든 즉시 보고를 하도록 하라."

모든 조치를 마친 조조는 즉시 말에 올라 나머지 사람들을 데리고 허창으로 돌아갔다. 형주에서 항복해온 문무 관원들도 지난번처럼 허창으로 데리고 가서 기용을 했다.

조인은 조홍을 이릉과 남군으로 보내 그곳을 지키며 주유의 침공을 대비하도록 했다.

한편 관운장은 조조를 살려 보낸 뒤, 군사를 이끌고 돌아갔다. 이때 각 지역에 보내졌던 장수들과 군사들은 그곳에서 빼앗은 군사와 말, 그리고 무기 및 군량미 등을 가지고 이미 하구로 돌아와 있었는데 오로지 운장만은 군사는커녕 말 한필 빼앗지 못한 채 빈손으로 돌아온 것이었다.

그때 마침 공명은 현덕과 함께 승전을 축하하고 있던 중에 문득 운장이 돌아왔다는 보고를 받았다.

공명은 급히 자리에서 일어나 술잔을 손에 든 채 영채 밖으로 나와 그를 맞이하며 말하기를: "장군께서 이처럼 세상을 덮을 만한 큰 공을 세우고 천하의 큰 해악을 치우고 돌아오시니 참으로 기쁩니다. 마땅히 멀리 나가서 영접하고 경하드려야 했는데 그만 미안하게 됐소이다."

운장은 묵묵히 말이 없었다.

공명 曰: "운장은 왜 말이 없소이까? 장군은 우리가 멀리 나가 영접하지 않아서 서운하신 것이오?"

그러고는 좌우를 둘러보며 호통치기를: "너희들은 왜 미리 보고를 하지 않은 것이냐?"

운장 曰: "이 몸이 돌아온 것은 오로지 죽음을 청하기 위해서요."

공명 曰: "그럼 조조가 화용도로 오지 않았다는 말이오?"

운장 曰: "오기는 왔는데 내가 무능하여 그만 놓쳐 버리고 말았소."

공명 曰: "그러면 어떤 장수나 군사라도 붙잡았소이까?"

운장 曰: "한 사람도 붙잡지 못했소."

공명 曰: "이는 운장이 지난날 조조에 대한 은혜를 생각하여 일부러 조조를 놓아준 것이 틀림없소. 여기 그대가 써 놓고 간 군령장이 있으니, 군법에 따라 처리하지 않을 수 없소이다."

곧바로 무사로 하여금 끌고 나가 참하라고 호령했다.

이야말로:

죽음을 각오하고 옛 은혜 보답하니	拼將一死酬知己
의로운 이름 천추에 우러러 보이네	致令千秋仰義名

운장의 목숨이 어찌 될지 궁금하거든 다음 회를 기대하시라.

제 51 회

조인은 동오의 군사와 대판으로 싸우고
공명은 주공근을 첫 번째로 기절시키다

曹仁大戰東吳兵

孔明一氣周公瑾

공명이 운장을 참하려고 하자 현덕이 말하기를: "지난날 우리 세 사람은 도원결의를 하면서 생사를 함께하기로 맹세했었소. 지금 비록 운장이 군법을 어기긴 했지만 나는 차마 지난날의 맹세를 저버릴 수는 없으니 바라건대 일단 그 죄를 기록해 두었다가 장차 공을 세워 속죄할 수 있도록 해 주시오."

공명은 그제야 마지 못하는 듯 운장을 용서해 주었다.

한편 군사를 거둔 주유는 장수들을 점고하여 각각 그들의 공을 평가하여 오후(吳侯)에게 보고했다. 그리고 항복해온 조조의 군사들은 모두 강동으로 데려가고 모든 군사들을 크게 위로해준 다음 또다시 남군(南郡)을 빼앗기 위해 군사를 진군했다. 선두 부대는 강가에 영채를 세웠는데 앞뒤 다섯 영채로 나누어 주유 자신은 그 가운데 영채에 자리를 잡았다.

주유가 여러 장수들과 한창 공격할 계책을 상의하고 있는데 갑자기 보고가 들어오기를: "유현덕이 손건을 보내 도독의 승전을 축하하러 왔습니다."

주유가 그를 들어오게 하자 손건이 예를 표한 뒤 말하기를: "주공께서 저에게 특별히 명하시어 도독의 크신 덕에 감사를 드린다고 하시면서, 정성의 표시로 작은 예물을 바친다고 하셨습니다."

주유가 묻기를: "현덕은 어디 계시오?"

손건이 대답하기를: "지금 군사를 이동시켜 유강구(油江口)에 주둔하고 계십니다."

주유가 놀라며 말하기를: "그럼 공명도 유강에 함께 있는 것이오?"

손건 日: "그렇습니다. 공명도 함께 있습니다."

주유 日: "그대는 먼저 돌아가시오. 내 친히 유강으로 답례를 하러 갈 것이오."

예물을 받은 주유는 손건을 먼저 돌려보냈다.

노숙 日: "방금 전 도독은 어찌하여 놀랜 것입니까?"

주유 日: "유비가 유강으로 군사를 옮겼다는 것은 남군을 차지하겠다는 뜻이 아니겠소? 우리가 남군을 차지하기 위해 지금까지 들인 공이 얼마이며 이번 싸움에서 들인 군마가 얼마이며, 지금까지 쓴 군수 물자와 군량미가 얼마입니까? 이제 남군을 얻는 것을 코앞에 두고 있는데, 저들이 나쁜 마음을 품고 손도 안 대고 코를 풀려고 하고 있으니 어찌 놀라지 않겠소? 하지만 내 죽기 전에는 그리 놔두지 않을 것이오."

노숙 日: "그럼 어떤 계책으로 그들을 물리칠 작정이오?"

주유 日: "내 직접 가서 그들과 담판을 할 것이오. 내 말을 잘 들으면 다행이지만 그렇지 않을 경우에는 내 유비를 죽여 버릴 것이오."

노숙 日: "저도 함께 동행하고자 합니다."

이리하여 주유와 노숙은 3천 명의 기마병을 거느리고 유강구로 향했다.

한편 먼저 유강으로 돌아온 손건이 현덕에게 주유가 몸소 답례의 인사를 하러 오겠다고 하더라는 말을 하자, 현덕이 공명에게 묻기를: "주유가 직접 오겠다는 의도가 무엇일까요?"

공명이 웃으며 말하기를: "우리가 보낸 보잘것없는 예물에 답례를 하러 올 리가 있겠습니까? 오직 남군 때문에 오는 것이지요."

현덕 曰: "주유가 군사를 데리고 오면 어찌 대해야 하겠소?"

공명 曰: "그가 오면 여차여차하시면 됩니다."

그러고는 유강구에 전선을 펼쳐 놓고 강기슭에도 군사들을 배치해 놓았다.

얼마 안 있어 주유와 노숙이 군사를 이끌고 도착했다는 보고가 들어왔다. 공명은 조운으로 하여금 몇 명의 기병만 데리고 나가 영접하라고 했다. 주유는 유비가 군사를 배치해 놓은 것이 제법 웅장하여 자못 마음에 거슬렸다.

주유가 영채 입구에 이르자 현덕과 공명이 나와서 영접을 하여 막사 안으로 들어갔다. 서로 인사를 나눈 뒤 주연을 베풀어 주유를 대접했다. 현덕이 술잔을 들어 이번 싸움에서 크게 이긴 것을 축하했다.

술이 몇 순배 돌자 주유가 드디어 말하기를: "유 예주가 군사를 이쪽으로 이동시킨 것은 남군을 취하려는 의도가 있는 게 아니오?"

현덕 曰: "도독께서 남군을 취하려 온다기에 도와드리려고 온 것입니다. 만약 도독께서 취하려 하지 않으시면 당연히 제가 취할 것입니다."

주유가 웃으며 말하기를: "우리 동오가 한강 일대를 차지하려고 한 것은 이미 오래되었지요. 이제 남군은 나의 손아귀에 들어온 것이나 다름없는데 어찌 취하지 않겠소이까?"

현덕 曰: "하지만 미리 예측할 수 없는 것이 승부입니다. 조조가 조인에게 남군 등을 맡기고 허도로 돌아간 것은 그만한 계책이 서 있기 때문에 그리하지 않았겠습니까? 게다가 조인의 용맹함도 보통이 아니니 도독께서 빼앗지 못할까 봐 걱정이오."

주유 曰: "내가 남군을 취하지 못하거든, 그때는 공께서 마음대로 취하셔도 좋습니다."

현덕 曰: "자경과 공명이 여기 증인으로 있으니 도독께서는 나중에 후회하지 마십시오."

노숙이 주저하며 미처 대답을 하지 못하는 사이에, 주유가 말하기를: "대장부가 일단 말을 뱉었으니 어찌 후회하겠소."

공명 曰: "도독의 말은 참으로 공평한 것 같소이다. 먼저 동오에서 취하도록 양보하고, 만약 취하지 못했을 때는 우리 주공이 나선다는 것인데, 그거야 안 될 게 뭐 있겠소?"

주유와 노숙은 현덕과 공명에게 하직을 하고 말에 올라 돌아갔다.

현덕이 공명에게 묻기를: "선생께서 시킨 대로 말을 하기는 했지만, 이리저리 아무리 머리를 굴려 봐도 이해가 되지 않소이다. 나는 지금 외로운 몸뚱이 하나로 발 디딜 땅 한 조각 없어 남군을 차지하여 당분간 몸을 의탁하고자 했던 것인데, 만약 주유가 남군을 취해버리면 머지않아 남군의 모든 성들은 동오의 차지가 되어버릴 것인데, 그러면 우리는 과연 어디로 가야 한단 말이오?"

공명이 큰 소리로 웃으며 말하기를: "당초 제가 주공께 형주를 취하라고 권했을 때는 듣지 않으시더니, 이제는 그곳을 차지하고 싶은 생각이 그리도 간절하십니까?"

현덕 曰: "그때는 경승의 땅이었기 때문에 차마 취할 수 없었던 것이고 이제는 조조의 땅으로 변했으니 빼앗는 것이 당연하지요."

공명 曰: "주공은 근심하실 필요 없습니다. 주유가 남군을 친다 해도 조만간 주공께서 남군의 성 안에 높이 앉아 계시도록 해드리겠습니다."

현덕 曰: "무슨 계책이 있는 것이오?"

공명 曰: "그저 여차여차하시면 됩니다."

크게 기뻐한 현덕은 유강구에 군사를 주둔시킨 채 움직이지 않았다.

주유와 노숙은 그들의 영채로 돌아갔다.

노숙 曰: "도독께서는 어찌하여 현덕에게 남군을 취하도록 허락하신 것입니까?"

주유 曰: "나는 순식간에 남군을 차지할 자신이 있기 때문에 그저 말로나마 인정을 베푼 것이오."

그러고는 막사 안에 모인 장수들에게 묻기를: "누가 먼저 가서 남군을 취하겠는가?"

말이 떨어지기가 무섭게 한 사람이 나서는데, 그는 바로 장흠(蔣欽)이었다.

주유 曰: "그대는 선봉이 되고 서성과 정봉을 부장(部將)으로 삼아 정예군사 5천 명을 거느리고 먼저 강을 건너도록 하라. 내 곧 군사를 이끌고 뒤따라가서 지원할 것이다."

한편 남군의 조인은 조홍에게 이릉(彝陵)을 지키면서 의각지세(犄角之勢)를 이루도록 분부했다. 그때 이미 동오의 군사는 한강을 건넜다는 보고가 들어왔다.

조인 曰: "단단히 지키기만 하고 싸우지 않는 것이 상책이다."

그때 우금이 분연히 나서며 말하기를: "적들이 성 아래까지 와 있는데 나가서 싸우지 않은 것은 비겁한 짓이오. 더구나 우리 군사들은 최근 싸움에서 패해 사기가 떨어져 있으니 지금은 나가서 싸워 용기를 북돋아 주어야 합니다. 저에게 정예병 5백 명만 내어 주시면 나가서 죽기로 싸울 것이오."

조인이 허락하여 우금이 군사 5백 명을 이끌고 성을 나가 싸우도록 했다. 정봉이 말을 달려 나와 4~5합 싸우다가 패한 척하고 달아나니, 우금은 군사를 이끌고 동오의 진영 깊숙이 쳐들어갔다. 그러자 정봉은 군사를 지휘하여 진중에서 우금을 순식간에 포위해 버렸다. 우금이 좌충우돌해 보았지만 정봉의 포위망을 뚫을 수 없었다.

성 위에서 우금이 적진 한가운데서 곤경에 처해 있는 것을 바라보던 조인이 즉시 갑옷을 입고 말에 올라 군사 수백 명을 이끌고 성을 나가 칼을 휘두르며 적진으로 쳐들어갔다. 서성이 그를 맞이해 싸웠으나 당할 수가 없었다.

조인이 적진 깊숙이 쳐들어가서 우금을 구출해 나와서 뒤를 보니 아직도 수십 명의 기병들이 적진 속에서 빠져나오지 못하고 있었다. 조인은 곧바로 다시 적진 속으로 들어가서 그들까지 구해 가지고 포위망을 뚫고 나오는데 장흠이 길을 막고 나섰다. 조인과 우금이 힘을 합쳐 그들을 물리치고 있을 때 조인의 아우 조순(曹純) 역시 군사를 이끌고 지원하러 왔다.

한바탕 혼전을 벌인 끝에 동오의 군사는 패하여 달아났고, 승리를 한 조인은 성으로 돌아왔다.

장흠이 패하고 돌아가 주유를 보자, 주유는 화를 내며 장흠을 참하려 하는데 여러 장수들이 말려 겨우 죽음은 면했다.

주유는 즉시 군사를 점검하여 자신이 직접 군사를 거느리고 가서 조인과 결전을 하려고 했다.

감녕이 나서며 말하기를: "도독께서는 서두르시면 안 됩니다. 지금 조인은 조홍으로 하여금 이릉을 지키게 함으로써 의각지세를 이루고 있습니다. 저에게 군사 3천 명만 내어 주시면 먼저 이릉을 취할 테니, 그런 뒤에 도독께서 남군을 취하시는 것이 좋을 듯합니다."

주유는 그의 의견을 받아들여 감녕에게 군사 3천 명을 주어 먼저 이릉을 공격하도록 했다. 이런 사실이 첩자에 의해 조인에게 보고되자 조인이 진교(陳矯)와 상의를 했다.

진교 曰: "이릉을 잃게 되면 남군 또한 보전하기 어려우니 속히 지원해야 합니다."

조인은 곧바로 조순과 우금으로 하여금 은밀히 군사를 이끌고 조홍을 지원하게 했다. 이에 조순은 먼저 조홍에게 사람을 보내 자신들의 지원 사실을 알리고 조홍으로 하여금 성을 나가 적을 유인하도록 했다.

감녕이 군사를 이끌고 이릉에 도착하자, 조홍이 성을 나와 감녕과 교전을 벌이는데 20여 합쯤 겨루다 조홍이 패하여 달아나자, 감녕이 이릉으로 쳐들어가서 점령을 했다. 날이 저물 무렵 조순과 우금의 군사가 도착하여 조홍의 군사와 합세하여 이릉을 포위했다.

감녕이 이릉성 안에 갇혀 있다고 정탐병이 주유에게 보고를 하니 주유가 크게 놀랐다.

정보 曰: "급히 군사를 나누어 그들을 구해야 합니다."

주유 曰: "이곳이야말로 요충지인데 군사를 나누어 감녕을 구하러 이릉으로 보낸다면, 조인이 만약 군사를 이끌고 이곳을 습격해 오면 큰일 아니오?"

여몽 曰: "감흥패(甘興覇: 감녕)는 강동의 간판 대장인데 어찌 구하지 않을 수 있겠습니까?"

주유 曰: "내가 직접 가서 구하려고 하는데 누가 내 대신 이곳을 지키겠소?"

여몽 曰: "능통을 이곳에 남겨 두고, 제가 전위 부대의 선봉을 맡고 도독께서 뒤에서 퇴로를 차단시켜 준다면 열흘 안에 승전의 개가를 올릴 수 있을 것입니다."

주유 曰: "능통이 잠시라도 내 일을 맡아주려 할지 모르겠소?"

능통 曰: "열흘 정도라면 감당하겠지만 그 이상은 곤란합니다."

주유는 매우 기뻐하며 능통에게 군사 1만 명을 남겨주어 그곳을 지키게 하고 그날로 대군을 이끌고 이릉으로 향했다.

여몽이 주유에게 말하기를: "이릉 남쪽 후미진 곳으로 작은 길이 나 있는데, 그 길이 남군으로 가는 지름길입니다. 우리 군사 5백 명을 그곳으로 보내 나무를 베어 그 길을 막으십시오. 적군이 패하게 되면 필시 그 길로 달아날 것이니, 말이 지나갈 수 없으면 그들은 말을 버리고 달아날 것입니다."

주유는 그의 말에 따라 군사를 보내 그 길을 막아 버렸다.

대군이 이릉에 이르자 주유가 묻기를: "누가 포위를 뚫고 들어가 감녕을 구하겠는가?"

주태(周泰)가 자원하고 나서며 즉시 칼을 움켜쥐고 말을 달려 곧바로 조조 군사들 안으로 쳐들어가서 성 아래에 이르렀다. 이릉성 안에서 주태가 오는 것을 본 감녕이 곧 성 밖으로 나가 주태를 영접해 들였다.

주태가 말하기를: "도독께서 직접 군사를 이끌고 오셨소."

감녕은 군사들에게 무장을 단단히 시키고 배불리 먹인 다음 성 안에서 내응할 준비를 마쳤다.

한편, 주유의 군사가 온다는 보고를 받은 조홍·조순·우금은 즉시 남군으로 사람을 보내어 조인에게 보고하는 한편 군사를 나누어 적을 막을 준비를 했다. 동오의 군사가 이르자 조홍의 군사들이 그들을 맞아 싸우려고 할 때 성 안에 있던 감녕과 주태가 양쪽에서 밖으로 쏟아져 나오니 조홍의 군사들은 큰 혼란에 빠졌다.

동오의 군사들이 사방에서 짓쳐들어오니, 조홍·조순·우금은 과연 작은 길로 빠져 달아났다. 그러나 이미 나뭇가지로 길을 막아 놓았으니 그들은 하는 수 없이 모두 말을 버리고 도망을 쳤다. 동오의 군사는 이곳에서만 말 5백 필을 획득했다.

주유는 군사들을 재촉하여 그날 밤 남군까지 쫓아갔는데, 마침 이릉을 구하러 오던 조인의 군사를 만났다. 양쪽의 군사들이 맞붙어서 혼전을 벌이던 중 날이 저물어 각기 군사를 거두었다.

성으로 돌아온 조인이 여러 모사들과 상의를 하는데, 조홍이 말하기를: "이제 이릉을 잃어 형세가 매우 위급하거늘 어찌하여 승상께서 남기고 가신 계책을 뜯어보고 이 위기를 해결하려 하지 않으십니까?"

조인 曰: "그걸 깜빡 잊고 있었구나!"

곧바로 그 계책을 꺼내 본 조인은 크게 기뻐하며 오경(五更: 새벽 3시에서 5시)에 아침을 지어 먹게 하고 날이 새자마자 모든 군사들이 성을 버리고 달아나면서 성 위에는 깃발을 가득 꽂아 허장성세(虛張聲勢)를 해놓고 군사들은 세 개의 문으로 나뉘어 나갔다.

한편 감녕을 구출한 뒤 군사들을 남군 성 밖에 배치해 놓은 주유는 조인의 군사들이 세 개의 문으로 나오고 있는 것을 보았다. 주유가 지휘대에 올라가 자세히 살펴보니 남군 성 위에는 눈속임용으로 깃발들만 가득히 꽂아 놓았을 뿐 지키는 사람은 보이지 않고 남아 있는 소수의 군사들도 허리에 각자 보따리를 차고 있었다.

조인이 틀림없이 달아날 준비를 하고 있다고 생각한 주유는 곧바로 지휘대에서 내려와 모든 군사를 좌익과 우익 양군으로 나눈 뒤에, 만일 선두 부대가 이기거든 곧바로 추격해 들어가고, 징이 울리면 바로 후퇴하도록 했다. 그리고 정보에게 후군을 맡기고 주유 자신이 직접 군사를 이끌고 성을 공격할 것이라고 했다.

그때 북소리가 요란히 울리면서 조홍이 말을 달려 나와 싸움을 걸었다. 주유는 문기(門旗) 아래에 이르자 한당으로 하여금 나가서 조홍을 맞아 싸우게 했다. 한당이 조홍과 싸운 지 30여 합에 조홍이 패하여 달아나니 이번에는 조인이 직접 맞아 싸우러 나갔다. 주유 쪽에서는 주태가 말을 달려 나가 조인을 맞아 싸운 지 10여 합에 조인마저 패하여 달아나자 조인의 진영은 혼란에 빠졌다.

주유가 이때를 놓치지 않고 좌우 날개의 군사를 지휘하여 쳐들어가자 조인의 군사들은 크게 패하였다.

주유가 직접 군사를 이끌고 남군 성 아래까지 그들의 뒤를 쫓아가니 조홍의 군사들은 성 안으로 들어가지 못하고 서북쪽을 향해 달아났다. 한당과 주태는 선두 부대를 이끌고 진력을 다해 그들을 쫓았다.

주유는 성 문이 활짝 열려있는 데다, 성 위에도 사람이 보이지 않자, 마침내 성 안으로 들어가 성을 빼앗으라고 명령을 했다. 수십 기의 기병들이 앞장서서 성 안으로 들어가고 주유는 배후에서 말에 채찍을 가하여 곧바로 옹성(甕城)[9]으로 들어갔다.

이때 성 위의 망루에서 주유가 직접 성 안으로 들어오는 것을 보고 있던 진교(陳矯)가 회심의 미소를 지으며 말하기를: "승상의 묘책이 귀신 같지 않은가!"

진교가 '딱' 하고 딱따기를 한번 치자 양편에서 활과 쇠뇌를 일제히 발사하는데 마치 소나기가 쏟아지는 것처럼 퍼부으니, 앞 다투어 성 안으로 들어가던 주유의 군사들은 모조리 구덩이 속으로 떨어지고 말았다.

이 광경을 본 주유가 황급히 말을 돌렸을 때는 이미 화살 한 대가 날아와 그의 왼쪽 옆구리에 꽂히면서 그는 뒤로 벌렁 나자빠지며 말에서

9 큰 성을 지키기 위해 성문 밖에 쌓은 작은 성. 역자 주.

떨어지고 말았다.

우금이 주유를 사로잡으려고 쏜살같이 성 안에서 달려 나왔으나 한 발 빠른 서성과 정봉이 목숨을 걸고 주유를 구출하여 성 밖으로 도망쳤다. 그때 성 안에 숨어있던 조인의 군사들이 일제히 뛰쳐나오니 놀란 동오의 군사들은 먼저 달아나려고 서로 짓밟는 바람에 해자 속으로 떨어진 자만도 그 수를 헤아릴 수 없을 정도였다.

정보가 급히 군사를 거두어들이자 달아나던 조인과 조홍이 어느새 군사들을 두 갈래로 나누어 다시 쳐들어가니 동오의 군사들은 크게 패하고 말았다. 다행히 능통이 한 무리의 군사를 이끌고 측면에서 쳐들어와서 조인의 군사를 막아서 피해를 줄일 수 있었다.

조인은 승리한 군사들을 이끌고 성 안으로 들어갔으며, 정보는 패한 군사를 거두어 영채로 돌아갔다.

주유를 구하여 막사 안으로 들어간 서성과 정봉 두 장수는 급히 의원을 불러 쇠 집게로 화살촉을 뽑아내고 상처에 금창약(金瘡藥)을 발랐다. 견딜 수 없는 통증에 주유는 식음조차 전폐했다.

의원 曰: "이 화살촉 끝에 독이 발라져 있어서 상처가 쉽게 낫지 않을 것입니다. 만일 성을 내거나 화를 내시면 아문 것이 터져 재발할 수 있으니 절대 안정이 필요합니다."

정보는 전군에 명령을 내려 절대로 싸우러 나가지 말고 각 영채를 단단히 지키고만 있으라고 했다.

사흘 후 우금이 군사를 이끌고 와서 싸움을 걸었으나 동오의 군사들은 꼼짝도 하지 않았다. 우금은 욕을 퍼붓다가 날이 저물어서야 돌아갔다. 다음 날 우금은 다시 와서 욕을 하며 싸움을 걸었다. 정보는 주유가 화를 낼까 겁이 나서 사실대로 말하지 못했다.

사흘 째 되는 날, 우금이 주유의 영채 문밖까지 와서 욕설을 퍼붓는데, 하는 말마다 자신이 주유를 사로잡겠다고 큰 소리를 쳤다.

정보는 여러 사람과 상의하여 일단 군사를 뒤로 물리고 오후(吳侯: 손권)께 보고한 뒤에 대책을 세우기로 했다.

주유는 비록 화살에 맞은 상처가 아프긴 했으나 정신은 말짱했다. 조인의 군사가 매일 영채 앞에까지 와서 큰 소리로 욕을 하고 있음도 알고 있었는데 그런 것을 보고하러 오는 장수는 없었다.

하루는 조인이 직접 대군을 끌고 와서 북을 치고 고함을 지르며 싸움을 걸었으나 정보는 싸우기를 거부하고 나가지 않았다. 주유가 여러 장수들을 막사 안으로 불러들여 묻기를: "저 북소리와 고함 소리는 어디서 나는 소리인가?"

여러 장수들이 대답하기를: "군중에서 우리 군사들을 훈련시키는 소리입니다."

주유가 화를 내며 말하기를: "어찌 나를 속이려 하느냐! 내 이미 조인의 군사들이 매일 우리 영채 앞까지 와서 욕을 하고 있음을 알고 있느니라. 정덕모(程德謀: 정보)는 내 대신 병권을 쥐고 있으면서 어찌하여 가만히 앉아서 구경만 하고 있단 말인가?"

주유가 정보를 불러들여 그 까닭을 물으니, 정보가 말하기를: "내 보기에 공근(公瑾:주유)의 상처가 예사롭지 않고, 의원 또한 충격을 받으면 상처가 악화된다고 하기에, 조홍의 군사들이 싸움을 걸어와도 알려드리지 않았던 것이오."

주유 曰: "공들이 싸우지 않겠다면 도대체 어찌하겠다는 것이오?"

정보 曰: "여러 장수들은 일단 군사를 거두어 강동으로 돌아갔다가 도독의 상처가 회복되면 다시 어떻게 해보자는 의견이오."

이 말을 듣자마자 주유는 침상 위에서 벌떡 일어나 말하기를: "대장부가 나라의 녹을 먹었으면 마땅히 전쟁터에서 죽어, 말가죽에 둘둘 말린 시체로라도 돌아갈 수만 있다면 다행으로 여겨야 하거늘 어찌 나 한 사람으로 인해 국가의 대사를 그르치려고 하는가!"

말을 마친 주유는 곧 갑옷을 입고 말에 올랐다. 이를 본 모든 장수와 군사들 중 놀라지 않은 자가 없었다. 곧바로 수백 기의 기병을 이끌고 영채 앞으로 나간 주유가 멀리 바라보니 조인의 군사들이 이미 진을 치고 있었다.

조인이 직접 문기 아래에서 말을 세우고 채찍을 흔들면서 큰 소리로 욕을 하기를: "애송이, 주유야! 네놈은 필시 제명대로 살지 못할 것이며, 다시는 감히 우리 군사들을 똑바로 쳐다보지도 못할 것이다!"

욕설이 채 끝나기도 전에 주유가 여러 기병들 속에서 갑자기 튀어나와 말하기를: "조인 이 못난 놈아! 네 눈에는 이 주랑(周郎: 주유)이 보이지 않느냐?

그를 본 조인의 군사들은 모두 깜짝 놀랐다.

조인은 여러 장수들을 돌아보며 말하기를: "큰 소리로 주유에게 계속 욕을 퍼붓도록 하라!"

조인의 군사들이 일제히 날카롭게 주유에게 욕설을 퍼붓기 시작하니, 화가 머리끝까지 치민 주유가 반장(潘璋)으로 하여금 나가서 싸우도록 했다. 하지만 싸움이 벌어지기도 전에 주유가 외마디 비명을 지르더니 입에서 피를 토하며 말에서 굴러떨어졌다. 이를 본 조인의 군사들이 일제히 쳐들어오자, 여러 장수들이 앞으로 나가 그들을 막으면서 한바탕 혼전을 벌인 끝에 겨우 주유를 구해 막사 안으로 돌아왔다.

정보가 황급히 묻기를: "도독, 괜찮으십니까?"

주유가 은밀히 정보에게 말하기를: "이것은 나의 계책이오."

정보 曰: "계책이라니 그게 무슨 말씀입니까"

주유 曰: "내 몸은 그리 심하게 아픈 것은 아니오. 내가 이렇게 한 까닭은 조인의 군사들에게 내 병이 위독한 것처럼 보이기 위함이오. 그리하면 저들은 필시 우리를 얕보게 될 것이오.

이제 장군은 심복 군사를 저들의 성 안으로 보내 거짓 항복을 하게 하여 내가 이미 죽었다고 말하도록 하시오. 그리하면 조인은 틀림없이 오늘 밤에 우리 영채를 습격하러 올 것이오. 우리는 사방에 군사를 매복시켜 놓고 저들의 습격에 대응한다면 우리는 조인을 단 한 번의 싸움으로 사로잡을 수 있지 않겠소?"

정보 曰: "참으로 교묘한 계책입니다."

정보는 즉시 막사 안으로 돌아가서 여러 장수들에게 곡을 하도록 했다. 많은 군사들은 크게 놀라 모두들 도독께서 화살 맞은 상처가 크게 덧나 돌아가셨다고 서로를 돌아보며 말을 전했다. 각 영채의 모든 군사들이 상복을 입었다.

한편, 조인은 성 안에서 여러 장수들과 상의하면서, 주유는 참았던 노기의 폭발로 화살 맞은 상처가 재발하여 입으로 피를 토하면서 말에서 떨어졌으니 이제 머지않아 죽을 것이라고들 말했다.

한창 논의하고 있을 때 갑자기 동오의 군사 십 수 명이 항복하러 왔다는 보고가 들어왔다. 그 중 두 명은 원래 우리의 군사로 그들의 포로가 되었던 자들도 포함이 되어 있다는 것이다.

조인은 황급히 그들을 불러 물으니, 군사가 말하기를: "오늘 주유가 영채 앞에서 화살 맞은 상처가 터져 막사로 돌아가자마자 죽었습니다. 지금 모든 장수들과 군사들은 상복을 입고 그의 죽음을 애도하고 있습니다. 저희들은 공연히 정보에게 욕을 당한 까닭에 이렇게 돌아와 항복하면서 그 일을 급히 전해드립니다."

조인은 매우 기뻐하면서 오늘 밤 곧바로 동오의 영채를 습격하여 주유의 시체를 빼앗아 그의 목을 베어 허도로 보내자고 여러 장수들과 상의했다.

진교 曰: "이 계책은 즉시 시행해야지, 지체하면 일을 그르치게 됩니다.

조인은 즉시 우금을 선봉으로, 자신은 중군(中軍)이 되고, 조홍과 조순을 후군(後軍)으로 삼아 총 공격을 할 계획을 세웠다. 그리고 진교는 남겨 두어 소수의 군사를 거느리고 성을 지키도록 했다.

초경(初更: 밤 7시에서 9시)이 지나자 조인은 군사를 이끌고 성을 나가 곧장 주유의 본채로 갔다. 영채 문 앞에까지 갔으나 군사라고는 하나도 보이지 않고, 단지 보이는 것이라고는 눈속임용으로 꽂아 놓은 깃발과 창들뿐이었다.

그제야 적의 계교에 걸려든 줄 깨달은 조인은 급히 퇴군 명령을 내렸다. 그때 사방에서 일제히 포성 소리가 울리면서 동쪽에서는 한당과 장흠이, 서쪽에서는 주태와 반장이, 남쪽에서는 서성과 정봉이, 북쪽에서는 진무와 여몽이 동시에 쳐들어왔다. 조인의 군사는 크게 패하고 말았으며, 세 방면으로 쳐들어 왔던 군사들은 모두 해체되어 서로 각자 달아나기에 바빠 선두와 후미 부대는 서로 도와줄 수도 없었다.

조인은 겨우 십 수 명의 기병을 데리고 겹겹이 쌓인 포위망을 뚫고 나오다가 마침 조홍을 만났다. 그들은 패잔병을 거느리고 함께 달아나서 오경(五更: 새벽 3시에서 5시) 무렵이 되자 남군에서 그리 멀지 않은 곳까지 이르렀다. 겨우 한숨 돌리는가 싶었는데 북소리와 함께 능통이 군사를 거느리고 나타나 길을 막아서 한바탕 싸웠다. 조인은 겨우 옆길로 빠져 달아났는데 다시 감녕을 만나 크게 싸웠다.

그러다 보니 조인은 감히 남군으로 돌아가지 못하고 양양으로 향하는 큰길을 따라 달아났다. 동오의 군사는 한동안 뒤쫓다가 그만 돌아갔다.

주유와 정보는 군사를 거두어 곧바로 남군을 취하러 성 아래로 가서 보니 깃발들이 성 위에 가득히 꽂혀 있었다.

성의 망루에서 한 장수가 큰 소리로 외치기를: "도독은 우리를 나무라지 마시오! 우리는 그저 군사(軍師)의 명을 받들어 이미 이 성을 취했소이다. 나는 상산 조자룡이오."

화가 머리끝까지 치민 주유가 곧바로 성을 공격하라고 명령을 하니 성 위에서는 화살이 빗발치듯 날아왔다. 주유는 일단 군사를 물리고 돌아가 상의했다. 우선 감녕으로 하여금 군사 수천 명을 이끌고 가서 형주를 치고, 능통은 군사 수천 명을 거느리고 가서 양양을 취한 다음에 다시 남군을 공격하기로 했다.

주유가 군사를 나누어 각기 떠나보내려고 하는데 문득 정탐꾼이 달려와 보고하기를: "제갈량이 남군을 취하고서 그곳에서 얻은 조인의 병부(兵符: 병력을 동원하는 신표)를 가지고 그날 밤으로 형주로 달려가서 성을 지키던 군사들에게 남군을 구하러 가게 속인 뒤에, 장비로 하여금 형주를 급습하게 했습니다."

또 한 명의 정탐병이 달려와서 보고하기를: "양양을 지키던 하후돈을 제갈량이 사람을 시켜 보낸 병부와 조인이 속히 와서 구해달라는 거짓말로 속여, 하후돈의 군사를 밖으로 유인한 다음 운장으로 하여금 양양을 취하도록 했습니다. 유현덕은 두 곳의 큰 성을 조금도 힘들이지 않고 모두 차지해 버렸습니다."

주유 曰: "제갈량은 어떻게 그 병부를 얻었던 말인가?"

정보 曰: "그가 진교를 사로잡았으니 병부는 자연히 그의 손아귀에 들어갔을 것입니다."

그 말을 들은 주유는 기가 막혀 크게 비명을 지르면서 독화살의 상처가 다시 터져버렸다.

이야말로:

몇 개 군의 성도 내 차지가 안 된다면　　幾郡城池無我分
이제껏 힘든 싸움 누구 위해 하였던가　　一場辛苦爲誰忙

주유의 목숨이 어찌 될지 궁금하거든, 다음 회를 기대하시라.

제 52 회

제갈량은 지혜로 노숙의 청을 거절하고
조자룡은 계책을 써서 계양을 차지하다

諸葛亮智辭魯肅

趙子龍計取桂陽

공명이 남군을 습격한 것을 직접 보았을 뿐만 아니라 형주·양양까지 점령했다는 소식을 들은 주유가 어찌 화가 나지 않겠는가! 울화가 치밀어 아물던 상처가 다시 터지는 바람에 까무러친 주유는 한참만에야 겨우 정신이 돌아왔다.

여러 장수들이 고정하시라고 거듭거듭 권하였다.

주유 曰: "제갈 촌놈을 죽이지 않고서는 내 가슴속의 화를 풀 수 없소. 정덕모는 나를 도와 남군을 공격하여 반드시 탈환하시오."

한창 논의를 하고 있을 때 노숙이 들어왔다.

주유가 그에게 말하기를: "내가 군사를 일으켜 유비·제갈량과 자웅을 겨루어 성지를 탈환하고자 하니, 자경이 나를 도와주시오."

노숙 曰: "안 됩니다. 지금 우리는 조조와 대치하고 있으면서 아직 승부가 나지 않은 형편입니다. 더구나 주공께서 공격하고 있는 합비(合淝)조차 함락시키지 못하고 있습니다. 이런 상황에서 만약 우리 편끼리 서로 잡아먹겠다고 다투는 사이에 조조가 그 빈틈을 타서 쳐들어온다면 그 형세가 매우 위태로워질 것은 불을 보듯 뻔한 일입니다. 더구나 현덕은 과거 조조와 사이가 좋았던 시절도 있으므로, 만일 너무 궁지로 몰아넣으면 그는 차라리 성을 조조에게 바치고 함께 동오를 공격할 수도 있는데 그리하면 어찌하시렵니까?"

주유 曰: "우리는 지금까지 온갖 계책을 다 짜내고 적지 않은 군사와 말들을 잃었으며 많은 돈과 군량미를 들여 싸워왔으나 아무것도 얻지 못하였소. 하지만 저놈들은 아무것도 하지 않고 그저 구경만 하고 있다가 하루아침에 모든 것을 다 차지하고 주인 행세를 하고 있으니 이 어찌 분통이 터질 일이 아닌가!"

노숙 曰: "공근은 잠시 참고 계십시오. 내 직접 현덕을 만나 이치로써 따져 그를 설득해 보겠소. 만약 그래도 듣지 않는다면 그때 가서 군사를 움직여도 늦지 않을 것이오."

여러 장수들이 말하기를: "자경의 말씀대로 해보는 것이 좋겠습니다."

이리하여 노숙은 따르는 자 몇 명만 데리고 곧바로 남군으로 갔다. 성 아래에 이르러 문을 열라고 소리를 지르니 조운이 나와서 무슨 일이냐고 물었다.

노숙 曰: "내 유현덕을 뵙고 드릴 말씀이 있어서 왔소이다."

조운이 답하기를: "우리 주군과 군사는 지금 형주성에 계십니다."

노숙은 남군에 들어가지 않고 곧바로 형주성을 향했다. 형주성에 이르니 성 위의 기치들이 정연히 늘어서 있고 군사들의 위용도 매우 엄숙해 보였다.

노숙은 내심 부러운 마음에 혼자 중얼거리기를: "공명은 참으로 비상한 사람이로구나!"

성 문을 지키는 군사가 성 안으로 들어가 노자경이 뵙기를 청한다고 보고했다. 공명은 성문을 활짝 열게 하고 직접 나가 영접하여 관아로 맞아들였다. 인사를 나눈 뒤 손님과 주인으로 자리를 나누어 앉았다.

차를 한 모금 마신 노숙이 먼저 말을 꺼내기를: "우리 주공 오후(吳侯)와 도독 공근(公瑾)께서 제게 우리의 뜻을 황숙께 거듭 간곡히 말씀드리라고 해서 왔소이다. 지난번 조조가 백만 대군을 거느리고 왔을 때, 비록 명목은 강남으로 내려가겠다는 것이지만 실제로는 황숙을 치려했던 것은 부인하지 못할 것입니다. 다행히 동오에서 조조의 군사를 물리쳐서 황숙을 구해드린 것도 사실이구요. 그래서 형주의 아홉 개 군(郡)은 당연히 동오가 차지해야 마땅하거늘 지금 황숙께서 속임수를 써서 형주와 양양 땅을 빼앗아 점거하고 있으니 동오는 공연히 군사와 말, 그리고 물자와 군량미만 허비하고 황숙은 편안하게 그 이익을 독차지했으니, 도리를 누구보다 중시하는 황숙이 이런 이치에 맞지 않은 행동을 하여 세상 사람들에게 비난받지 않을까 두렵소이다."

공명 曰: "노숙처럼 고명하신 선비께서 어찌 그런 말씀을 하시오. 옛말에 이르기를 '세상의 모든 것은 반드시 그 주인에게 돌아간다(物必歸主).'고 했소이다.

형양(荊襄)의 아홉 개 군은 동오의 땅이 아니라 유경승(劉景升)의 기업(基業)이었지요. 우리 주인은 본래 경승의 동생이신데, 경승은 비록 세상을 떠났지만 그 아들이 아직 건재하고 있으니, 숙부가 조카를 도와서 형주를 취한 것이 어째서 이치에 어긋난다는 말이오?"

노숙 曰: "만약 공자 유기(劉琦)가 점거하고 있다면 그나마 이해할 수 있지만. 공자는 여기에 있지 않고 강하에 있지 않소이까?"

공명 曰: "자경께선 공자를 보고 싶소?"

곧바로 주위에 명하기를: "공자를 모셔 오너라!" 말이 떨어지기가 무섭게 종자 두 명이 병풍 뒤에서 유기를 부축하여 나왔다.

유기가 노숙에게 말하기를: "병이 든 몸이라 제대로 인사를 차리지 못

諸葛亮智辭魯肅

하니, 자경께선 너무 책망하지 마시오."

소스라치게 놀란 노숙은 할 말을 잃고 말았다. 한참 시간이 흐른 뒤에 가까스로 입을 연 노숙이 말하기를: "공자가 없다면 어찌하시겠소?"

공명 曰: "공자께서 살아 계시는 동안 우리는 지킬 것이며, 만약 계시지 않으면 그때 가서 따로 상의하시지요."

노숙 曰: "만약 공제께서 계시지 않으면 성은 우리 동오에게 돌려 주셔야만 합니다."

공명 曰: "자경의 말이 옳소."

그러고는 술상을 내와서 그를 대접했다.

술자리를 마친 노숙이 하직 인사를 하고 성을 나와 그날 밤으로 영채로 돌아가서 주유에게 방금 전에 있었던 일들을 자세히 보고했다.

주유 曰: "유기의 나이 아직 청춘인데 어찌 그가 빨리 죽겠소? 그러면 어느 세월에 형주를 돌려받는다는 말이오?"

노숙 曰: "도독은 걱정하지 마십시오. 그저 저에게 맡겨 주시면 반드시 형양을 동오의 땅으로 돌려놓겠습니다."

주유 曰: "자경은 무슨 계책이 있어 그리 큰 소리를 치시오?"

노숙 曰: "제가 유기를 살펴보니, 주색에 빠진 그는 병이 고치기 어려울 정도로 몸속 깊이 들어 있었습니다. 얼굴은 수척하고 숨을 가삐 몰아쉬며, 객혈까지 하는지라 앞으로 반년도 살지 못하고 틀림없이 죽을 것입니다. 그때 가서 형주를 취한다면 유비도 더 이상 핑계를 대지는 못할 것입니다."

하지만 노숙의 그런 말로 주유의 분이 풀릴 리가 없었다. 그때 갑자기 손권이 보낸 사자가 도착했다. 주유가 그를 들어오게 하니, 사자가 말하기를: "주공께서는 합비를 에워싸고 여러차례 싸웠으나 아직 점령하지 못했습니다. 그래서 도독께 특별히 명을 내리기를 대군을 거두어 돌아와서 합비로 군사를 보내어 싸움을 지원하라고 하셨습니다."

이에 주유는 모든 군사를 거느리고 시상(柴桑)으로 회군하여 병을 조리하면서, 정보로 하여금 전선과 군사를 거느리고 합비로 가서 손권의 명을 따르라고 했다.

한편 유현덕은 형주·남군·양양을 얻고 나서 마음이 매우 흡족하여 먼 앞날을 위한 대책을 상의했다. 그때 문득 한 사람이 대청으로 올라와 계책을 올리겠다고 하여, 현덕이 보니 그는 바로 이적(伊籍)이었다.

현덕은 예전에 자신의 죽을 고비에서 구해준 그의 은혜에 감사하며 십분 공경하면서 자리에 앉도록 한 뒤 그 계책을 물었다.

이적 曰: "형주의 먼 앞날에 대한 계책을 원하시면서 어찌하여 현사(賢士)를 초빙하여 물으려 하지 않으십니까?"

현덕 曰: "현사는 어디에 계시오?"

이적 曰: "형양의 마씨(馬氏) 형제 다섯이 있는데 그들은 모두 재주가 뛰어납니다. 그중 막내의 이름은 속(謖), 자는 유상(幼常)이라고 하며, 그들 중 가장 똑똑한 사람은 미간(眉間)에 흰털이 나 있는데 그의 이름은 량(良), 자는 계상(季常)이라고 합니다. 그래서 이 고을 사람들은 흔히 말하기를, '마씨네 오 형제 중에서 백미(白眉)[10]가 가장 훌륭하다(馬氏五常 白眉最良).'고들 합니다. 공께서는 어찌하여 그를 찾아서 계책을 논의해 보지 않으십니까?"

현덕은 곧바로 그를 모셔 오도록 했다. 마량이 오자 현덕은 그를 정중하게 예우하며, 형주와 양양을 보전하고 지킬 수 있는 계책을 물었다.

마량 曰: "형주와 양양은 사방으로부터 적의 침공을 받기 쉬운 곳이

10 오늘날에도 가장 뛰어난 사람이나 훌륭한 물건을 白眉라고 하는데, 백미라는 고사는 이때에 생겨난 것임. 역자 주.

라 오래 보전하기가 쉽지 않습니다. 우선 공자 유기를 불러 이곳에서 병을 요양하도록 하시고, 지난날 유표 수하에 있던 사람들을 불러와서 이곳을 지키도록 하십시오. 그리고 천자께 상주하여 유기 공자를 형주자사에 봉하도록 함으로써 이곳 백성들의 민심을 안정시키십시오. 그런 뒤에 남쪽으로 무릉(武陵)·장사(長沙)·계양(桂陽)·영릉(零陵) 네 군을 정벌하여 물자와 군량을 비축하여 이를 터전으로 삼으십시오. 이것이 먼 앞날을 위한 저의 계책이옵니다."

현덕이 크게 기뻐하며 곧바로 묻기를: "네 군 가운데 어디를 먼저 취해야 합니까?"

마량 曰: "상강(湘江) 서쪽의 영릉이 가까운 곳이니 그곳을 먼저 취하시고, 그 다음으로 무릉, 그런 후에 상강 동쪽의 계양을 정벌하시고, 맨 나중에 장사를 취하십시오."

현덕은 즉시 마량을 종사(從事)로 임명하고 이적은 부종사(副從事)로 삼았다. 그리고 공명을 오시게 하여 상의한 후에 유기를 양양으로 보내고 대신에 운장을 형주로 불러들였다. 그러고는 곧바로 영릉을 취하러 군사 1만 5천 명을 출병시켰는데, 장비를 선봉으로 삼고, 조운은 후군으로, 공명과 현덕은 중군이 되었다. 운장은 남겨 두어 형주를 지키게 하고 미축과 유봉은 강릉을 지키게 했다.

한편 현덕의 군사들이 쳐들어오고 있다는 말을 들은 영릉 태수 유도(劉度)는 그의 아들 유현(劉賢)과 상의했다.

유현 曰: "부친께선 걱정하지 마십시오. 저들이 비록 장비와 조운과 같은 용장이 있다고 하지만, 우리의 상장군 형도영(邢道榮) 역시 1만 명의 적도 능히 대적할 힘이 있으니 저들을 막아낼 수 있습니다."

유도는 즉시 유현에게 상장군 형도영과 함께 군사 1만 명을 이끌고 성에서 30여 리 떨어진 곳의 산을 등진 냇가에 영채를 세우도록 했다.

이때 정탐꾼이 말을 달려와서 보고하기를: "공명이 직접 군사를 거느리고 도착했습니다."

도영이 즉시 군사를 이끌고 싸우러 나갔다. 양 진영이 마주보고 진을 이루자, 형도영은 말을 달려 나가서 날이 넓고 둥근 큰 도끼인 개산대부(開山大斧)를 높이 쳐들고 큰 소리로 외치기를: "반역의 무리들아! 어찌 감히 우리 땅을 넘보는가?"

그때 맞은편 진중에서 한 무리의 황색 깃발들이 나오면서 양쪽으로 갈라지더니 사륜거(四輪車) 한 대를 밀고 나왔다. 그 수레에는 머리에는 윤건(綸巾)을 두르고 몸에는 학창의(鶴氅衣)를 입고 손에는 깃털 부채(羽扇)를 들고 단정히 앉아 있었다.

그가 우선(羽扇)을 흔들며 형도영에게 말하기를: "나는 남양의 제갈 공명이니라. 조조가 백만 대군을 이끌고 왔다가 내가 펼친 계략에 빠져 모조리 전멸되었는데 너희들이 어찌 나의 적수가 되겠느냐. 내가 지금 일부러 온 것은 너희들에게 투항할 기회를 주기 위함이니 좋은 말로 타이를 때 모두 항복하거라!"

형도영이 껄껄 웃으며 말하기를: "적벽대전에서 조조를 무찌른 것은 주랑의 계책 덕분이지, 네가 뭘 했다고 감히 여기 와서 허튼 수작을 부리느냐!"

그는 개산대부를 휘두르며 곧바로 공명에게 달려들었다. 공명은 즉시 수레를 돌려 진영으로 들어가고 진의 문이 다시 닫혀 버렸다. 그럼에도 도영이 멈추지 않고 계속 쳐들어오자, 공명 진영의 군사들은 급히 양쪽으로 갈라져서 달아났다.

도영은 중앙에 한 무리의 황색 깃발이 모여 있는 것을 발견하고 그 가운데 틀림없이 공명이 있을 것이라 짐작하고 황색 깃발들만 바라보고 쫓아갔다. 도영이 산모퉁이를 막 돌아가는데 황색 깃발들이 멈춰 서더니 양쪽으로 갈라졌다. 그 속에 사륜거는 보이지 않고 한 장수가 장팔사모를 꼬나들고 말을 달려 큰 소리로 호통을 치면서 도영에게 달려드는데, 그는 바로 장비였다.

도영이 큰 도끼를 흔들면서 장비에게 달려들었으나, 몇 합 싸우지 않아 기운이 모자라 말머리를 돌려 달아났다. 장비가 그 뒤를 추격하는데 갑자기 함성이 크게 진동하면서 양편에 숨어있던 복병들이 일제히 뛰쳐나오자 도영은 죽을힘을 다해 뚫고 나가는데 앞에서 대장 한 사람이 길을 막고 소리치기를: "너는 상산 조자룡을 알아보겠느냐?"

도영은 도저히 그와 대적할 수가 없었고, 그렇다고 달아날 구멍도 없어 결국 말에서 뛰어내려 항복을 청했다. 자룡은 그를 결박하여 끌고 영채로 돌아가 현덕과 공명을 보았다.

현덕이 즉시 끌고 나가 목을 베라고 호통을 치자, 공명이 급히 제지하며 도영에게 말하기를: "네가 만약 유현을 잡아 오면 너의 항복을 받아주겠다."

도영은 연신 그리하겠다고 대답을 한다.

공명 曰: "너는 어떤 방법으로 그를 잡아올 테냐?"

도영 曰: "군사께서 저를 만약 풀어 주신다면 돌아가서 유현을 설득해 보겠습니다. 오늘 밤 군사께서 병사를 거느리고 저들의 영채를 급습하면 제가 안에서 호응하여 유현을 사로잡아 군사께 바치겠습니다. 유현만 사로잡으면 유도는 스스로 항복할 것입니다."

현덕은 그의 말을 믿지 않았다.

공명 曰: "형 장군은 거짓말할 사람이 아닙니다."

마침내 도영을 풀어 주어 돌아가게 했다. 영채로 돌아간 도영은 유현에게 앞서 있었던 일들을 사실대로 고했다.

유현 曰: "이제 우리는 어찌해야 좋겠는가?"

도영 曰: "그들의 계책을 역이용하면 됩니다. 오늘 밤 군사들을 영채 밖에 매복시켜 놓고 영채 안에는 눈가림용 깃발들만 세워 놓은 다음, 공명이 영채를 습격하러 오면, 바로 그를 사로잡아 버립시다."

유현은 도영의 계책을 따르기로 했다. 그날 밤 이경(二更: 밤 9시에서 11시)이 되자 과연 한 무리의 군사들이 영채 입구에 당도했다. 군사들은 각자 들고 온 풀 더미로 일제히 불을 질렀다. 유현과 도영이 군사를 거느리고 양쪽에서 쳐들어가자 불을 지르던 군사들은 곧 물러갔다. 유현과 도영의 양쪽 군사는 승세를 타고 그 뒤를 10여 리를 쫓아갔는데, 달아나던 군사들이 어디로 사라졌는지 하나도 보이지 않았다.

깜짝 놀란 유현과 도영이 급히 영채로 돌아와 보니 영채에서는 아직도 불길이 타고 있고 그 안에서 한 장수가 뛰쳐나왔는데, 그는 바로 장비였다.

유현이 급히 도영에게 말하기를: "영채로 들어가지 말고 차라리 공명의 영채를 습격하러 가자."

이리하여 군사들 다시 돌린 유현이 불과 10여 리도 채 못 갔는데 조운이 군사를 이끌고 측면에서 쳐들어 와서 단번에 창으로 찔러 도영을 말 아래로 떨어뜨렸다. 유현은 급히 말머리를 돌려 달아났으나 등 뒤까지 바짝 따라온 장비가 그의 덜미를 낚아채서 자기의 말로 옮겨 태운 뒤, 꽁꽁 묶어서 공명에게 데려갔다.

유현이 사정하며 말하기를: "형도영이 이렇게 하자고 해서 어쩔 수 없이 한 것이지 실은 제 본심은 아닙니다."

공명은 그의 결박을 풀게 하고 옷을 입히고 술을 한 사발 주면서 긴장을 풀게 했다. 그리고 사람을 시켜 그를 성 안으로 돌려보내 주면서 자기 부친에게 투항을 설득하도록 했다. 만약 투항하지 않으면 성을 쳐부수는 것은 물론이고 그의 가족은 모조리 도륙할 것이라고 했다.

영릉으로 돌아간 유현은 부친 유도에게 공명의 인덕을 자세히 설명하고 투항할 것을 강력히 권하니 유도는 아들의 뜻에 따라 마침내 성 위에 항복의 깃발을 높이 세운 다음 성문을 활짝 열고 인수(印綬)를 들고 성 밖으로 나가 현덕의 영채로 가서 항복을 청했다.

공명은 유도에게 여전히 군수 자리를 지키게 하고, 그의 아들 유현은 형주로 데리고 가서 군무에 종사하도록 하니 영릉의 백성들은 모두 기뻐했다.

영릉성으로 들어간 현덕이 백성을 위로하고 안심시킨 뒤 모든 군사들에게 상을 내리고 여러 장수들에게 묻기를: "영릉은 이제 취했으니 계양은 누가 가서 취하겠느냐?"

조운이 즉시 나서서 말하기를: "제가 가겠습니다."

그러자 장비 역시 분연히 나서며 말하기를: "나도 가겠소."

두 사람이 서로 가겠다고 다투니 공명이 나서서 말하기를: "자룡이 먼저 나섰으니 자룡을 보내겠다."

장비가 승복하지 않고 자기가 꼭 가야겠다고 우기니 공명은 두 사람에게 제비를 뽑아 이긴 사람을 보내기로 했다. 역시 조자룡이 이겼다.

장비가 화를 내며 말하기를: "나는 다른 사람의 도움 따윈 필요 없고 단지 군사 3천 명만 내어 주면 틀림없이 성을 빼앗겠소."

조운 曰: "저 역시 군사 3천 명만 데리고 가겠습니다. 만약 계양을 함락시키지 못하면 군법에 따라 처벌받겠습니다."

매우 기뻐한 공명은 조운에게 각서를 제출하게 한 뒤, 정예 군사 3천 명을 조운에게 내어 주며 가도록 했다. 그래도 장비가 승복하지 않고 자신이 가겠다고 고집을 부리자, 현덕이 그를 꾸짖어 물러가게 했다.

조운은 3천명의 군사를 거느리고 계양을 향해 출발했다.

이런 사실을 이미 정탐꾼이 계양 태수 조범(趙範)에게 보고하니 조범은 즉시 여러 장수와 모사들을 불러 상의했다.

관군교위(管軍校尉) 진응(陳應)과 포룡(鮑龍)이 군사를 이끌고 싸우러 가겠다고 했다. 원래 이 두 사람은 계양령(桂陽嶺) 산골의 사냥꾼 출신으로 진응은 비차(飛叉)[11]를 잘 썼으며, 포용은 지난날 화살 한 발로 호랑이 두 마리를 쏘아 죽인 적도 있을 만큼 화살 솜씨가 좋았다.

두 사람은 자신들의 용기와 힘만 믿고 조범에게 말하기를: "유비가 만약 온다면 저희가 선봉을 맡겠습니다."

조범 曰: "내 듣기로 유현덕은 대한(大漢)의 황숙(皇叔)으로 지모가 뛰어난 공명이 있고, 용맹이 대단한 관우와 장비를 두었다. 이번에 군사를 거느리고 오는 조자룡은 지난번 당양의 장판파에서 백만 명이나 되는 적군 속을 마치 무인지경처럼 드나들었던 장수라고 한다. 우리 계양에 있는 군사가 얼마나 된다고 그런 장수를 대적할 수 있겠는가! 항복하는 수밖에 없다."

진응 曰: "제가 나가서 싸우게 해 주십시오. 만약 제가 조운을 사로잡지 못하면 그때 태수께서 항복하셔도 늦지 않습니다."

조범은 그의 고집을 꺾을 수 없어 하는 수 없이 나가서 싸우도록 했다.

진응이 군사 3천 명을 거느리고 성을 나와 적을 맞아 싸우러 나가서 보니 조운은 이미 와 있었다. 진응은 진(陣)을 펴놓은 뒤 비차를 손에 들고 말을 달려 나갔다.

조운도 창을 꼬나들고 말을 달려 나와 진응을 호되게 꾸짖으며 말하기를: "우리 주공 유현덕은 유경승의 아우로 지금 공자 유기를 보좌하여 형주를 다스리며 이곳에 특별히 백성들을 위무하러 왔는데 네가 어찌

11 쇠사슬 끝에 날카로운 강철을 단 무기. 역자 주.

감히 싸우러 나왔느냐?"

진응이 욕설을 퍼부으며 말하기를: "우리는 단지 조 승상께만 복종할 따름인데 어찌 유비에게 순종하겠는가!"

몹시 화가 난 조운이 창을 꼬나들고 말을 달려 곧바로 진응에게 달려갔다. 진응도 비차를 휘두르며 싸우러 나오니, 두 말이 서로 교차하며 4~5합을 겨루자 진응은 도저히 당해내지 못하고 말을 돌려 달아났다. 조운이 그 뒤를 쫓아가자 진응이 고개를 돌려 보니 조운이 바짝 쫓아온 것을 보고 비차를 날렸으나, 조운이 그것을 잡아서 진응에게 다시 던졌다. 진응이 급히 몸을 돌려 피했지만, 조운의 말이 이미 달려와서 진응의 뒷덜미를 잡아 낚아채 말 아래로 내던지며 군사들에게 그를 꽁꽁 묶으라고 하여 영채로 돌아왔다. 이를 본 진응의 군사들은 모두 뿔뿔이 흩어져 달아나고 말았다.

영채로 들어간 조운이 진응을 꾸짖기를: "네가 감히 나를 대적하려 했단 말이냐! 내 너를 살려 돌려보낼 것이니 조범에게 가서 속히 항복하라고 전해라!"

진응은 한번 용서해달라고 빌면서 머리를 감싸고 쥐새끼 달아나듯 성으로 돌아가서 조범에게 방금 전 당했던 상황을 빠짐없이 말했다.

조범 曰: "내 본래 항복하려고 했건만 네가 고집을 피우는 바람에 내 꼴만 우습게 되지 않았느냐?"

진응을 호되게 꾸짖어 물리친 조범은 인수를 가지고 10여 명의 기병들만 데리고 성을 나가서 조운의 영채를 찾아가 항복을 청했다.

조운은 영채 밖으로 나와서 조범을 영접하여 손님에 대한 예로써 그를 대접하고 술상을 내오라고 하여 함께 마시고 인수를 받았다.

술이 여러 순배 돌자 조범이 말하기를: "장군의 성이 조씨이고 저 역시 조가이니, 오백 년 전에는 우리가 다 한집안이었습니다. 더구나 장군은 진정(眞定) 출신이고 나 또한 그곳 출신이니 바로 같은 고향 사람입니다. 장군이 나를 버리지 않고 서로 의형제를 맺는다면 그보다 다행한 일이 없겠습니다."

조운이 크게 기뻐하며 서로 나이를 따져보니 그들은 서로 동갑이었지만 조운이 4개월 정도 빨랐다. 이에 조범은 일어나 절을 하며 조운을 형님으로 모셨다.

두 사람은 동향에 동갑인데다 성까지 같으니 서로 마음이 잘 통했다. 밤늦게까지 술을 마신 조범이 하직 인사를 하고 성으로 돌아갔다.

다음 날 조범은 조운에게 성 안으로 들어와서 백성들을 안심시키고 위무해 줄 것을 청했다. 조운은 군사들을 대기하도록 하고 기병 5십여 명만 데리고 성 안으로 들어가니 백성들이 손에 향불을 들고 길 가에 나와 엎드려 그를 맞이했다.

조운이 백성들을 위무하고 나자 조범이 그를 관아로 청하여 주연을 베풀었다. 술자리가 어느 정도 무르익자 조범은 다시 조운을 후당의 깊숙한 곳으로 안내하여 술상을 새로 차려 대접을 했다.

조운이 약간 취한 모습을 보이니 조범은 한 여인을 들어오게 하여 조운에게 술을 따르도록 했다. 조운이 보니 그 여인은 하얀 소복을 입었지만 그야말로 경국지색(傾國之色)[12]이었다.

조운이 조범에게 묻기를: "이분은 누구시오?"

조범 曰: "제 형수 번씨(樊氏)입니다."

조운은 자세를 바르게 하고 그녀에게 예의를 갖췄다. 번씨가 조운에게 술을 따르자, 조범은 조운의 옆에 앉으라고 했다. 조운이 부담을 느

12 임금이 혹하여 나라가 기울어져도 모를 정도의 미인이라는 뜻으로, 뛰어나게 아름다운 미인을 이르는 말. 역자 주.

껴 사양하니, 번씨는 인사를 하고 후당으로 들어갔다.

조운 曰: "아우님은 번거롭게 형수님께 술잔을 따르도록 하셨는가?"

조범이 웃으며 말하기를: "그럴만한 까닭이 있어 그런 것이니 형님께서는 너무 괴이쩍어 마십시오. 저의 형님은 돌아가신지 이미 3년이 지났으나 형수님은 여전히 과부로 계십니다. 아직 나이도 있고 평생 혼자 살 수도 없어 제가 늘 개가하시라고 권했지만, 형수님은 세 가지 조건을 갖춘 사람이 나타나지 않는 한 개가를 하지 않겠다고 하십니다. 그 첫째는 문무(文武)를 겸비한 천하의 유명 인사여야 하고, 둘째는 용모가 당당하고 풍채가 출중해야 하며, 마지막 세 번째는 전 남편과 같은 성씨여야 한다는 것입니다. 그런데 천하에 이런 조건을 갖춘 사람을 만난다는 것이 얼마나 공교로운 일이 아니겠습니까? 지금 형님께서는 풍채가 당당하시고 그 명성을 천하에 떨치고 계신데다 제 형님과 동성이시니 바로 형수께서 말씀하신 그대로가 아니십니까? 만약 형수님의 용모가 싫지 않으시다면 제가 혼수품은 정성껏 갖추어 보내드릴 테니, 장군의 처로 삼으셔서 장군과 대를 이어 친척 관계를 맺기를 바라는데, 장군의 의향은 어떠하신지요?"

그 말을 들은 조운은 버럭 화를 내며 일어나 언성을 높여 꾸짖기를: "내 이미 너와 형제의 의를 맺었거늘, 너의 형수는 곧 나의 형수이기도 하다. 그런데 어찌 이런 인륜을 어지럽히는 일을 할 수 있단 말인가!"

그 말을 들은 조범은 부끄럽다 못해 화가 치밀어 말하기를: "나는 호의로 한 말인데 어찌 그리 무례하오?"

그러고는 좌우에 해치워 버리라는 눈짓을 보낸다. 낌새를 알아차린 조운은 한 주먹에 조범을 때려눕히고 관아의 문을 박차고 나와 말을 타고 성을 빠져나왔다.

조범은 급히 진응과 포용을 불러 상의하는데, 진응이 말하기를: "그 자가 화를 내고 가 버린 이상 이제는 싸울 수밖에 없습니다."

조범 曰: "싸워 봤자 뻔한 일 아닌가!"

포룡 曰: "우리 둘이 거짓 항복을 하고 그의 진중에 가 있을 테니 태수께서 군사를 이끌고 와서 싸움을 거십시오. 그때 우리가 기회를 보아 그를 사로잡겠습니다."

진응 曰: "그렇게 하려면 우리도 군사를 좀 데려가야 하지 않겠소?"

포룡 曰: "기병 5백 명이면 충분합니다."

그날 밤 두 사람은 군사 5백 명을 데리고 곧바로 조운의 영채로 달려가서 투항했다. 조운은 이미 그들이 거짓 투항해 왔음을 알고 있었지만 일부러 불러들였다.

두 장수가 막사 아래에 이르러 고하기를: "조범은 장군에게 미인계를 써서 속이고 장군이 잔뜩 취하기를 기다렸다가 끌고 후당으로 들어가서 죽인 뒤, 장군의 머리를 베어 조조에게 바치려고 했습니다. 그는 이처럼 교활하고 악독한 놈입니다. 저희들은 장군께서 화를 내고 나가시는 것을 보고 저희들에게도 틀림없이 그 화가 미칠 것 같아 이렇게 투항하러 온 것입니다."

조운은 기뻐하는 척하며 술상을 내오라고 하여 두 사람에게 술을 잔뜩 먹여 크게 취하자, 그 자리에서 그들을 결박하여 막사 안에 가두어 둔 다음, 따라온 수하 군사를 끌고 오라고 하여 물어보니 과연 거짓으로 항복해 온 것이었다.

조운은 두 사람을 따라온 5백 명의 기병들을 불러 술과 밥을 내리며 명령하기를: "나를 해치려는 자는 진응과 포룡이지 너희들과는 상관이 없다. 너희들은 내가 시킨 대로만 하면 모두에게 후한 상을 내릴 것이다.

군사들이 다 그렇게 하겠다고 하면서 엎드려 절을 했다. 조운은 거짓 항복해 온 두 장수를 참수한 다음, 5백 명의 군사들을 앞장세우고 자신은 군사 1천 명을 이끌고 그들 뒤를 따라가 계양성 아래로 가서 문을 열라고 소리치게 했다.

성 위에서 외치는 소리를 들어 보니: "진응·포룡 두 장군께서 조운을 죽이고 돌아왔는데 태수님과 상의할 일이 있습니다."

성 위에서 불을 비춰보니 과연 자신들의 군사가 아닌가! 조범은 뜻밖의 반가운 소식에 들뜬 마음으로 황급히 성을 나오니, 갑자기 나타난 조운이 좌우에 호령하여 그를 사로잡아 버렸다.

성 안으로 들어간 조운은 백성들을 위무하여 안정시킨 다음 현덕에게 보고를 올렸다.

현덕이 공명과 함께 계양으로 갔다. 조운이 그들을 영접하여 성 안으로 들어가서 조범을 끌어내어 계단 아래 꿇어 앉혔다. 공명이 어찌된 영문인지 묻자, 조범은 자기 형수를 조운에게 개가시키려 했던 일을 소상히 말했다.

공명이 조운에게 말하기를: "이 역시 아름다운 일인데 공은 어째서 이렇게 하셨소?"

조운 曰: "조범은 이미 나와 형제의 의를 맺었는데, 만약 그의 형수를 아내로 취한다면 남들에게 욕을 얻어먹게 됨이 첫 번째 이유이고, 그 부인이 재가를 하게 되면 절개를 잃게 됨이 두 번째 이유이며, 조범이 항복한지 얼마 안 되어 아직 그의 마음을 헤아리기 어려운 것이 세 번째 이유입니다. 주공께서 이제 겨우 장강과 한수 일대를 평정하기 시작하여 아직 잠자리조차 편치 않으신데, 제가 어찌 감히 여자 하나 때문에 주공의 대사를 그르치게 할 수 있겠습니까?"

현덕 曰: "오늘 이 자리에서 자네의 장가드는 대사를 정하면 어떻겠는가?"

조운이 말하기를: "천하에 널린 게 여자인데, 사내가 두려워할 것은

오직 공명을 이루지 못함이지, 어찌 처자 없음을 걱정하겠습니까?"

현덕 曰: "자룡은 진정한 대장부로다!"

현덕은 조범을 풀어 주어 그대로 계양 태수로 있게 하고, 조운에게는 후한 상을 내렸다.

장비가 큰 소리로 외치기를: "자룡만 공을 세우게 해 주고, 나는 쓸모없는 인간으로 만드는 것이오! 내게 3천 명의 군사만 내어 주면 내 지금 가서 무릉군(武陵郡)을 빼앗고, 태수 김선(金旋)을 사로잡아 오겠소!"

공명이 크게 기뻐하며 말하기를: "익덕이 가겠다면 말리지는 않겠지만 한 가지 조건이 있네."

이야말로:

군사는 승리를 결정짓는 기이한 계책 많고	軍師決勝多奇策
장수들은 서로 앞다투어 전공 세우려 하네	將士爭先立戰功

공명이 말한 한 가지 조건이 무엇인지 궁금하거든, 다음 회를 기대하시라.

제 53 회

관운장은 의리를 지켜 황충을 풀어주고
손중모는 합비에서 장료와 대판 싸우다

關雲長義釋黃漢升

孫仲謀大戰張文遠

공명이 장비에게 말하기를: "지난번 자룡이 계양을 치러 갈 때 군령장을 요구했던 것을 알고 있을 것이오. 오늘 익덕이 무릉을 치러 가겠다면 역시 군령장을 써내야만 군사를 내줄 것이오."

장비는 즉시 각서를 쓰고 기분 좋게 군사를 거느리고 그날 밤 무릉을 향해 나아갔다. 장비가 오고 있다는 소식을 들은 무릉 태수 김선은 즉시 장수들을 불러 군사와 무기를 점검하고 성을 나가 적을 맞아 싸우려고 했다.

그때 종사(從事) 공지(鞏志)가 간하기를: "유현덕은 대한(大漢)의 황숙(皇叔)으로 그는 인품이 어질고 의롭다는 것이 천하에 알려져 있으며, 게다가 장비는 날래고 용맹하기가 이를 데 없으니 대적할 수 없습니다. 항복하는 게 상책입니다."

김선이 버럭 화를 내며 말하기를: "너는 적들과 내통하여 안에서 변란을 꾸밀 작정이구나!"

무사들에게 호령하여 그를 끌어내어 목을 베라고 했다.

여러 장수들이 모두 사정하기를: "적과 싸우기도 전에 먼저 집안사람을 죽이면 군사들의 사기가 어찌 되겠습니까?"

이에 김선은 공지를 꾸짖어 물러가게 한 뒤 자신이 직접 군사를 인솔하여 성을 나섰다. 성 밖 20여 리 떨어진 곳에서 장비를 만났다. 장비는 장팔사모를 꼬나들고 말을 세우더니 김선을 꾸짖었다.

김선이 부장(部將)들에게 묻기를: "누가 나가서 싸우겠느냐?"

모두 겁을 먹고 감히 나서는 자가 아무도 없었다. 김선은 몸소 말을 몰아 칼을 휘두르며 장비를 맞으러 나갔다. 장비가 큰 소리로 한번 호통을 치니 그 소리가 김선에게는 마치 천둥소리보다 더 크게 들렸다. 기겁을 한 김선이 칼 한번 부딪쳐 보지 못하고 말머리를 돌려 달아났다.

장비가 군사를 이끌고 그 뒤를 쫓아갔다. 김선이 성 근처까지 달아났는데 성 위에서 화살이 빗발치듯 쏟아졌다. 놀란 김선이 성 위를 쳐다보니 공지가 성 위에서 말하기를: "네가 천시(天時)를 따르지 않고 패망의 길을 자초하기에 나는 백성과 함께 유비에게 항복하기로 했다."

말이 미처 끝나기도 전에 화살 하나가 김선의 얼굴에 명중하여 그는 말에서 굴러떨어지고 말았다. 군사가 그의 머리를 베어 장비에게 바치고, 공지는 성을 나와 항복했다. 장비는 공지에게 인수를 가지고 계양성으로 가서 현덕을 뵙도록 했다. 크게 기뻐한 현덕은 공지로 하여금 김선의 직책을 대신 맡도록 했다.

몸소 무릉으로 간 현덕은 백성을 안심시키고 위무한 다음, 익덕과 자룡이 각기 무릉과 계양을 얻었다는 서신을 써서 형주성을 지키고 있는 운장에게 보냈다.

운장이 답장을 보내 왔는데 그 내용은: "장사(長沙)는 아직 취하지 못한 것으로 알고 있는데, 만일 형님께서 이 아우를 재주 없는 놈이라고 여기지 않는다면, 이번에는 저에게도 공을 세울 수 있는 기회를 주시면 좋겠습니다."

현덕은 아주 기뻐하며 그날 밤으로 장비로 하여금 형주로 달려가서 운장 대신 형주성을 지키게 하고, 운장에게 이곳으로 와서 장사를 취하러 가도록 했다.

운장이 도착하여 현덕과 공명을 만났다.

공명 曰: "자룡이 계양을 취하고 익덕이 무릉을 얻을 때 그들은 모두 군사 3천 명을 데리고 갔소. 지금의 장사 태수 한현(韓玄)이야 대수롭지 않은 인물이지만 그에게는 만만치 않은 장수 한 사람이 있소. 남양(南陽) 사람으로 성은 황(黃), 이름은 충(忠), 자는 한승(漢升)이라고 하는 자인데 원래는 유표 휘하의 중랑장(中郎將)으로 유표의 조카 유반(劉磐)과 함께 장사를 지키다가 이제 한현을 섬기고 있는 자이오.

그는 지금 나이가 비록 예순에 가까우나 아직도 만 명의 군사를 감당할 만한 용맹이 있는 자이니 절대로 얕잡아 봐서는 안 될 상대요. 그러니 운장이 가려면 반드시 많은 군사를 데려가야 할 것이오."

운장 曰: "군사께서는 어찌하여 적의 기세는 추켜세우고 우리의 위엄은 무시하는 것이오? 그까짓 늙은 졸개가 뭐가 그리 대단하다고 그러시오? 저는 군사 3천 명도 필요 없고, 단지 내 수하의 5백 명의 교도수(校刀手)만 데리고 가서 황충과 한현의 수급을 베어다가 바치겠소이다."

현덕이 애써 말렸지만 운장은 듣지 않고 교도수 5백 명만 데리고 떠났다.

공명이 현덕에게 말하기를: "운장이 황충을 얕보다가 실수할지 모르니, 주공께서 가셔서 지원해 주는 것이 좋겠습니다."

현덕은 공명의 말대로 군사를 이끌고 운장의 뒤를 따라 장사로 출발했다.

한편 장사 태수 한현은 평소 성미가 괴팍하여 사람 죽이기를 가볍게 여겨 모두가 그를 미워했다. 운장이 군사를 거느리고 오고 있다는 보고를 받은 한현은 곧바로 노장 황충을 불러 상의했다.

황충 曰: "주공께서는 심려 마십시오. 내게 이 칼과 화살이 있는 한, 천 명이 오면 천 명의 죽음만 있을 뿐입니다."

원래 황충은 쌀 두 섬을 드는 힘이 있어야 겨우 당길 수 있는 강한 활을 사용하여 먼 곳까지 백발백중시키는 화살의 명궁이기도 했다.

황충의 말이 채 끝나기도 전에 계단 아래서 한 사람이 나서며 말하기를: "노장군께서 나가 싸우실 필요 없습니다. 제 손으로 반드시 운장을 사로잡아 오겠습니다."

한현이 보니, 그는 관군교위(管軍校尉) 양령(楊齡)이었다. 한현은 크게 기뻐하며 그에게 군사 1천 명을 주면서 성을 나가 맞아 싸우도록 했다. 양령이 50여 리쯤 달려가서 보니 저편에 먼지가 일면서 운장의 군사가 이미 당도해 있었다.

양령이 창을 꼬나들고 말에 올라 진 앞에 서서 운장에게 욕을 퍼부었다.

몹시 화가 난 운장은 어떤 대꾸도 없이 칼을 휘두르며 말을 달려 곧장 양령에게 덤벼들었다. 양령도 창을 꼬나들고 운장을 맞았으나 채 3 합도 싸우지 않아 운장이 내려친 청룡도에 양령은 두 동강이 나면서 말 아래로 떨어져 죽고 말았다. 운장은 패하여 달아나는 군사들을 무찌르며 바로 장사성 아래에 이르렀다.

보고를 받은 한현은 크게 놀라 즉시 황충을 내보내고 자신은 성 위로 올라가 내려다보았다. 황충은 5백 명의 기병을 이끌고 칼을 들고 말을 몰아 조교(弔橋)를 건넜다.

늙은 장수가 말을 타고 나온 것을 본 운장은 그가 황충임을 알아차리고, 5백여 명의 교도수를 일자로 벌려 세운 뒤, 청룡도를 비껴 잡고 말을 세우고 묻기를: "거기 오는 장수는 황충이 아닌가?"

황충 曰: "내가 이곳에 있다는 것을 알고 있으면서, 어찌 경계를 침범했단 말인가?"

운장 曰: "내 특별히 너의 수급을 가지러 왔느니라."

말을 마치자 두 말이 어우러져 싸우기를 백여 합, 하지만 승부가 나지 않았다. 한현은 황충이 힘이 달려 실수할까 염려되어 군사를 거두는 징을 울리니 황충이 군사를 데리고 성으로 들어갔다. 운장도 군사를 물려 성에서 10여리 떨어진 곳에 영채를 세웠다. 그리고 속으로 생각하기를: '노장 황충에 대한 공명의 말이 허언(虛言)이 아니다. 그야말로 명불허전(名不虛傳)이구나! 나와 1백여 합을 싸웠어도 전혀 빈틈을 찾을 수 없다니! 내일은 반드시 타도계(拖刀計)[13]를 써서 한 칼에 승부를 내리라.'

다음 날 아침 식사를 마친 운장은 다시 성 아래로 가서 싸움을 걸었다. 한현은 성 위에 앉아서 황충에게 나가서 싸우라고 하였다. 황충은 수백 명의 기병을 데리고 조교를 건너가서 다시 운장과 싸웠다. 또 5~6십 합을 싸웠으나 승부가 나지 않았다. 양편의 군사들이 일제히 함성을 지르며 응원을 보냈다. 북소리가 급히 울릴 즈음, 운장이 말을 돌려 달아나니 황충이 그 뒤를 쫓았다. 달아나던 운장이 막 타도계를 써서 황충을 한칼에 내리찍으려는 순간 문득 등 뒤에서 '쿵' 하는 소리가 들렸다. 급히 고개를 돌려서 보니 황충이 탄 말이 앞으로 고꾸라지면서 그가 땅바닥에 굴러떨어지고 만 것이다.

관운장은 급히 말을 돌려세우며 두 손으로 청룡도를 번쩍 치켜들며

---

13 칼을 끌면서 패주하는 척 달아나다 적이 가까이 오기를 기다려 갑자기 돌아서서 적을 공격하는 전술. 역자 주

큰 소리로 호통치기를: "내 잠시 네 목숨을 살려줄 것이니, 빨리 말을 갈아타고 와서 다시 싸우자!"

황충은 급히 말을 일으켜 세운 뒤 몸을 날려 말에 올라 성 안으로 달려 들어갔다.

깜짝 놀란 한현이 왜 그런지 물으니, 황충이 말하기를: "이 말은 오랫동안 싸움에 나가지 않아 이런 실수를 한 것이오."

한현 曰: "자네의 활 솜씨는 백발백중인데 어찌하여 활을 쏘지 않는 것인가?"

황충 曰: "내일 다시 싸우게 되면 틀림없이 패한 척하여 그를 조교 근처로 유인한 뒤에 화살을 쏠 것이오."

한현은 자신이 아껴 타는 청마(青馬) 한 필을 황충에게 주었다. 고맙다고 인사를 하고 물러 나온 황충이 곰곰이 생각하기를: '운장의 이런 의기(義氣)는 참으로 보기 드물다. 그는 차마 나를 죽이지 않았는데, 난들 어찌 그에게 화살을 겨눈다는 말인가! 그렇다고 쏘지 않으면 이 또한 명령을 어기게 되니 어찌해야 한단 말인가!'

밤새 망설이던 그는 결국 마음을 정하지 못했다.

다음 날 날이 밝자마자 운장이 다시 와서 싸움을 건다는 보고가 들어왔다. 황충이 군사를 거느리고 성을 나갔다. 이틀 동안이나 황충과 싸웠으나 이기지 못한 운장은 매우 초조했지만 여전히 위세를 떨치며 황충과 어우러져 싸웠다. 3십여 합쯤 싸우던 황충이 패한 척 하며 달아나니 운장이 그 뒤를 추격했다. 황충은 어제 운장이 자신을 살려준 은혜를 생각해서 차마 곧바로 활을 쏘지 못하고 칼을 손에 쥔 채, 화살이 없는 빈 활을 당겼다. 뒤쫓던 운장이 활시위 소리를 듣고 황급히 몸을 비꼈으나 화살은 날아오지 않았다.

운장이 계속 쫓아가니 황충은 뒤를 돌아보며 다시 빈 활을 당겼다.

운장이 급히 몸을 비틀었지만 화살은 보이지 않았다. 황충이 활을 쏠 줄 모른다고 생각한 운장이 방심을 하고 계속 쫓아 조교 근처에 이르자, 황충이 다리 위에서 활을 쏘니, 시위 소리와 함께 날아온 화살이 운장의 투구 끈을 맞혔다. 이를 본 황충의 군사들이 일제히 함성을 질렀다.

깜짝 놀란 운장은 투구 끈에 화살을 매단 채 영채로 돌아와서야 비로소 황충이 백 보 밖에서도 능히 버들잎을 맞출 수 있는 명궁(名弓)이며 방금 자신의 투구 끈을 맞힌 것은 바로 어제 자신을 죽이지 않은 은혜를 갚은 것임을 깨달았다. 운장은 군사를 거느리고 물러갔다.

황충이 성으로 돌아가자 한현이 곧바로 좌우 사람들에게 호령하여 그를 붙잡아 끌어오라고 했다.

황충이 소리를 지르며 말하기를: "내가 무슨 죄가 있다고 이러시오?"

한현이 크게 화를 내며 말하기를: "내가 3일 동안이나 싸우는 것을 지켜봤는데도 네가 감히 나를 속이려 드느냐?" 너는 첫 날은 힘껏 싸우지 않고 그저 건성으로 싸웠다. 이는 네놈이 딴 생각이 있어서 그런 것이고, 어제는 네가 말에서 떨어졌음에도 운장이 너를 살려 보낸 것은 필시 서로 내통하고 있음이라. 오늘은 두 번이나 빈 활을 쏘았고, 세 번째 화살도 겨우 운장의 투구 끈만 맞혔으니, 이런데도 서로 내통하지 않았다는 것이냐! 만약 너를 죽이지 않으면 반드시 후환이 될 것이다!"

즉시 도부수들에게 호령하여 그를 성문 밖으로 끌고 가서 목을 베라고 하였다.

여러 장수들이 사정하려고 하자, 한현이 말하기를: "황충을 용서해 주자고 말하는 자는 그와 같은 죄로 다스릴 것이다."

그를 성 밖으로 끌고 가서 막 칼을 내리치려는 순간, 갑자기 한 장수가 칼을 휘두르며 튀어나와 도부수를 단칼에 베어 죽이고 황충을 부축해 일으키며 큰 소리로 외치기를: "황한승(黃漢升)은 우리 장사(長沙)를 지키는 상징과 같은 존재이며, 한승을 죽이는 것은 장사의 모든 백성을 죽이는 것과 같다. 한현은 잔인하고 포악하며 인정머리도 없는 데다 유능한 인사를 홀대하니, 모두들 들고 일어나 함께 죽여 버리자! 나를 따르고자 하는 사람은 즉시 이리 모여라!"

모두가 그 사람을 보니, 얼굴은 대추처럼 검붉은 데다 눈은 반짝이는 별과 같으니, 그는 의양(義陽) 사람 위연(魏延)이었다.

위연은 양양(襄陽)에서부터 유현덕을 찾아가려 했으나 따라잡지 못하여(제 41회 참고) 어쩔 수 없이 한현을 찾아와서 몸을 의탁하고 있었다. 하지만 한현은 그가 오만하고 무례하다며 중용하지 않아 재능을 발휘하지 못하고 있었다.

황충을 구해 낸 위연이 백성들에게 다 함께 한현을 죽이자고 소매를 걷어붙이고 외치니, 그를 따라 나서는 자들이 수백여 명이나 되었다. 황충은 그들을 말렸으나 소용이 없었다.

위연은 곧바로 성 위로 올라가서 한 칼에 한현을 베어 두 동강을 내어 머리를 들고 말에 올라 백성들과 함께 성을 나와 운장에게 항복을 했다.

운장은 매우 기뻐하며 마침내 성 안으로 들어가서 백성들을 위로한 뒤, 황충을 만나 보기를 청했으나 황충은 병을 핑계로 나오지 않았다. 운장은 즉시 현덕과 공명을 청하러 사람을 보냈다.

한편 운장이 장사를 취하러 간 뒤, 현덕은 공명과 함께 그를 지원하기 위해 군사를 재촉하여 뒤따라가고 있을 때, 청색 깃발이 거꾸로 감기면서 까마귀 한 마리가 북에서 남으로 날아가며 연달아 세 번을 울었다.

현덕 曰: "이것은 무슨 징조요?"

공명이 말 위에서 즉시 점괘를 뽑아보더니 말하기를: "장사를 이미 얻었으며 또한 큰 장수까지 얻을 것입니다. 오늘 오시(午時: 오전 11시에서 오후 1시)가 지나면 확실히 알 수 있습니다."

아니나 다를까 잠시 후 한 장수가 급히 달려오더니 보고하기를: "관장군께서 이미 장사를 손에 넣으시고 항복해 온 황충과 위연을 얻었으며 지금 주공이 오시기만을 기다리고 있습니다."

현덕은 매우 기뻐하며 곧바로 성 안으로 들어갔다. 운장은 그들을 영접하여 대청 위로 모시고 황충의 일을 자세히 설명했다. 이에 현덕이 직접 황충의 집으로 찾아가 만나기를 청하자, 황충은 그제야 나와서 항복을 하면서 한현의 시신을 장사(長沙) 동편에 장사 지내 줄 것을 요구했다.

후세 사람이 황충을 찬탄하여 시를 지었으니:

황충 장군의 기개 하늘에 닿았건만	將軍氣槪與天參
백발이 되도록 한남에서 곤란 겪네	白髮猶然困漢南
죽음도 달게 여겨 원망도 몰랐지만	至死甘心無怨望
항복할 땐 고개 숙여 부끄러워했네	臨降低首尙懷慚

보검은 눈처럼 빛나며 용맹 떨치고	寶刀燦雪彰神勇
용마는 바람 맞으며 격전 떠올리네	鐵騎臨風憶戰酣
천고에 높은 이름 잊혀지지 않으니	千古高名應不泯
외로운 달빛은 길이 상담을 비추네	長隨孤月照湘潭

현덕은 황충을 극진히 예우했다.

이어서 운장이 위연을 데리고 들어오자, 공명은 도부수들에게 그를 끌어내어 목을 베라고 명했다. 깜짝 놀란 현덕이 공명에게 묻기를: "위연은 공은 있을지언정 무슨 죄가 있다고 군사는 그를 죽이려 하시오?"

공명 曰: "주인의 녹을 먹으면서 그를 죽였으니 불충(不忠)한 자요, 그의 땅에 살면서 그의 땅을 바쳤으니 불의(不義)한 자입니다. 내 보기에 위연의 뒤통수에 반골(反骨)이 있어 머지않아 모반할 자이니 미리 그를 참하여 화근을 없애려는 것이지요."

현덕 曰: "만약 이 사람을 참하게 되면 항복한 많은 사람들도 자신들의 목숨도 위험하다고 생각하지 않겠습니까! 군사께서는 부디 그를 용서해 주시지요."

공명이 위연을 가리키며 말하기를: "내 이번에는 너의 목숨을 살려줄 것이니 충성을 다해 주군께 보답하고 무슨 일이 있어도 딴마음을 품지 말라. 만약 딴마음을 품은 날엔 내 반드시 너를 죽일 테니 그리 알라."

위연은 연신 '예, 예,'하고 물러갔다.

황충은 현재 유현(攸縣)에서 한가로이 지내고 있는 유표의 조카 유반(劉磐)을 현덕에게 천거했다. 현덕은 그를 불러와서 장사군을 다스리도록 했다.

장사군을 포함하여 네 개 군을 모두 손에 넣은 현덕은 군사를 거느리고 형주로 돌아와서 유강구(油江口)라는 지명을 공안(公安)으로 바꾸었다. 이때부터 돈과 곡식이 차곡차곡 쌓이고 어진 선비들도 속속 모여들었다. 그리고 군사들을 사방의 요충지에 배치했다.

한편 시상(柴桑)으로 돌아와 병을 요양하던 주유는 감영에게 파릉군(巴陵郡)을, 능통에게는 한양군(漢陽郡)을 각각 지키게 하고, 두 곳에 전선들을 분산 배치하여 출동 명령을 기다리게 했다. 그리고 정보에게 나머지 군사를 주어 합비로 보냈다.

당시 손권은 적벽대전 이후 합비에서 오랫동안 조조의 군사와 10여

차례나 크고 작은 싸움을 벌였으나 승부를 내지 못하여 감히 성 아래에 영채를 세우지 못하고 성에서 50여 리 떨어진 곳에 군사를 주둔시키고 있었다. 마침 정보의 군사가 온다는 보고를 받은 손권은 기쁨을 감추지 못하며 그들을 맞이하러 친히 영채를 나왔다.

노자경이 먼저 도착했다는 소식을 들은 손권은 말에서 내려, 서서 그를 기다렸다. 당황한 노숙이 급히 말에서 뛰어내려 인사를 했다.

손권이 이렇게 노숙을 대우해 주는 것을 본 여러 장수들이 모두 크게 놀랐다. 노숙을 먼저 말에 오르라고 청한 손권이 말고삐를 나란히 하여 가면서 은밀히 말하기를: "내가 말에서 내려 공을 맞았으니. 이만하면 공의 체면을 세워 준 것이지요?"

노숙 曰: "아닙니다."

손권 曰: "그러면 어떻게 해야 공의 체면을 세워 주는 것이오?"

노숙 曰: "원컨대, 명공의 위엄과 덕이 천하에 미치고 구주(九州: 중국)를 통일하여 제업(帝業)을 이루시어 제 이름이 청사(靑史: 역사의 기록)에 오르게 해 주시는 것이 제 체면을 세워 주는 것입니다."

손권은 박장대소(拍掌大笑)를 하며 노숙과 함께 막사 안으로 들어가서 연회를 크게 베풀어 적벽대전에서 크게 이긴 장수와 군사들을 위로하고 장차 합비를 쳐부술 계책을 상의했다.

그때 문득 장료가 사람을 시켜 전쟁의 시작을 알리는 전서(戰書)를 보내왔다고 보고를 했다.

진서를 뜯어 본 손권이 버럭 화를 내며 말하기를: "장료 이놈이 나를 무시해도 분수가 있지! 네놈이 정보가 새로운 군사를 이끌고 왔다는 소문을 듣고 일부러 싸움을 거는 모양인데, 내일 새로 온 군사를 데려가지 않고 내가 직접 나가서 본때를 보여 줄 것이니 어디 두고 보아라!"

다음 날 새벽 오경(五更: 새벽 3시에서 5시), 손권은 모든 군사들에게 영채를 나가 합비로 출발하라는 명령을 내렸다. 진시(辰時: 오전 7시에서 9시) 경, 군사들이 합비의 절반쯤 갔을 때 조조의 군사들이 벌써 그곳에 당도하여 양쪽의 군사는 그곳에서 마주보고 진세를 펼쳤다.

손권이 금으로 된 투구와 갑옷으로 무장하고 말을 타고 나가니, 왼편에는 송겸(宋謙)이, 오른편에는 가화(賈華)가 각각 방천화극(方天畵戟)을 잡고 호위했다.

북소리가 세 번 울리자 조조의 군중에서 문기(門旗)들이 양쪽으로 갈라지면서 세 명의 장수가 완전무장을 하고 진 앞으로 나서는데, 가운데는 장료, 왼편에는 이전(李典), 오른편에는 악진(樂進)이었다.

말을 달려 앞으로 나온 장료는 오로지 손권에게 싸움을 걸었다. 손권이 창을 들고 직접 나가 싸우려 하자, 어느새 진중에서 한 장수가 창을 꼬나 쥐고 튀어 나갔는데, 그는 바로 태사자였다. 장료가 칼을 휘두르며 그와 맞섰다. 두 장수가 어우러져 싸우기를 7~80여 합, 그러나 승부가 나지 않았다.

이때 조조 진영의 이전이 악진에게 말하기를: "저기 황금 투구를 쓴 자가 손권이다. 손권만 사로잡으면 우리가 적벽에서 패배한 83만 대군의 원수를 갚을 수 있다."

말이 채 끝나기도 전에 악진은 혼자서 칼 한 자루만 쥐고 측면에서 손권에게 달려들었다. 악진이 전광석화처럼 손권의 면전에 이르러 칼을 내리치려는 순간, 송겸과 가화가 급히 화극으로 막았으나 두 자루의 화극은 칼에 부딪히면서 동시에 두 동강이 나고 말았다. 당황한 두 사람은 화극 자루로 악진의 말머리를 내리쳤다. 악진이 말머리를 돌리자 송겸은 옆에 있던 군사의 창을 빼앗아 들고 악진의 뒤를 쫓았다.

이를 보고 있던 이전이 활을 당겨 송겸의 심장을 향해 화살을 날리자 시위 소리와 동시에 송겸은 말에서 굴러떨어졌다. 장료와 싸우던 태사자는 등 뒤에서 누군가가 말에서 떨어지는 것을 보고 장료를 포기하고 본진으로 돌아갔다.

승기를 잡은 장료가 기세를 타고 쳐들어가자, 동오의 군사들은 혼란에 빠져 사방으로 달아나기 바빴다. 장료는 저만치 손권이 있는 것을 발견하고 말을 달려 쫓아갔다.

거의 다 따라잡았다 싶었는데, 갑자기 측면에서 한 무리의 군사들이 나타났다. 앞장 선 장수는 바로 정보였다. 그는 한바탕 크게 싸워 손권을 구했고, 장료는 군사를 거두어 합비로 돌아갔다.

정보가 손권을 호위하여 본채로 돌아오자, 흩어졌던 군사들도 속속 돌아왔다. 손권은 자신을 호위하던 송겸이 죽은 것을 알고 대성통곡을 했다.

장사(長史) 장굉(張紘)이 말하기를: "주공께서 젊은 패기만 믿고 강한 적을 너무 얕잡아 보시는데, 모든 군사들 중에 실망하지 않은 자가 없습니다. 설사 주공께서 적의 장수를 죽이고 적의 기를 빼앗아 전장에서 위엄을 떨치신다고 해도, 그것은 일개 장수가 할 일이지 주공께서 직접 하실 일은 아닙니다.

부디 분육(賁育)[14]과 같은 용맹의 과시는 자제하시고 천하를 재패할 계책이나 생각하십시오. 오늘 싸움에서 송겸이 죽은 것도 주공께서 적을 너무 얕보셨기 때문입니다. 앞으로는 부디 몸조심하시기 바랍니다."

손권 曰: "이는 나의 잘못이다. 지금부터 마땅히 고칠 것이다."

잠시 후 태사자가 막사 안으로 들어와서 이런 말을 했다. 자신의 수하에 과정(戈定)이라는 자가 있는데, 그는 장료 수하에서 마구간지기로 있는 자와 형제지간이라는 것이다. 그 마구간지기가 장료에게 공연히 야단

14 전국시대의 용사 맹분(孟賁)과 하육(夏育)을 가리킴. 역자 주.

을 맞은 것에 원한을 품고, 은밀히 사람을 보내서 알려오기를, 오늘 밤 불을 질러서 신호를 올리고 자신이 장료를 찔러 죽여 송겸의 원수를 갚아주겠다고 했다는 것이다. 그래서 자신이 군사를 이끌고 가서 바깥에서 호응을 하겠다고 했다.

손권 曰: "과정이란 자는 지금 어디 있는가?"

태사자 曰: "이미 조조의 군사들 틈에 끼어서 합비성 안으로 들어갔습니다. 부디 저에게 군사 5천 명만 내어 주십시오."

제갈근 曰: "장료는 꾀가 많은 사람이오. 이미 대비가 다 되어 있을지 모르니 경솔해서는 안 되오."

하지만 태사자는 기어이 가겠다고 고집을 부렸다. 송겸의 죽음을 애통해 하여 속히 원수를 갚아주고 싶은 손권은 마침내 태사자에게 군사 5천 명을 이끌고 가서 바깥에서 호응을 하도록 했다.

한편 태사자의 동향 사람인 과정은 이날 장료의 군사들 틈에 끼여 그들을 따라 합비성 안으로 들어가 마구간지기를 찾아가 함께 상의했다.

과정 曰: "나는 이미 태사자 장군께 사람을 보내 이 일을 보고했기 때문에 오늘 밤에 틀림없이 지원군이 올 것이다. 그런데 너는 이 일을 어떻게 꾸밀 작정이냐?"

마구간지기 曰: "이곳에서 군중과의 거리는 꽤 멀어서 야간에 급히 들어갈 수는 없소. 그러니 내가 마초 더미에 불을 지를 테니 형님은 돌아다니며 반란이 일어났다고 외치고 다니십시오. 그러면 성 안의 군사들이 혼란에 빠질 것이니, 그 틈을 타서 장료를 찔러 죽이면 나머지 군사들은 저절로 도망칠 것이오."

과정 曰: "그 계책 참으로 절묘하군!"

이날 밤 싸움에서 이기고 돌아온 장료는 전군에 상을 내리고 위로했지만, 갑옷을 벗고 편히 자는 것은 허용하지 않는다고 명령을 전했다.

좌우에서 말하기를: "오늘 우리는 크게 이겼고 동오의 군사는 멀리 도망갔는데, 장군은 어찌하여 갑옷을 풀고 편히 쉬지 않으십니까?"

장료 曰: "아닐세, 장수된 자의 도리는 승리했다고 기뻐하지 않고 패배했다고 근심하지 않는 것이라네. 만약 동오의 군사들이 우리의 방비가 없음을 알고 기습하여 쳐들어온다면 어찌 대처하겠는가? 오늘 밤의 방비는 오히려 다른 밤보다 더 신중하고 조심해야 하네."

그 말이 미처 끝나기도 전에 뒤쪽 영채에서 불길이 치솟기 시작하고 '반란이야!' 하고 외치는 소리가 들리더니 이어서 보고하러 들어오는 자들이 줄을 이었다.

막사 밖으로 나온 장료가 말에 올라 수행하는 장교 10여 명을 불러 길 한가운데를 막고 서 있었다.

곁에 있는 자들이 말하기를: "함성 소리가 매우 다급하게 들리니 속히 직접 가서 살펴보시지요."

장료 曰: "어찌 성 안의 모든 사람들이 반란을 일으키겠느냐? 이는 반란을 꾸민 자가 일부러 군사들을 놀라게 하려는 수작이다. 소란을 떠는 자는 그들부터 목을 벨 것이다."

얼마 지나지 않아 이전이 과정과 마구간지기를 붙잡아 왔다. 장료가 그 둘을 심문하여 내막을 알아내고 말 앞에서 바로 목을 베어 버렸다. 성 밖에서는 징소리와 북을 두드리는 소리가 들렸고 함성이 크게 진동했다.

장료 曰: "저건 동오의 군사가 밖에서 호응하는 것이 틀림없다. 저들의 계책을 역이용하여 사로잡아야겠다."

장료는 곧바로 군사들로 하여금 성 안에 불을 더 지르고, 소리도 더 크게 지르게 한 뒤, 성문을 활짝 열고 조교도 내렸다.

성문이 활짝 열린 것을 본 태사자는 성 안에서 반란이 일어났다고 확신을 하고, 창을 꼬나들고 말을 달려 앞장서서 성 안으로 들어갔다.

이때 성 위에서 한 방의 포성과 동시에 화살이 빗발치듯 쏟아졌다. 태사자는 급히 물러섰지만, 몸에는 이미 여러 발의 화살이 박히고 말았다.

등 뒤에서 이전과 악진이 쫓아 나와 달아나는 동오의 군사를 무참히 무찌르니 동오의 군사는 태반을 잃고 말았다. 조조의 군사는 승세를 몰아 손권의 영채 앞까지 추격했지만, 육손(陸遜)과 동습(董襲)이 뛰쳐나와 함께 싸워 태사자를 간신히 구출하니, 조조의 군사들도 스스로 돌아갔다.

태사자가 중상을 입고 돌아온 것을 본 손권은 마음이 매우 비통했다. 장소는 손권에게 군사를 뒤로 물리자고 건의했다. 손권은 그의 말에 따라 군사를 거두어 배에 올라 남서(南徐)의 윤주(潤州)로 돌아가서 주둔했다.

화살을 여러 발 맞은 태사자는 시간이 흐를수록 상태가 위독해졌다. 손권은 장소 등을 보내 문병했다.

태사자가 외치기를: "대장부가 난세(亂世)에 태어났으면 마땅히 긴 칼 차고 세상에 내놓을 만한 공을 세워야 하거늘, 나는 아직 그 뜻을 이루지 못했는데, 어찌 이렇게 죽는단 말인가!"

말을 마친 태사자는 그 자리에서 숨을 거두었다. 그때 그의 나이 마흔한 살이었다.

후세 사람이 그를 칭찬한 시가 있으니:

충과 효를 겸비하려고 뜻을 세운	矢志全忠孝
그는 바로 동래 사람 태사자였다	東萊太史慈
그의 이름 먼 변방까지 전해지고	姓名昭遠塞

궁마 솜씨는 강적들을 떨게 했지 弓馬震雄師

북해에선 태수 공융 은혜 갚았고 北海酬恩日
신정에선 손책과 또 격전 치르네 神亭酣戰時
임종을 앞두고 장한 뜻 남겼으니 臨終言壯志
천년 후 사람들도 함께 탄식하네 千古共嗟咨

태사자가 죽었다는 말을 들은 손권은 상심하여 슬픔을 이기지 못했다. 그를 남서(南徐) 북고산(北固山) 아래에 성대히 장사 지내 주도록 했다. 그리고 그의 아들 태사형(太史亨)을 데려다가 부중(府中)에서 길렀다.

그즈음 현덕은 형주에서 군사를 정비하고 있었는데 손권이 합비에서 싸우다 패하여 이미 남서로 돌아갔다는 말을 듣고 공명과 상의했다.

공명 曰: "제가 지난 밤 천문을 관찰하여 보니 서북쪽에서 별이 하나 땅에 떨어지는 것을 봤습니다. 필시 황족 한 분이 돌아가신 것 같습니다."

이런 말을 나누고 있을 때 문득 공자 유기가 병으로 죽었다는 보고가 들어왔다. 그 소식을 들은 현덕은 통곡해 마지않았다.

공명이 권하기를: "살고 죽는 일은 하늘의 뜻이니, 주공은 너무 슬퍼하지 마십시오. 귀한 몸 상하실까 염려됩니다. 우선 큰 일부터 수습해야 하니, 급히 그곳으로 사람을 보내 성을 지키도록 하고, 아울러 장례를 치르도록 하시지요."

현덕 曰: "누구를 보내는 게 좋겠소?"

공명 曰: "운장을 보내야 합니다."

현덕은 곧바로 운장에게 양양(襄陽)으로 가서 성을 지키게 했다.

현덕 曰: "이제 유기가 죽었으니 동오에서는 틀림없이 형주를 내놓으라고 할 텐데, 뭐라고 대답하면 좋겠소?"

공명 曰: "만약 사람이 오면 내가 알아서 답변하겠습니다."

보름쯤 지나자 동오에서 노숙이 공자 유기의 문상을 하러 왔다고 알려왔다.

이야말로:

먼저 모든 계책을 세워놓고	先將計策安排定
동오 사신 오기만 기다리네	只等東吳使命來

공명이 어찌 대답할지 궁금하거든 다음 회를 기대하시라.

제 54 회

오 국태는 감로사에서 사윗감을 만나고
유 황숙은 동방에서 천생배필을 만나다

吳國太佛寺看新郎

劉皇叔洞房續佳偶

노숙이 왔다는 말을 들은 공명은 현덕과 함께 성 밖으로 나가 그를 영접하여 관아로 돌아와 서로 인사를 나눴다.

노숙 曰: "우리 주공께서는 공의 조카분이 돌아가셨다는 소식을 듣고 일부러 저에게 조그만 예물을 갖추어 문상하도록 하셨습니다. 그리고 주 도독께서도 유 황숙과 제갈 선생께 안부를 드리라고 거듭 당부하셨습니다."

이에 현덕과 공명은 자리에서 일어나 감사의 인사를 하고 예물을 받은 뒤 술상을 내오라고 하여 대접했다.

노숙 曰: "지난번 황숙께서 공자 유기가 안 계시면 즉시 형주를 돌려주겠다고 말씀하셨지요. 이제 공자께서 세상을 떠났으니 반드시 돌려주겠지만, 언제쯤 돌려주시겠소?"

현덕 曰: "일단 술 먼저 드시지요. 저도 상의할 게 하나 있습니다."

마지못해 연거푸 술을 몇 잔 마시던 노숙이 참지 못하고 또다시 그 말을 꺼낸다.

현덕이 미처 답변하기도 전에 공명이 안색이 변하며 말하기를: “자경은 참으로 일반적인 이치조차 알지 못하시고 결국 다른 사람의 입을 통해 이런 말을 하게 하시는 거요.

우리 고황제(高皇帝)께서 백사(白蛇)를 죽이고 의병을 일으켜 한나라를 세우신 뒤로 지금까지 내려오고 있소. 그런데 불행하게 간웅(奸雄)들이 도처에서 일제히 일어나 제각기 한 지방씩 차지하고 있으므로, 이제는 하늘의 도리를 제자리로 돌려 정통으로 복귀하지 않을 수 없는 상황이오.

우리 주인은 중산정왕(中山靖王)의 후예이시고 효경황제(孝景皇帝)의 현손(玄孫)이시며, 지금 황제 폐하의 숙부가 되시는데 어찌 봉토를 가질 수 없겠소? 게다가 형주의 원래 주인인 유경승은 우리 주인의 형님이신데, 그 아우가 형님의 기업(基業)을 이어받는 것은 이치로 보아도 당연한 일이오.

하지만 그대의 주인은 본래 전당(錢塘)의 보잘것없는 관리의 아들로, 조정에 어떠한 공덕도 세운 것이 없으면서도 현재의 세력만 믿고 6개 군(郡)에 81개 주(州)를 차지하고 있으며 그것도 모자라 한(漢)의 영토까지 삼키려고 하는 것이오.

한나라는 유씨 천하이고 우리 주인은 같은 유씨 임에도 나눠 가진 몫이 전혀 없는데, 당신의 주인은 성이 손씨 이면서도 그리고 현재 많이 가지고 있으면서도 도리어 강제로 더 빼앗으려 하고 있단 말이오?

적벽에서의 싸움만 해도 그렇소. 우리 주공께서 많이 애쓰셨고, 우리 장수들이 목숨을 걸고 싸웠기에 이긴 것이지, 어찌 당신들 동오의 힘만으로 이긴 것이오?

또한 내가 만약 동남풍을 빌려오지 않았던들 주유가 어찌 어림 반 푼어치의 공이라도 세울 수 있었겠소? 그때 조조가 강남을 쳐부수었다면,

두 분 교씨(喬氏)가 동작대로 끌려갔을 것임은 말할 것도 없고, 공 등의 처자들도 목숨을 보전하지 못했을 것이오.

방금 전 우리 주인이 즉답하지 않으신 것은 자경께서 고명한 선비이시라 이런 일을 구차스럽게 말하지 않아도 어련히 잘 아실 것이라 여겼기 때문일 것이오.

그런데 공께서는 어찌 이런 일반적인 이치조차 살피지 못하는 것이오?"

공명의 거침없는 일장 연설에 압도된 노자경은 꿀 먹은 벙어리가 되어 아무 말도 하지 못하고 있다가 한참 만에야 겨우 입을 열기를: "공명의 말이 어쩌면 이치에 맞을지도 모르지만, 내 입장이 매우 난처하니 이를 어찌하겠소?"

공명 曰: "뭣이 난처하단 말이오?"

노숙 曰: "지난번 황숙께서 당양(當陽)에서 위기에 몰려 있을 때, 바로 제가 공명을 안내하여 강을 건너가 우리 주공을 만나 뵙도록 했었지요. 후에 주유가 군사를 일으켜 형주를 취하려 할 때도 말린 것이 나였고, 더욱이 황숙께서 유기 공자가 세상을 떠나면 형주를 돌려 주겠다고 할 때도 책임을 지겠다고 보증을 선 것 역시 나였소. 그런데 이제 와서 지난날의 약속을 지키지 않겠다니, 도대체 저더러 돌아가서 뭐라고 보고를 하란 말이오? 우리 주공과 주유가 틀림없이 나에게 그 죄를 물을 것인데, 나야 죽어도 여한이 없소만, 동오가 전쟁을 일으킬 것은 불을 보듯 뻔한데, 그리되면 황숙 역시 형주에 편히 앉아 있을 수만은 없을 것이고, 공연히 천하의 비웃음만 사지 않을까 그것이 걱정이오."

공명 曰: "조조가 천자의 이름을 내걸고 백만 대군을 거느리고 쳐들어 왔을 때도 내 눈 하나 깜짝하지 않았는데, 주유 따위의 애송이를 내 어찌 두려워하겠소? 다만 선생의 입장이 난처하시다니, 내 잠시 형주를 원금으로 빌리고, 우리 주공이 다른 성지를 얻게 되었을 때 곧 바로 동오에 형주를 돌려주겠다는 내용의 계약서를 우리 주공께서 써주도록 한번 권해 보겠소. 이 방법이 어떠하오?"

노숙 曰: "공명은 어디를 빼앗은 뒤에 형주를 우리에게 돌려주겠다는 것이오?"

공명 曰: "중원(中原)은 단시일 내에 도모할 수는 없습니다. 그러나 서천(西川)의 유장(劉璋)은 우매하고 나약하여 우리 주공께서는 장차 그곳을 도모하려고 합니다. 만약 서천을 얻게 되면 형주를 돌려드리지요."

노숙은 그 말을 따를 수밖에, 달리 어찌해 볼 도리가 없었다. 현덕은 직접 붓을 들고 각서 한 장을 쓰고 수결(手決)을 했다. 보증인으로 제갈공명도 수결을 했다.

공명 曰: "나는 황숙의 사람이오. 설마 자기 사람끼리만 보증을 서란 말이오? 번거롭겠지만 자경 선생께서 함께 수결을 하면 돌아가서 오후를 뵐 때 보기가 좋지 않겠소?"

노숙 曰: "황숙께서는 인의(仁義)를 중히 여기시는 분이니, 틀림없이 이번 약속만큼은 저버리지 않겠지요?"

그러고는 노숙 역시 수결을 한 다음 각서를 받아 넣었다.

술자리를 마친 노숙은 하직 인사를 하고 돌아갔다. 현덕과 공명은 그를 배 타는 강변까지 전송했다.

공명이 다시 노숙에게 당부하기를: "부디 자경께서는 돌아가시거든 오후를 뵙고 이쪽 뜻을 잘 말씀드려 망상(妄想)을 품지 않도록 해 주시오. 만약 우리 각서를 인정해 주지 않는다면 우리도 안면을 몰수하고 동오의 81개 주까지 몽땅 빼앗아 버릴 것이오. 그러나 지금은 우리와 동오가 서로 화목하게 지내야지, 우리끼리 싸워 조조 역적 놈의 비웃음을 사게 해서는 안 될 것이오."

노숙은 그들을 작별하고 배를 타고 돌아갔다. 그는 먼저 시상군(柴桑郡)에 들러 주유부터 만났다.

주유 曰: “형주를 돌려받으러 갔던 일은 어찌 되었소?”

노숙 曰: “여기 각서를 받아왔습니다.”

주유에게 각서를 건네주자 이를 받아본 주유가 발로 땅을 차며 말하기를: “자경이 제갈량의 술수에 또 말려들고 말았소이다. 말이 땅을 빌린다는 것이지 실제로는 어물쩍 넘어가겠다는 수작 아니겠소? 말로는 서천을 취하면 곧 형주를 돌려준다 하지만, 저들이 언제 서천을 취하게 될지 알 수 있겠소? 가령 10년이 걸려도 서천을 얻지 못하면 10년이 지나도 형주를 돌려주지 않을 것이니, 이따위 각서가 무슨 소용이겠소? 게다가 당신은 저들과 나란히 보증까지 섰으니, 저들이 만약 돌려주지 않을 때는 꼼짝없이 당신까지 말려들게 되어 있으니, 만약 주공께서 그 죄를 물으시면 어쩌려고 이런 어리석은 짓을 하였소?”

그 말을 들은 노숙은 한동안 멍하니 있다가 입을 열기를: “현덕은 저와의 약속을 저버리지는 않을 것이오.”

주유 曰: “자경은 참으로 순진하구려. 유비는 야심 찬 인물이고 제갈량은 간사하고 교활한 자이니 아마 선생의 마음과는 같지 않을 것이오. 나는 그게 두려울 뿐이오.”

노숙 曰: “그렇다면 어찌해야 좋지요?”

주유 曰: “자경은 나의 은인 아니시오! 지난날 내가 어려울 때 그대가 곡식 창고를 통째로 내어 주시던 정을 생각해서라도 어찌 당신을 구해 주지 않을 수 있겠소. 너무 걱정하지 말고 며칠만 여기서 머물면서 기다려 보시지요. 내 강북으로 첩자를 보내 놨으니 그가 가지고 온 첩보를 이용하면 무슨 좋은 수가 있을 것이오.”

그러나 노숙은 여전히 불안하기만 했다.

며칠 뒤 첩자가 돌아와서 보고하기를: "형주성 안에는 포번(布旛)[15]을 높이 세워 놓고 재(齋)를 올리고 있었고, 성 밖에는 새로 무덤을 만들고 있는데 군사들도 모두 상복을 입고 있습니다."

주유가 놀라서 묻기를: "누가 죽었다고 하더냐?"

첩자 日: "유현덕의 감 부인이 죽었다고 하던데 수일 내에 장례를 치를 것이라고 합니다."

주유가 노숙에게 말하기를: "이제 내 계획을 실행할 때가 되었소. 유비로 하여금 스스로 두 손을 내밀어 포박을 받게 하고 형주를 손바닥 뒤집는 것보다 더 쉽게 얻을 수 있는 계책이오."

노숙 日: "그런 계책이 있단 말이오? 한번 듣고 싶소."

주유 日: "유비가 상처를 했으니 틀림없이 새장가를 들지 않겠소? 공도 아시다시피 우리 주공께는 누이가 한 분 계시오. 그분의 성격이 너무 강하고 용감하여 그녀는 평소 수백 명의 시비(侍婢)에게 칼을 차고 다니게 할 뿐만 아니라, 방안에도 병장기들을 가득 벌려 놓고 있을 정도이니 웬만한 남자는 감당을 못하지요. 내 이제 주공께 글을 올려 형주로 사람을 보내 중매를 서도록 하여 유비를 데릴사위로 데려오게 할 작정이오. 나는 그를 남서(南徐)로 오도록 유인하여 부인을 얻기는커녕 곧바로 그를 옥에 가두어 버리고, 사람을 보내서 유비와 형주를 교환하자고 할 것이오. 저들이 우리에게 형주를 돌려주면 그때는 내 또 다른 복안이 있소. 이렇게 되면 자경의 신상에는 결코 아무런 일도 없을 것이오."

주유의 계책을 들은 노숙은 한결 밝은 얼굴로 주유에게 고맙다고 인사를 했다.

주유는 편지를 써서 주고 가볍고 빠른 배를 골라 노숙을 태워 남서로

---

15 상갓집 앞에 세우는 베로 만든 깃발. 역자 주.

보내서 손권을 뵙도록 했다. 손권을 만난 노숙은 먼저 형주를 빌려준 일을 설명하고 계약한 각서를 올렸다.

손권 曰: "자네는 어찌 이렇게 멍청한 짓을 했단 말인가! 이따위 각서가 무슨 소용이란 말이오!"

그러자 노숙은 다시 한 장의 서신을 꺼내며 말하기를: "주 도독의 서신이 여기 있습니다. 이 계책대로만 하면 형주를 얻을 수 있다고 합니다."

그 글을 읽고 난 손권은 머리를 끄덕이며 내심 기뻐하면서 누구를 보낼지 곰곰이 생각하다가 문득 떠오르는 사람이 있어 말하기를: "그래, 여범(呂範)이면 틀림없이 해낼 것이다."

곧바로 여범을 불러 말하기를: "근자에 들으니 현덕이 상처를 했다는구려. 마침 내게 누이 하나가 있으니, 현덕과 짝을 맺어주고 싶소. 그리하여 영구히 인척을 맺어 한마음으로 조조를 쳐부수고 한 황실을 일으켜 세우고 싶은데, 아무리 생각해도 자형(子衡: 여범)이 아니고는 중매를 설 사람이 없소. 즉시 형주로 가서 나의 뜻을 잘 전해 주기를 바라오."

명을 받은 여범은 그날로 배를 타고 시종 몇 명만을 데리고 형주를 향해 떠났다.

한편 감 부인을 잃은 현덕은 밤낮으로 슬픔에 잠겨 있었다. 하루는 공명과 한담을 나누고 있는데 동오에서 여범이 왔다고 알렸다.

공명이 웃으며 말하기를: "이는 필시 형주 땅 때문에 왔을 것이며 모두 주유의 계책입니다. 저는 병풍 뒤에 숨어 있을 테니 그가 무슨 말을 하던 간에 주공은 그리하겠다고만 대답하시지요. 그리고 그를 역관에 머물면서 편히 쉬도록 하시고 그런 뒤에 저와 다시 상의하시지요."

현덕은 여범을 안으로 들어오도록 했다. 서로 예를 마치고 자리에 앉아 차를 마시며 현덕이 묻기를: "자형께서는 필시 할 말이 있어서 오셨겠지요?"

여범 曰: "황숙께서 최근에 상처를 했다고 들었습니다. 마침 좋은 혼처가 있어서 의심을 살 각오를 하면서도 일부러 중매를 서려고 이렇게 찾아왔습니다. 황숙의 뜻은 어떠하신지요?"

현덕 曰: "중년의 상처는 큰 불행입니다. 죽은 사람의 뼈와 살이 아직 식지도 않았는데, 어찌 차마 새장가 들 생각을 하겠소이까?"

여범 曰: "사람이 아내가 없으면 마치 집에 대들보가 없는 것과 마찬가지인데, 어찌 그 같은 인륜(人倫)을 중도에 끊어 버릴 수가 있겠소이까? 우리 주군 오후(吳侯)께 한 명의 누이가 있는데 용모가 아름다울 뿐만 아니라 어질어 황숙의 배우자가 될 만합니다. 만약 두 집안이 춘추시대의 진(秦)나라와 진(晉)나라처럼 혼인으로 맺어진다면, 조조 역적 놈은 감히 다시는 동남 땅을 넘보지 못할 것입니다. 이 일은 두 집안과 나라가 동시에 편안케 되는 일이니 황숙께서는 부디 의심하지 말아주십시오.

다만 우리의 국태(國太: 국모)이신 오 부인께서 어린 딸을 너무나 아끼신지라 먼 곳으로 시집을 보내려 하지 않으시니, 반드시 황숙께서 동오에 가셔서 혼인하셔야 할 것입니다."

현덕 曰: "이 일은 오후께서도 알고 계시오?"

여범 曰: "이런 중요한 일을 오후의 허락 없이 어찌 감히 경솔하게 추진하겠습니까?"

현덕 曰: "내 나이 쉰에 머리와 수염도 이미 희끗하오. 오후의 누이는 이제 겨우 묘령(妙齡:스물 안팎의 꽃다운 나이)으로 알고 있는데 아무래도 나는 그의 배필감은 되지 못할 것 같소."

여범 曰: "오후의 누이는 몸은 비록 여자일지라도 그 뜻은 어떤 남자보다 더 큽니다. 그래서 늘 말하기를 천하의 영웅이 아니면 자신은 절대 섬기지 않겠다고 하는 그런 분입니다. 이제 황숙께서는 그 명성을 천하에 널리 떨치고 계시니 이른바 '숙녀는 군자의 좋은 배필(淑女配君子)'이 아닙니까? 어찌 나이가 많고 적음을 꺼려할 수 있겠소이까?"

현덕 曰: "공은 일단 돌아가 편히 쉬고 계시오. 내일 회답을 주리다."

현덕은 술상을 마련하여 여범을 후하게 대접한 뒤 관사에 머물러 있도록 했다.

그날 밤 현덕은 공명과 상의했다.

공명 曰: "저는 그가 온 의도를 이미 알고 있었지요. 방금 주역으로 점괘를 뽑아보니 크게 길(吉)하고 이로운(利) 징조가 보입니다. 주공께서는 곧바로 승낙하시고 우선 손건에게 여범과 함께 가서 오후를 만나 보고, 그 앞에서 혼사를 정하게 하십시오. 그런 다음 길일을 잡아 동오로 가서 결혼을 하시면 됩니다."

현덕 曰: "주유가 계책을 세워 놓고 이 유비를 해치려고 하는데, 어찌 섣불리 몸을 움직여 그 위험한 곳에 들어가란 말이오?"

공명이 큰 소리로 웃으며 말하기를: "주유가 비록 계책을 쓴다고 하지만 어찌 이 량의 헤아림을 벗어날 수 있겠소이까? 제가 조그만 꾀를 내어 주유의 계교를 꼼짝 못 하게 하고, 오후의 누이를 주공의 품에 들어오게 함은 물론 형주 또한 하나도 손실이 없게 할 것입니다."

하지만 유비는 마음을 놓지 못하고 결단을 내리지 못하자 공명이 나서서 손건으로 하여금 여범과 함께 강남으로 가서 중매를 서도록 했다.

분부를 받은 손건이 강남으로 가서 손권을 만나 보았다.

손권 曰: "내가 작은 누이를 현덕에게 시집을 보내 주고 싶어서 그런 것이지 딴 마음은 결코 없소이다."

손건은 고맙다고 인사를 하고 형주로 돌아와 현덕에게 오후는 오로지 주공께서 결혼하러 오시기만 기다리고 있다고 말했다. 하지만 현덕은 여전히 의심을 품고 가려고 하지를 않았다.

공명 曰: “제가 이미 세 가지 계책을 세워 놓았는데, 자룡이 아니면 그 계책을 실행할 수가 없습니다.”

공명은 조운을 불러 가까이 오라고 하여 귓속말을 하기를: “자네가 주공을 호위하여 동오로 들어가시게. 다만 이 비단 주머니 세 개는 반드시 차고 가야 하네. 주머니 속에는 세 개의 계책이 들어 있으니 순서대로 실행해야 하네.”

비단 주머니 세 개를 건네받은 조운은 그것을 몸 안 깊숙이 간직했다. 공명은 먼저 동오로 사람을 보내서 혼인 예물을 드리는 등 모든 준비를 마쳤다.

때는 건안 14년(서기 209년) 10월, 현덕은 형주의 일은 모두 공명에게 일임하고, 조운·손건과 함께 쾌선 10척에 수행원 5백여 명을 거느리고 형주를 떠나 남서(南徐)로 출발했다. 하지만 현덕의 마음은 왠지 불안하고 찜찜했다.

남서에 도착한 배가 강기슭에 닿았을 때 조운이 말하기를: “군사께서 말씀하시기를 세 가지 묘책을 차례대로 실행하라고 하셨습니다. 이제 이곳에 당도했으니 먼저 첫 번째 비단 주머니를 열어 보겠습니다.”

주머니를 열어 계책을 본 조운은 곧바로 수행 군사들을 불러 일일이 여차여차하라고 분부했다. 모든 수행 군사들은 명령을 받고 떠났다. 또한 현덕에게는 교(喬) 국로(國老)부터 먼저 찾아가 보게 했다.

이 교 국로는 바로 이교(二喬)[16]의 부친으로 마침 남서에 살고 있었다.

16 죽은 손책의 부인인 대교와 주유의 부인인 소교. 역자 주.

현덕은 양고기와 술을 준비하여 그를 먼저 만나 뵙고, 이번에 여범의 중매로 손권의 누이와 다시 장가를 가게 된 사연을 말씀드렸다.

그리고 수행 군사 5백 명은 모두 경사스러운 날 입는 붉은 채단을 몸에 두르고 남서성 안으로 들어가 여러 가지 물건 등을 구입하면서 현덕이 동오의 데릴사위가 되러 왔다고 소문을 퍼뜨려 성 안의 모든 백성들이 그 사실을 알도록 했다.

현덕이 이미 도착한 것을 안 손권은 여범으로 하여금 영접하여 역관에서 편히 쉬도록 했다.

한편 이미 현덕을 만나 본, 교 국로는 곧바로 오 국태에게 가서 축하인사를 했다.

국태 曰: "무얼 축하한단 말이오?"

교 국로 曰: "영애(令愛)를 유현덕의 부인으로 내주기로 하락하시지 않으셨습니까? 지금 현덕이 이미 이곳에 와 있는데 왜 저를 속이려 하십니까?"

국태가 깜짝 놀라며 말하기를: "이 늙은이는 전혀 모르는 일이오."

오 국태는 곧바로 사실을 알아보기 위하여 오후를 불러들이는 한편, 사람을 성 안으로 보내 소문을 파악해 보도록 했다.

성 안으로 갔던 사람들이 먼저 돌아와서 보고 하기를: "과연 사실입니다. 신랑은 이미 와서 역관에서 쉬는 중이고, 5백 명의 수행 군사들은 모두 성 안에서 돼지·양·과품(果品) 등을 사서 혼례 준비를 하고 있습니다. 중매는 신부 측은 여범이, 신랑 측은 손건이 맡았으며 두 사람은 지금 관사에서 서로 상대방을 대접하고 있다고 합니다."

그 말에 국태 부인은 놀라움을 금치 못했다.

잠시 후 손권이 모친을 뵈러 후당으로 들어왔다. 오 국태는 가슴을 치며 통곡을 했다.

손권 曰: “어머니, 무슨 일인데 이렇게 슬퍼하십니까?”

국태 曰: “네가 지금 하는 짓을 보니 나를 어미로 생각하기는커녕 아예 사람 취급을 하지 않는구나! 내 언니(손권의 생모)가 세상을 떠나실 때 너에게 분부하신 말씀을 잊었더냐?”

손권이 깜짝 놀라 말하기를: “어머님께서 이르실 말씀이 있으면 확실히 말씀해 주실 일이지, 어찌 이토록 괴로워하십니까?”

국태 曰: “남자나 여자나 나이가 들면 장가가고 시집가야 하는 것은 예나 지금이나 변함없는 이치이다. 내가 네 어미인 이상, 그런 중대사는 마땅히 나에게 알리고 내 뜻을 따라야 되지 않느냐. 그런데도 너는 유현덕을 내 사윗감으로 불러 놓고도 나를 속이려 든단 말이냐? 더구나 결혼할 신부는 내가 낳은 내 딸이니라!”

소스라치게 놀란 손권이 묻기를: “어디서 그런 소리를 들으셨습니까?”

국태 曰: “모르게 하려고 했다면 애초에 하지를 말았어야지, 성 안의 모든 백성들 중 이 일을 모르는 자가 한 명이라도 있는 줄 아느냐? 그런데도 네가 나를 속이려 했단 말이냐?”

교 국로 曰: “이 늙은이도 며칠 전부터 알고 있었네. 그래서 오늘 일부러 경하드리러 온 것이네.”

손권 曰: “그런 게 아닙니다. 이것은 주유가 꾸민 계책일 뿐입니다. 형주를 빼앗기 위하여 이 일을 핑계로 유비를 속여서 이쪽으로 오게 한 다음, 이곳에 가두어놓고 저들에게 형주와 유비를 맞바꾸려는 것입니다. 만약 저들이 말을 듣지 않으면 먼저 유비를 죽여 버리려는 계책이지 실제로 결혼을 시키려는 의도는 전혀 없습니다.”

그 말을 들은 오 국태는 더욱 화가 나서 주유에게 욕을 하며 꾸짖기를: “주유 그놈은 6개 군에 81개 주의 대도독으로서 형주를 빼앗을 계책이 그리도 없어서 내 딸을 미끼로 미인계를 쓰려고 했다는 말이냐? 유비를 죽이면 내 딸은 시집도 가지도 전에 과부가 되는 셈인데, 장차 어떻게 다시 혼인을 시킬 수 있겠느냐? 아예 네놈들이 내 딸의 신세를 망치려고 작정을 한 게 아니더냐?"

교 국로 曰: "설사 이 계교를 써서 형주를 얻는다손 치더라도 천하 사람들의 비웃음을 사게 될 텐데, 이런 일을 어찌 벌일 수 있단 말인가!"

이 말에 손권은 할 말을 잃고 아무런 대꾸도 하지 못했다.

분이 풀리지 않은 오 국태가 잠시도 쉬지 않고 주유를 꾸짖으니, 교 국로가 권하기를: "기왕 일이 이렇게 된 이상 유 황숙은 황실의 종친이니, 정말로 그를 사위로 맞아 더 이상의 추태를 보이지 말아야 하지 않을까요?."

손권 曰: "나이 차가 너무 많이 나는 것이 마음에 걸립니다."

교 국로 曰: "유 황숙은 당대의 호걸이니, 그를 사위로 맞아들여도 누이에게 욕이 되지는 않을 것이네."

국태 曰: "나는 아직 유 황숙에 대해 아는 것이 전혀 없다. 내일 감로사(甘露寺)에서 한번 만나 봐야겠다. 만일 내 마음에 들지 않으면 너희들 마음대로 해도 좋다. 하지만 내 맘에 든다면 나는 그 사람에게 내 딸을 시집보낼 것이니 그리 알라!"

손권은 원래 효성이 지극한지라, 모친 말씀을 듣고 그렇게 하겠다고 말씀을 드리고 밖으로 나왔다. 그리고 곧바로 여범을 불러 내일 감로사 방장(方丈)에 연회를 열어 국태께서 유비를 볼 수 있는 자리를 마련하라고 분부했다.

여범 曰: "그러면 가화(賈華)에게 영을 내려 도부수 3백 명을 양쪽 복도 뒤에 숨겨 두었다가 만약 국태께서 기뻐하지 않으시면 신호 소리에 따라 양쪽에서 일제히 뛰쳐나가 유비를 사로잡도록 하시지요."

손권은 곧바로 가화를 불러 미리 준비해 놓고 국태의 거동만 살피도록 했다.

한편 오 국태에게 하직 인사를 하고 집으로 돌아온 교 국로는 현덕에게 사람을 보내, 내일 오후와 오 국태께서 친히 만나 보시겠다고 했으니 신경을 써서 잘 보이도록 하라고 알려줬다.

현덕은 손건·조운과 상의했다.

조운 曰: "내일 그 모임은 아무래도 길한 일보다는 흉한 일이 더 많이 일어날 수도 있습니다. 제가 군사 5백 명을 이끌고 가서 주공을 호위하겠습니다."

다음 날 오 국태와 교 국로가 먼저 감로사에 도착하여 방장에 자리를 잡고 앉아 있었다. 이어 손권이 모사들을 데리고 그곳에 이르렀다. 그런 뒤 여범에게 역관으로 가서 현덕을 청해 오도록 지시했다.

현덕은 몸 안에 얇은 갑옷을 받쳐 입고 겉에는 비단 전포를 걸쳤다. 따르는 자들은 등에 칼을 메고 바짝 따르게 한 뒤, 말에 올라 감로사로 갔다. 완전무장을 한 조운은 군사 5백 명을 이끌고 그 뒤를 따랐다.

절 앞에 이르자 말에서 내려 먼저 손권을 보았다. 손권은 현덕의 풍채가 비범한 것을 보고 마음속으로 은근히 두려움을 느꼈다. 손권과 유비는 상호 예를 마친 뒤 곧바로 방장 안으로 들어가 국태를 만나 보았다.

현덕을 본 국태는 크게 기뻐하며 교 국로에게 말하기를: "참으로 내 사윗감이오!"

교 국로 曰: "현덕에게는 용과 봉황의 자태가 있고, 하늘의 해와 같은 모습인데다 그의 인덕(仁德)은 이미 천하에 널리 알려져 있습니다. 국태께서 이런 훌륭한 사위를 얻으신 것을 참으로 경하드립니다!"

현덕은 두 분께 고맙다고 인사를 드리고 방장 안에서 함께 술을 마셨다.

잠시 후 자룡이 칼을 차고 들어와서 현덕의 옆에 서 있었다. 국태가

묻기를: "이분은 누구시오?"

현덕이 대답하기를: "상산 조자룡이옵니다."

국태 曰: "그렇다면 당양(當陽) 장판파(長坂坡)에서 아두(阿斗)를 품에 안고 조조의 군사와 싸웠던 그 장수란 말이오?"

현덕 曰: "그렇습니다."

국태 曰: "참으로 뛰어난 장수로다!"

국태가 조자룡에게도 술을 내렸다.

술을 마신 조운이 현덕에게 귓속말로 말하기를: "제가 방금 복도를 돌면서 살펴보니 도부수들이 매복을 하고 있습니다. 틀림없이 좋은 의도는 아닌 것 같습니다. 국태에게 알리는 게 좋을 듯합니다."

현덕은 즉시 국태의 앞에 가서 무릎을 꿇고 울면서 말하기를: "만약이 유비를 죽이시려거든 이 자리에서 죽여주십시오."

국태 曰: "도대체 이게 무슨 말인가!"

현덕 曰: "복도에 도부수들을 잔뜩 매복시켜 놓았는데, 이는 저 유비를 죽이시려는 의도가 아니면 무엇입니까?"

그제야 말을 알아들은 국태가 크게 화를 내며 손권을 크게 꾸짖기를: "이제 현덕은 이미 내 사위가 되었으니 내 자식이다. 왜 복도에 도부수들을 매복시켜 놓았느냐?"

손권은 모르는 일이라고 발뺌을 하며 여범을 불러 추궁을 하니, 여범은 또 가화에게 미룬다. 국태가 가화를 불러 꾸짖으니 가화는 입을 다물고 말이 없다. 화가 머리끝까지 치민 국태가 가화를 끌어내어 목을 치라고 큰 소리로 호통을 쳤다.

현덕이 사정을 하며 말하기를: "만약 저 때문에 큰 장수의 목을 벤다면 이번 혼사에 좋지 못할 뿐만 아니라 제가 슬하에 오래 머물러 있기가 어렵습니다."

吳國太佛寺看新郎

교 국로 역시 용서해 주라고 권하자, 국태는 마지못해 가화를 꾸짖어 물리치니, 도부수들은 모두 머리를 감싸 쥐고 허둥지둥 달아났다.

현덕은 화장실에 다녀오다 전각 앞으로 갔는데, 정원에 큰 바위가 하나 보였다. 현덕은 옆에 따르던 자가 차고 있던 칼을 뽑아 들고 하늘을 우러러 마음속으로 빌기를: "만일 유비가 무사히 형주로 돌아가 왕패(王霸)의 업(業)을 이룩할 수 있다면 한 칼에 이 바위를 두 동강 나게 하시고, 만일 이곳에서 죽을 운명이라면 칼은 부러지고 바위는 쪼개지지 않도록 하소서!"

그러고는 칼을 쳐들어 바위를 내리치자 불꽃이 사방으로 튀면서 그 바위는 두 쪽으로 갈라졌다.

뒤에서 이 광경을 보고 있던 손권이 묻기를: "현덕 공은 이 바위에 무슨 원한이라도 있는 것이오?"

현덕 曰: "내 나이 쉰이 다 되도록 나라를 위해 역적들을 다 쓸어버리지 못한 것이 늘 마음속의 한이었소. 이제 국태께서 부르시어 나를 사위로 삼아주시니 이는 평생에 만나기 어려운 기회를 만난 셈입니다. 그래서 만일 조조를 쳐부수고 한나라를 다시 일으켜 세울 운명이라면 이 바위를 내리쳤을 때 두 동강 나는 점괘를 달라고 하늘에 물었더니, 과연 이렇게 되었소이다."

손권이 속으로 생각하기를: '유비가 이런 말로 나를 속이는 건 아닐까?'

그도 손에 칼을 잡고 현덕에게 말하기를: "나 역시 조조 역적 놈을 깨뜨릴 수 있다면 이 바위가 쪼개지는 점괘를 달라고 하늘에 물어보겠소."

하지만 그는 속으로 축원하기를: "만약 형주를 다시 빼앗아 동오를 왕성하게 일으킬 수 있는 운명이라면 이 바위를 내리쳤을 때 두 동강 나게 해 주소서!"

그러고는 칼을 들어 돌을 내리치자 역시 큰 바위가 갈라졌다. 지금도 열십자 모양으로 갈라진 바위가 그대로 남아 있는데, 사람들은 이 바위를 한석(恨石: 또는 시검석)이라고 부른다.

후세 사람이 이 바위를 보고 시를 지어 찬탄했으니:

보배로운 칼 내리칠 때 큰 돌 갈라지고	寶劍落時山石斷
큰 칼 소리 내며 불꽃이 사방에 튀었네	金環響處火光生
오촉 두 나라 왕성한 기운 모두 천수니	兩朝旺氣皆天數
이로부터 천하 정립의 기틀 이루어졌네	從此乾坤鼎足成

두 사람은 칼을 버리고 서로 손을 잡고 연회 자리로 돌아왔다. 술이 몇 순배 더 돌았을 때 손건이 현덕에게 눈짓을 하자 현덕이 하직 인사를 하며 말하기를: "저는 술을 더 이상 감당할 수 없어 이만 물러가겠습니다."

손권이 그를 배웅하러 절 앞에까지 나와 둘이 나란히 서서 그곳의 경치를 감상했다.

현덕 曰: "이곳이 바로 천하제일의 강산이군요!"

지금도 감로사에는 '천하제일강산(天下第一江山)'이라 새겨진 현판이 있다.

후세 사람이 이를 찬탄한 시가 있으니:

강산에 비 개니 푸른 산을 감싸고	江山雨霽擁青螺
경계가 조용하니 즐거움 가득하네	境界無憂樂最多
옛 영웅들 눈길이 머무는 그곳에는	昔日英雄凝目處
절벽만이 여전히 풍파를 막고 있네	岩崖依舊抵風波

두 사람이 함께 경치를 감상하고 있을 때, 강바람이 세차게 불어와 큰 파도가 일더니 물보라는 눈처럼 흩날리고 흰 물결이 하늘 높이 솟구친다.

그때 문득 거친 파도를 헤치고 조각배 하나가 마치 평지 위를 가는 것처럼 미끄러지듯 나아간다.

현덕이 감탄하며 말하기를: "남쪽 사람은 배를 잘 타고 북쪽 사람은 말을 잘 탄다더니, 과연 그렇군요!"

그 말을 들은 손권이 속으로 생각하기를: '유비의 이 말은 내가 말을 잘 타지 못한다고 놀리는 것이 아닌가!'

즉시 좌우에 명령하여 말 한 필을 끌고 오라고 했다. 그리고 즉시 몸을 날려 말에 올라 쏜살같이 산 아래로 내달리더니 다시 채찍질 하여 고개 위로 올라와서 현덕을 보고 웃으며 말하기를: "이래도 남쪽 사람들이 말을 탈 줄 모릅니까?"

그 말을 들은 현덕은 옷자락을 걷어 올리더니 훌쩍 몸을 날려 말 위로 올랐다. 그러고는 나는 듯이 산 아래로 달려 내려갔다가 다시 말을 달려 올라왔다.

두 사람은 산언덕 위에 말을 세우고 함께 채찍을 들고 서로를 마주보며 호탕하게 웃었다.

지금도 사람들은 이곳을 주마파(駐馬坡: 말이 멈춘 언덕)라고 부른다.

후세 사람이 이를 두고 지은 시가 있으니:

용마 타고 내달리니 그 기개는 대단했고	馳驟龍駒氣槪多
두 사람 말고삐 병립하고 산하를 즐겼네	二人并轡望山河
그 후 동오와 서촉이 패업을 이루었으니	東吳西蜀成王霸
오랜 세월 주마파는 여전히 남아 있도다	千古有存駐馬坡

이날 두 사람이 말고삐를 나란히 하고 돌아오니 남서의 백성들 중 기뻐하지 않은 자가 없었다.

역관으로 돌아온 현덕이 손건과 상의했다.

손건 曰: "주공께서는 그저 교 국로께 부탁하여 가능한 한 빨리 혼사를 치루는 길만이 다른 변고가 생기는 것을 막을 수 있습니다."

다음 날 교 국로를 다시 찾아간 현덕이 문 앞에서 말을 내리니 국로가 그를 맞아들였다. 예를 갖추고 차를 마신 뒤 현덕이 국로에게 고하기를: "강남 사람들 가운데는 저 유비를 해치려는 자들이 많아 아무래도 불안하여 이곳에 오래 머물러 있지 못할 것 같습니다."

국로 曰: "현덕 공은 마음 놓으세요. 내 공을 위해 국태께 말씀드려 특별히 호위하도록 하겠소."

현덕이 감사하다고 인사를 올리고 돌아왔다.

교 국로는 그 길로 들어가서 국태를 만나 현덕이 생명의 위협을 느낀다며 빨리 돌아가려 한다고 말했다.

국태가 노발대발하며 말하기를: "내 사위를 어느 놈이 감히 해치려 한단 말인가!"

그러고는 즉시 법정에게 서원(書院)에 와서 머물라고 하면서 서둘러 날짜를 정하여 혼례를 치르도록 하라고 말했다.

현덕이 직접 들어가서 국태에게 고하기를: "저만 들어와 있고 곁에 조운이 없으면 제가 불편하고, 그렇다고 조운만 들어오게 하자니 밖에 있는 군사를 단속할 사람이 없어 걱정입니다."

국태는 조운과 군사들 모두를 부중에 와서 지내도록 함으로써 역관에 남아 있다가 생길 수 있는 변고를 없애라고 지시했다. 이에 현덕은 은근히 기뻐했다.

劉皇叔洞房續佳偶

며칠이 지난 뒤 성대한 혼례 잔치가 열리고 손 부인과 현덕은 혼례를 치렀다. 밤이 되자 손님들은 다 돌아가고 현덕이 양쪽에 늘어선 붉은 등 사이로 안내를 받아 신방으로 들어갔다.

신방 안의 휘황한 등불 아래 보이는 것이라고는 창과 칼 등 무기들뿐이고, 시비들도 모두 허리에 칼을 차거나 손에 들고 양쪽으로 서 있는 것이 아닌가!

현덕은 깜짝 놀라 그만 넋을 잃고 말았다.

이야말로:

시녀들이 칼 들고 서 있는 것에 깜짝 놀라	驚看侍女橫立刀
동오에서 복병 배치해 놓은 줄로 의심했네	疑是東吳設伏兵

필경 이 어찌 된 까닭인지! 다음 회를 기대하시라.

제 55 회

현덕은 지혜롭게 손 부인을 감동시키고 공명은 두 번째로 주공근을 기절시키다

玄德智激孫夫人

孔明二氣周公瑾

현덕은 손 부인의 방안 양쪽으로 창과 칼이 빽빽이 줄지어 늘어서 있을 뿐만 아니라 시비들조차 모두 검을 차고 있는 것을 보고 자신도 모르게 얼굴빛이 달라지고 말았다.

이때 집안 살림을 관장하는 여자 집사가 나서며 말하기를: "귀인께서는 놀라지 마시옵소서. 부인께서는 어려서부터 무예를 좋아하셔서 평소에도 시비들에게 격검을 시키고 구경하기를 즐기시기 때문에 이렇습니다."

현덕 曰: "이런 것은 부인께서 보고 즐길 일이 아닌데, 내 마음이 다 섬뜩했으니, 잠시 치우라고 해 주시게."

여자 집사가 손 부인에게 다시 아뢰기를: "방 안에 진열된 병장기 때문에 새신랑이 불안해하시니 잠시 치우도록 하겠습니다."

손 부인이 웃으며 말하기를: "반평생을 싸움터에서 보내신 분이 아직도 병장기를 두려워하신단 말이냐?"

그러고는 방안의 병장기들을 모조리 치우라고 하고 시비들이 차고 있던 칼도 모두 풀어놓고 모시도록 했다.

마침내 신방에 든 현덕과 손 부인은 첫날밤을 매우 흡족하게 치렀다. 현덕은 시비들에게 금은과 비단을 나누어 주며 그들의 환심을 샀다. 그리고 손건을 형주로 보내 혼례를 무사히 치렀음을 알리도록 했다. 이때부터 현덕은 매일 손 부인과 술을 마시며 신혼을 즐기니 국태도 그를 매우 아껴주었다.

한편 손권은 사람을 시상군(柴桑郡)의 주유에게 보내 알리기를: "내 모친이 극력 주장하시어 누이동생을 이미 유비에게 시집보내었으니, 거짓으로 한 일이 진짜로 이루어지고 말았소. 이 일을 어찌해야 되돌릴 수 있겠소?"

그 이야기를 들은 주유는 너무나 놀라서 앉으나 서나 불안하기만 하였다. 마침내 한 가지 계책을 내어 밀서를 써서 온 사람에게 다시 주어 돌려보냈다.

손권이 그 밀서를 보니 그 내용은 대략 이러했다:

"저 주유가 꾸민 계책이 이처럼 거꾸로 뒤집힐 줄은 꿈에도 생각하지 못했습니다. 그러나 기왕에 거짓으로 한 일이 진짜로 이루어지고 말았으니, 이제는 그것을 이용하는 계책을 써야 하겠습니다.

유비는 효웅(梟雄)인데다, 관우·장비·조운과 같은 용장을 수하에 두고 있고, 게다가 제갈량이 묘책을 내고 있으니 결코 남의 밑에서 오랫동안 굽신거리며 지낼 인물이 아닙니다.

제 생각에는 유비를 동오에 연금시켜 놓은 것이 좋을 것 같습니다. 그에게 성대한 궁실을 지어주어 그의 의지를 상실하게 하고 미인과 진귀한 물건을 많이 보내 주어 그의 이목을 사로잡아 버리면 저절로 관우·장비와의 정도 갈라지고, 제갈량과의 의기투합도 서로 멀어지게 될 것입니다.

그런 연후에 군사를 이끌고 가서 형주를 친다면 대사를 결정지을 수 있을 것입니다.

하지만 만약 이번에 유비를 놓아 보내준다면, 이는 마치 교룡으로 하여금 구름과 비를 얻게 함으로써 그에게 두각을 나타내게 해 주는 결과를 초래할 것입니다. 부디 주공께서는 깊이 헤아려주십시오."

손권이 그 밀서를 다 읽고 난 뒤 장소에게 보여 주니, 장소가 말하기를: "공근의 계책은 제 뜻과 같습니다. 유비는 가난한 집안에서 성장한 뒤 천하를 바쁘게 돌아다니느라 한 번도 부귀영화를 누려본 적이 없습니다. 이제 만약 그에게 화려하고 큰 궁궐 같은 집을 마련해 주고, 거기에 미녀와 금은·비단 등을 듬뿍 주어 이를 누리면서 살게 해 주면 저절로 공명·관우·장비 등과는 관계가 소원해질 것이며 서로를 원망하게 될 것입니다. 그런 후에는 쉽게 형주를 도모할 수 있을 것이니 주공께서는 속히 공근의 계책대로 실행하시지요."

손권은 크게 기뻐하며 그날부터 동부(東府)를 수리하도록 하고 예쁜 꽃과 진귀한 나무들을 심고, 화려한 기물들을 들여놓도록 해서 현덕과 누이가 그곳에서 살도록 했다. 거기에 기녀 수십 명과 황금과 값진 구슬에 비단 옷감까지 온갖 좋은 물건들을 갖춰 주었다.

오 국태는 이 모든 것을 손권의 호의로 여겨 기뻐서 어쩔 줄을 몰랐다. 현덕은 그들의 예상대로 가무와 여색에 빠져 형주로 돌아갈 생각은 아예 하지 않았다.

조운은 군사 5백 명을 데리고 동부 앞에서 머물며 매일 특별히 할 일이 없어 그저 성 밖에 나가서 활이나 쏘고 말을 달리며 시간을 보내고 있었다.

어느덧 세월이 흘러 연말이 되자 조운은 그동안 잊고 있었던 것이 불현듯 생각이 나서 말하기를: "그래, 형주를 떠나올 때 공명이 비단 주머니 세 개를 주었었지. 그러면서 남서에 도착하거든 첫 번째 주머니를 열어 보고, 연말이 되면 두 번째 주머니를, 그리고 위급한 상황이 닥쳐 빠져나갈 길이 없을 때 마지막 세 번째 주머니를 각각 열어 보라고 분부했었다. 그 주머니 속에는 신출귀몰한 계책이 들어 있어서 그대로 하면 주공을 보호하여 무사히 형주로 돌아올 수 있을 거라고 하지 않았던가!

이제 금년 한 해도 다 지나가는데 주공께서는 오로지 여색에만 빠져 얼굴조차 제대로 볼 수 없다. 그럼에도 나는 왜 두 번째 주머니를 열어 볼 생각을 하지 못했단 말인가!"

곧바로 비단 주머니를 열어 보니 과연 신묘한 계책이 들어 있었다.

조운은 즉시 동부의 대청으로 달려가서 현덕을 뵙기를 청했다.

시비가 보고하기를: "조자룡이 긴급한 일이 있다며 귀인 뵙기를 청합니다."

현덕이 들어오라고 하여 무슨 일인지 물으니 조운은 일부러 깜짝 놀란 얼굴을 하며 말하기를: "주공께서는 그림 같은 저택에 깊숙이 들어앉아 계시면서 형주로 돌아가실 생각은 아예 하지 않으시는 겁니까?"

현덕 曰: "무슨 심각한 일이 있기에 이리 호들갑이냐?"

조운 曰: "오늘 아침 공명이 사람을 보내와서 보고하기를 조조가 적벽전투에서 패배한 원한을 갚으려고 정예병 5십만 명을 거느리고 형주로 쳐들어오고 있어 매우 위급한 상황이니 주공께 청하여 급히 형주로 돌아오시라고 합니다."

현덕 曰: "형주로 돌아가는 문제는 반드시 부인과 상의를 해야 한다."

조운 曰: "부인과 상의하면 틀림없이 주공을 돌려보내 주지 않으실 것이니 차라리 말씀드리지 말고, 오늘 밤 곧바로 출발하시는 게 좋겠습니다. 지체하시면 돌아갈 수도 없고 형주도 위험합니다."

현덕 曰: "자네는 잠시 물러가 있게. 나도 다 생각이 있네."

조운은 일부러 몇 번 더 재촉한 뒤에야 물러 나왔다.

안으로 들어간 현덕은 손 부인을 보고 말없이 눈물만 흘렸다.

손 부인 曰: "부군께선 무슨 일로 그리 괴로워하시는지요?"

현덕 曰: "이 비(備) 타향을 떠돌아다니느라 부모님 살아생전에 모시지 못한 불효를 저질렀는데 이제는 조상의 제사조차 지내지 못하니, 나야말로 대역 불효자가 아니오! 이제 또 새해가 가까워지니 내 마음이 더욱 우울해지는구려!"

부인 曰: "저를 속이려 하지 마세요. 저는 이미 이야기를 들어서 알고 있어요. 방금 전 조자룡이 와서 형주가 위급하다고 보고하자, 형주로 돌아가고 싶어서 일부러 핑계를 대는 거잖아요"

현덕이 무릎을 꿇고 사정하기를: "부인이 이미 다 알고 있으니 어찌 감히 속이겠소. 내 가고 싶지는 않으나 가지 않으면 형주를 잃을 것이고 형주를 잃으면 세상 사람들의 비웃음거리가 될 것이오. 그렇다고 또 가려고 하니 부인과 헤어지기 서운하여 그 때문에 고민하고 있는 것이오."

부인 曰: "첩은 이미 당신을 섬기고 있는 몸이니 당신이 가는 곳이라면 저도 마땅히 따라가야지요."

현덕 曰: "부인의 마음이야 비록 그러하다 한들 국태 부인과 오후께서 부인이 가도록 허락하시겠소? 부인이 만약 이 유비를 가엾게 여기신다면 차라리 우리 잠시만 떨어져 있으면 안 되겠소?"

말을 마친 현덕은 비 오듯 눈물을 흘렸다.

손 부인이 권하기를: "고민하지 마세요. 제가 어머니께 잘 말씀 드려서 저랑 함께 갈 수 있도록 해 볼게요."

현덕 曰: "국태께서 허락하셔도 오후는 틀림없이 못 가게 막을 것이오."

손 부인이 한참을 생각하다가 마침내 말하기를: "저와 당신이 새해 첫날 모친께 세배 드릴 때, 강가에 나가 강북을 바라보고 조상님께 제사지내고 오겠다고 핑계를 대고는 그대로 말없이 떠나면 어떨까요?"

현덕이 다시 무릎을 꿇고 감사하다고 말하기를: "그렇게만 해 주신다면 이 비는 죽어도 그 은혜 잊지 못할 것이오. 하지만 절대로 그 일이 새나가서는 안 되오."

두 사람의 상의가 끝난 뒤 현덕은 은밀히 조운을 불러 분부하기를: "새해 아침 자네는 먼저 군사를 이끌고 성을 나가 큰길에서 기다리고 있게. 나는 조상님께 제사를 지내러 간다는 핑계를 대고 손 부인과 함께 빠져나갈 것이네."

조운은 즉시 그리하겠다고 대답을 했다.

건안 15년(서기 210년) 정월 초하루, 오후는 모든 문무 관원들을 대청으로 불렀다. 현덕과 손 부인은 들어가서 국태에게 세배를 드렸다.

손 부인 曰: "제 남편은 부모와 조상의 무덤이 모두 탁군에 있는데 근자에 한 번도 가보지 못해 밤낮으로 가슴 아파하고 있습니다. 오늘 강변에 나가서 북쪽을 바라보고 망제(望祭)라도 지내려고 하는데, 어머님께서는 알고 계셔야 할 것 같아 말씀드립니다."

국태 曰: "그것이 바로 효도인데 아니 들어줄 이유가 없지 않느냐! 너는 비록 시부모님 얼굴도 모르지만 네 남편과 함께 제사를 지냄으로써 며느리로서의 예를 다하도록 하여라."

손 부인과 현덕은 감사의 인사를 올리고 물러 나오니 손권은 감쪽같이 속을 수밖에 없었고 그저 둘이 밖으로 나가는 것을 바라만 보고 있었다.

부인은 수레에 오를 때 단지 옷가지 몇 벌 등 간편한 물건과 귀중품만 챙겼다. 현덕은 말에 올라 수행하는 기병 몇 명만 데리고 성을 나가서 조운을 만났다. 5백 명의 군사들이 현덕을 앞뒤로 호위하며 남서를 떠나 강가로 발길을 재촉했다.

이날 술에 대취한 손권은 좌우 시중들이 부축하여 후당으로 들어가고, 문무 관리들도 모두 집으로 돌아갔다.

여러 관리들이 현덕과 부인이 도망친 낌새를 알아차렸을 때는 이미 날이 저문 뒤였다. 손권에게 이런 사실을 보고하려 했지만, 손권은 술에 곯아 떨어져 일어나지를 못했다. 손권이 술에서 깨어난 것은 이튿날 새벽 오경(五更: 새벽 3시에서 시)이 되어서였다. 비로소 현덕이 도망친 사실을 안 손권은 급히 문무 관원들을 불러 상의했다.

장소 曰: "오늘 그 사람을 달아나게 놔두면 조만간 큰 화를 면치 못할 것입니다. 급히 뒤를 쫓아가 잡아야 합니다."

손권은 진무(陳武)와 반장(潘璋)에게 정예병 5백 명을 뽑아, 밤낮을 가리지 말고 그 뒤를 쫓아가 반드시 잡아 오라고 명을 내렸다. 명을 받은 두 장수는 즉시 떠났다. 문득 현덕의 꾀에 당했다는 생각이 든 손권은 분을 못 이겨 책상 위에 놓인 옥 벼루를 집어 던져 박살을 내버렸다.

정보 曰: "주공께서 지금 화가 하늘을 찌를 듯 많이 나셨지만, 그마저도 공연한 것이 되지 않을까 염려됩니다. 제 생각에는 틀림없이 진무와 반장이 그 사람을 잡아 오지 못할 것입니다."

손권 曰: "그들이 어찌 감히 내 명을 어긴단 말이오?"

정보 曰: "주공의 누이께서는 어려서부터 무예를 좋아하셨고, 성격이 엄하고 강직하며 굳세어 많은 장수들이 겁을 내고 있습니다. 그런 누이께서 이미 유비를 따라가겠다고 결심을 했다면 둘은 필시 한마음이 되어 떠났을 것입니다. 그러니 뒤쫓아 간 장수들이 어찌 감히 그런 누이에게 손을 쓸 수가 있겠습니까?"

그 말을 들은 손권은 더욱 화를 내며 차고 있던 검을 뽑아 들고 장흠(蔣欽)과 주태(周泰)를 불러서 명하기를: " 너희 두 사람은 이 검을 가지고 가서 내 누이와 현덕의 머리를 베어 가지고 오도록 하라! 영을 위반한 자는 그 자리에서 참하리라!"

명령을 받은 장흠과 주태는 곧바로 군사 1천 명을 이끌고 뒤쫓아 갔다.

한편 현덕은 달리는 말에 채찍을 가하며 가는 길을 재촉했다. 그날 밤은 길에서 4시간 정도 겨우 눈을 붙이고 다시 황망히 길을 나섰다. 시상(柴桑) 경계에 다다를 무렵 뒤쪽에서 먼지가 자욱하게 일어나는 것이 보였는데, 누군가 보고하기를: "추격병이 쫓아오고 있습니다."

현덕이 황급히 조운에게 묻기를: "추격병이 이미 알고 쫓아오고 있으니 어찌해야 좋은가?"

조운 曰: "주공께서는 계속 가시지요. 뒤는 제가 맡겠습니다."

현덕이 앞에 보이는 산기슭을 막 돌아서는데, 한 무리의 군사들이 길을 막았다.

앞장선 대장 둘이 날카로운 목소리로 외치기를: "유비는 속히 말에서 내려 결박을 받으라! 우리는 주유 도독의 명을 받고 여기서 기다린 지 오래다."

원래 주유는 현덕이 달아나지 않을까 염려되어 진즉부터 서성과 정봉 두 장수에게 군사 3천 명을 주어 요충지에 주둔시켜 놓고 기다리면서 늘 경계병을 높은 곳으로 보내 망을 보도록 했다. 현덕이 만약 육로로 도망을 친다면 반드시 이 길을 통과할 것으로 예상했기 때문이다.

이날 서성과 정봉은 멀리서 현덕 일행이 오고 있는 것을 발견하고 각기 병기를 들고 길을 막고 나선 것이다.

깜짝 놀란 현덕이 급히 말머리를 돌려 조운을 바라보며 묻기를: "앞에는 길을 막는 군사들이 있고, 뒤에는 또 쫓아오는 군사들이 있어, 앞뒤 모두 길이 막혔으니 어찌하면 좋은가?"

조운 曰: "주공은 당황하지 마십시오. 군사가 준 세 개의 묘책 가운데 이미 두 개를 열어 보았는데 모두 효험이 있었습니다. 이제 마지막 비단 주머니가 남아 있는데, 이것은 위급할 때 열어보라고 하셨습니다. 지금이 열어 볼 때입니다."

조운이 비단 주머니를 열어 현덕에게 보여 드렸다.

마지막 계책을 본 현덕이 급히 수레 앞으로 가서 울면서 손 부인에게 말하기를: "이 비에게 마음속 깊이 간직했던 말을 이제는 부인께 숨김없이 말할 때가 온 것 같소."

부인 曰: "하실 말씀이 무엇이든 사실대로 말씀해 주세요."

현덕 曰: "맨 처음 오후가 주유와 공모하여 부인을 이 유비에게 시집보내려고 했던 것은 실은 부인을 저에게 시집보내려고 한 것이 아니고 그것을 핑계로 이 유비를 강동으로 불러, 잡아 가두고 형주를 빼앗으려는 계책이었소. 형주를 빼앗은 뒤에 반드시 이 비를 죽이려고 했으니, 이는 부인을 향기로운 미끼로 삼아 이 유비를 낚으려는 속셈이었지요.

그런 줄을 뻔히 알면서도 내가 만 번의 죽음도 불사하고 여기에 온 것은 부인은 남자보다 더 넓은 흉금(胸襟)을 갖고 있어서 반드시 이 유비를 불쌍히 여겨 주리라 믿었기 때문이오.

얼마 전 오후가 나를 해치려 한다는 말을 들었기 때문에 내가 부인에게 형주에 급한 일이 있다는 핑계를 대며 돌아가려고 했는데, 다행히도 부인께서 나를 버리지 않고 여기까지 따라와 주었소. 그러나 이제 오후가 보낸 군사가 우리를 뒤쫓아 오고 있고, 앞에는 주유가 보낸 군사가 우리의 가는 길을 가로막고 있으니, 이제 부인이 아니면 이 화(禍)를 해결할 사람이 없소.

만약 부인이 내 청을 들어주지 않겠다면, 이 수레 앞에서 스스로 목숨을 끊음으로써 지금까지 부인이 내게 베풀어준 은덕에 조금이나마 보답하겠소."

부인이 화를 내며 말하기를: "내 오라버니가 나를 친형제로 여기지 않는데 제가 무슨 낯으로 그를 다시 보겠습니까? 오늘의 위기는 제가 마땅히 풀어야지요."

부인은 따르는 자들에게 수레를 밀고 즉시 앞으로 나아가라고 호통을 친 다음, 수레의 주렴을 걷어 올리고 친히 서성과 정봉에게 큰 소리로 꾸짖기를: "너희 두 사람은 모반을 하려는 것이냐?"

두 장수가 황급히 말에서 내려 무기를 버리고 두 손을 모으고 공손히 인사를 하며 경의를 표하는 목소리로 말하기를: "어찌 감히 모반을 하겠습니까? 주 도독의 명을 받들어 이곳에 군사를 주둔시켜 놓고 오직 유비를 기다리고 있었을 뿐입니다."

손 부인이 크게 화를 내며 말하기를: "주유 이 역적 놈! 우리 동오가 네놈을 저버린 적이 없거늘! 현덕은 대한(大漢)의 황숙이시자 내 남편이시다. 내 이미 모친과 오라버니께 형주로 돌아가겠다고 말씀드리고 오는 길인데 지금 너희 둘이서 산기슭에서 군사를 데리고 길을 막고 있는 것은 우리 부부의 재물을 약탈하려는 의도가 아니면 무엇이겠느냐?"

서성과 정봉은 연신 굽신거리며 말하기를: "어찌 감히 그럴 리가 있겠습니까? 부인께서는 부디 노여움을 푸십시오. 이는 그저 주 도독의 명령 때문이지 저희들과는 상관이 없습니다."

손 부인이 다시 호통치기를: "너희는 오직 주유는 무섭고 나는 무섭지 않단 말이지! 주유가 너희를 죽일 수 있다면, 난들 어찌 주유를 죽이

지 못할까?"

한바탕 주유를 호통친 손 부인은 따르는 자들에게 수레를 밀고 앞으로 나가라고 호령했다.

서성과 정봉은 속으로 생각하기를: '우리 같은 아랫사람이 어찌 감히 부인의 뜻을 거스를 수 있겠는가!'

더구나 조운이 매우 화가 나 있는 것을 보고, 어쩔 수 없이 군사들에게 가만히 서 있으라고 지시하여 길을 크게 틔워 현덕 일행이 지나가도록 해 줄 수밖에 없었다.

현덕 일행이 5~6리도 못 갔을 때, 서성과 정봉은 남서에서부터 현덕의 뒤를 쫓아오던 진무와 반장이 그곳에 이르자 그들에게 그간 있었던 일들을 자세히 설명했다.

진무와 반장이 말하기를: "당신들이 그들을 통과시킨 것은 잘못했네. 우리 두 사람은 오후의 뜻을 받들어 일부러 그들을 붙잡아 가려고 쫓아온 것이네."

이리하여 네 명의 장수와 군사들은 하나로 합쳐 길을 재촉하여 다시 뒤를 쫓아갔다.

현덕이 한창 가고 있을 때 갑자기 배후에서 큰 함성 소리가 들리니, 현덕은 또 손 부인에게 말하기를: "뒤에서 또 추격병이 쫓아오는데 어찌하면 좋겠소?"

부인 曰: "저와 자룡이 뒤를 막을 테니 당신은 먼저 가세요."

현덕은 군사 3백 명을 이끌고 강기슭을 향해 먼저 갔다. 자룡은 수레 옆에 말을 멈추고 군사를 옆으로 벌려 세워 놓고 추격해 오는 군사들을 기다렸다.

손 부인을 본 네 명의 장수들은 어쩔 수 없이 말에서 내려 두 손을 마주잡고 그녀 앞에 공손히 섰다.

부인 曰: "진무와 반장은 무슨 일로 여기까지 왔는가?"

두 장수가 대답하기를: "주공의 명을 받들어 부인과 현덕을 모셔가려고 왔습니다."

부인이 정색하며 꾸짖기를: "이 형편없는 인간들아! 너희들이 우리 남매를 이간질하여 싸움이라도 시킬 작정이더냐! 나는 이미 정식으로 결혼을 하여 남편을 따라가는 것이지, 절대로 다른 사람과 사사로이 정분이 나서 몰래 도망가는 것이 아니란 말이다. 나는 내 남편과 형주로 돌아가라는 모친의 자애로운 분부를 받들고 온 것이다. 설령 내 오라버니가 왔다 하더라고 반드시 예를 갖추어 행동하실 터인데 네놈들은 군사들의 위세만 믿고 나를 죽이려 하는 것이냐?"

잔뜩 야단만 맞은 네 명의 장수들은 서로의 얼굴만 쳐다보다가 각자 속으로 생각하기를: '주공과 부인은 영원한 남매지간이다. 게다가 이 일은 국태께서 주관하신 일이라 하신다. 오후께서는 누구보다 효성이 지극하신 분이니 어찌 감히 모친의 말씀을 거역하시겠는가? 오후께서 내일이라도 태도를 바꾸시면 우리만 모두 못된 놈들이 될지 모르니, 차라리 인정이나 베풀어 그냥 보내드리는 편이 낫겠다.'

게다가 그곳에는 현덕은 보이지도 않고, 잔뜩 화가 난 조자룡이 두 눈을 부릅뜨고 눈썹을 곧추세우고 당장이라도 덤벼들 기세를 하고 있었다. 결국 네 명의 장수들은 연신 네네, 하며 물러가고 손 부인은 다시 수레를 밀도록 하여 곧바로 떠났다.

서성 曰: "우리 넷이 함께 가서 주 도독을 뵙고 이 사실을 아뢰도록 하세."

네 사람이 머뭇거리며 결정을 못 하고 있는 그때, 문득 한 무리의 군사들이 회오리바람처럼 몰려왔다. 그들은 장흠과 주태였다.

두 장수가 묻기를: "당신들은 유비를 보지 못했소?"

네 장수 曰: "새벽녘에 여길 지나갔으니 벌써 반나절이 넘었소."

장흠 曰: "왜 붙잡지 않았소?"

네 사람은 각기 손 부인이 화를 내며 꾸짖었던 일을 이야기했다.

장흠 曰: "오후께서 우려하신 게 바로 이런 상황이었군. 그래서 자신의 검을 직접 내려주시면서 자신의 누이부터 먼저 죽인 뒤에 유비의 목을 베라고 하시었소. 이를 어긴 자는 즉시 목을 벨 것이라고 하셨단 말이오!"

네 장수가 말하기를: "이미 멀리 도망갔을 텐데 어찌 해야겠소?"

장흠 曰: "저들은 수레를 끌고 가니 빨리 갈 수는 없소. 서 장군과 정 장군은 급히 도독께 보고하여 수로를 이용하여 쾌속선으로 그들의 뒤를 추격하게 하고, 우리 네 사람은 강기슭 위로 쫓아갑시다. 수로든 육로든 쫓아가서 만나기만 하면 그들의 말은 아예 듣지도 말고 무조건 죽여 버려야 하오."

그리하여 서성과 정봉은 주유에게 급히 보고하러 달려갔고, 장흠 등 네 사람은 군사를 이끌고 강을 따라 쫓아갔다.

한편 현덕 일행은 시상에서 상당히 떨어진 유랑포(劉郎浦)에 이르자, 비로소 마음이 조금 놓였다. 그들은 강기슭을 따라가며 강을 건너갈 방법을 궁리하는데, 보이는 것은 아득한 강물뿐, 배 한 척 보이지 않았다.

현덕은 머리를 수그리고 생각에 잠겼다.

조운 曰: "주공께서는 그 위험했던 범의 아가리 속에서도 벗어나와 이제 우리 땅이 코앞에 있습니다. 우리 군사께서 틀림없이 대비하고 계실 텐데, 뭘 그리 걱정하십니까?"

그 말을 들은 현덕은 문득 동오에서 온갖 호사를 누리며 신혼 생활을 했던 일들이 생각나서 자신도 모르게 처량한 눈물을 줄줄 흘리고 말았다.

후세 사람이 이 일을 두고 탄식한 시가 있으니:

오와 촉은 이곳 물가에서 성혼하고서	吳蜀成婚此水潯
보석으로 꾸민 황금 집에서 즐겼으니	明珠步幛屋黃金
뉘 알았으랴 여인이 천하보다 중하여	誰知一女輕天下
삼분천하 유비의 마음 흔들릴 줄이야	慾易劉郎鼎峙心

현덕은 조운에게 앞으로 나가 배를 찾아보라고 하는데, 갑자기 한 군사가 뒤쪽에서 먼지가 하늘을 가리듯 일어난다고 보고를 하였다. 현덕이 높은 곳에 올라가 그곳을 바라보니 군사들이 새까맣게 땅을 덮고 몰려오고 있다.

현덕이 탄식하기를: "며칠을 쉬지 않고 달려와서 사람과 말 모두 지칠대로 지쳤는데, 또 추격병이 쫓아오니 이제는 오직 죽음뿐이로다!"

함성은 점점 가까워진다. 당황한 유비가 어쩔 줄 모르고 있는데, 갑자기 배 20여 척이 강기슭에 길게 매어져 있는 것이 보였다.

조운 曰: "천만다행으로 이곳에 배가 있으니 속히 배에 올라 노를 저어 건너편 강기슭으로 간 다음, 그곳에서 다시 방도를 찾아보는 것이 좋겠습니다."

현덕은 급히 손 부인과 함께 배에 오르고, 자룡은 5백 명의 군사를 이끌고 모두 배에 올랐다. 그 순간 선창 안에서 윤건을 쓴 도복 차림의 한 사람이 나타나 큰 소리로 껄껄 웃으며 말하기를: "주공, 축하드립니다! 제갈량이 이곳에서 기다린 지 오랩니다."

배 안의 행상처럼 분장한 사람들은 모두 형주의 수군이었다.

현덕은 너무나 기뻤다.

배가 출발한 지 얼마 안 되어 뒤쫓아 온 동오의 네 장수가 강기슭에 도착했다.

공명이 웃으면서 강기슭의 네 장수를 손가락으로 가리키며 말하기를: "내 진즉 이리 될 줄 알고 대비책을 세워둔 지 오래되었다. 너희들은 돌아가서 주공에게 다시는 미인계 같은 어리석은 수작은 부리지 말라고 전해라."

그들은 강기슭에서 빗발처럼 화살을 쏘아댔지만, 배에는 한참을 미치지 못했다. 장흠 등 네 장수는 그저 멍하니 쳐다보고만 있을 따름이었다.

현덕이 공명과 함께 한창 가고 있을 때 문득 강에서 큰 함성 소리가 들렸다. 고개를 돌려보니 수많은 배들이 '수(帥)' 자 기(旗)의 아래에는 주유가 직접 수전(水戰)에 익숙한 수군을 이끌고, 좌측에는 황개가, 우측에는 한당이, 마치 달리는 말의 기세로 유성처럼 빠르게 다가오고 있었다.

동오의 군사들이 거의 따라잡으려고 할 때 공명의 배들은 이미 북쪽 강기슭에 당도하여 모두 배를 버리고 육지로 올라가 수레와 말들을 타고 출발했다.

강변까지 쫓아온 주유 역시 모두 강기슭으로 올라와서 그들을 추격했지만, 말이 없는 수군들은 모두 걸어가고 일부 장수들만 말을 탔다. 주유가 앞장을 서고 황개·한당·서성·정봉이 그 뒤를 바짝 따랐다.

주유 曰: "여기가 어디냐?"

한 군사가 대답하기를: "저 앞이 황주 경계입니다."

주유가 바라보니 현덕의 일행이 그리 멀지 않은 곳에 있다. 주유가 전력을 다해 추격하라고 명령을 했다.

한창 추격을 하고 있을 때 갑자기 북소리가 울리면서 산골짜기에서 한 무리의 군사들이 칼을 휘두르며 뛰쳐나오는데, 앞장 선 장수는 바로 관운장이었다.

깜짝 놀란 주유가 어찌할 바를 몰라 급히 말머리를 돌려 달아나니, 이제는 운장이 그 뒤를 쫓는다. 주유가 힘껏 말을 몰아 정신없이 도망치는데 왼편에서는 황충(黃忠)이, 오른편에서는 위연(魏延)이 군사를 이끌고 몰려나와 양쪽에서 무찌르니 동오의 군사는 크게 패하고 말았다.

주유가 황급히 배에 오르자 강기슭의 현덕의 군사들이 일제히 소리지르기를: "주랑의 묘책이 천하를 편안하게 하였고, 부인을 모셔다 드리느라 잃은 군사가 많구나!"

화가 난 주유가 말하기를: "강기슭으로 다시 올라가서 죽기로 싸우자!"

황개와 한당이 극력 만류하니 주유는 어쩔 수 없이 배를 띄웠다. 돌아오는 배 안에서 주유는 속으로 생각하기를: '내 계책이 무참히도 실패했으니 이제 무슨 면목으로 돌아가서 오후를 뵙는단 말인가!'

분노를 참지 못한 주유가 갑자기 외마디 소리를 지르며 배 위에서 쓰러지고 말았다. 지난날 화살에 맞아 아물지 않았던 금창(金瘡)이 다시 터져버린 것이다.

여러 장수들이 부축하여 일으키려고 했지만, 그는 이미 기절해 있었다.

이야말로:

두 번이나 재주 부리다 망신만 당하고	兩番弄巧翻成拙
이제는 분하고 창피해서 견딜 수 없네	此日含嗔却帶羞

주유의 목숨이 어찌 될지 궁금하거든 다음 회를 기대하시라.

제 56 회

조조는 동작대에서 성대한 연회를 열고
공명은 세 번째로 주공근을 기절시키다

曹操大宴銅雀臺

孔明三氣周公瑾

주유는 제갈량이 미리 세 갈래로 매복시켜 둔 관공·황충·위연의 군사들의 습격을 받고 크게 패했다. 주유는 황개와 한당의 도움으로 겨우 배에 올랐으나, 수많은 수군을 잃고 말았다.

주유가 배 안에서 멀리 바라보니, 현덕과 손 부인이 수레와 말, 하인과 따르는 자들을 모두 데리고 산 정상에서 쉬면서 자신을 바라보며 비웃고 있는 것만 같았다.

그러니 주유가 어찌 기가 차지 않겠는가! 화살을 맞은 상처가 아직 아물지 않은 상태에서 노기(怒氣)가 충격을 주니 금창이 다시 터지면서 혼절하여 바닥에 쓰러진 것이다.

주유가 여러 장수들의 응급조치로 간신히 깨어나자 배를 몰아 달아났다. 공명은 더 이상 쫓지 말도록 하고 현덕과 함께 형주로 돌아가 이번 경사를 자축하며 여러 장수들에게 상을 내렸다.

주유는 시상으로 돌아가고, 장흠 등 일행은 남서로 돌아가 손권에게 보고했다. 분을 참지 못한 손권은 정보를 도독으로 삼아 군사를 일으켜 형주를 치려는데 주유 또한 글을 올려 군사를 일으켜 한을 씻기를 청했다.

장소가 간하기를: "아니 되옵니다. 조조는 밤낮으로 적벽에서 패전한 원한을 갚고자 기회를 엿보고 있으나, 지금은 손씨와 유씨가 한마음인 것이 두려워 감히 군사를 일으키지 못하고 있습니다. 그런데 주공께서 일시적인 분노를 참지 못하고 우리끼리 서로 삼키려 든다면 조조는 필시 그 틈을 이용하여 치러 올 것은 불을 보듯 뻔합니다. 그리되면 나라가 위태로워집니다."

고옹 曰: "허도의 첩자들이 어찌 이곳이라고 없겠습니까? 만약 손씨와 유씨가 서로 반목하는 것을 알게 되면 조조는 틀림없이 사람을 보내 유비와 손을 잡을 것입니다. 그리고 유비는 우리 동오에 위협을 느끼면 틀림없이 조조를 찾아갈 것입니다. 그렇게 되면 강남은 하루도 편할 날이 없을 것입니다.

차라리 지금 우리가 써야 할 계책은 사람을 허도로 보내 유비를 형주목(荊州牧)으로 천거하는 표문을 올리는 것입니다. 그러면 조조는 동오와 유비가 한마음인 줄 알고 감히 동남을 치지 못할 것이고, 현덕 또한 주공께 원한을 품지 않을 것입니다. 그런 다음에 심복을 시켜 반간계(反間計)를 써서 조조와 현덕 사이에 싸움을 붙이고 우리는 그 틈을 타서 형주를 도모하는 것이 상책입니다."

손권 曰: "원탄(元嘆: 고옹)의 말이 매우 옳소. 그러면 누구를 허도로 보내면 되겠소?"

고옹 曰: "우리에게 조조가 존경하는 사람이 있습니다. 그를 사자로 보내면 됩니다."

손권이 누구냐고 물으니 고옹이 말하기를: "화흠(華歆)입니다. 그를 사자로 보내시지요."

손권은 아주 기뻐하며 즉시 화흠에게 표문을 주어 허도로 가게 했다. 명을 받은 화흠이 곧바로 조조를 만나러 허도로 갔다. 그러나 조조가 업군(鄴郡)에서 여러 신하들과 함께 동작대(銅雀臺)의 준공을 경축하느라 허도에 없다는 말을 듣고, 화흠은 다시 발길을 업군으로 돌려 그를 만나려고 기다렸다.

조조는 적벽에서 패한 뒤로 늘 원수를 갚을 생각을 하고 있었지만, 손권과 유비가 힘을 합치고 있는 줄 알고, 함부로 군사를 일으키지 못하고 있었다.

건안 15년(서기 210년) 봄, 마침내 동작대가 준공되었다. 조조는 문무백관들을 모두 업군에 모아 놓고 성대한 경축 연회를 열었다.

장하(漳河) 가에 세워진 동작대는 모두 세 개로, 한가운데 있는 것이 바로 동작대, 왼편의 것은 옥룡대(玉龍臺), 오른편의 것은 금봉대(金鳳臺)라 불렸다. 이들의 높이가 각기 열길(丈)이었고, 위로는 다리 두 개가 가로질러 놓여 있어 각 대(臺)들이 서로 연결되어 있었으며, 수많은 문과 방에는 황금빛과 푸른빛으로 눈부시게 어우러져 있었다.

이날 조조는 보석을 박은 금관(嵌寶金冠)을 쓰고 녹색 비단 두루마기(綠錦羅袍)를 입었으며, 옥대(玉帶)를 두르고, 구슬로 만든 신(珠履)을 신고, 누대 위에 높이 올라앉으니, 문무백관들은 모두 대 아래에 서 있었다.

조조는 무관들의 활쏘기 시합을 구경하려고 옆에 있던 시종을 불러 서천(西川)에서 생산하는 홍금전포(紅錦戰袍)를 수양버들 가지 위에 걸어 놓고 그 아래에 과녁을 세우도록 했다. 활은 1백 보 떨어진 곳에서 쏘도록 했다. 무관들을 두 편대로 나누었는데, 조씨 장수를 한 편대로, 나머

동작대 전경 1

동작대 전경 2

지 장수들을 또 한 편대로 나누었다. 조씨 장수들은 모두 붉은 전포를 입고, 나머지 장수들은 모두 녹색 전포를 입도록 했으며, 각자 조각이 된 활과 긴 화살을 들고 말에 올라 명령을 기다리게 했다.

조조가 명령을 내리며 말하기를: "과녁의 붉은 중심을 쏘아 맞히는 자에게는 이 비단 전포를 하사할 것이며 맞히지 못하는 자는 벌로 물을 한 사발 마시도록 할 것이다."

호령이 떨어지자 홍포를 입고 있는 편대에서 한 소년 장군이 말을 달려 나왔는데 그는 바로 조조의 조카 조휴(曹休)였다. 그는 나는 듯이 말을 몰아 세 번을 왕복한 다음 활시위에 화살을 메겨 활을 힘껏 잡아당겨 화살을 쏘니 화살이 과녁의 붉은 중앙에 바로 꽂혔다. 징과 북이 일제히 울리고 관중들의 박수갈채가 쏟아졌다.

누대 위에서 바라보던 조조가 매우 기뻐하며 말하기를: "이 아이는 우리 집안의 천리마로구나!"

그러고는 사람을 시켜 막 조휴에게 비단 전포를 주려고 하는데, 문득 녹색 편대에서 한 사람이 말을 달려 나오며 큰 소리로 외치기를: "승상의 전포는 마땅히 조씨 성이 아닌 우리 편대가 먼저 가져가야지, 종족 중의 사람에게 먼저 기회를 주신 것은 공평하지 못합니다."

조조가 보니 그 사람은 바로 문빙(文聘)이었다.

여러 관원들이 말하기를: "우선 문중업(文仲業: 문빙)의 활솜씨부터 보기로 하시지요."

문빙이 활을 쥐고 말을 달려 화살을 쏘자 역시 과녁의 중앙에 꽂혔다. 관중들의 박수갈채와 징과 북소리가 울렸다.

문빙이 큰 소리로 외치기를: "속히 비단 전포를 가져오너라!"

바로 그때 홍색 전포 편대에서에서 또 한 장수가 나는 듯이 말을 달려 나오며 외치기를: "문열(文烈: 조휴)이 먼저 쏘아 맞혔는데 네가 어찌 빼앗는단 말이냐? 내가 너희 두 사람이 쏜 화살을 갈라놓을 것이다!"

힘껏 시위를 당겼다 놓으니 그 화살 역시 과녁의 중앙에 꽂혔다. 관중들이 일제히 환호성과 갈채를 보냈는데 그는 바로 조홍이었다.

조홍이 막 비단 전포를 취하려고 할 때 또 다시 녹색 편대에서 한 장수가 나오면서 활을 번쩍 치켜들고 외치기를: "너희 세 사람의 활 솜씨가 뭐가 그리 대단하단 말이냐! 내가 쏘는 솜씨를 한 번 보거라!"

그는 바로 장합이었다. 장합은 나는 듯이 말을 달려 몸을 뒤로 뒤집고 등 뒤로 화살을 쏘았는데, 그 화살 역시 과녁의 중심에 꽂혔다. 네 개의 화살이 과녁의 중심에 빽빽이 꽂혀있다.

모든 사람들이 동시에 말하기를: "정말로 훌륭한 솜씨로다!"

장합 曰: "이만하면 비단 전포는 내가 가져가도 되겠지!"

그 말이 미처 끝나기도 전에 홍색 편대에서 한 장수가 나는 듯이 말을 달려 나오면서 외치기를: "당신이 등 뒤로 쏘아서 맞힌 정도를 어찌 기이하다고 할 수 있는가! 내가 과녁의 정 중앙을 맞히는 것을 한번 보시오!"

모두가 보니 그는 바로 하후연이었다.

말을 달려 경계선 앞까지 간 하후연은 몸을 비틀면서 화살을 쏘았는데, 그 화살은 네 개의 화살 한가운데 꽂혔다. 징과 북소리가 일제히 울렸다.

하후연이 말을 멈추고 활을 잡고 큰 소리로 외치기를: "이 정도면 비단 전포를 차지할 만하겠지?"

이때 녹색 편대에서 또 한 장수가 말을 달려 나오며 큰 소리로 외치기를: "비단 전포는 그냥 놔두시오. 그것은 이 서황의 것이오!"

하후연 曰: "네가 무슨 활솜씨가 있기에, 내 전포를 빼앗겠다는 것이냐?"

서황 曰: "당신이 과녁의 정 중앙을 맞힌 정도를 기이하다고 할 수는 없지. 내가 비단 전포를 어떻게 취하는지 구경이나 하시게!"

서황이 활을 잡고 화살을 메겨 멀리 버드나무 가지를 향해 화살을 날려 보내자, 그 화살은 바로 버드나무 가지가 끊어지면서 걸려 있던 비단 전포가 떨어졌다.

서황이 비호처럼 말을 달려 떨어지던 비단 전포가 땅에 닿기 직전 나꿔채어 몸에 걸치고 누대 앞으로 달려가서 말하기를: "승상께서 하사하신 이 서천 황금 전포를 감사히 입겠습니다."

조조를 비롯한 그곳에 모인 모든 관료들 중 그를 칭찬하며 부러워하지 않는 사람이 없었다.

서황이 말고삐를 잡아당겨 막 돌아가려 할 때, 문득 누대 옆에서 녹색 전포를 입은 장군 하나가 뛰어나오며 큰 소리로 외치기를: "너는 그 비단 전포를 어디로 가져가려 하는가? 어서 내게 넘기지 못하겠는가!"

모두들 보니 그는 허저였다.

서황 曰: "전포는 이미 내 것이거늘, 네가 어찌 감히 강제로 빼앗으려 한단 말인가!"

허저는 더 이상 대꾸를 하지 않고 그 전포를 빼앗으려고 나는 듯이 말을 달려왔다. 두 말이 가까워지자 서황이 활로 허저를 내리쳤다. 허저는 한 손으로 그 활을 잡고 서황을 말에서 끌어 내리려고 힘차게 잡아당겼다.

서황이 재빨리 활을 놓아버리고 몸을 굴려 말에서 내리니 허저 역시 말에서 내렸다. 말에서 내린 두 사람은 이제 꽉 붙잡고 치고받고 싸우니 난투극이 벌어지고 말았다.

조조가 급히 사람들을 시켜 두 사람을 겨우 떼어 놓았으나, 그 비단 전포는 이미 갈기갈기 찢어진 상태였다.

조조가 두 사람을 누대 위로 올라오게 하였으나, 아직도 서황은 화난 눈을 부릅뜨고 있고, 허저는 이를 갈고 있는데, 그곳에서도 막 싸울 기세다.

조조가 웃으면서 말하기를: “나는 그대들의 용맹함을 본 것만으로도 대만족이다. 그까짓 비단 전포 한 벌이 무슨 대수겠는가!”

그러고는 모든 장수들을 누대 위로 올라오게 하여 모두에게 촉(蜀)에서 나는 가장 좋은 비단(蜀錦) 한 필씩을 하사했다.

장수들이 다들 고맙다고 인사를 하니 조조는 문무 관원들을 각자 서열에 따라 자리에 앉으라고 하고 본격적인 연회를 베풀었다. 풍악이 울려 퍼지는 가운데 산해진미가 끊임없이 들어온다. 여러 문무 관원들이 순서에 따라 술잔을 들고, 서로 술을 권하느라 술잔을 잡은 손들이 서로 엇갈릴 정도였다.

조조가 여러 문관들을 돌아보며 말하기를: “무장들은 이미 말을 타고 활을 쏘는 무예를 뽐냄으로써 즐기면서 그 위엄과 용맹을 마음껏 드러내 보였다. 공들은 모두 학문이 풍부한 인사들로 기왕 이 높은 대에 올라왔으니, 한때의 훌륭한 일을 아름다운 문장으로 기념하지 않겠는가?”

모든 문관들이 몸을 굽히며 말하기를: “분부를 따르겠나이다!”

이때 그곳에는 왕낭(王郎) 종요(鍾繇)·왕찬(王粲) 진림(陳琳) 등 학문이 뛰어난 문관들이 많이 있었는데, 그들은 각기 시와 문장을 지어 올렸다. 그들이 지어 바친 시 가운데는 조조의 공덕을 높이 칭송하며 천명을 받아 황제의 자리에 오르는 것이 마땅하다는 의미의 시가 많았다.

조조는 그들이 바친 시와 문장을 모두 보고 나서 웃으며 말하기를: “여러분들은 아름다운 문장으로 나를 지나치게 칭찬하였구려! 나는 본래 우매하고 비루한 자로 효렴(孝廉)에 천거되어 처음 벼슬을 시작했소.

하지만 곧 나라가 크게 어지러워지기에 초군(譙郡) 동쪽 50리 떨어진 곳에 정사(精舍)를 지어놓고 봄과 여름에는 책이나 읽고, 가을과 겨울에는 사냥이나 하면서 천하가 안정되기를 기다려 벼슬길에 나설 생각이었소.

그런데 뜻밖에도 조정에서 나를 불러 전군교위(典軍校尉)로 임명하기에 결국 뜻을 바꾸어 오로지 나라를 위해 도적들을 토벌하여 공을 세우고, 싸우다 죽으면 나의 묘비에 '한고정서장군조후지묘(漢故征西將軍曹候之墓)'라고 쓸 수 있게 된다면 평생의 소원을 이룬 것이라고 생각했었소.

돌이켜 보면 동탁을 치고 황건적을 토벌한 이래로 원술을 제거하고, 여포를 쳐부수고 원소를 멸망시키고, 유표를 평정함으로써 마침내 천하를 평안하게 하고 이 몸은 재상이 되었소. 신하된 사람으로서는 더할 나위 없이 귀하게 되었으니 더 이상 무엇을 바라겠소?

만약 이 나라에 내가 없었다면 하찮은 인간들이 스스로 황제라 칭하거나 왕이라 칭하는 자들이 얼마나 많이 나왔을지 모를 일이오.

어떤 사람들은 내 권세가 막강하다고 제멋대로 미루어 짐작하기를, 내가 딴 마음을 품고 있겠지 하고 의심하지만, 이는 크게 잘못된 생각이오.

나는 늘 공자께서 주(周) 문왕(文王)의 지극한 덕을 칭송한 것을 생각하며, 그의 말씀을 언제나 마음속에 세기고 있소.

그래서 내가 사실 원하는 것은 모든 병권과 군사를 내려놓고 무평후국(武平候國)으로 돌아가 편히 쉬고 싶지만, 실제로는 그리 할 수 없는 것이, 내가 일단 병권을 내려놓으면 사람들이 나를 해치려 들 것이며, 또 내가 패배하면 나라가 기울어 위태롭게 될 것이 참으로 두렵기 때문이오. 그러므로 나라가 실제로 화를 당하도록 내버려 둘 수는 없기 때문에 나는 하는 수 없이 헛된 명성을 지키고 있을 뿐이오. 여러분들은 아마 나의 이런 뜻을 알지 못할 것이오."

모든 문무 관원들이 자리에서 일어나 절을 하며 말하기를: "비록 이윤(伊尹)[17]이나 주공(周公)[18]이라 할지라도 승상을 따르지는 못할 것입니다."

후세 사람이 이 일을 시로 지었으니:

주공이 유언비어에 두려워하던 그날　　周公恐懼流言日
왕망이 아랫사람에게 겸공하던 그때　　王莽謙恭下士時
만일 그 시절 살지 못하고 죽었다면　　假使當年身便死
그들 일생의 진위 여부 누가 알겠나　　一生眞僞有誰知

조조가 연거푸 술을 몇 잔 마시고 자신도 모르게 술에 취해 좌우 사람에게 붓과 벼루를 가져오라고 하여 자신도 동작대 시를 지으려고 했다. 조조가 붓을 들고 막 써 내려가려는 순간 사람이 와서 알리기를: "동오에서 화흠을 보내 유비를 형주목으로 천거하는 표문을 올렸습니다. 손권은 자신의 누이를 유비에게 시집보냈으며 한강 상류의 아홉 개 군의 대부분은 이미 유비의 수중에 들어갔다고 합니다."

그 말을 들은 조조는 너무나 놀라 들고 있던 붓을 땅에 떨어뜨리고 말았다.

정욱 曰: "승상은 수많은 군사들 속에서 화살과 돌이 비 오듯 쏟아질 때도 마음이 흔들린 적이 없었는데, 지금 유비가 형주를 얻었다는 소리를 듣고는 왜 이리 놀라십니까?"

조조 曰: "유비 그 사람은 용 같은 인물이오. 여태껏 그가 놀 수 있는 물을 만나지 못했을 뿐인데, 이제 형주를 얻었으니 이는 곤(困)한 용이 큰 바다로 들어간 것과 같소. 그러니 내 어찌 놀라지 않겠소!"

---

17 상商 나라의 저명한 정치가. 역자 주.

18 주나라 무왕의 동생으로 무왕이 죽자 조카를 도와 주나라의 기초를 다짐. 역자 주.

정욱 曰: “승상께서는 손권이 화흠을 보낸 의도를 아십니까?”

조조 曰: “모르겠소.”

정욱 曰: “손권 역시 유비를 매우 싫어하여 군사를 일으켜 치려고 했지만, 승상께서 그 빈틈을 타서 습격하실까 봐 그러지 못하고 화흠을 사자로 보내 유비를 형주목으로 천거하는 표문을 올린 것입니다. 그리하여 유비를 마음 놓게 하는 한편, 승상께서도 다시 동남으로 내려오시는 것을 막아보려는 속셈입니다.”

조조가 고개를 끄덕이며 말하기를: “그대 말이 맞소. 이제 우리는 어떻게 하면 좋겠소?”

정욱 曰: “제게 한 가지 계책이 있습니다. 손권과 유비가 서로 싸우게 만들고 승상께서 그 틈을 타서 저들을 쳐들어간다면 한 번의 공격으로 저들을 모두 쳐부술 수 있습니다.”

조조는 매우 기뻐하며 계속해서 그 계책을 물었다.

정욱 曰: “손권이 오로지 의지하는 자는 바로 주유입니다. 승상께서는 주유를 남군(南郡) 태수로, 정보를 강하(江夏) 태수로 삼도록 천자께 표문을 올리시고, 화흠은 돌려보내지 말고 허창(許昌: 허도)에 남겨 조정에서 중용하시면, 주유는 틀림없이 유비를 원수로 여겨 서로 싸울 것이니, 우리는 그 틈을 타서 저들을 도모하면 이 또한 좋은 방법이 되지 않겠습니까?”

조조 曰: “중덕(仲德: 정욱)의 말이 바로 내 뜻과 같소.”

조조는 화흠을 동작대 위로 올라오게 하여 후한 상을 내렸다.

이날 연회를 마친 조조는 즉시 모든 관원들을 이끌고 허창으로 돌아가서 천자께 표문을 올려 주유를 남군 태수로, 정보를 강하 태수로 봉했다. 그리고 화흠을 대리소경(大理少卿)[19]으로 봉하여 허도에 머물도록

19 잘못 표기된 관직명으로 동한에 실제 이런 관직은 없었음. 역자 주.

했다.

천자의 사자가 동오에 이르러 주유와 정보에게 각기 태수 벼슬을 주었다.

남군 태수로 부임한 주유는 더욱 원수 갚을 생각이 간절하여 오후에게 서신을 올려 노숙을 유비에게 보내 형주를 돌려받게 하자고 했다.

손권이 노숙에게 말하기를: "당신이 전에 보증을 서고 형주를 유비에게 빌려주었는데, 지금 유비는 시간만 질질 끌면서 돌려주지 않고 있으니, 도대체 언제까지 기다려야 한단 말이오?"

노숙 曰: "각서 상에는 서천(西川)을 얻고 나면 곧바로 형주를 돌려주겠다고 명백하게 씌어 있습니다."

손권이 꾸짖기를: "입으로만 그리 말하고 여태껏 군사를 움직일 기미조차 없으니. 유비 그놈이 늙어 죽기만 기다릴 수는 없지 않소!"

노숙 曰: "제가 가서 한번 말해 보겠습니다."

노숙은 곧바로 배를 타고 형주로 갔다.

한편 현덕과 공명은 형주에서 군량과 마초를 비축하고 군사들을 열심히 조련하니 가까운 곳은 물론이고 먼 지방에서도 많은 인사들이 몰려들었다. 그때 갑자기 노숙이 왔다고 알려왔다.

현덕이 공명에게 묻기를: "자경이 이번에는 무슨 의도로 찾아왔을까요?"

공명 曰: "지난번 손권이 주공을 형주목으로 천거한 것은 조조가 다시 내려오지 못하게 하려는 계책이었습니다. 그것을 간파한 조조가 주유를 남군 태수로 봉한 것은 우리와 동오가 서로 반목하여 싸우도록 해놓고 자기는 그 틈을 타서 공격하려는 속셈이었지요. 지금 노숙을 다시 이곳으로 보낸 것은 주유가 이미 남군 태수가 되었으니, 와서 형주를 내

놓으라고 요구하는 의도입니다."

현덕 曰: "그럼 어찌 대응을 해야 하겠소?"

공명 曰: "만약 노숙이 형주 반환의 건을 꺼내면 주공은 무조건 대성통곡을 하십시오. 주공께서 서럽게 우실 때 제가 나서서 해결하겠습니다."

이렇게 일러준 뒤 공명은 노숙을 부중으로 영접해 들였다.

인사를 마치고 현덕이 자리에 앉으라고 권하자 노숙이 말하기를: "이제 황숙께서는 동오의 사위가 되셨으니 저 노숙의 주인이기도 합니다. 어찌 감히 자리에 앉을 수 있습니까?"

현덕이 웃으며 말하기를: "자경과 나는 오랜 친구인데 뭘 그리 겸손할 필요 있소이까?"

그제야 자리에 앉은 노숙은 함께 차를 마신 뒤 말하기를: "이번에는 오후의 명을 받들어 전적으로 형주의 일 때문에 왔소이다. 황숙께서 이 형주를 빌린 지도 오래되었는데 아직 돌려주지 않고 있소. 이제는 이미 양가가 혼인까지 했으니, 친척간의 정을 생각해서라도 하루속히 돌려주셔야 하오."

그 말을 들은 현덕은 그만 얼굴을 감싸고 크게 울기 시작했다.

노숙이 놀라서 묻기를: "황숙께서는 어찌 이러십니까?"

현덕이 울음을 멈추지 않았다.

그때 공명이 병풍 뒤에서 나오며 말하기를: "저는 두 분의 대화 내용을 처음부터 들었습니다. 자경께서는 우리 주인이 왜 우는지 아시오?"

노숙 曰: "저는 도무지 모르겠소."

공명 曰: "이유는 간단하지요. 당초에 우리 주공께서 형주를 빌리실 때 서천을 차지하면 즉시 돌려드리겠다고 했지요. 하지만 자세히 따져보면 익주(益州)의 유장(劉璋)은 우리 주인의 아우이자 마찬가지로 같은 한

(漢) 황실의 혈육이지요. 그러니 만약 군사를 일으켜 그의 성지를 빼앗은다면 남들이 침을 뱉고 욕을 할까 봐 두렵고, 빼앗지 않으려 하니 형주를 돌려주고 나면 몸 부칠 곳이 어디 있소이까? 그렇다고 만약 돌려주지 않으면 손위 처남인 오후를 뵐 낯이 없으니, 사실 이러지도 저러지도 못하는 처지라 이처럼 눈물을 흘리시며 애통해하는 거지요."

공명이 말을 마치자 듣고 있던 현덕은 참으로 자신의 신세가 서글퍼지면서 북받쳐 오르는 감정을 이기지 못하고 가슴을 치고 발을 구르며 통곡을 하였다.

노숙이 권하기를: "황숙께서는 고정하시지요. 제가 공명과 천천히 신중하게 의논해 보겠소."

공명 曰: "죄송하지만 노숙이 돌아가서 오후께 우리 주공의 이런 딱한 사정을 간곡히 말씀드려 조금만 더 말미를 주자고 간청해 주시기 바라오."

노숙 曰: "만약 오후께서 들어주지 않으면 어떻게 하지요?"

공명 曰: "오후는 이미 자신의 친 누이를 황숙께 출가시켰는데 어찌 들어주지 않겠소이까? 부디 자경께서 잘 말씀드려 주기 바라오."

노숙은 천성이 너그럽고 덕이 많은 장자(長者)인지라, 현덕이 그처럼 애통해하는 것을 보고 그리하겠다고 승낙하지 않을 수 없었다. 현덕과 공명은 고맙다고 인사를 했다. 후하게 대접을 한 뒤 두 사람은 노숙을 배 타는 곳까지 바래다 주었다.

노숙은 동오로 돌아가는 길에 시상을 먼저 들러 주유를 만나 이 일을 자세히 설명했다.

주유가 발을 구르며 말하기를: "자경은 이번에도 제갈량의 꾀에 걸려들고 말았소! 당초에 유비가 유표에게 몸을 의지하고 있을 때도 유비는 늘 형주를 집어삼킬 마음을 가지고 있었는데, 하물며 서천의 유장이야

말할 게 뭐 있소? 저들이 이처럼 핑계를 대고 미루기만 하면 결국 그 누(累)가 노형께 미친다는 것을 왜 모르시오.

나에게 한 가지 계책이 있으니 설령 제갈량이라 하더라도 이번만은 벗어나지 못할 것이오. 자경은 곧바로 다시 한번 다녀오시오."

노숙 曰: "우선 그 묘책이 무엇인지 들려주시오."

주유 曰: "자경은 오후를 만나러 갈 필요도 없소. 지금 바로 형주로 가서 유비에게 이렇게 말하시오. '손씨와 유씨 양가는 이미 혼인을 하였으니 이제는 한집안이라. 만약 유씨가 차마 서천을 취하러 가지 못하겠다면 우리 동오가 대신 군사를 일으켜 서천을 취하러 가겠다. 서천을 얻게 되면 그것을 현덕에게 혼인 예물로 주겠다. 그때는 형주를 동오에 돌려줘야 한다.'고 말이오."

노숙 曰: "서천은 너무 멀어 취하기가 쉽지 않은데, 도독의 이 계책은 불가능한 것이 아니오?"

주유가 웃으며 말하기를: "자경은 참으로 고지식한 사람이오. 그대는 정말로 내가 서천까지 가서 그 땅을 빼앗아 현덕에게 줄 것이라 생각하고 있소? 나는 다만 이것을 핑계로 실제로는 형주를 취하러 가려는 것인데, 일단 그들로 하여금 방비를 느슨하게 하려는 것이오. 우리가 서천을 치려면 반드시 형주를 지나가야 하오. 저들에게 군수 물자와 군량을 대라고 요구하면, 유비는 틀림없이 우리 군사를 위로하러 성을 나올 것이니, 그때 기회를 봐서 유비를 죽이고 형주를 빼앗아 버리면 나의 원한도 갚고 그대의 화도 해결할 수 있지 않겠소?"

노숙은 크게 기뻐하며 곧바로 다시 형주로 갔다.

현덕과 공명이 상의했다.

공명 曰: "노숙은 틀림없이 오후는 만나 보지도 않은 채, 시상에서 주유와 무슨 계책을 꾸민 뒤 우리를 유린하러 다시 온 것입니다. 주공께선 그가 무슨 말을 하던 내가 고개를 끄덕이는 것을 보시거든 두말없이 그리하겠다고 하십시오."

이렇게 의논을 하고 있을 때, 노숙이 들어와서 인사를 한 다음 말하기를: "오후께서는 황숙의 성덕을 높게 칭찬하시고 여러 장수들과 의논한 결과, 우리가 황숙을 대신하여 군사를 일으켜 서천을 취하여 그곳을 혼인 예물로 황숙께 드리고 형주를 돌려받기로 하였습니다. 다만 동오의 군사들이 이곳을 지날 때 약간의 군수 물자와 군량미를 지원해 주기를 원하고 있습니다."

공명은 듣자마자 고개를 끄덕이며 말하기를: "오후께서 이처럼 우리를 배려해 주실 줄은 미처 몰랐습니다!"

현덕 역시 두 손을 모으고 감사의 말을 하기를: "이 모두가 자경께서 잘 말씀해 준 덕분 아니겠소!"

공명 曰: "정예군이 이르는 날에 마땅히 멀리 나가서 군사들을 위로하겠소이다."

노숙은 속으로 환호성을 지르고 연회를 마치자 하직 인사를 하고 돌아갔다.

현덕이 공명에게 묻기를: "이것은 도대체 무슨 의도일까요?"

공명이 껄껄 웃으며 말하기를: "주유의 죽을 날이 가까워진 것이지요! 어린애도 속여 넘길 수 없는 하찮은 계책을 우리에게 쓰다니!"

현덕이 무슨 말이냐고 또 물으니, 공명이 말하기를: "이것은 바로 가도멸괵(假途滅虢)[20]이라는 계책입니다.

---

20 길을 빌린다는 명분으로 가서 상대방을 치는 책략을 말함. 춘추시대 때 진晉나라가 요충지를 얻기 위하여 남하하여 괵虢을 치려고 하는데 반드시 우虞나라를 거쳐 가야 했음. 진은 우에 많은 뇌물을 써서 길을 빌려 괵나라를 멸망시킨 후 돌아오는 길에 우나라 까지 멸망시켰음. 역자 주.

저들이 내세우는 거짓 명분은 서천을 친다는 것이지만 진짜 속셈은 형주를 빼앗는 것입니다. 주공께서 성을 나가시어 군사들을 위로하기를 기다렸다가, 기회를 봐서 주공을 붙잡아 놓고 대비를 하지 못한 성으로 쳐들어와서 불의에 공격하려는 것입니다."

현덕 曰: "그럼 우리는 어찌하면 좋겠소?"

공명 曰: "주공께서는 걱정 마시고 그저 맹호를 사로잡을 덫과 자라와 고기를 낚을 향기로운 미끼만 준비해 두시면 됩니다. 주유가 이번에 오면 설사 죽지는 않는다고 하더라도 십중팔구는 죽는 것이나 마찬가지가 될 것입니다."

그러고는 곧바로 조운을 불러 계책을 들려주기를: "여차여차하시오. 나머지는 내가 알아서 조치하겠소."

현덕은 매우 기뻐했다. 후세 사람이 이를 찬탄한 시가 있으니:

주유가 계책을 써서 형주를 취하려 하는데	周瑜決策取荊州
제갈량이 먼저 알고 뛰어난 대비책 세우네	諸葛先知第一籌
장강의 향기로운 미끼 모르길 꼭 바랐는데	指望長江香餌隱
그 속에 낚시의 바늘 있는 줄 알지 못했네	不知暗裏釣漁鉤

한편 노숙은 돌아가서 주유에게 현덕과 공명이 기뻐하던 일과, 동오의 군사가 당도하면 성에서 그들이 나와 군사를 위로할 준비를 하겠다고 말한 것까지 자세히 보고했다.

주유는 큰 소리로 껄껄 웃으며 말하기를: "이제야 내 계책에 걸려들었군!"

곧바로 노숙으로 하여금 오후에게 가서 이 사실을 보고하도록 하고, 아울러 정보를 파견하여 군사를 이끌고 가서 함께 호응하도록 했다.

이때 주유는 화살 맞은 상처가 거의 나아서 몸을 움직이는 데 별 지장이 없어 감녕으로 하여금 선봉을 맡게 하고, 자신은 서성·정봉과 함께 제 2대를 맡고 능통과 여몽을 후대(後隊)로 삼아 수륙 대군 5만 명을 일으켜 형주를 향해 떠났다.

주유는 배 안에서 드디어 공명이 자신의 계책에 걸려들었다고 생각을 하니 너무나 기분이 좋아 흐뭇한 마음에 저절로 웃음이 나왔다.

전군(前軍)이 하구(夏口)에 이르자 주유가 묻기를: "형주에서 영접하러 나온 사람이 있느냐?"

한 군사가 보고하기를: "유 황숙께서 보낸 미축이 도독을 뵈려고 기다리고 있습니다."

주유가 미축을 불러 우리 군사를 위로할 준비는 되었는지 물었다.

미축 曰: "우리 주공께서 모든 준비를 다 마쳤습니다."

주유 曰: "황숙께서는 어디 계시느냐?"

미축 曰: "형주 성문 밖에서 도독께 친히 술을 권하시겠다고 기다리고 계십니다."

주유 曰: "이번 일은 당신 집안 일로 군사를 내서 원정을 가는 것이니, 우리 군사를 위로하는 일에 소홀함이 있어서는 아니 될 것이다."

미축은 주유의 분부를 받고 먼저 돌아갔다.

강 위에 빽빽하게 늘어선 전선들이 차례대로 앞으로 나아갔다. 공안(公安)에 거의 이르렀으나 현덕의 전선들은 하나도 보이지 않고 영접하러 나온 사람도 보이지 않았다. 궁금해진 주유가 배를 재촉하여 더 빨리 나아가 형주에서 10여 리 떨어진 곳까지 갔지만 강수면 위는 배 한 척도 떠 있지 않고 더없이 고요하기만 했다.

정탐꾼이 돌아와서 보고하기를: "형주성 위에는 흰 기 두 개만 꽂혀 있을 뿐, 사람 그림자 하나 보이지 않습니다."

의심이 든 주유는 배를 강기슭에 대도록 하고, 직접 말을 타고 강 언덕으로 올라가 감녕·서성·정봉 및 일반 군관과 정예군 3천 명을 이끌고 형주로 갔다.

그들이 형주성 아래에 까지 갔으나 아무런 움직임이 없었다.

주유가 말을 멈추고 군사들에게 문을 열라고 외치도록 하니 성 위에서 누구냐고 물었다.

동오의 군사가 대답하기를: "동오의 주 도독께서 이곳에 직접 오셨느니라."

말이 미처 끝나기도 전에 딱따기 소리가 한번 울리면서 성 위의 군사들이 일제히 창과 검을 세웠다.

그리고 성 위의 망루 위에 오른 조운이 나와서 묻기를: "도독의 이번 행차는 어인 까닭이오?"

주유 曰: "나는 너의 주인을 대신하여 서천(西川)을 취하러 가는 길인데, 그대는 아직도 그 일을 모르는가?"

조운 曰: "우리 공명 군사(軍師)께서는 도독의 가도멸괵(假途滅虢) 계책을 이미 다 알고 계시므로 이 조운을 여기에 남겨 두었소. 그리고 우리 주공께서 말씀하시기를, '나와 유장(劉璋)은 다 한(漢) 황실의 종친인데 내 어찌 종친의 의리를 저버리고 서천을 취할 수 있겠는가! 만약 너의 동오가 정말로 촉(蜀)을 취하려 한다면 나는 차라리 머리를 풀고 산으로 들어가서 천하 사람들에 대한 신의를 지키겠다.'고 하셨소이다."

그 말을 들은 주유는 비로소 자신이 제갈량의 꾀에 또 걸려들었음을 깨닫고 말머리를 돌려서 가려고 하는데 '영(令: 전령)' 자 기를 든, 한 병사가 급히 달려와 보고하기를: "사방에서 일제히 군사들이 쳐들어오고 있습니다. 관우는 강릉으로부터, 장비는 자귀(秭歸)로부터, 황충은 공안으로부터, 위연은 잔릉(孱陵)의 샛길로 각각 쳐들어오고 있습니다. 사방의 군사들의 수가 얼마나 되는지는 알 수 없지만 함성 소리가 1백여 리를 진동하는데 모두들 도독을 서로 먼저 사로잡겠다고 소리치고 있습니다."

그 말을 들은 주유는 너무나 기가 차서 말 위에서 외마디 비명을 지르니, 아물던 화살 상처가 다시 터져서 말 아래로 굴러떨어지고 말았다.

이야말로:

고수와 장기 두어 이기기 어렵듯이	一着棋高難對敵
몇 번 시도한 계책 모두 허탕 쳤네	幾番算定總成空

주유의 목숨이 어찌 될지 궁금하거든 다음 회를 기대하시라.

제 57 회

공명은 시상구에서 주유 죽음 애도하고
봉추는 뇌양현에서 고을 일을 다스리다

柴桑口臥龍吊喪

耒陽縣鳳雛理事

노기(怒氣)로 가슴이 꽉 막혀 말에서 떨어진 주유를 좌우에서 급히 구호하여 배로 돌아갔다.

동오의 군사가 전하기를: "현덕과 공명은 산 정상에서 술을 마시며 즐기고 있습니다."

화가 머리끝까지 치민 주유가 이를 부득부득 갈며 말하기를: "네놈들은 내가 서천을 취하지 못할 것이라고 생각하겠지만, 내 기필코 쳐서 얻고 말 것이다!"

한창 분을 삭이지 못하고 있을 때, 오후가 자기의 아우 손유(孫瑜)를 보내왔다고 보고를 했다. 주유는 그를 맞아들여 그간의 사정을 자세히 이야기했다.

손유 曰: "저는 형님의 명을 받들어 도독을 도우러 온 것입니다."

즉시 군사들을 재촉하여 앞으로 나아가도록 했다. 그들이 파구(巴口)에 이르니 상류에 유봉과 관평 두 사람이 군사를 이끌고 수로를 막고 있다는 보고가 들어왔다. 주유는 더욱 화가 났는데 또 갑자기 공명이 사람을 시켜 서신을 보내왔다고 보고하는 것이 아닌가!

주유가 곧바로 그 서신을 받아서 뜯어보니 글의 내용은:

"한(漢)의 군사(軍師) 중랑장(中郎將) 제갈량이 동오의 대도독 공근(公瑾) 선생께 글월을 올리오.

저 양(亮)은 시상에서 작별한 이래 지금까지 선생을 늘 잊지 않고 생각하고 있소. 듣자니 이번에 그대가 서천을 치러 간다고 하는데, 양의 생각에 그것은 불가능하오.

익주(益州)는 백성들도 강할 뿐만 아니라 지형이 험하여, 유장(劉璋)이 비록 나약하고 어리석으나 스스로 충분히 지킬 수 있소. 지금 그대가 지친 군사를 이끌고 멀리 쳐들어가려고 하는데, 만 리나 되는 그 먼 길을 군량과 마초를 운반해 가면서 완전한 성공을 거두기를 바라지만, 이는 비록 오기(吳起)[21]라 하더라도 계책을 세우기 어려울 것이며, 손무(孫武)[22]라도 그 뒷감당을 할 수 없을 것이오.

조조가 적벽에서 패한 뒤로 어찌 한시라도 우리에게 원수 갚을 생각을 하지 않겠소이까? 그대가 군사를 일으켜 먼 곳을 치는 동안 조조가 그 틈을 타서 내려온다면 강남은 바로 가루가 되고 말 것이오. 이 양은 차마 그런 상황을 가만히 앉아서 구경만 하고 있을 수는 없어, 이에 특별히 충고하는 바이니, 부디 잘 헤아려 살피도록 하시오."

글을 다 읽은 주유가 길게 탄식을 했다. 그리고 좌우를 불러 종이와 붓을 가져오라고 하여 오후에게 올릴 글을 작성했다.

그러고는 여러 장수들을 불러 모아 말하기를: "내 충성을 다하여 나라에 보답하려 했으나 이미 천명을 다했으니 어찌하겠는가! 그대들은 오후를 잘 섬겨 함께 대업(大業)을 이루도록 하라!"

21 전국시대 유명한 병법가. 역자 주.

22 손자병법을 지은 전국시대의 유명한 병법가. 역자 주.

말을 마친 주유는 정신을 잃었다. 한참 만에 다시 정신이 든 주유가 하늘을 우러러 길게 탄식하며 말하기를: "기왕 이 주유를 세상에 내보내었으면 되었지, 제갈량은 왜 또 보내셨단 말인가!(旣生瑜, 何生亮)"

이어서 알아듣지 못한 몇 마디를 더 중얼거린 주유가 마침내 숨을 거두고 말았다. 이때 그의 나이 서른여섯이었다.

후세 사람이 시를 지어 그를 탄식하였으니:

적벽에서 웅대한 공적 세운 주유는 　赤壁遺雄烈
젊은 시절부터 빼어난 명성 날렸네 　青年有俊聲
음율을 들으면 우아한 뜻을 알았고 　弦歌知雅意
술잔을 들어 좋은 친구에 감사했네 　杯酒謝良朋

일찍이 노숙에게 삼천 석을 빌리고 　曾謁三千斛
언제나 십만 대군을 이끌고 다녔지 　常驅十萬兵
파구 땅에서 그의 일생 마무리하여 　巴口終命處
고인을 추모하니 내 가슴 아파오네 　憑弔欲傷情

주유의 시신을 파구에 안치한 장수들은 주유가 남긴 서신을 급히 손권에게 보냈다. 주유의 사망 소식을 들은 손권은 대성통곡을 하며 봉투를 뜯어 그의 글을 읽어 보니, 노숙을 자기 대신으로 천거한다고 하면서 그 내용은 대략 다음과 같다:

"저 유(瑜)는 별다른 재주도 없으면서 특별한 대우를 받고 심복으로 인정을 받아 군사를 통솔하였으니, 저를 가장 아끼고 중히 여기신 주군께 어찌 충성을 다하여 그 은혜에 보답하지 않을 수 있겠습니까? 하지만 살고 죽는 일은 미리 예측할 수 없고, 인간 목숨의 길고 짧음 역시 하늘이 정하는 것이라, 어리석은 제 뜻을 다 펴보지도 못하고 먼저 죽게 되었으니 그 한이 어찌 뼈에 사무치지 않겠습니까!

이제 조조는 북쪽에 자리 잡고 있으면서 조용할 날이 없으며, 유비는 더불어 살지만 마치 범을 기르는 것과 다름없으니, 천하의 일이 어찌 될지 아무것도 알 수가 없습니다.

지금이야말로 모든 신하들은 침식을 잊고 주군께 충성해야 하며, 지존(至尊)께서는 매사에 신중하셔야 할 때입니다.

노숙은 천성이 충성스럽고 절개가 곧아 맡은 바 일에 소홀하지 않으니 제가 하던 일을 대신할 수 있을 것입니다.

'사람이 죽을 때는 그 말이 선하다(人之將死, 其言也善).'고 하였으니, 깊이 통촉하시오면, 비록 제 몸은 죽더라도 혼만은 영원히 썩지 않을 것입니다."

주유의 마지막 서신을 다 읽고 난 손권은 울면서 말하기를: "공근은 왕을 보좌할 재능을 가졌건만 이렇게 갑자기 죽었으니, 이제 나는 누구를 의지한단 말인가!

그가 유서로서 특별히 자경을 천거하니 내 어찌 그의 말을 따르지 않을 수 있겠는가!"

즉시 노숙을 도독으로 임명하여 군사를 통솔하도록 하는 한편 주유의 영구를 모셔 오도록 하여 후하게 장례를 치러 주었다.

한편 형주에 있는 공명은 밤에 천문을 보다가 장군별이 떨어지는 것을 보고 입가에 미소를 띠며 말하기를: "주유가 죽었구나!"

날이 새자 공명은 현덕에게 알려주었다. 현덕이 사람을 시켜 알아보니 과연 주유가 죽었다는 것이다.

현덕이 공명에게 묻기를: "이제 주유가 죽었으니 어떻게 해야지요?"

공명 曰: "주유를 대신하여 군사를 통솔할 사람은 틀림없이 노숙일 것입니다. 제가 천문을 보니 장수 별들이 동방에 모여 있습니다. 제가 조문을 이유로 동방에 가서 주공을 보좌할 유능한 인재를 한번 찾아보겠습니다."

현덕 曰: "동오의 장수들이 선생을 해치지 않을까 걱정됩니다."

공명 曰: "주유 생전에도 저는 그들을 두려워하지 않았는데, 이제 주유가 죽었는데 또 무엇을 염려하십니까?"

공명은 조운과 함께 군사 5백 명을 거느리고 제례(祭禮) 물품을 준비하여 배를 타고 파구(巴口)로 조문하러 떠났다. 가는 길에 알아보니 손권은 이미 노숙을 도독으로 삼았고, 주유의 영구도 시상으로 옮겨갔다는 소식을 듣고 공명은 뱃머리를 시상으로 돌렸다.

공명이 시상에 이르니 노숙이 예를 갖춰 영접했다. 주유의 부장들은 모두 공명을 죽이고 싶었지만, 조운이 칼을 차고 따라다니는 것을 보고 감히 손을 쓰지 못했다.

공명은 가지고 온 제물을 주유의 영전에 올리고 친히 술잔을 올린 다음 땅에 꿇어앉아 제문을 읽으니:

"오호! 공근이여! 그대는 불행히도 너무 일찍 죽었구려! 사람 목숨은 하늘에 달렸다지만 사람이 어찌 슬퍼하지 않으리오. 내 마음 참으로 비통하여 한잔 술 따라 올리니, 그대 영혼 있다면 내 정성 받아 주오.

그대의 어린 시절 배움의 때를 애통해하노니, 그대는 백부(伯符: 손권의 형 손책)와 사귈 때부터 의리를 중히 여기고 재물을 가벼이 여겨 그대의 집에서 백부가 살게 하였소.

그대의 약관(弱冠: 20세) 시절을 애통해하노니, 만 리를 날아가는 대붕처럼 뜻을 정하고 패업을 이룸으로써 강남에 할거하였소.

그대의 장년 시절을 애통해하노니, 멀리 파구 땅을 진압하여 경승(景升: 유표)을 근심케 하고 백부의 걱정을 덜어주었소.

그대의 풍채를 애통해하노니, 아름다운 소교(小喬)를 배필로 맞아 한나라 신하인 교 국로의 사위가 되었으니 당시의 조정에도 부끄러움이 없었소.

그대의 장한 기개를 애통해하노니, 조조에게 볼모로 보내자는 조정의 의론을 막아내어, 처음에는 날개를 펼치지 못했으나 마침내 큰 날개를 펼치었소.

그대의 파양호 시절을 애통해하노니, 그대의 친구인 장간이 조조의 첩자로 찾아와 설득하였음에도, 술잔을 들고 자유자재하여 넓은 아량과 높은 뜻을 보여 주었소.

그대의 큰 재주를 애통해하노니, 문무의 지략을 펼쳐 화공으로 적을 쳐부수었고, 강한 적을 약하게 만들었소.

그대의 살아 생전의 모습을 회상해 보면 웅대한 모습이 뛰어나니, 그대가 세상을 일찍 떠남을 슬퍼하며 땅에 엎드려 피눈물을 흘리오. 그대의 충의의 마음과 영령(英靈)한 기개는 비록 서른여섯에 생을 마쳤으나, 이름은 백세(百世)에 남겼도다.

그대를 애도하는 나의 마음 간절하여, 근심 걱정은 태산과 같고, 내 간담은 슬픔으로 쪼개지는 듯하오.

하늘은 빛을 잃어 어둡고 모든 군사들은 슬픔에 빠져 있소. 그대의 주인은 슬피 울고, 벗들도 눈물을 그칠 줄 모르오.

이 양(亮)은 재주가 없는데도 내게 계책을 묻기에, 동오를 도와 조조를 물리치고 한 황실을 돕고 유씨를 안정시키기 위해, 우리가 옆으로는 서로 돕고, 앞뒤로는 서로 짝이 되도록 했던 것이오.

그대가 살아 계신 듯 안 계신 듯 확실하진 않지만, 무엇을 걱정하고 무엇을 근심하리요!

오호! 공근이여!

삶과 죽음은 영원한 이별인데, 충절을 소박하게 지키던 그대는 저승으로 사라져 버렸소. 그러나 혼령이라도 계신다면 내 마음을 헤아리소서. 이제는 천하에 나를 알아줄 사람이 다시는 없게 되었으니 아, 비통하도다!(嗚呼痛哉) 삼가 받들어 제사를 올리나이다."

제사를 다 지내고 난 공명이 땅에 엎드려 대성통곡을 하는데, 눈물이 마치 샘솟듯 하며 애통해 마지않았다.

여러 장수들이 서로 말하기를: "사람들은 공근과 공명의 사이가 좋지 못하다고 말하는데, 지금 그가 이처럼 정성으로 제사 지내는 것을 보니 그게 모두 빈말이었소."

노숙은 공명이 그토록 애통해하는 것을 보고 그 역시 슬퍼하며 속으로 생각하기를: '공명은 본시 정이 많은 사람인데 공근의 도량이 좁아서 스스로 죽음을 재촉했구나.'

후세 사람이 이를 탄식한 시를 지었으니:

와룡이 남양에서 잠을 깨기도 전에	臥龍南陽睡未醒
빛나는 별 하나가 서성에 내려왔네	又添列曜下舒城
하늘은 이미 공근을 내려 보내놓고	蒼天旣已生公瑾
어찌 공명을 속세에 보냈단 말인가	塵世何須出孔明

노숙은 연회를 베풀어 공명을 후하게 대접했다. 연회를 마친 공명이 하직 인사를 하고 돌아갔다.

柴桑口卧龍弔孝

공명이 막 배를 타려고 하는데 문득 강변에 한 사람이 서 있는 것이 보였다. 그는 도포 차림에 죽관을 쓰고 허리에는 검은 띠를 두르고 흰 신을 신고 있었다.

그가 다가오더니 한 손으로 공명의 소매를 잡으며 껄껄 웃으며 말하기를: "자네는 주유를 기가 막혀 죽게 만들어 놓고 또 와서 문상까지 하였는데, 이는 필시 동오에 사람이 없다고 너무 깔보는 게 아닌가?"

공명이 놀라 급히 돌아보니, 그는 바로 봉추(鳳雛) 선생 방통(龐統)이 아닌가!

공명 역시 껄껄 웃었다. 두 사람은 손을 잡고 함께 배에 올라 각자의 속마음을 털어 놓았다.

공명이 서신 한 장을 방통에게 써 주며 부탁하기를: "내 보기에 필시 손중모(孫仲謀: 손권)는 자네를 중용할 수 없을 것이네. 조금이라도 상황이 여의치 않거든, 주저하지 말고 형주로 와서 나와 함께 현덕을 도우세. 현덕은 관대하고 인자하며 후덕한 분이니, 공이 지금까지 배운 것을 쓸모없게 만들지는 않을 것이네."

방통은 그리하겠다 말하고 헤어지고 공명은 혼자 형주로 돌아왔다.

한편 노숙은 주유의 영구를 무호(蕪湖)로 운반했다. 주유의 영구를 맞은 손권은 그의 영전 앞에서 목 놓아 울며 제사를 지내고 고향으로 모시고 가서 후하게 장사를 지내주도록 했다.

주유에게는 아들 둘과 딸이 하나 있었다. 장남의 이름은 순(循), 차남의 이름은 윤(胤)이었다. 손권은 그들을 잘 보살펴 주었다.

노숙 曰: "저는 보잘것없는 평범한 사람으로 공근이 천거를 잘못하였습니다. 사실 저는 그런 중책을 맡을 인물이 못 됩니다. 제가 한 사람을 천거하여 주공을 돕도록 하고자 합니다. 그 사람은 위로는 천문에 통달하고 아래로는 지리에 밝으며, 그의 지략은 관중(管仲)과 악의(樂毅)에 못지않으며, 군사를 부리는 기술은 손자(孫子)나 오기(吳起)에 버금갑니다.

전에 주공근(周公瑾)도 그의 말을 많이 듣고 처리했으며, 공명 또한 그의 지혜에 깊이 탄복하였습니다. 그가 마침 우리 강남에 있는데 주공께서는 어찌 그를 중용하지 않으십니까?"

그의 말을 들은 손권은 크게 기뻐하며 곧바로 그의 성명을 물으니, 노숙이 말하기를: "그는 양양(襄陽) 사람으로 성은 방(龐), 이름은 통(統), 자는 사원(士元)이라고 합니다. 도호(道號)는 봉추(鳳雛) 선생입니다."

손권 曰: "나 역시 그 이름을 들은 지 오래오. 마침 그가 여기에 있다니 즉시 청해 만나 보기로 합시다."

이에 노숙은 방통을 초청하여 함께 들어가서 손권을 만나 보았다. 서로 인사를 하고 손권이 방통을 보니, 그는 짙은 눈썹에 들창코인데다, 검은 얼굴에 짧은 수염 등 볼품없는 생김새부터 영 마음에 들지 않았다.

손권이 묻기를: "공이 평생 배운 것은 주로 어떤 것이오?"

방통 曰: "어떤 분야에 치우치지 않고 변화에 대응하기 위해 이것저것 다 했습니다."

손권 曰: "공의 재주와 학문은 공근과 비교하면 어떻다고 생각하오?"

방통이 웃으며 말하기를: "제가 배운 것은 공근의 그것과는 많이 다르지요."

평생 주유를 가장 좋아했던 손권은 방통이 그를 무시하는 것을 보고 내심 더욱 불쾌하게 생각하며 그에게 말하기를: "공은 잠시 물러가 계시오. 공을 쓸 일이 있으면 그때 다시 부르겠소."

방통은 길게 탄식하며 나왔다.

노숙 曰: "주공께서는 어찌하여 방사원을 쓰지 않으십니까?"

손권 曰: "미친놈이오. 그런 놈을 써서 무슨 도움이 되겠소!"

노숙 曰: "적벽대전에서 그 사람이 조조의 배들을 묶어놓은 연환계를 올려서 제일 큰 공을 세웠습니다. 주공께서 설마 그때 일을 잊으신 것은 아니지요?"

손권 曰: "그때는 조조 스스로가 배들을 묶어 놓으려고, 했던 것이지 꼭 그 사람의 공이라고 할 수는 없소. 나는 맹세코 그 사람을 쓰지 않을 것이오."

밖으로 나온 노숙이 방통을 보고 말하기를: "내가 공을 적극 천거했지만 오후께서 쓰지 않으니 나도 어쩔 도리가 없소. 공은 당분간 기다려 보시지요."

방통은 고개를 숙인 채 긴 한숨만 내쉬며 말이 없다.

노숙 曰: "공은 혹시 동오에 머물러 있을 생각이 없는 것은 아닌지요?"

방통은 역시 대답이 없다.

노숙 曰: "천하를 구제할 재능을 가지신 공께서 어디로 간들 성공하지 못할 리 없겠지만, 그래도 어디로 가실 작정이신지 저에게는 말씀해 주시지 않겠소이까?"

방통 曰: "나는 조조를 찾아가 의탁할 작정이오."

노숙 曰: "조조에게 가는 것은 빛나는 구슬을 암흑 속으로 내던지는 격입니다. 차라리 형주로 가셔서 유 황숙께 의탁하시지요. 그는 반드시 중용할 것입니다."

방통 曰: "이 방통도 실은 그럴 생각이었소. 방금 그 말은 농담이오."

노숙 曰: "내가 공을 천거하는 서신을 써 드리리다. 공이 현덕을 도와 손씨와 유씨 두 집안이 서로 싸우지 말고 함께 힘을 합쳐 조조를 쳐부수도록 해 주시지요."

방통 曰: "나도 항상 그리되기를 바라고 있소이다."

이에 방통은 노숙이 써준 추천서를 가지고 현덕을 만나러 형주로 향했다.

이때 공명은 4개 군(郡)을 순찰하러 가서 아직 돌아오기 전이었다. 문지기가 강남의 명사 방통이 일부러 몸을 의탁하러 왔다는 말을 전했다.

오래 전부터 방통의 이름을 들어왔던 현덕은 즉시 모시고 오라고 하여 그를 만났다. 현덕을 본 방통은 장읍(長揖)[23]만 할 뿐 정식의 절은 하지 않았다.

현덕 역시 방통의 거만한 태도와 추한 모습이 별로 마음에 들지는 않았다. 이에 방통에게 묻기를: "먼 길 오시기가 쉽지 않았을 텐데요?"

방통은 노숙이 써준 추천장은 물론 공명이 주고 간 서신도 아예 꺼내지도 않은 채 그저 대답하기를: "황숙께서 현사(賢士)들을 널리 불러들인다는 말을 듣고 일부러 찾아온 것입니다."

현덕 曰: "형주 일대는 어느 정도 안정이 되어 마땅한 자리가 없소이다. 여기서 동북쪽으로 130리 떨어진 곳에 있는 뇌양현(耒陽縣)의 현령 자리가 하나 비어 있는데 미안하지만 그곳을 다스려 주시지요. 나중에 적당한 자리가 나면 그때 중용하리다."

현덕이 어찌 나를 이렇게 박대할까! 실망한 방통은 자신의 재주와 학문으로 현덕의 마음을 움직여 보고 싶은 생각도 들었지만, 공명이 없는 것을 보고 마지못해서 하직 인사를 하고 뇌양현으로 떠나갔다.

뇌양현의 현령으로 부임한 방통은 고을 일은 돌보지 않고 밤낮으로 술만 마시고 즐길 뿐, 모든 세금 징수나 백성들의 송사 처리 문제 등은 거들떠보지도 않았다. 그러자 누군가 현덕에게 이런 사실을 모두 고해바

---

23 두 손을 맞잡아 쥐고 아래위로 크게 흔들며 하는 절. 역자 주.

쳤다.

화가 난 현덕이 말하기를: "못난 선비 놈이 어찌 감히 나의 법도를 어지럽힌단 말이냐!"

곧바로 장비를 불러 분부하기를: "너는 지금 사람들을 이끌고 형남(荊南)의 여러 고을을 순시하고 오너라. 만일 공사를 그르치고 법도를 어기는 자가 있거든 철저히 따져 묻도록 하라. 다만 일을 밝게 처리하지 못할까 염려되니 손건과 함께 가도록 하라."

분부를 받은 장비는 손건과 함께 뇌양현으로 갔다. 그곳의 순사와 관리 및 백성들까지 모두 성 밖으로 나와서 장비를 영접하는데 정작 당연히 나와야 할 현령은 보이지 않았다.

장비 曰: "현령은 어디 있소?"

현의 관리가 아뢰기를: "방 현령은 부임 후 지금까지 백여 일 동안 고을 일은 전혀 보지 않고 매일 하루도 빼지 않고 술만 마시고 취해 있습니다. 오늘도 어제 마신 술이 아직 깨지 않아 아직 일어나지 않았습니다."

크게 화가 난 장비가 즉시 그를 잡아들이려고 하자 손건이 말하기를: "방사원(龐士元)은 고명한 인사이니 가볍게 다뤄서는 아니 됩니다. 현에 직접 가서 그 까닭을 물은 뒤에 정말로 사리에 부당한 일이 있으면 그때 가서 죄를 물어도 늦지 않을 것입니다."

이에 현청에 들어선 장비가 대청 윗자리에 좌정을 하고 현령을 불렀다. 방통은 의관조차 제대로 갖추지 않은 채 아직도 술이 덜 깨 부축을 받으며 나왔다.

장비가 화가 나서 말하기를: "우리 형님께서 너를 선비라 여겨 현감을 시켜주었는데, 네 어찌 감히 고을 일을 하나도 돌보지 않는단 말이냐?"

방통이 웃으며 말하기를: "장군은 내가 현의 어떤 일을 돌보지 않았다고 말하는 것이오?"

장비 曰: "너는 부임한 지 백여 일이 지났건만, 날마다 종일 취해 있으니 이것이 어찌 고을 일을 돌보았다고 하겠는가?"

방통 曰: "이까짓 백 리밖에 되지 않은 작은 고을의 사무를 처리하는 게 뭐 그리 어렵겠소. 장군은 내가 업무를 처리할 때까지 잠깐만 앉아 계시오."

방통은 즉시 관리들을 불러 지난 백여 일 동안 싸여 있던 공무를 전부 가져오라고 하여 부분별로 처리를 받게 했다. 관리들이 차례로 문서들을 한 아름씩 안고 대청위로 올라오고, 송사의 피고인들이 계단 아래 꿇어앉았다.

방통은 손으로는 처결문을 쓰고 입으로는 처분을 내리고 귀로는 송사를 들으면서 시비곡직을 밝히는데 추호도 어긋남이 없었다. 백성들은 모두 머리를 조아리며 엎드려 절을 했다.

반나절도 채 되지 않아 백여 일 동안 밀린 업무를 모두 처리해 버렸다. 그리고 붓을 땅에 내던진 방통이 장비에게 묻기를: "내가 처리하지 않은 일이 어디 있소? 나는 조조나 손권의 일이라도 손바닥의 손금 보듯이 하는데 이까짓 조그만 고을 일에 신경 쓸 게 뭐 있겠소!"

깜짝 놀란 장비가 자리에서 내려와 사과하며 말하기를: "선생의 놀라운 재주를 내가 그만 몰라보고 실례를 했소이다. 돌아가서 형님께 선생을 적극 천거하리다."

방통은 그제야 노숙의 추천서를 내놓는다.

장비 曰: "선생께서 형님을 처음 뵈러 왔을 때 왜 이 추천서를 내놓지 않으셨소?"

방통 曰: "만약 그때 이걸 내놓으면 오직 남의 천거로 나를 알리는 사람이 되고 말았을 것이오."

장비가 손건을 돌아보며 말하기를: "공이 아니었으면 대현(大賢) 한 분을 잃을 뻔했소이다."

방통을 하직하고 형주로 돌아온 장비가 현덕을 보고 방통의 재능을 자세히 설명했다.

깜짝 놀란 현덕이 말하기를: "그런 대현을 굴욕적으로 대우했으니 이는 모두 나의 잘못이다!"

장비가 노숙이 써준 추천서를 올리니 현덕이 그것을 뜯어보았는데, 그 글의 내용은:

"방사원은 백리 정도의 고을을 다스리는 작은 재주가 아니며 치중(治中)이나 별가(別駕)와 같은 임무를 맡기시어 처음부터 그의 재주를 펼칠 수 있도록 해 주십시오. 만약 그의 외모만 보고 판단하여 그의 배움을 알아주시지 않아 결국 그의 재주가 다른 사람을 위해 쓰이게 된다면 그보다 더 애석한 일이 없을 것입니다."

추천서를 다 읽고 난 현덕이 탄식을 하고 있을 때 문득 공명이 돌아왔다는 보고가 들어왔다. 현덕이 그를 맞아 인사를 나눈 뒤 공명이 먼저 묻기를: "방 군사(龐軍師)는 요즘 별고 없이 잘 지내나요?"

현덕 曰: "뇌양현을 다스리게 했더니 늘 술만 마시고 고을 일은 손도 대지 않고 있다고 합니다."

공명이 웃으며 말하기를: "사원은 작은 고을을 다스리는 그릇이 아닙니다. 그의 배움의 크기는 저 량보다도 열 배는 큽니다. 제가 지난번 동오에서 그를 만났을 때 그에게 추천서를 써준 적이 있는데 주공께 전달되지 않았습니까?"

현덕 曰: "나는 오늘에야 겨우 자경이 써준 글을 읽었을 뿐, 선생이 글을 써주었다는 말은 들어 보지도 못했소."

공명 曰: "대현께 만약 사소한 일을 맡기시면 술로 지내며 일에는 관심을 두지 않을 수가 있습니다."

현덕 曰: "만약 내 아우가 말을 해 주지 않았다면 하마터면 대현 한 분을 잃을 뻔했습니다."

현덕은 곧바로 장비로 하여금 미양현으로 가서 방통을 정중히 모셔오도록 했다. 방통이 형주 부중에 이르자 현덕이 계단 아래로 내려가 죄를 청하니, 방통은 그제야 공명이 써준 글을 내놓았다.

현덕이 그 글을 읽어 보니 방통이 도착하는 대로 그를 중용하라는 내용이었다.

현덕은 기뻐서 말하기를: "지난날 사마덕조(司馬德操)께서 말씀하시기를, '복룡과 봉추 두 사람 중 한 사람만 얻어도 천하를 안정시킬 수 있다.'고 하셨는데, 이제 두 분을 다 얻었으니 한(漢) 황실을 다시 일으킬 수 있겠소!"

현덕은 방통을 부군사(副軍師) 중랑장(中郎將)으로 삼아 공명과 함께 계책을 세우고 군사를 조련하여 다음 싸움에 대비하도록 했다.

유비가 제갈량과 방통을 모사로 삼아 군사를 조련하고 있다는 소식은 머지않아 첩자에 의해 조조의 귀에도 들어갔다. 유비가 군사를 모으고 말을 사들이며 군량과 마초를 쌓고 있는데, 동오와 손을 잡고 조만간 틀림없이 군사를 일으켜 북벌하려 한다는 것이다.

이 말을 들은 조조는 즉시 여러 모사들을 불러 모아 남쪽을 치러갈 일을 상의하였다.

순욱이 먼저 나서며 말하기를: "주유가 최근에 죽었으니 먼저 손권을 치시고 다음에 유비를 공격하는 것이 좋을 듯합니다."

조조 曰: "우리가 만약 원정길에 나서면 마등(馬騰)이 허도를 쳐들어오지 않을까 걱정되네. 지난번 적벽 싸움 때도 군중에서 서량(西凉)의 군사들이 쳐들어왔다는 유언비어가 떠돌아 우리 군사들의 사기에 적잖은 영향을 주지 않았던가? 이번에는 반드시 이에 대한 방비를 해야 할 것이오."

순욱 曰: "제 어리석은 소견으로는 마등을 정남장군(征南將軍)으로 봉하여 손권을 치라는 조서를 내리십시오. 그러면서 마등을 허도로 들어오게 유인한 다음, 그를 먼저 죽여 버리면 남정을 하는데 걱정거리가 없어질 것입니다."

조조는 크게 기뻐하며 즉시 사람을 보내 황제의 조서를 가지고 서량으로 가서 마등을 불러오게 했다.

마등의 자는 수성(壽成)으로 한(漢) 복파장군(伏波將軍) 마원(馬援)의 후손이다. 그의 부친의 이름은 숙(肅), 자는 자석(子碩)으로, 환제(桓帝) 때 천수군(天水郡) 난간현(蘭干縣)의 현위(縣尉)로 있었는데, 뒤에 벼슬을 잃고 농서(隴西) 지방을 떠돌아다니다가 오랑캐인 강족(羌族)들 속에 섞여 살면서 강족 여자와 살면서 마등을 낳았던 것이다.

마등은 키기 8척이나 되었고 체구는 웅대하고 용모는 기이하게 생겼지만 성품이 착해 많은 사람들로부터 공경을 받았다.

영제(靈帝) 말년에 강족들이 자주 반란을 일으켰지만 그는 오히려 민병을 모집하여 그들을 쳐부순 일이 있었는데, 초평 중년(初平中年: 서기 192년) 조정에서는 이러한 공로를 인정하여 그를 정서장군(征西將軍)에 제수하였고, 이를 계기로 진서장군(鎭西將軍) 한수(韓遂)와 의형제를 맺었다.

이날 천자의 조서를 받은 마등은 그의 맏아들 마초(馬超)와 상의하며 말하기를: "나는 동승(董承)과 함께 천자의 의대조(衣帶詔)를 받은 이래 유현덕과 함께 역적 조조를 치기로 약속했으나, 불행히도 동승이 죽고 현덕도 여러 차례 조조에게 패하고, 나 역시 이곳 외진 서량에 있었기 때문에 현덕과 협조할 수 없었다.

이제 듣기로 현덕이 형주를 얻었다고 하기에 나는 지난날 품었던 뜻을 펼쳐볼까 하고 있었는데 뜻밖에 조조가 나를 오라고 부르니 어떻게 하면 좋겠느냐?"

마초 曰: "조조가 천자의 명을 받들어 아버님을 부르니 만약 가지 않으면 틀림없이 아버님께 천자의 명을 거스른 죄를 뒤집어씌울 것입니다. 그러니 조조가 오라고 부르는 기회를 이용하여 허도로 가되, 상황에 따라 대처를 하시면 지난날 품었던 뜻을 펼칠 수도 있지 않겠습니까?"

이때 마등 형의 아들 마대(馬岱)가 간하기를: "조조는 그 속마음을 도저히 헤아릴 수 없는 자입니다. 숙부께서 가시면 그 자에게 해를 당하지 않을까 두렵습니다."

마초 曰: "이 아들이 서량의 군사를 모두 일으켜 부친을 따라 허창으로 쳐들어가겠습니다. 천하를 위해 조조를 제거해 버리는 일인데 안 될 게 무엇입니까?"

마등 曰: "너는 강족 군사를 거느리고 서량을 잘 지키고 있거라. 네 동생 휴(休)와 철(鐵), 그리고 조카 대(岱)만 데리고 갈 것이다. 조조는 네가 서량을 지키고 있고 또한 한수가 서로 돕고 있다는 것을 알고 있는 이상 나를 감히 해치려 들지는 못할 것이다."

마초 曰: "아버님께서 가시더라도 절대로 가벼이 허도로 들어가시지 마시고 그때그때 형편을 보아 대응하시고 반드시 조조의 움직임부터 살피셔야 합니다."

마등 曰: "내가 알아서 잘 대응할 테니 너는 너무 걱정하지 마라."

이리하여 마등은 서량 군사 5천 명만 거느리고 마휴와 마철을 앞서게 하고 조카 마대에게는 뒤를 맡긴 뒤 허창을 향해 천천히 나아갔다. 그리고 허창에서 20리 떨어진 곳에 군사들을 주둔시켜 놓았다.

마등이 이미 도착했다는 소식을 들은 조조는 문하시랑(門下侍郎) 황규(黃奎)를 불러 분부하기를: "이번에 마등이 남정을 하는데 나는 그대를 행군참모(行軍參謀)로 임명하겠다. 그대는 먼저 마등의 영채로 가서 군사들을 위로하고 마등에게 나의 말을 이렇게 전하라. '서량은 길이 멀고 험해 군량미를 운반하기 매우 어려워 많은 군사와 말들을 데려갈 수 없을 것이므로 내가 군사를 지원해 줄 것이니 협력하여 앞으로 나아가라. 그리고 가기 전에 내일 성 안으로 들어와 천자를 뵙도록 하라. 그때 내가 군량과 마초를 내어줄 것이다.' "

명을 받은 황규가 가서 마등을 만났다. 마등은 술을 내와 그를 대접했다. 황규가 술이 반쯤 거나하게 취하자 문득 말하기를: "나의 선친 황완(黃琬)은 이각·곽사의 난 때 억울하게 돌아가셨는데, 그것이 내 가슴에는 늘 통한으로 남아 있소. 그런데 뜻밖에 이제 또 임금을 속이는 역적 놈을 만나게 되었소."

마등 曰: "누가 임금을 속이는 역적이란 말이오?"

황규 曰: "임금을 속이는 자는 바로 역적 조조요. 공은 정말로 몰라서 그걸 내게 묻는 것이오?"

마등은 아마 조조가 자기를 떠보려고 황규를 보냈을지 모른다는 생각에 얼른 그의 말을 제지하며 말하기를: "가까이에 남들의 눈과 귀가 많소이다. 함부로 말하지 마시오."

황규가 꾸짖기를: "공은 이제 황제의 의대조 일은 잊어버렸단 말이오?"

마등은 그제야 황규의 말이 진정에서 우러나온 것임을 알고 은밀히 자신의 속마음을 말해 주었다.

황규 曰: “조조가 공을 성 안으로 불러들여 황제를 뵙도록 하려는 것은 틀림없이 호의에서 그러는 것이 아닙니다. 공은 절대로 경솔하게 들어가지 마시고 내일 군사를 성 아래에 주둔시켜 두었다가 조조가 성 밖으로 나와 군사를 점검할 때 그를 죽여 버리시오. 그러면 큰일을 마무리 지을 수 있을 것입니다.”

두 사람은 이렇게 상의를 마쳤다.

집에 돌아온 황규는 여전히 흥분의 기운이 가시지 않았다. 그의 처가 몇 번이고 왜 그런지 물었지만 대답을 하지 않았다. 그런데 황규에게는 이춘향(李春香)이라는 첩이 있었는데, 이 첩은 뜻밖에도 황규의 처남 묘택(苗澤)과 눈이 맞아 사통(私通)하고 있었다. 묘택은 춘향을 차지하고 싶었지만 어찌할 도리가 없었다. 그날 황규의 첩은 황규가 평소와 다르게 뭔가 분하고 한스러워하는 기색을 보이자 곧바로 묘택에게 일러바치기를: “오늘 황시랑이 군사 정황을 상의하고 돌아와서는 몹시 노여워하고 있는데 누구 때문에 그러는지 모르겠어요.”

묘택 曰: “오늘 저녁 그에게 이렇게 슬쩍 물어 그의 속셈이 무엇인지 한번 떠봐라. ‘사람들은 모두 말하기를 유 황숙은 어질고 덕이 있는 분이며 조조는 간사한 영웅이라고 하는데 왜 그럴까요?’ 그러고는 그가 무슨 말을 하는지 잘 들어봐라.”

그날 밤 황규는 과연 춘향의 방을 찾았다. 첩은 묘택이 시킨 대로 황규에게 슬쩍 떠보았다.

황규가 술김에 말하기를: “너는 일개 부녀자임에도 오히려 옳고 그름을 아는데, 하물며 나야 더 말할 것이 있겠느냐? 내가 여태껏 한으로 품고 있었던 조조를 이제 죽여 버리려고 한다.”

첩 曰: “조조를 죽이기가 쉽지 않을 것인데 어떻게 손을 쓰실 작정이

세요?"

황규 曰: "내 이미 마 장군과 약속해 두었지. 내일 성 밖에서 조조가 군사를 점검할 때 그를 죽이기로 했다."

그날 밤 첩은 그의 말을 묘택에게 알려주었고, 묘택은 즉시 조조에게 그 사실을 고해바쳤다.

조조는 곧바로 조홍과 허저를 은밀히 불러 여차여차하라고 분부를 했다. 또 하후연과 서광도 불러 여차여차하라고 지시를 했다. 그들은 각자 명을 받고 나갔다. 그리고 황규의 집안 식구들을 모두 붙잡아 가두어 버렸다.

다음 날 마등이 서량의 군사들을 이끌고 성 가까이 가려고 하는데 문득 보니 전면에 한 무리의 붉은 깃발들이 보이는데 그 가운데 승상의 깃발도 세워져 있었다.

마등은 조조가 직접 군사를 점검하러 오는 줄로만 알고 말에 채찍을 가하여 달려 나가는데 갑자기 포성 소리와 함께 붉은 깃발들이 좌우로 갈라지더니 화살이 일제히 발사되면서 한 명의 장수가 앞으로 나서는데 그는 바로 조홍이었다.

놀란 마등이 급히 말을 돌리려는데 좌우에서 함성이 또 일면서, 왼편에서는 허저가, 오른편에서는 하후연이 동시에 쳐들어오고, 뒤편에서는 서황까지 군사를 거느리고 사방에서 쳐들어와서 서량의 군사와의 사이마저 차단해버리고 마등 세 부자를 한가운데 가둬버렸다.

사전 계획이 탄로 났음을 직감한 마등이 있는 힘을 다해 싸웠지만 셋째 아들 마철은 어지럽게 날아오는 화살에 맞아 죽고, 둘째 아들 마휴는 마등을 따라 좌충우돌했지만, 포위망을 뚫지 못하고 온 몸에 중상을 입었는데, 타고 있던 말마저 화살에 맞아 쓰러지니 두 부자는 결국 붙잡히고 말았다.

조조는 황규와 마등 부자를 함께 묶어서 끌고 오도록 지시했다.

황규가 큰 소리로 외치기를: "나는 죄가 없소!"

조조가 묘택을 불러 대질을 시켰다.

마등이 크게 꾸짖기를: "저런 멍청한 놈이 나의 대사를 그르치고 말았구나! 내 나라를 위해 역적을 죽이려 했거늘, 이것도 하늘의 뜻이란 말인가!"

조조가 그들을 끌어내라고 명령하니 마등의 입에서는 조조에 대한 욕이 끊이지를 않았다.

결국 마등 부자와 황규는 죽음을 면치 못했다.

후세 사람이 마등을 탄식하여 지은 시가 있으니:

아버지와 아들이 나라 위해 죽었으니	父子齊芳烈
그 충성과 절개로 가문을 드날렸도다	忠貞著一門
목숨 바쳐 어지러운 나라 구하려하다	捐生圖國難
죽음으로 군주 은혜 보답하려 했도다	誓死答君恩

피로써 맹세했던 말 여전히 생생하고	嚼血盟言在
간신 죽이자던 연판장 아직 실재하네	誅奸義狀存
서량에선 대대로 명문 칭송 받았으니	西凉推世胄
명장 복파장군 후손으로 손색이 없네	不愧伏波孫

묘택이 조조에게 아뢰기를: "저는 아무런 상도 바라지 않습니다. 그저 이춘향만 제 처로 삼게 해 주십시오."

조조가 웃으며 말하기를: "너는 한 계집에 빠져 매부의 집안을 망치게 한 놈이다. 이런 의리 없는 놈을 살려두어 무엇에 쓴단 말인가!"

그러고는 묘택과 이춘향은 물론 황규 일가 남녀노소 모두를 저자로 끌고 나가 목을 베게 했다. 그 장면을 본 사람 중에 탄식하지 않는 자가 없었다.

후세 사람이 이를 탄식하여 지은 시가 있으니:

묘택은 자기 욕심 때문에 충신을 해쳤고	苗澤因私害藎臣
춘향은 얻지도 못하고 제 목숨만 잃었네	春香未得反傷身
간사한 영웅 또한 그들을 용서치 않으니	奸雄亦不相容恕
묘택은 꾀를 냈으나 결국 소인이 되었네	枉自圖謀作小人

조조는 마등의 군사들을 투항하게 하기 위하여 그들에게 알리기를: "마등 부자가 모반한 것은 너희들과는 상관없는 일이다."

그러면서 한편으로는 관문을 굳게 지켜 마대(馬岱)가 달아나지 못하게 했다. 한편 마대는 군사 1천 명을 거느리고 뒤처져 있었는데 이미 허창성 밖에서 도망쳐 돌아온 군사가 마대에게 그 소식을 보고했다. 크게 놀란 마대는 하는 수 없이 군사들을 모두 내버리고 장사치로 변장하여 밤낮없이 도망을 쳐서 숨어 버렸다.

마등 등을 죽인 조조가 곧바로 남정을 하러 가려는데 문득 보고가 들어오기를: "유비가 군사를 조련하고 병장기를 수습하여 서천을 치려고 하고 있습니다."

조조가 놀라서 말하기를: "만약 유비가 서천을 얻게 되면 곧 범에게 날개가 생긴 것이나 다름없다. 이 일을 어찌하면 좋겠는가?"

말이 채 끝나기도 전에 계단 아래에서 한 사람이 나서며 말하기를: "제게 한 가지 계책이 있으니 유비와 손권이 서로 돌보지 못하게 하여 서천과 강남을 모두 승상께 돌아오게 할 수 있습니다."

이야말로:

서주의 호걸 방금 죽임을 당했는데	西州豪傑方遭戮
남쪽의 영웅 또한 재앙을 만나는가	南國英雄又受殃

계책을 올린 자가 누구인지 궁금하거든 다음 회를 기대하시라.

제 58 회

마초는 원한을 갚으려 군사를 일으키고
조조는 수염을 자르고 전포까지 버리다

馬孟起興兵雪恨

曹阿瞞割須棄袍

조조에게 계책을 올린 사람은 치서(治書) 시어사(侍御史) 진군(陳群)으로 그의 자(字)는 장문(長文)이었다.

조조가 묻기를: "진장문은 무슨 좋은 계책이 있는가?"

진군 曰: "지금 유비와 손권은 순치(脣齒:입술과 이)의 관계를 맺고 있습니다. 만일 유비가 서천을 취하려 한다면 승상께서는 뛰어난 장수를 임명하시어 군사를 거느리고 합비(合淝)로 가서 그곳의 군사들과 함께 바로 강남을 치게 하십시오. 그러면 손권은 반드시 유비에게 도움을 청할 것입니다.

서천을 취하려고 하고 있는 유비는 틀림없이 손권을 도우려 하지 않을 것입니다. 도움을 받지 못하면 군사력이 약한 손권은 힘을 쓰지 못할 것이니 승상께서 쉽게 강동 땅을 얻을 수 있을 것입니다. 강동을 얻게 되면 형주는 북소리만 한 번 울려도 평정할 수 있습니다. 형주가 평정되면 서천은 천천히 도모해도 천하는 저절로 정해질 것입니다."

조조 曰: "장문의 말은 곧 내 뜻과 같다."

즉시 30만 대군을 일으켜 강남으로 내려가면서 합비에 있는 장료에게 군사들에게 공급할 군량과 마초를 준비하라고 일렀다.

이런 소식은 일찌감치 첩자에 의해서 강남의 손권에게 보고되었다. 손권이 여러 장수들을 불러 모아 대책을 상의했다.

장소 曰: "즉시 사람을 노자경(魯子敬: 노숙)에게 보내, 형주의 현덕에게 우리와 힘을 합쳐 조조를 막자는 서신을 띄우게 하십시오. 유비는 자경에게 은혜를 많이 입었기 때문에 틀림없이 그의 말을 들어줄 것입니다. 더구나 현덕은 이미 동오의 사위가 되었으니 의리로서도 거절할 수는 없을 것입니다. 만약 현덕이 우리를 도와준다면 강남은 걱정할 일이 없습니다."

손권은 그의 말대로 즉시 노숙에게 사람을 보내 현덕에게 도움을 청하도록 했다. 명령을 받은 노숙은 즉시 현덕에게 편지를 보냈다. 글의 내용을 읽어본 현덕은 사자를 역관에 머물러 있게 하고, 즉시 남군으로 사람을 보내 공명을 모셔 오도록 했다. 공명이 형주에 도착하자 현덕은 노숙이 보낸 편지를 공명에게 보여 주었다.

글을 읽고 난 공명이 말하기를: "강남의 군사를 움직일 필요가 없고 더욱이 형주의 군사도 움직일 필요가 없습니다. 제가 조조로 하여금 감히 동남의 땅을 넘보지 못하게 할 수 있는 계책이 있습니다."

곧바로 노숙에게 답장을 하기를: "아무 걱정하지 말고 편히 계시오. 만약 조조의 군사가 쳐내려온다고 하더라도 황숙께서는 그들을 물리칠 계책을 마련해 두었습니다."

사자가 그 답장을 가지고 돌아간 뒤 현덕이 공명에게 묻기를: "지금 조조가 30만 대군을 일으켜 합비의 군사들과 합쳐 한꺼번에 쳐들어온다는데 선생은 어떤 계책으로 저들을 물리친단 말이오?

공명 曰: "조조가 평생 두려워해 온 것은 서량의 군사입니다. 이제 조조가 마등을 죽였으니, 서량의 군사를 통솔하고 있는 그의 아들 마초가 조조에게 어찌 이를 갈고 있지 않겠습니까? 주공께서는 마초에게 서신을 한 통 써서 보내셔서 그와 손을 잡으시고, 마초로 하여금 군사를 일으켜 관문으로 쳐들어가게 하십시오. 그러면 조조가 강남으로 쳐내려올 겨를이 어디 있겠습니까?"

현덕은 크게 기뻐하며 즉시 서신을 써서 심복에게 주어 서량의 마초에게 전해 주도록 했다.

한편 서량주의 마초는 밤에 꿈을 꾸었다. 자신이 하얀 눈밭에 누워있는데 여러 마리의 범들이 달려와서 물어뜯는 것이었다. 깜짝 놀라 잠에서 깨어났는데 아무래도 이상한 예감이 들어 휘하 장수들에게 자신이 꾼 꿈 이야기를 했다.

한 장수가 말하기를: "그 꿈은 불길한 징조입니다."

그는 마초의 심복 교위(校尉)로 성은 방(龐), 이름은 덕(德), 자는 영명(令名)이라는 장수였다.

마초가 묻기를: "영명은 어째서 그리 생각하시오?"

방덕 曰: "눈밭에서 범을 만난다는 것은 아주 나쁜 꿈입니다. 혹시 허창에 가신 노(老)장군님께 무슨 일이 일어난 것은 아닐까요?"

말이 채 끝나기도 전에 한 사람이 비틀거리며 들어오더니 땅에 엎드려 울면서 말하기를: "숙부님과 아우들이 모두 죽었습니다."

마초가 보니 그는 바로 사촌 아우 마대가 아닌가!

깜짝 놀란 마초가 어찌된 영문이냐고 물으니, 마대가 말하기를: "숙부님과 시랑 황규가 함께 공모하여 조조를 죽이려고 했는데, 그 일이 불행히도 사전에 누설되는 바람에 두 분 모두 저잣거리에서 참수당하셨습니다. 두 아우도 조조에게 죽임을 당하고 저만 오직 장사치로 변장하여 그곳을 빠져나와 밤새 도망쳐온 것입니다."

그 말을 들은 마초는 통곡을 하다 땅에 쓰러졌다. 여러 장수들이 그를 부축해 일으키니 마초는 이를 부득부득 갈며 조조를 저주하고 있는데 문득 보고가 들어오기를: "형주 유 황숙께서 사자를 보내 서신을 가져왔습니다."

마초가 그 서신을 받아 뜯어보니, 글의 내용은:

"엎드려 생각하건대 한(漢) 황실이 불행하여 조조 역적 놈이 모든 권력을 차지하여 군왕을 속이고 백성을 못살게 굴고 있소. 나 유비는 옛날 귀공의 부친과 함께 황제의 비밀 조서를 받고 그 역적 놈을 죽이기로 맹세했었소.(제 20회 참고)

이제 장군의 선친께서 조조에게 죽임을 당하셨으니, 장군은 조조와 '더불어 하늘과 땅을 함께 할 수 없고, 해와 달을 함께 할 수 없는 원수(不共天地, 不同日月之讐)'라 할 수 있을 것이오.

만약 장군이 서량의 군사로 조조의 오른쪽을 친다면 저 유비는 마땅히 형양의 군사를 이끌고 조조의 앞을 가로막을 것이니, 그리하면 역적 조조를 사로잡을 수 있을 것이며, 간사한 무리들을 섬멸하여 장군의 원수를 갚음은 물론 한(漢) 황실을 다시 일으킬 수 있을 것이오.

글로써는 하고 싶은 말을 다 할 수 없어, 선 채로 장군의 회신을 기다릴 뿐이오."

글을 다 읽고 난 마초는 즉시 눈물을 훔치며 답장을 써서 사자에게 주면서 먼저 돌아가서 전하게 하고 즉시 서량의 군사를 일으켰다.

막 군사를 출발시키려고 하는데 문득 서량 태수 한수(韓遂)가 사람을 보내 마초에게 와서 보기를 청했다. 마초가 한수의 부중을 찾아가니 한

수는 조조가 보낸 서신을 꺼내 보여 주었다. 그 서신의 내용은: "만약 마초를 사로잡아 허도로 보내 주면 즉시 당신을 서량후(西凉侯)로 봉하겠다."

마초가 땅에 엎드려 절을 하며 말하기를: "숙부께서 저희 형제 두 사람을 결박하여 허창으로 압송하시어 숙부께서 창칼을 휘두르는 수고를 면하십시오."

한수가 마초를 부축해 일으키며 말하기를: "내 너의 부친과 의형제를 맺은 사이인데 어찌 너를 해칠 수 있겠느냐? 네가 만약 군사를 일으키면 나는 마땅히 너를 도울 것이다."

마초는 한수에게 고맙다고 절을 했다. 한수는 조조의 사자를 끌어내어 즉시 목을 베어 버리고 자신의 수하 8부(部)의 군사를 점검하여 마초와 함께 출발했다.

한수의 8부 군사란 바로 후선(侯選)·정은(程銀)·이감(李堪)·장횡(張橫)·양흥(梁興)·성의(成宜)·마완(馬玩)·양추(楊秋)를 말한다. 이들 여덟 명의 장수들은 한수를 따라갔는데, 마초 수하의 방덕·마대와 합세하여 총 20만 대군을 일으켜 장안을 향하여 쳐들어갔다.

장안 군수 종요(鍾繇)는 이 일을 조조에게 급히 보고하는 한편, 자신이 적을 막으려고 군사를 이끌고 성을 나가 들판에 진을 쳤다. 서량군의 선봉은 마대였다. 그는 군사 1만 5천 명을 이끌고 산과 들을 뒤덮다시피 기세등등하게 달려오고 있었다.

종요가 말을 타고 나가 몇 마디 수작을 걸어보았으나 마대가 보검을 들고 나가 싸운 지 불과 1합 만에 종요는 자신이 그의 적수가 아님을 알고 곧 말을 돌려 달아나니, 마대는 칼을 들고 그 뒤를 쫓았다.

이어서 마초와 한수가 이끄는 대군이 당도하여 장안성을 포위하니 종요는 성문을 닫고 성 위에 올라가 지키며 지원군이 오기만을 기다렸다.

장안은 서한(西漢) 때 건립된 성이라 성곽이 매우 견고하고 해자 또한 깊어 아무리 강한 서량의 군사라지만 성문을 굳게 닫고 지키기만 하는 성을 쉽사리 공략하지 못했다.

십여 일이 지나도록 성을 함락시키지 못하자, 방덕이 계책을 올리며 말하기를: "장안성 안은 토질이 단단하고 물은 짜서 마시기 어렵습니다. 게다가 땔감조차 떨어졌을 것이고 우리가 포위한 지 열흘이 지났으니 군사와 백성들 모두 굶주림에 허덕이고 있을 것입니다. 이때 잠시 군사를 거두어 여차여차하면 장안을 쉽게 수중에 넣을 수 있을 것입니다."

마초 曰: "그것 참 절묘한 계책이다!"

즉시 '령(令)' 자 기(旗)를 각 부대에 보내 후퇴 명령을 내렸다. 마초는 친히 뒤에 남아 자신의 군사들이 안전하게 후퇴할 수 있도록 적의 추격을 차단했다.

다음 날 종요가 성 위로 올라가 살펴보니, 마초의 군사들은 모두 물러가고 없었다. 하지만 혹시 적들이 무슨 계략을 쓰는 것이 아닐까 두려워 사람을 내보내 알아보도록 했는데, 정말로 멀리 떠나갔다는 것이다. 그제야 안심을 한 종요는 군사와 백성들로 하여금 성을 나가서 땔감과 물을 구해 오도록 성문을 활짝 열어놓고 마음대로 성을 드나들게 했다.

닷새째 되는 날, 마초의 군사가 또 오고 있다는 보고가 들어오자 군사와 백성들은 앞을 다투어 성 안으로 들어가고 성문은 다시 굳게 닫혔다.

그때 종요의 아우 종진(鍾進)이 서문을 지키고 있었는데, 그날 밤 삼경(三更: 밤 11시~1시) 무렵 성문 안쪽에서 갑자기 불길이 치솟았다. 종진이 급히 불을 끄러 갔을 때 갑자기 성벽 모퉁이에서 한 사람이 칼을 들고 말을 달려 돌아 나오며 호통치기를: "방덕이 왔느니라!"

종진은 손 한번 제대로 써보지도 못한 채, 방덕의 칼에 맞아 말 아래로 굴러떨어졌다. 방덕은 종진의 수하 장교와 군사들을 닥치는 대로 쳐서 흩어버린 다음, 성문 빗장을 풀고 자물쇠를 끊어 마초와 한수의 군사들이 성 안으로 들어오도록 했다.

한밤중에 느닷없이 들이닥친 마초의 군사에 깜짝 놀란 종요는 급히 성을 버리고 동문으로 빠져 달아났다. 마초와 한수는 성을 얻은 후 전군에 상을 내리고 군사를 위로했다.

종요는 동관(潼關)으로 물러나 성을 지키며 조조에게 급히 보고를 올렸다. 장안성을 잃은 소식을 접한 조조는 남쪽을 정벌하러 가는 일은 감히 상의조차 하지 못하고 곧바로 조홍과 서황을 불러 분부하기를: "먼저 군사 1만 명을 거느리고 급히 가서 종요를 대신하여 동관을 단단히 지키도록 하라. 만일 열흘 내에 동관을 잃는다면 너희 둘 다 목을 벨 것이되, 열흘 이상 버틴다면 너희들의 책임을 묻지 않을 것이다. 내가 대군을 거느리고 즉시 뒤를 따를 것이다."

명을 받은 두 사람은 그날 밤 즉시 동관을 향해 떠났다.

조인이 간하기를: "홍(洪)은 성미가 급하여 일을 그르치지 않을까 걱정됩니다."

조조 曰: "나도 그게 좀 마음에 걸리기는 하지만 너는 나와 함께 군량과 마초를 보내 주고 우리도 그들을 지원하러 곧 뒤따라가자!"

한편 동관에 도착한 조홍과 서황은 종요를 대신하여 관을 굳게 지키며 결코 나가서 싸우지 않았다. 군사를 이끌고 관 아래까지 온 마초가 조조의 집안 삼대(三代)에 걸쳐 헐뜯으며 온갖 욕설을 퍼부었다. 몹시 화가 난 조홍이 나가서 싸우려 했지만 서황이 말리며 말하기를: "이것은 마초가 일부러 장군의 화를 돋우어 관 밖으로 끌어내려는 수작이니 결코 나가 싸워서는 안 됩니다. 승상께서 대군을 거느리고 오시면 반드시 좋은 계책이 있을 것입니다."

마초의 군사들은 밤낮을 가리지 않고 교대로 성 아래까지 와서 욕설을 퍼부었다. 조홍은 참을 수가 없어 나가서 싸우려고 했지만, 그때마다 서황이 극력 만류했다.

그들이 동관에 온 지 9일 째 되는 날, 관 위에서 바라보니 서량의 군사들은 고단하고 지쳐 모두 말을 풀밭에 풀어놓고 태반은 드러누워 잠을 자고 있었다.

조홍은 곧바로 말을 준비시키고 군사 3천 명을 거느리고 동관 아래로 쳐내려 갔다. 서량의 군사들은 말과 창을 버리고 달아나기 시작했다. 조홍은 그들을 바짝 뒤쫓았다. 그때 관 위에서 군량 운반 수레를 점검하고 있던 서황은 조홍이 관을 나가 싸우고 있다는 말을 듣고 깜짝 놀라서 급히 군사를 이끌고 그 뒤를 쫓아가서 큰 소리로 조홍에게 돌아오라고 소리쳤다.

그 순간 갑자기 등 뒤에서 함성 소리가 진동하더니 마대가 군사를 이끌고 들이닥치는 것이 아닌가!

조홍과 서황이 급히 말머리를 돌려 달아나려는데, 한 차례 북소리가 크게 울리면서 산 뒤에서 두 부대의 군사들이 뛰쳐나와 길을 막고 나섰다. 왼편에는 마초가, 오른편에는 방덕이었다. 한바탕 혼전을 벌였지만 조홍은 결국 서량의 수많은 군사를 감당하지 못하고 군사를 태반이나 잃어버리고 간신히 포위망을 뚫고 동관을 향해 달아났다. 그러나 서량의 군사들이 바짝 뒤쫓아 오는 바람에 조홍 등은 동관마저 버리고 달아났다.

방덕은 동관을 지나 그들을 계속 쫓아갔으나 마침 조홍을 도우러 온 조인의 군사와 맞닥뜨렸다. 그들이 조홍을 구하여 돌아가니 마초도 방덕을 지원하여 더 이상 그들을 쫓지 않고 함께 동관으로 들어갔다.

동관을 잃어버린 조홍이 조조를 만났다.

조조 曰: "내 너에게 열흘 기한을 주었는데 어찌하여 아흐레 만에 동관을 잃었느냐?"

조홍 曰: "서량의 군사들이 우리 집안에 대해 온갖 욕설을 해댔습니다. 그래도 꾹 참고 지키고만 있었는데 저들이 우리를 얕잡아보고 완전히 풀어져 있는 것을 보고, 기회다 싶어 쫓아 나갔다가 뜻밖에도 그들의 계책에 걸려들고 말았습니다."

조조 曰: "홍(洪)은 나이가 어린데다 성미가 급하고 거칠어서 그런다 치자. 그럼 서황 너는 어찌하여 일을 이 지경으로 만들었느냐?"

서황 曰: "제가 누차 말렸지만 듣지 않았습니다. 그날 저는 관 위에서 군량미 나르는 수레를 점검하고 있었는데 작은 장군께서 이미 관을 나간 뒤에야 그 사실을 알게 되었습니다. 저는 장군께서 잘못될까 염려되어 부랴부랴 군사를 이끌고 구하러 나갔지만, 그때는 이미 적의 간계에 빠져 있었습니다."

매우 화가 난 조조가 조홍의 목을 베라고 호통을 쳤다. 여러 장수들이 그의 목숨을 살려달라고 빌었고 조홍 역시 자신의 죄를 인정하고 용서해 달라고 빌어서 겨우 위기를 모면하고 물러 나왔다.

조조는 군사를 직접 거느리고 가서 동관을 치려고 했다.

조인 曰: "먼저 영채를 세우고 울타리를 친 다음에 관을 공격해도 늦지 않습니다."

조조는 군사들에게 나무를 벌목하여 울타리를 치고 영채를 세 개로 나누어 세우라고 명령했다. 왼편 영채에는 조인이, 오른편 영채에는 하후연이, 그리고 자신은 중앙의 영채를 각각 사용했다.

다음 날 조조는 세 영채의 모든 장수들을 거느리고 관 앞으로 쳐들어가다 서량의 군사들과 마주쳐 양편이 각기 진영을 세우고 대치했다. 조조가 말을 타고 문기 아래로 나가 서량의 군사들을 보니 사람마다 모두 용감하고 건장해 보였으며, 하나하나 다 영웅으로 보였다.

또 마초는 어떤가! 얼굴은 분을 바른 듯 희고, 입술은 연지를 칠한 듯 붉었으며, 허리는 가늘고 어깨는 딱 벌어졌으며, 목소리는 우렁차고 힘은 장사로 보였다.

흰 전포에 은 갑옷을 입고 손에는 긴 창을 들고 진영 앞에 말을 세우고 있는데 양쪽에 방덕과 마대가 서 있었다.

조조는 내심 만만치 않은 상대라고 생각하며 말을 몰아 앞으로 나아가며 마초에게 말하기를: "너는 한(漢)의 유명한 장수(마복파 장군)의 자손인데 어찌 배반하느냐?"

마초가 이를 갈며 큰 소리로 욕을 하기를: "조조 이 역적 놈아! 네놈은 임금을 속인 죄만 해도 죽어 마땅한데, 나의 부친과 동생들까지 죽였으니 나와는 같은 하늘에 함께 있을 수 없는 원수가 아니냐? 내 마땅히 너를 사로잡아 살을 씹어 먹으리라!"

말을 마친 마초가 창을 꼬나들고 곧바로 조조를 향해 쳐들어갔다. 조조의 등 뒤에 있던 우금이 달려 나가 그를 맞아 싸웠다. 두 말이 어우러져 싸우기를 8~9 합 만에 우금이 패하고 달아났다. 이어서 장합이 나갔는데 장합 역시 20여 합 싸우더니 패하고 달아났다.

다음으로 이통(李通)이 나가 싸웠는데, 교전 중 마초가 위세를 떨치며 창으로 이통을 찔러서 말 아래로 떨어뜨렸다.

마초가 자기 진영 쪽을 바라보며 창을 높이 들어 휘두르며 신호를 보내자 서량의 군사들이 일제히 뛰쳐나와 쳐들어가자 조조의 군사들은 크게 패하고 말았다. 서량의 군사들이 더욱 맹렬히 공격하니 조조 좌우의 장수들도 모두 그들을 막아낼 수가 없었다.

이에 마초는 방덕 마대와 함께 백여 명의 기병만 이끌고 조조를 잡으러 중군(中軍)으로 쳐들어갔다. 정신없이 우왕좌왕하는 군사들 틈에 끼

曹阿瞞割鬚棄袍

어 달아나던 조조가 문득 서량의 군사들이 외치는 소리를 들었는데: “붉은 전포를 입고 있는 놈이 조조다!”

조조는 말 위에서 급히 붉은 전포를 벗어 버렸다.

다시 크게 외치는 소리가 들리는데: “수염 긴 놈이 조조다!”

놀라고 당황한 조조는 즉시 차고 있던 칼을 뽑아 자신의 수염을 잘라 버렸다.

군사들 가운데 누군가가 조조가 수염을 잘라버렸다는 사실을 마초에게 고해바치니 마초는 즉시 군사들에게 외치도록 하기를: “수염 짧은 자를 붙잡아라!”

그 소리를 들은 조조는 즉시 깃발의 모서리를 찢어서 목을 싸매고 달아났다.

후세 사람이 이 모습을 그리며 지은 시가 있으니:

동관 싸움에 패하고 넋 놓고 달아나다	潼關戰敗望風逃
다급해진 조조는 금포까지 벗어던지고	孟德愴惶脫錦袍
칼로 수염 자를 때는 간담이 서늘했네	劍割髭髯應喪膽
이 일로 마초의 명성 천하에 드높였지	馬超聲價蓋天高

조조가 한창 달아나는데 뒤에서 기병 하나가 쫓아오기에 뒤를 돌아보니 바로 마초가 아닌가! 깜짝 놀란 조조가 어쩔 줄을 몰라 하고 있는데, 좌우에 있는 장수들조차 마초가 쫓아오는 것을 보고 각자 살기 위해 도망을 치니 조조만 남고 말았다.

마초가 날카로운 목소리로 외치기를: “조조 네 이놈! 게 서지 못하겠느냐!”

그 소리에 얼마나 놀랐던지 조조는 그만 들고 있던 말채찍을 땅에 떨어뜨리고 말았다. 조조를 거의 따라잡은 마초가 조조의 등 뒤에서 창을 찔렀다. 그러나 조조가 나무를 빙 돌아 달아나는 바람에 마초의 창은 그만 나무를 찌르고 말았다. 나무에 박힌 창을 급히 다시 뽑았지만, 조조는 멀찍이 달아나고 있었다.

마초가 급히 말을 몰아 쫓아가는데 산언덕 옆에서 한 장수가 돌아 나오면서 외치기를: "우리 주공을 다치게 하지 말라! 조홍이 여기 있느니라!"

칼을 휘두르며 말을 달려와 마초를 가로 막으니, 조조는 그제야 위기를 모면하고 달아나 버렸다. 조홍은 마초와 4~50 합이나 싸우다보니 칼 쓰는 법이 어지러워지고 기력조차 빠졌다. 그때 마침 하후연이 기병 수십 명을 데리고 나타났다. 마초는 혼자서 그들을 감당하기에는 승산이 없다고 판단하고 말머리를 돌려 돌아갔다. 하후연도 더 이상은 쫓지 않았다.

조조가 영채로 돌아와 보니 다행히 조인이 죽기로 싸워 영채를 잘 지켰기 때문에 군사와 말들은 많이 잃지 않았다.

조조가 막사 안으로 들어오면서 탄식하기를: "내가 만약 조홍을 죽였더라면 나는 오늘 틀림없이 마초의 손에 죽고 말았을 것이다!"

곧바로 조홍을 불러 상을 후하게 내리고 패전한 군사들을 수습하여 영채를 굳게 지키게 하고 도랑을 깊이 파고 보루를 높이 쌓아 서량의 군사들이 쉽게 공격하지 못하게 할 뿐, 누구도 나가서 싸우는 것을 허락하지 않았다.

마초는 매일 영채 앞까지 군사를 이끌고 나타나 욕설을 퍼부으며 싸움을 걸었다. 하지만 조조는 전 군사들에게 명을 내려 단단히 지키도록 하고 심지어 함부로 움직이는 자는 목을 벨 것이라고 했다.

여러 장수들이 말하기를: "서량의 군사들은 모두 긴 창을 쓰고 있으니 우리는 마땅히 궁노수(弓弩手)를 뽑아 저들을 대적해야 합니다."

조조 曰: "싸울 것인지 말 것인지는 모두 우리에게 달려있는 것이지 저들에게 있는 것이 아니다. 적들이 비록 제아무리 긴 창을 갖고 있다고 한들 어찌 마음대로 찌를 수 있겠느냐? 너희들은 단지 방어만 튼튼히 하고 구경만 하고 있으라. 그러면 적들은 저절로 물러갈 것이다."

보다 못한 여러 장수들이 서로 수군거리기를: "승상께서 여태껏 싸우실 때는 항상 몸소 앞장을 서셨는데, 이번에 마초에게 한 번 당한 뒤로는 어찌 이토록 약해지셨단 말인가!"

이렇게 며칠이 지났다. 첩자가 돌아와서 보고하기를: "마초에게 또 2만 명의 군사가 늘었는데 이들 모두 강인(羌人) 마을에서 마초를 도우러 온 사람들입니다."

그 말을 들은 조조는 오히려 기뻐했다. 여러 장수들이 의아해 하며 묻기를: "마초의 군사가 늘었는데 승상께서는 오히려 좋아하시니 그 이유가 무엇입니까?"

조조 曰: "내가 이 싸움에서 이긴 뒤에 그 까닭을 말해 주겠다."

사흘 뒤, 동관에 마초의 군사가 또 늘었다는 보고가 들어왔다. 조조는 또 크게 기뻐하며 막사에 술상을 차려놓고 축하를 했다. 여러 장수들이 모두 속으로 비웃었다.

조조 曰: "공들은 내가 마초를 쳐부술 계책이 없다고 비웃는 모양인데, 그런 공들에게는 무슨 좋은 계책이 있는가?"

서황이 나서며 말하기를: "지금 승상의 대군은 여기에 있으며 도적들은 지금 전부 동관 위에 주둔하고 있으니, 하서(河西)쪽은 아무런 방비가 없을 것입니다. 만약 우리의 일부 군사가 몰래 포판진(蒲阪津)을 건너가서 적들의 돌아가는 길을 차단하고, 승상께서 직접 하북(河北)쪽으로 쳐들어가면, 적은 양쪽이 서로 호응할 수가 없어 틀림없이 형세가 위태로워질 것입니다."

조조 日: "공명(公明: 서황)의 말이 바로 내 뜻과 같네!"

즉시 서황에게 지시하기를: "자네는 주영(朱靈)과 함께 정예병 4천 명을 이끌고 가서 서하를 습격하되 산골짜기에서 매복하고 있다가 내가 하북으로 건너가거든 동시에 쳐야한다."

명을 받은 서황과 주영은 먼저 4천 명의 군사를 이끌고 몰래 떠났다.

조조는 조홍으로 하여금 포판진으로 먼저 가서 배와 뗏목을 준비하도록 하고, 조인은 남아서 영채를 지키게 했다. 그리고 조조 자신은 군사를 거느리고 위하(渭河)를 건너기로 했다.

그러나 이런 계획은 이미 첩자에 의해 마초에게 보고되었다.

마초 日: "지금 조조가 이곳 동관을 직접 공격하지 않고 군사들을 시켜 배와 뗏목을 준비시키는 것은 하북으로 건너가서 우리의 돌아갈 길을 막으려는 것이오. 내가 먼저 군사를 이끌고 강북쪽 언덕으로 가서 그들이 그곳으로 건너오는 것을 막겠습니다. 조조의 군사들이 강을 건너지 못하면 20일이 지나기 전에 하동(河東)의 군량미가 떨어져 조조의 군사들이 반드시 어려움을 겪을 것입니다. 그때 하남을 들이치면 조조를 사로잡을 수 있을 것입니다."

한수 日: "그럴 필요 없네. 병법에 '군사가 물을 반쯤 건너게 한 뒤에 친다(兵半渡可擊).'란 말도 들어 보지 못했는가? 조조의 군사가 반쯤 건너기를 기다렸다가 자네가 남쪽 기슭에서 저들을 공격한다면 조조의 군사들은 모조리 강물에 빠져 죽지 않겠는가!"

마초 日: "숙부님의 말씀이 아주 타당합니다."

마초는 즉시 정탐꾼을 시켜 조조가 언제 강을 건너는지 알아보도록 했다.

한편 군사를 재정비한 조조는 전 군을 세 부대로 나누어 위하(渭河)를 건너기로 했다. 군사들이 하구에 도착했을 때 해가 막 떠오르기 시작했다. 조조는 먼저 정예병을 보내 북쪽 강기슭으로 건너가 영채를 세우도록 했다.

조조 자신은 호위하는 군사 1백여 명만 데리고 칼을 쥐고 남쪽 기슭에 앉아서 군사들이 강을 건너가는 것을 바라보고 있었다.

그때 갑자기 누군가 와서 보고하기를: "뒤에 흰 전포를 입은 장수가 다가오고 있습니다."

군사들은 모두 그가 마초임을 알고 배를 타려고 한꺼번에 몰려갔다. 강변에 있던 군사들도 서로 먼저 배에 오르기 위해 다투느라 아우성을 쳤다. 조조는 여전히 꼼짝도 하지 않고 앉아서 칼을 잡고 군사들의 소동을 막아보려고 애를 썼지만 들리는 것은 그저 군사들의 아우성 소리와 말의 울부짖음뿐이었다.

그때 갑자기 서량의 군사들이 벌떼처럼 몰려오자 배에 타고 있던 한 장수가 몸을 날려 강기슭 위로 올라와서 소리쳐 부르기를: "적들이 당도했습니다. 승상께선 어서 배에 오르십시오!"

조조가 보니 그는 허저였다.

그런데도 조조는 여전히 중얼거리기를: "적들이 온들 내 어찌 두려워하겠는가!"

하며 뒤돌아보니 마초는 이미 백여 걸음도 안 되는 곳까지 와 있었다. 허저가 조조를 끌어당겨 배를 타려고 하니 배는 이미 강기슭에서 한 길이나 떨어져 있었다.

허저는 조조를 등에 업고 훌쩍 뛰어 배에 올라탔다. 수행하는 군사들이 물속으로 들어와서 뱃전을 붙잡고 서로 다투어 배에 올라타려고 하니, 작은 배가 좌우로 크게 흔들리며 금방이라도 뒤집힐 것 같았다. 허저는 칼을 뽑아 뱃전을 붙잡고 있는 군사들의 손을 마구 찍어대니, 그 손들은 모두 잘려서 강물 속으로 떨어졌다.

허저는 급히 배를 저어 하류로 내려갔다. 허저는 배 후미 위에 서서 직접 삿대로 배를 저었다. 조조는 허저의 발 옆에 바짝 엎드려 있었다.

마초가 강기슭에 도착했을 때 배는 이미 강 한가운데서 떠내려가고 있었다. 그는 곧 활에 화살을 메기고 용맹한 장수들에게 강을 따라가며 화살을 쏘라고 호령했다. 화살들이 배 위로 비 오듯 쏟아지니 조조가 다칠까 두려운 허저는 왼손으로는 말안장을 들고 날아온 화살을 막았다. 마초가 쏜 화살은 빗나가는 것이 하나도 없었다. 배를 젓는 군사들은 화살에 맞아 강물에 떨어지고, 배 안의 군사 수십 명도 화살에 맞아 쓰러졌다.

배에 노 젓는 군사가 없자 배는 급류에 휘말려 빙빙 돌았다.

허저는 혼자서 초인적인 힘을 발휘하여 두 허벅지 사이에 노를 꽉 끼고 흔들고, 한 손으로는 삿대로 배를 버티고 또 한 손으로는 말안장으로 날아오는 화살을 막으며 조조를 보호했다.

이때 남산 위에서 이런 광경을 보고 있던 위남(渭南) 현령 정비(丁斐)는 조조가 다칠까 염려되어 곧바로 영채 안에 있던 소와 말들을 모조리 밖으로 몰아내니, 산과 들은 온통 소와 말로 뒤덮였다.

이를 본 서량의 군사들은 몸을 돌려 서로 앞 다투어 소와 말을 붙잡느라 조조를 쫓아갈 마음이 사라졌다. 조조는 이 덕에 마초의 추격에서 벗어날 수 있었다.

가까스로 북쪽 강기슭에 다다른 조조는 곧바로 배에 구멍을 내어 배를 물속에 가라앉혔다. 조조가 강 한가운데서 어려움을 겪고 있다는 말을 들은 여러 장수들이 급히 구하러 왔을 때, 조조는 이미 강기슭에 올라와 있었다.

허저는 두꺼운 갑옷을 입고 있었기 때문에 화살은 모두 갑옷 위에 꽂혀 있었다. 장수들은 조조를 모시고 들판의 영채 안으로 들어가서 모두 땅에 엎드려 문안 인사를 드렸다.

조조가 껄껄 웃으며 말하기를: "내 오늘 좀도둑에게 큰 봉변을 당했구먼!"

허저 曰: "만약 어떤 사람이 소와 말을 풀어 놓아 적들을 유인하지 않았더라면 적들은 필시 강을 건너려 했을 것입니다."

조조가 묻기를: "적들을 그렇게 유인한 사람이 누구인가?"

그 사실을 알고 있던 자가 대답하기를: "위남 현령 정비(丁斐)입니다."

잠시 후 정비가 들어와서 인사를 드렸다.

조조 역시 고맙다고 인사하기를: "만약 공이 그런 기발한 꾀를 내지 않았더라면 나는 적들에게 사로잡히고 말았을 것이오."

조조는 곧바로 그를 전군교위(典軍校尉)로 임명했다.

정비 曰: "적들이 비록 잠시 물러가기는 했지만, 내일 틀림없이 다시 올 테니, 좋은 계책을 써서 저들을 막아야 합니다."

조조 曰: "그건 이미 준비되어 있네."

그러고는 즉시 여러 장수들에게 분부하기를: "지금 즉시 각기 나누어 강을 따라서 용도(甬道)[24]를 쌓아서 임시 영채의 울타리로 삼도록 하라. 만약 적이 쳐들어오면 우리 군사들은 용도 밖에 진을 치고, 용도 안에는 기치를 요란하게 꾸며 그 안에 우리 군사들이 있는 것처럼 꾸민다. 그리고 강가를 따라 참호를 깊이 파고 그 위를 나무나 풀로 덮개를 씌운 후 흙을 살짝 덮어 두어라. 그런 다음 우리 군사들을 강 안쪽에 배치하여

24 길 양쪽으로 담을 쌓은 긴 통로. 역자 주.

적들을 유인하면 적들이 급히 쫓아오다가 모두 그곳에 빠질 것이니 우리는 그때 공격하면 된다."

한편 마초는 돌아가서 한수에게 말하기를: "조조를 거의 사로잡을 뻔했는데 한 장수가 조조를 업고 배로 뛰어내리는 바람에 그만 놓치고 말았습니다. 그 장수가 누구인지 모르겠습니다."

한수 曰: "내 듣기로 조조는 가장 용맹한 사람을 뽑아서 장전시위(帳前侍衛)로 삼고 그들을 호위군(虎衛軍)이라고 부르는데 그 호위군을 거느리는 용맹스러운 장수가 바로 전위와 허저라고 하더군. 그런데 전위는 이미 죽었으니 이번에 조조를 구한 사람은 틀림없이 허저일 것이네. 그는 용맹과 힘이 보통 사람과는 비교가 안 되니, 사람들은 모두 그를 호치(虎痴)라고 부른다네. 만약 자네도 그를 만나면 가벼이 상대해서는 안 되네."

마초 曰: "저 역시 그의 이름을 들은 적이 있습니다."

한수 曰: "이제 조조가 강을 건넜으니 우리를 기습하려고 할 것이네. 우리가 속히 저들을 공격하여 영채를 세울 시간을 주지 말아야 하네. 만약 영채를 세우고 나면 공격하기가 쉽지 않을 것이네."

마초 曰: "이 조카의 소견으로는 우리가 북쪽 언덕으로 돌아가 조조군이 더는 물을 건널 수 없도록 하는 게 상책일 것 같습니다."

한수 曰: "조카는 영채를 지키고 내가 군사를 이끌고 강을 따라 올라가 조조와 싸워보고 싶은데 조카 생각은 어떤가?"

마초 曰: "그럼 방덕을 선봉으로 삼아 앞에서 숙부님을 모시도록 하겠습니다."

이리하여 한수는 방덕과 함께 군사 5만 명을 이끌고 위남으로 달려갔다.

조조는 여러 장수들에게 용도의 양쪽에서 적들을 유인하도록 했다. 선두에 선 방덕이 철기병 1천여 명을 이끌고 쳐들어갔는데, 함성이 일어나는 곳마다 방덕의 군사와 말들은 모두 함정 속으로 빠지고 말았다.

방덕 역시 함정에 빠졌으나 훌쩍 몸을 솟구쳐 그곳에서 빠져나와, 평지에서 여러 명을 죽이고 걸어가면서 포위망을 뚫고 있는데 앞을 보니, 한수는 이미 적의 포위망 한가운데 있지 않은가!

방덕이 그를 구해내려고 달려가다가 조인의 부하 장수 조영(曹永)과 마주쳤다. 방덕은 한칼에 그를 베어 말 아래로 떨어뜨린 다음, 그 말을 빼앗아 타고 쳐들어가서 혈로를 뚫고 한수를 구해 동남쪽으로 달아났다.

등 뒤에서 조조의 군사들이 뒤쫓아 왔으나 마침 마초가 군사를 이끌고 지원을 나와 조조의 군사들을 물리치고 서량의 군사와 말도 대부분 구할 수 있었다. 싸움은 해가 질 무렵이 되어 비로소 그치고 돌아와 군사들을 점검해 보니 장수 가운데 정은(程銀)과 장횡(張橫)을 잃었고 함정에 빠져 죽은 군사가 2백여 명이었다.

마초가 한수와 상의하기를: "만약 시일을 끌다가 조조가 하북에 영채를 세우고 나면 적들을 물리치기가 어려울 것입니다. 차라리 오늘 밤 경기병(輕騎兵)을 이끌고 가서 적의 야영(野營)을 급습하는 편이 나을 것 같습니다."

한수 曰: "그러려면 군사를 앞과 뒤 두 부대로 나누어 위급 시 서로 돕도록 해야 하네."

이리하여 마초 자신이 앞장을 서고, 방덕과 마대는 뒤에서 호응을 하기로 하고 그날 밤 조조의 영채를 향해 떠났다.

이때 조조는 군사들을 거두어서 위하 북쪽에 주둔시켜 놓고 여러 장수들을 불러서 말하기를: "적들은 우리가 아직 영채를 세우지 못한 것을 얕잡아보고 틀림없이 야영을 기습하러 올 것이다. 군사들을 사방에 흩어져 매복시키고 중군은 비워 두어라. 포성 소리를 신호로 복병들이 일제히 일어나면 한 번에 적을 사로잡을 수 있을 것이다."

명령에 따라 여러 장수들이 군사들을 매복시켜 놓았다.

그날 밤 조조의 영채에 도착한 마초는 먼저 성의(成宜)로 하여금 3십 명의 기병을 데리고 앞으로 가서 적정을 살펴보게 했다. 성의가 가서 보니 조조의 영채에 군사들이 없는 것을 확인하고 곧바로 중군으로 쳐들어갔다. 조조의 군사들은 서량의 군사들이 온 것을 보고 곧바로 포성을 울렸고, 그 포성 소리와 동시에 사방에 매복해 있던 조조의 군사들이 일제히 뛰쳐나왔다. 하지만 그들이 에워싼 것은 고작 3십 명의 기병뿐이었다. 성의는 결국 하후연에게 죽임을 당했다.

마초는 본의 아니게 성의를 희생양으로 만들었지만 싸움은 지금부터가 아니겠는가! 마초는 뒤에서 방덕과 마대와 함께 군사들을 세 방면으로 나누어 벌떼처럼 조조 진영을 쳐들어갔다.

이야말로:

비록 복병을 두어 적이 오기를 기다렸지만　　縱有伏兵能候敵
건장들이 앞 다투어 달려오니 어찌 당하랴　　怎當健將共爭先

승부가 어찌 될지 궁금하거든 다음 회를 기대하시라.

제 59 회

허저는 웃통까지 벗고 마맹기와 싸우고
조조는 글자를 지워 한수를 이간시키다

許褚裸衣斗馬超

曹操抹書間韓遂

그날 밤 혼전을 벌인 양쪽 군사들은 날이 새자 비로소 각자 군사를 거두었다. 마초는 위구(渭口)에 군사를 주둔시키고 밤낮으로 군사를 나누어 앞뒤로 공격을 이어나갔다.

조조는 위하(渭河)에 배와 뗏목을 쇠사슬로 이어서 부교(浮橋) 3개를 만들어 남쪽 기슭과 연결시켜 오가게 했다. 조인은 군사를 이끌고 강폭이 좁은 곳을 끼고 영채를 세운 다음 군량과 마초를 실은 수레들을 병풍처럼 연결시켜 방벽으로 삼았다.

이 소식을 들은 마초는 군사들에게 각자 불씨와 풀 더미 하나씩을 가지고 한수와 함께 군사를 이끌고 조인의 영채로 쳐들어갔다. 풀 더미를 쌓아 놓고 불을 지르니 조조의 군사들은 더 이상 버티지 못하고 영채를 버리고 달아났다. 결국 방책용의 수레와 강 위에 놓은 부교도 모조리 불에 타버리고 말았다.

대승을 거둔 서량의 군사들이 위하를 차단해 버리니 조조는 다시 영채도 세울 수 없어 그저 속만 태우고 있었다.

순유 曰: "위하의 모래와 흙을 가져다가 토성을 쌓는다면 굳게 지킬 수 있지 않겠습니까?"

조조는 3만 명의 군사를 동원하여 흙을 날라다가 성을 쌓도록 했다. 마초는 또 방덕과 마대로 하여금 각기 5백 명의 기병을 이끌고 조조의 군사들이 쌓고 있는 성을 교대로 왕래하며 좌충우돌하도록 했다. 게다가 모래와 흙만으로 급하게 쌓은 성이라 견실하지 못해 쌓으면 바로 허물어져 버리니, 천하의 조조도 어찌 해 볼 방법이 없었다.

이때는 9월도 다 지나 날씨가 몹시 춥고, 하늘에는 연일 짙은 구름이 낀 채 개일 줄을 몰랐다. 조조는 영채 안에서 답답한 하루하루를 보내고 있는데 갑자기 군사 하나가 들어와 보고하기를: "한 노인이 승상을 뵙기를 청합니다. 영채를 세울 계책을 알려주겠다고 합니다."

조조가 들어오라고 하여 보니, 그 노인은 학의 골격에 소나무의 자태로 그 생김새가 예사롭지 않았다.

누구신지 물으니, 경조(京兆) 사람으로 종남산(終南山)에 은거하고 있는데 성은 루(婁), 이름은 자백(子伯), 도호(道號)를 몽매거사(夢梅居士)라 했다.

조조는 그 노인을 귀한 손님을 맞이하는 것처럼 예를 다해 대우했다.

자백 曰: "승상께서는 위하에 영채를 세우시려 한 지 오래되었는데, 어찌하여 지금과 같은 좋은 시기를 그냥 보내고 계십니까?"

조조 曰: "이 지역이 모두 모래흙이라 성을 쌓을 수가 없소. 은사께서 무슨 좋은 계책이 있으면 가르쳐 주십시오."

자백 曰: "승상의 군사 부리는 것은 귀신같은데 어찌하여 천시(天時)는 모르십니까? 요즘 매일처럼 검은 구름이 끼여 있는데, 이제 북풍만 불어주면 모든 것이 꽁꽁 얼어붙을 것입니다. 바람이 불기 시작하면 군사들로 하여금 흙을 날라다가 쌓게 하고 그 위에 물만 뿌려주면 날이 밝기 전에 견고한 토성이 완성되어 있을 것입니다."

크게 깨달은 조조는 자백에게 후한 상을 내렸지만, 그는 받지 않고 돌아갔다.

아니나 다를까 이날 밤 북풍이 크게 일기 시작했다. 조조는 모든 군사를 동원하여 흙을 날라다 토성을 쌓고 그 위에 물을 뿌렸다. 물을 담을 그릇이 없어, 비단 천으로 보자기를 만들어 물을 길어다가 뿌리게 하니 모래흙은 쌓는 즉시 얼어붙었다. 날이 밝아오자 모래와 물이 꽁꽁 얼어붙어 튼튼한 토성이 완성되었다.

첩자가 이 사실을 마초에게 보고하니 마초가 군사를 거느리고 와서 직접 보고 몹시 놀라 귀신이 도와준 것이 아닌가 하고 의심할 정도였다.

다음 날 마초가 대군을 거느리고 북을 울리며 나아가니, 조조가 직접 말을 타고 영채를 나와 맞이하는데, 허저 한 사람만 수행했다.

조조가 채찍을 높이 쳐들며 큰 소리로 외치기를: "맹덕이 여기 홀로 나왔으니 마초는 나와서 내 말을 들으라!"

마초가 말을 타고 창을 꼬나들고 나왔다.

조조 曰: "너는 내가 영채를 세울 수 없을 것이라고 깔보고 있었지만, 나는 어제 하룻밤 만에 이런 근사한 토성을 쌓았느니라. 이게 하늘의 도움이 아니면 어찌 가능했겠느냐? 이래도 너는 항복하지 못하겠느냐!"

크게 화가 난 마초가 당장 달려가 그를 사로잡고 싶었지만, 조조 등 뒤에 이상하게 생긴 놈이 눈을 부릅뜨고 손에는 강철 칼을 쥐고 말을 멈추고 서 있는 것이 아닌가!

마초는 그 자가 허저가 아닌가 싶어 채찍을 쳐들며 묻기를: "네 군중에 호후(虎侯)란 자가 있다고 들었는데, 그 자는 어디 있느냐?"

허저가 즉시 칼을 쳐들고 외치기를: "내가 바로 초군(譙郡)의 허저이니라!"

멀리서 보아도 그의 눈에서는 레이저가 발사되고 있었고 위풍도 당당했다. 기세에 눌린 마초는 감히 움직이지 못하고 말을 돌려 돌아왔다. 조조 역시 허저를 데리고 영채로 돌아갔다. 이 광경을 본 양쪽 군사들 가운데 놀라지 않은 자가 없었다.

조조가 여러 장수들에게 말하기를: "적들도 중강(仲康: 허저)이 호후인 줄 아는구나!"

이때부터 군중에서는 그를 모두 호후라고 불렀다.

허저 曰: "내일 제가 반드시 마초를 사로잡고야 말겠습니다."

조조 曰: "마초는 영특하고 용맹한 자이니 가볍게 봐서는 안 된다."

허저 曰: "내 맹세코 죽기로 싸울 것입니다!"

즉시 사람을 시켜 도전장을 보냈다. 내일 단둘이서 결판을 내자는 내용이었다.

도전장을 받은 마초가 몹시 화를 내며 말하기를: "이놈이 어찌 감히 나를 우습게 본단 말이냐!"

즉시 내일 호치를 죽여 버리겠다는 답서를 써서 보냈다.

다음 날 양쪽 군사들은 영채를 나가 서로 마주보고 진세를 펼쳤다. 마초는 방덕을 왼쪽 날개로, 마대를 오른쪽 날개로 삼고 한수로 하여금 중군을 통솔하도록 했다.

마초는 창을 꼬나들고 말에 올라 진 앞에 서서 큰 소리로 외치기를: "호치는 어서 나와 내 창을 받아라!"

문기 아래의 조조가 여러 징수들을 돌아보며 말하기를: "마초의 용맹은 여포에 뒤지지 않는다."

말이 채 끝나기도 전에 허저가 말에 박차를 가하여 칼을 휘두르며 달려 나갔다. 마초가 창을 꼬나들고 맞아 싸웠다. 둘이 1백여 합을 싸웠지만 승부가 나지 않았는데, 말들이 이미 지칠 대로 지쳤다. 두 사람은 각기 군중으로 돌아가 말을 바꿔 타고 다시 나와 또 1백여 합을 싸웠지만 여전히 승부는 가려지지 않는다.

자신의 화를 이기지 못한 허저가 갑자기 말을 몰아 진중으로 가더니 갑자기 투구와 갑옷을 벗어 던지고 근육으로 단련된 울퉁불퉁한 알몸을 드러낸 채 다시 칼을 잡고 말에 뛰어올라 달려가서 마초와 다시 맞붙으니 양쪽 군사들이 모두 깜짝 놀란다.

두 사람이 또 싸운 지 30여 합쯤 되었을 때 허저가 칼을 번쩍 들어 마초를 내리치는 순간, 마초가 간신히 그 칼을 피하면서 창으로 허저의 가슴을 찌르고 들어왔다. 이제 칼로는 마초의 창을 막을 수 없다고 판단한 허저는 즉시 칼을 내던지고 몸을 비틀며 손으로 잽싸게 마초의 창대를 잡았다. 두 사람은 말 위에서 서로 창을 빼앗으려고 잡아당겼다. 힘이 더 센 허저가 '얍!' 하고 기합소리를 내며 더 세게 잡아당기니 창대가 그만 두 동강이로 부러지고 말았다. 두 사람은 이제 각자 부러진 창 자루를 들고 말 위에서 난타전을 벌였다.

허저가 잘못되지 않을까 겁이 난 조조가 즉시 하후연과 조홍으로 하여금 달려 나가 협공을 하라고 지시했다.

방덕과 마대는 조조 진영에서 두 명의 장수가 달려 나오는 것을 보고 좌·우익 기병을 휘몰아 좌충우돌 조조의 군사들에게 쳐들어갔다. 조조의 군사들은 큰 혼란에 빠졌고 허저는 팔에 화살을 두 개나 맞았으며 모든 장수들은 황급히 후퇴하여 영채 안으로 들어가 버렸다.

마초는 해자 근처까지 쫓아가 조조의 군사들을 닥치는 대로 죽이니 조조의 군사들은 태반이 죽거나 부상을 당했다.

조조는 영채 문을 굳게 닫고 절대 나가지 못하게 했다.

許褚裸衣鬪馬超

위구(渭口)로 돌아간 마초는 한수에게 말하기를: “내 지금까지 수 없이 싸워보았지만 허저 같은 놈은 처음입니다. 정말로 호치라 할 만합니다.”

한편 조조는 이번 계책으로는 틀림없이 마초를 쳐부술 수 있을 것이라고 생각하고, 은밀히 서황과 주영을 하서(河西)로 건너가 영채를 세우고 앞뒤로 협공하라고 명령했다.

하루는 조조가 성 위에 올라가서 보니 마초가 수백 명의 기병을 이끌고 영채 앞까지 와서 마치 자신들의 앞마당처럼 자유롭게 나는 듯이 왔다 갔다 하는 것이 아닌가!

한참 동안이나 그 광경을 바라보던 조조는 울화통이 터져 쓰고 있던 투구를 벗어 땅에 던지며 말하기를: “마초 저놈을 죽이지 않으면 내 죽어도 묻힐 땅도 없겠구나!”

옆에서 이 말을 들은 하후연이 끓어오르는 분을 참지 못하고 성난 목소리로 말하기를: “내 여기서 죽는 한이 있어도 맹세코 마가 저놈을 없애 버리고야 말테다!”

곧바로 본부 군사 1천 명을 이끌고 영채 문을 활짝 열고 마초를 쫓아갔다. 조조는 급히 그를 제지하려고 했지만 이미 늦었다. 조조는 하후연을 잃을까 걱정되어 자신도 황급히 말에 올라 도우러 나갔다.

조조의 군사가 오는 것을 본 마초는 곧바로 선두 부대를 뒤로 보내고 후미 부대를 선봉으로 삼아 옆으로 벌려 세웠다. 그리고 하후연이 이르자 조금도 주저하지 않고 달려나가 그를 맞아 싸웠다.

혼전을 벌이던 중 멀리서 조조가 오는 것을 발견한 마초는 하후연은 내버려 두고 곧장 조조에게 달려갔다. 크게 놀란 조조는 말머리를 돌려 달아나니 조조의 군사는 대혼란에 빠졌다.

마초가 조조를 한참 뒤쫓아 가는데 조조의 일부 군사들이 하서(河西)

에 영채를 세웠다는 보고가 들어왔다. 깜짝 놀란 마초는 추격을 중단하고 급히 군사를 거두어 영채로 돌아가 한수와 상의하며 말하기를: "조조의 군사가 우리의 빈틈을 이용하여 하서에 영채를 세우고 우리를 앞뒤에서 공격하려고 하는데 이를 어찌하면 좋겠습니까?"

부장(副將) 이감(李堪)이 말하기를: "차라리 이번에 빼앗은 땅을 저들에게 돌려주고 화해를 청하여 싸움을 중지하고 각자 군사를 물리는 것이 좋겠습니다. 그래서 겨울이 지나고 따뜻한 봄이 되거든 다시 계책을 상의하는 것이 어떨는지요?"

한수 曰: "이감의 말이 최선인 것 같네. 그렇게 하도록 하세."

하지만 마초는 머뭇거리며 결단을 내리지 못했다. 이때 양추(楊秋)와 후선(侯選) 등도 모두 화해를 권했다.

이리하여 한수는 양추를 사자로 파견하여 조조에게 글을 보냈는데 그 글의 내용은 차지한 땅을 반환할 테니 화해하자는 내용이었다.

조조 曰: "너는 일단 영채로 돌아가거라. 내가 내일 사람을 보내서 답을 줄 것이다."

양추가 인사를 하고 돌아가니 가후가 들어와서 말하기를: "승상께서는 어찌하실 작정이십니까?"

조조 曰: "공의 생각은 어떻소?"

기후 曰: "'전쟁에서는 속임수도 꺼리지 않는다(兵不厭詐).'라 했습니다. 거짓으로 화해를 받아드린다고 하시지요. 그런 다음에 반간계를 써서 한수와 마초를 서로 의심하게 만들면 북소리 한 번으로 그들을 동시에 쳐부술 수 있습니다."

조조는 손뼉을 치고 크게 웃으며 말하기를: "천하의 고견은 서로 통하는 데가 있는 모양이오. 문화(文和: 가후)의 계책은 바로 내가 속으로 생각하고 있던 바요."

이리하여 사람을 보내 답을 하기를: "우리가 천천히 군사를 물린 다음에 하서 땅을 돌려받을 것이다."

그러면서 한편으로 부교를 설치하여 군사를 물리려는 뜻을 보였다.

답을 받은 마초가 한수에게 말하기를: "조조가 비록 우리의 제안을 받아들인다고 했지만, 간웅인 그의 말을 완전히 신뢰할 수는 없습니다. 만약의 경우를 대비하지 않으면 오히려 저들에게 제압당할 수도 있습니다. 그러니 저와 숙부가 군사를 교대로 움직여서, 오늘은 숙부께서 조조 쪽을 살피십시오. 저는 서황의 동태를 살피겠습니다. 또 내일은 제가 조조를 맡을 테니 숙부께서는 서황을 감시하십시오. 그렇게 양쪽으로 나누어 번갈아 가며 대비를 하면 저들이 속임수를 쓴다 해도 막아낼 수 있을 것입니다."

한수는 그 계책을 따르기로 했다. 하지만 이런 사실은 이미 첩자에 의해 조조에게 보고되었다.

조조가 가후를 돌아보며 말하기를: "이제야 우리의 일이 제대로 풀릴 모양이군!"

그리고 묻기를: "내일은 누가 우리 쪽을 살피러 오느냐?"

첩자 曰: "한수입니다."

다음 날 조조는 여러 장수를 거느리고 영채를 나섰다. 다른 장수들이 주위를 빙 둘러싼 가운데 조조 혼자 중앙에 말을 타고 서 있어서 멀리서 보아도 눈에 확 띄었다.

한수의 군사 대부분은 조조의 얼굴을 본 적이 없어 그를 보러 진영 앞으로 나왔다.

조조가 소리치기를: "그대들은 조조가 어떻게 생겼는지 궁금하더냐? 나 역시 너희와 비슷한 사람이니라. 눈이 넷, 입이 둘 있는 것도 아니다. 단지 그대들보다 지모가 좀 더 많을 뿐이다."

한수의 군사들 얼굴에 두려워하는 빛이 역력했다.

조조는 군사 하나를 한수 진영에 보내 말을 전하기를: "승상께서 한 장군과 얘기를 나누기를 원하십니다."

한수가 즉시 진 앞으로 나가서 보니 조조는 갑옷도 입지 않고 투구도 쓰지 않았으며 칼도 들지 않았다. 이에 한수 역시 갑옷을 벗어 버리고 가벼운 옷차림으로 혼자서 말을 타고 나갔다.

두 필의 말이 서로 엇갈릴 정도의 거리가 되자 말고삐를 당겨 잡고 마주보며 대화를 시작하는데, 먼저 조조가 말하기를: "나와 장군의 부친은 모두 효렴(孝廉)으로 천거되었기에, 내 일찍이 그 분을 숙부로 섬긴 적이 있소. 내 그대와 함께 지금껏 벼슬을 하고 있지만 아직 그대의 나이도 모르고 있소. 장군은 올해 연세가 얼마나 되시는가?"

한수가 대답하기를: "마흔입니다."

조조 曰: "지난날 도성에 있었을 때는 우리 모두 젊은 청춘이었는데 어느새 중년이 다 됐구려. 언제 천하가 태평해져 함께 즐거움을 누릴 날이 올지 모르겠소!"

조조는 군사 문제는 입 밖에도 내지 않고 그저 지난날들의 시시콜콜한 이야기만 하다가 서로 크게 웃으니 양쪽 군사들이 보기에 두 사람은 예부터 아주 친한 가까운 사이로 보였다. 두 사람은 이렇게 한 시진(時辰: 두 시간) 동안이나 이야기를 나눈 뒤에야 비로소 말머리를 돌려 각자 영채로 돌아갔다.

이런 사실은 이미 마초에게 보고되었다. 마초는 즉시 한수에게 가서 묻기를: "오늘 조조 진영 앞에서 조조와 어떤 일에 대해 대화를 나누셨습니까?"

한수 曰: "그저 지난날 도성에 있었을 때의 옛 일들에 대해 얘기했네."

마초 曰: "어째서 군사 일에 대해서는 말을 하지 않으셨습니까?"

한수 曰: "조조가 말을 하지 않는데 나 혼자 말을 할 수는 없지 않은가?"

마초는 속으로 몹시 의심이 들었지만 더 이상 묻지 않고 물러나왔다.

한편 영채로 돌아온 조조는 가후에게 말하기를: "공은 내가 진영 앞에서 한수와 얘기를 나눈 의도를 아는가?"

가후 曰: "그 의도가 비록 절묘하지만 두 사람을 이간시키려면 그 정도로는 부족합니다. 한수와 마초가 원수가 되어 서로 죽이게 할 수 있는 계책이 제게 있습니다."

조조가 그 계책을 물으니 가후가 말하기를: "마초는 그저 힘만 쓸 줄 아는 용맹한 장수일 뿐, 군사 기밀을 관장하는 부문은 알지 못합니다. 승상께서 직접 편지 한 통을 써서 한수에게만 보내시되, 아주 중요한 대목에서 글자를 모호하게 쓰셨다가 손수 지우시고 다시 고치신 다음 그것을 봉하여 한수에게 보내면서 마초에게도 한수에게 편지를 보낸 사실은 알려주십시오.

그럼 마초는 틀림없이 한수에게 그 편지를 보여 주라고 할 것이고 그 편지 내용의 중요 부분을 지우고 고친 흔적을 발견하게 되면 마초는 그것을 조조와 몰래 내통한 한수가 자신에게 들통이 날까 두려워 한수가 직접 지우고 고친 것이라고 의심할 것입니다.

그렇지 않아도 오늘 한수와 승상이 단둘이서 오랫동안 무슨 얘기를 나눴을까 의심을 하고 있는 마초이니 이 일로 한수를 더욱 의심할 것이고 이로 인해 반드시 혼란이 생길 것입니다. 이 틈을 이용하여 우리가 은밀히 한수의 부하 장수들과 결탁하여 두 사람을 이간시키게 하면 마초를 쉽게 도모할 수 있습니다."

조조 曰: "그것 참 절묘한 계책이군!"

조조는 즉시 편지 한 통을 쓰고 중요 부분을 지운 뒤 다시 고쳐 쓴 다음 단단히 봉하여 일부러 많은 사람을 딸려 보내 한수의 영채에 가서 서신을 전하고 돌아왔다.

이 일은 예측한 대로 마초에게 보고되었다. 더욱 의심을 한 마초는 한수에게 가서 서신을 보자고 하니 한수가 서신을 마초에게 내 주었다.

서신에 지우고 고친 흔적을 발견한 마초가 한수에게 묻기를: "서신의 중요 대목에 왜 이렇게 지우고 고친 글자가 많아 애매하게 되어 있습니까?"

한수 曰: "나도 모르겠네. 원래부터 그랬어."

마초 曰: "어찌 글의 초고를 남에게 보낼 리가 있습니까? 필시 숙부께서 내가 구체적인 것을 알까 두려워 미리 지우고 고친 것이 아닙니까?"

한수 曰: "혹시 조조가 초고를 착각하고 잘못 봉해서 보낸 것은 아닐까?"

마초 曰: "저는 그 말 역시 믿지 못하겠습니다. 조조는 아주 꼼꼼한 사람인데 어찌 그런 실수를 하겠습니까? 지금까지 저와 숙부는 함께 힘을 합쳐 조조를 쳤는데, 어찌하여 갑자기 딴마음을 품은 것입니까?"

한수 曰: "자네가 정 나를 믿지 못하겠다면 내가 내일 진 앞으로 조조를 나오라고 하여 대화를 나눌 때, 자네는 진 안에 숨어 있다가 갑자기 뛰어나와 한 창에 그를 찔러 죽여 버리면 되지 않겠는가!"

마초 曰: "만약 그렇게 해 주신다면 숙부님의 진심을 알 수 있겠습니다."

두 사람은 그렇게 하기로 정했다.

한수는 다음 날 후선(侯選)·이감(李堪)·양흥(梁興)·마완(馬玩)·양추(楊秋) 등 다섯 장수를 거느리고 진 앞으로 나갔다. 마초는 문기(門旗) 뒤에 숨어 있었다. 한수가 사람을 시켜 조조의 영채 앞에 가서 큰 소리로 외치기를: "한 장군께서 승상께 드릴 말씀이 있다고 하십니다."

조조는 조홍으로 하여금 기병 수십 명을 이끌고 가서 한수를 만나보도록 했다. 두 말이 몇 걸음 떨어진 거리까지 다가온 조홍이 말 위에서 몸을 굽히며 말하기를: "지난 밤 승상께서 장군께 인사드리면서 하신 말씀의 뜻을 절대로 그르치지 마십시오."

밑도 끝도 없이 한수조차 도저히 알아들을 수 없는 이런 말을 내뱉은 조홍은 곧바로 말머리를 돌려 가 버렸다.

그 말을 듣고 화가 머리끝까지 치민 마초가 창을 꼬나들고 말을 달려와 곧바로 한수를 찌르려고 했다. 다섯 명의 장수가 그를 가로막고 겨우 말리는 바람에 일단 그곳에서의 불상사는 면하고 함께 영채로 돌아왔다.

한수 曰: "조카님, 나를 의심하지 말게. 나는 정말로 딴 뜻이 없네."

마초가 어찌 그 말을 믿으려 하겠는가! 그동안 태산처럼 믿고 의지했던 숙부이기에 실망이 더 컸던 마초는 숙부에 대한 원한을 품고 가 버렸다.

한수는 다섯 장수들과 상의하며 말하기를: "이 일을 어찌 풀어야 좋겠는가?"

양추 曰: "마초는 자신의 무예와 용맹함만 믿고 늘 주공을 업신여기는 마음을 갖고 있으니 설령 이번에 조조와의 싸움에서 승리한다고 하더라도 그 공을 주공께 양보하려 하겠습니까? 제 어리석은 생각으로는 차라리 은밀히 조공에게 투항하여 훗날 봉후(封侯)의 지위를 잃지 않는 것이 나을 것 같습니다."

한수 曰: "나는 그 아비 마등과 의형제 결의를 한 사이인데 어찌 차마 그를 배신할 수 있겠느냐?"

양추 曰: "일이 이미 이 지경에 이르렀으니 달리 방법이 없습니다."

한수 曰: "그럼 누가 우리의 뜻을 조조에게 전하겠느냐?"

양추 曰: "제가 가겠습니다."

마침내 한수는 한 통의 밀서를 작성하여 양추를 조조의 영채로 보내 투항의 뜻을 전하게 했다.

매우 기뻐한 조조는 한수를 서량후(西凉侯)에, 양추를 서량 태수에, 그리고 다른 사람들에게도 모두 관작(官爵)을 주겠다고 약속하고, 불을 올리는 것을 신호로 함께 마초를 없애기로 했다.

양추는 하직하고 돌아와서 한수에게 이 일을 자세히 보고하며 말하기를: "오늘 밤에 불을 놓아 안팎으로 호응하기로 약속했습니다."

한수는 크게 기뻐하며 군사들로 하여금 중군 막사 뒤에 건초 더미를 쌓아 놓도록 하고 다섯 장수들은 칼을 차고 명령을 기다리라고 했다.

한수는 연회 자리를 마련해 놓고 마초를 불러와 술자리에서 그를 죽이기로 상의했으나 머뭇거리며 결단을 내리지 못했다.

하지만 마초는 그렇게 허술한 사람이 아니었다. 한수가 조조와 내통하여 자신을 도모하려 한다는 확실한 정보를 들은 마초는 칼을 차고 자신의 심복 몇 명을 데리고 먼저 한수에게 가면서 방덕과 마대에게는 뒤를 따라와서 자신을 지원하라고 했다. 마초가 한수의 막사를 몰래 엿보니 다섯 명의 장수가 한수와 은밀히 대화를 나누고 있는데, 마침 양추가 낮은 목소리로 말하기를: "일을 지체해서는 안 됩니다. 속히 해치워야 합니다!"

몹시 화가 난 마초가 칼을 휘두르며 막사 안으로 쳐들어가서 호통치기를: "네놈들이 어찌 감히 나를 해칠 음모를 꾸민단 말이냐!"

모두 다 소스라치게 놀랐다. 마초가 곧바로 한수의 얼굴을 향해 칼을 내리쳤다. 한수가 엉겁결에 손으로 칼을 막다가 왼쪽 팔이 그대로 잘려 나갔다.

다섯 명의 장수가 일제히 칼을 휘두르며 뛰쳐나오니, 마초 역시 재빨리 막사 밖으로 나왔다. 다섯 장수들이 마초를 에워싸고 공격을 했지만, 마초는 혼자서 보검을 휘두르며 그들과 대적해 싸웠는데 마초의 칼끝이 번쩍일 때마다 선혈이 튀어나왔다. 맨 먼저 마완이 마초의 칼에 찍혀 뒤집히고, 이어서 양흥 마저 칼에 잘려 죽으니, 나머지 세 명의 장수들은 모두 달아나 버렸다.

마초가 한수를 죽이려고 다시 막사에 들어갔을 때 한수는 이미 주위 사람들이 구해 달아난 뒤였다. 그때 중군 막사 뒤에서 커다란 불길이 치솟았다. 약속에 따른 신호의 불길이다. 모든 영채의 군사들이 일제히 뛰쳐나왔다.

마초는 황급히 말에 올랐다. 마침 방덕과 마대도 도착하여 서로 혼전을 벌였다.

마초가 군사를 거느리고 무찌르며 나가는데 갑자기 사방에서 조조의 군사가 달려왔다. 앞에서는 허저가, 뒤에서는 서황이, 왼쪽에서는 하후연이, 그리고 오른쪽에서는 조홍이 달려오고 있었다. 그런데 서량의 군사들은 자기편끼리 싸우고 있었다.

마초는 사방을 둘러봐도 방덕과 마대가 보이지 않자, 1백여 명의 기병만 데리고 위하(渭河)의 다리 위에서 적을 막았다.

어느덧 날이 밝기 시작했다.

문득 보니 한수의 장수 이감(李堪)이 한 무리의 군사를 이끌고 다리 아래를 지나갔다. 마초는 창을 꼬나들고 말을 달려 그를 쫓아가니 그는 창을 끌면서 도망을 갔다. 그때 마침 우금이 마초의 뒤에서 쫓아왔다. 우금은 마초를 향해 화살을 쏘았다. 마초는 시위 소리를 듣고 잽싸게 몸을 피했다. 그 화살은 도리어 앞에서 달아나던 이감을 맞히니 그는 말에서 굴러떨어지며 그 자리에서 죽고 말았다.

마초가 말을 돌려 곧바로 우금에게 달려들자 우금은 말에 채찍을 가하며 달아나 버렸다. 마초는 돌아와서 다리 위에 버티고 서 있었다. 그런데 조조의 군사들이 앞뒤로 수도 없이 몰려왔다. 앞에 선 호위군들이 마초를 향해 비 오듯 화살을 날렸다. 마초가 창으로 그 모든 화살을 막아내니 화살들이 모두 낙엽처럼 땅에 떨어졌다. 마초는 따르는 기병들에게 앞뒤로 왔다 갔다 하면서 혈로를 뚫으라고 했지만, 조조의 군사들이 워낙 겹겹으로 에워싸고 있어서 도저히 뚫고 나갈 수가 없었다.

마초는 다리 위에서 큰 기합 소리와 함께 앞장서서 강의 북쪽으로 쳐들어갔다. 하지만 따르던 기병들은 포위망을 뚫지 못하고 모두 조조의 군사들에 의해 차단되고 말았다.

혼자 남은 마초가 적진 속에서 좌충우돌하는데 그가 타고 있던 말이 몰래 쏜 화살에 맞아 쓰러지니 마초도 더 이상 버티지 못하고 땅에 굴러떨어지고 말았다. 이를 본 조조의 군사들이 그를 압박하며 몰려왔다.

절체절명의 위기에 빠진 그때 갑자기 서북쪽에서 한 무리의 군사들이 쳐들어왔는데 그들은 바로 방덕과 마대였다. 마초를 구한 두 사람은 옆에 있던 다른 군사의 말을 마초에게 주어 함께 혈로를 뚫고 서북쪽으로 달아났다.

조조는 마초가 달아났다는 말을 듣고 모든 장수들에게 명령하기를: "밤낮을 가리지 말고 마초를 뒤쫓아라. 마초의 수급을 가져오는 자는 상으로 황금 천금(千金)과 만호후(萬戶侯)의 벼슬을 내릴 것이며 생포해 온 자는 대장군에 봉할 것이다."

명령을 받은 많은 장수들은 먼저 공을 세우기 위하여 앞 다투어 뒤쫓아갔다.

마초는 군사와 말들이 모두 지쳐있었지만, 그는 그저 앞만 보고 계속 달아나니 따르는 기병들은 뒤처지다 거의 흩어져 버렸고 그를 따라가던 보병들은 대부분 사로잡히고 말았다.

마초는 방덕과 마대 그리고 겨우 남은 30여 기병들과 함께 농서(隴西) 임조(臨洮)를 향해 떠나갔다.

직접 마초를 추격하여 안정(安定)까지 쫓아간 조조는 마초가 멀리 가 버린 것을 알고 결국 군사들을 거두어 장안으로 돌아갔다.

모든 장수들이 다 모였는데 한수는 이미 왼손이 없는 장애인이 되어 있었다. 조조는 한수에게 장안에서 쉬도록 하면서 서량후의 벼슬을 내리고, 양추와 후선도 열후에 봉하여 위구를 지키도록 했다. 그리고 마침내 허도로 개선(凱旋)을 명령했다.

그때 양주(凉州)의 참군(參軍)으로 있는 양부(楊阜)라는 자가 조조를 만나러 장안으로 왔다. 그의 자는 의산(義山)이다.

조조가 찾아온 이유를 묻자 양부가 말하기를: "마초는 여포와 같은 용맹이 있는데다 강족(羌族)들의 인심까지 두텁게 얻고 있으니, 지금 승상께서 이 기세를 이용하여 그를 섬멸하지 않는다면, 그는 후일 틀림없이 힘을 길러 그곳을 점령하여, 농상(隴上)의 여러 군들은 다시는 이 나라의 땅으로 돌아오지 않을 것이니 승상께서는 부디 회군하지 말아 주십시오."

조조 曰: "나도 원래 이곳에 군사를 남겨 두어 마초를 없애고 싶은데, 중원에 일이 많고 남방도 아직 평정되지 못해 이곳에 오래 머물러 있을 형편이 못 되네. 그대가 나를 위해서 그곳을 잘 지켜주시게."

양부는 그리하겠다고 대답을 하고 또 위강(韋康)이라는 사람을 양주자사로 천거하여, 그와 함께 군사를 기성(冀城)에 주둔하면서 마초를 막겠다고 했다.

또한 양부는 떠나면서 조조에게 청하기를: "장안에 반드시 많은 군사를 남기시어 비상시 후원을 해 주십시오."

조조 曰: "내 이미 그리 조치해 놓았으니 그것은 걱정하지 마시게."

양부는 하직 인사를 하고 돌아갔다.

여러 장수들이 그동안 궁금했던 일들에 대해 조조에게 묻기를: "처음에 적들이 동관을 점거했을 때 우리가 위북(渭北)으로는 쉽게 갈 수 있음에도 승상께서는 하동(河東)으로부터 풍익(馮翊)을 치지 않고 그저 동관만 지키며 시일을 오래 끌다가 나중에야 북쪽으로 건너가서 영채를 세워 굳게 지키기만 한 까닭은 무엇입니까?"

조조 曰: "처음에 적들이 동관을 지키고 있을 때 내가 그곳에 도착하자마자 곧바로 하북을 취하려 했다면 적들은 틀림없이 각 영채별로 나누어 모든 나루를 지켰을 것이며, 그러면 우리는 하서로 건너갈 수 없게 된다. 그래서 나는 우리 군사를 모두 동관 앞에 집결시켜 적들로 하여금 남쪽만 지키게 함으로써 하서쪽을 무방비 상태로 만들어 서황과 주영이 강을 건널 수 있었던 것이다.

나는 그런 다음에 군사를 거느리고 북쪽 강을 건너가 수레를 연결하여 영채의 방책으로 삼고, 용도(甬道)를 만들고 물을 얼려 토성을 쌓은 것은 우리의 군사력이 허약한 것처럼 보임으로써 저들이 교만심을 갖게 하여 대비를 허술하게 하려는 것이었다.

그런 다음에 교묘하게 반간계를 쓰고 우리 군사들의 힘을 비축해 두었다가 하루아침에 적을 쳐부순 것이다. 이것이 바로 소위 말하는 '갑작스런 천둥소리는 귀를 막을 틈도 없다(疾雷不及掩耳).'는 계책이다. 병법을 운용함에 있어 늘 그 상황에 맞게 변화하여 운용해야지 꼭 한가지 방법만 있는 것이 아님을 그대들도 잊어서는 안 될 것이다."

여러 장수들이 다시 청하여 묻기를: "승상께서는 적들이 매번 군사를 추가했다는 말을 들을 때마다 오히려 좋아하셨는데, 그 까닭은 무엇입니까?"

조조 曰: "관중(關中)과 변방은 거리가 멀어 만일 적들이 험한 요새를 지키고만 있다면 저들을 평정하기 위해 한두 해도 더 걸릴 것이다. 그러나 지금은 저들이 모두 한곳에 모여 있다. 그 숫자는 비록 많다고 하지만 그들의 마음이 하나로 단합되어 있지 않으므로 이간시키기 쉽고 한 번에 없앨 수 있으니 내가 기뻐했던 것이다."

모든 장수들이 머리를 조아리며 말하기를: "승상의 귀신같은 묘책을 저희들은 도저히 미치지 못할 것입니다."

조조 曰: "이 역시 여러분 문(文)·무(武)에 힘입어 이루어진 것이다."

조조는 모든 공을 모든 군사들에게 돌리고 그들에게 후한 상을 내렸다. 그리고 하후연을 장안에 남겨 군사를 주둔시키고, 투항병들을 각 부대에 나누어 배치했다.

하후연이 조조에게 한 사람을 천거했는데 그는 풍익(馮翊)의 고릉(高陵) 출신으로 성은 장(張), 이름은 기(旣), 자는 덕용(德容)이라는 사람이다. 조조는 그를 경조윤(京兆尹)에 임명하여 하후연을 도와 장안을 지키도록 했다.

조조는 마침내 허도로 회군했다.

헌제(獻帝)는 어가를 타고 성 밖으로 나와 조조를 맞아들이고 그에게 조서를 내려 세 가지 특전을 부여했다. 첫째는 조조가 조정에서 천자를 뵈올 때 내시들이 그의 이름을 부르지 않고 관직만 부르도록 한 것이며(贊拜不名), 둘째 조회 참석 시 몸을 굽히고 종종 걸음을 걷지 않아도 되도록 허락한 것이며(入朝不趨), 셋째 전상(殿上)에 오를 때 신을 신고 칼을 찰 수 있도록 허락한 것(劍履上殿)이다. 이러한 특권 부여는 옛날 서한(西漢)의 승상 소하(蕭何)에게 베풀었던 예를 따른 것이다. 이로써 조조의 위엄은 나라 안팎에 더욱 크게 떨쳤다.

마초가 조조에게 패해 농서로 달아났다는 소식이 한중(漢中)에 전해지자 가장 놀란 사람은 바로 한녕(漢寧) 태수 장로(張魯)였다. 원래 장로는 패국(沛國)의 풍현(豊縣) 사람이었다. 그의 조부 장릉(張陵)은 서천(西川)의 곡명산(鵠鳴山) 속에서 이상한 도술에 관한 책(道書)을 지어 사람들을 홀렸는데 사람들은 모두 그를 받들었다.

장능이 죽은 뒤 그의 아들 장형(張衡)이 그 일을 이어받았는데, 백성들 가운데 그 도(道)를 배우려는 자들에게 쌀 다섯 말을 바치도록 했으므로 사람들은 그를 '쌀도적'이란 의미의 미적(米賊)이라 불렀다.

장형이 죽자 그의 아들 장로가 다시 그 일을 이어받아 번창하게 만들었다.

장로는 한중에서 스스로를 사군(師君)이라 했다. 그뿐만 아니라 도를 배우러 오는 자들은 모두 '귀졸(鬼卒)'이라고 불렀으며 귀졸의 우두머리는 '좨주(祭酒)'라 불렀으며 무리를 아주 많이 거느린 좨주는 '치두대좨주(治頭大祭酒)'라 불렀다.

그들이 내세우는 도의 교리는 성(誠)과 신(信)을 주로 삼고 남을 속이는 것일 일체 허용하지 않았다. 만약 병든 자가 생기면 즉시 단(壇)을 세우고, 병든 자는 조용한 방 안에서 거처하되 지난날의 죄를 뉘우치고 참회시킨 뒤에 기도를 드렸다. 기도를 주관하는 자를 '간령좨주(奸令祭酒)'라 불렀다.

기도를 드리는 방법은 병든 자의 이름을 기록하고 죄를 저지른 죄를 자백하고 복종한다는 뜻을 3통의 글로 쓰는데, 이 글을 이름하여 삼관수서(三官手書)라 하였다. 한 통은 산꼭대기에 올라가 불살라서 천신(天神)에 고하고, 다른 한 통은 땅에 묻어 지신(地神)에 고하고, 나머지 한 통은 물에 넣어 수신(水神)에 고했다.

이렇게 하여 병자가 병이 나으면 쌀 다섯 말을 사례로 바쳤다.

그는 또 의사(義舍)라는 집을 지어놓고 그 집 안에 쌀과 땔감 및 반찬 등을 갖추어 놓고 지나가는 사람들이 마음대로 먹고 가도록 했는데, 이 때 지나치게 많이 먹는 자는 하늘의 벌을 받아 죽는다고 했다.

그리고 경내(境內)에서 법을 어긴 자가 있으면 세 번까지는 용서해 주지만 그래도 고치지 않으면 비로소 형벌을 내렸다. 또 그들이 관리하는 곳은 아예 관부(官府)의 벼슬아치들이 없었으며 모든 일은 좨주가 맡아서 처리했다.

장로가 이처럼 한중 땅을 자신의 마음대로 다스린 지 30년이 지났지만 조정에서는 이곳 지역이 워낙 변방이라 정벌할 수가 없어, 아예 그에게 진남중랑장(鎭南中郎將)이란 벼슬을 내리고 한녕(漢寧) 태수로 삼고 공물(貢物)만 조정에 바치도록 했을 따름이다.

조조가 서량의 무리를 쳐부수고 그의 위세를 천하에 떨친다는 말을 들은 장로가 여러 사람들을 모아 놓고 상의하기를: "서량의 마등이 죽임을 당한데다 최근에 마초마저 패하고 달아났으니, 조조가 이번에는 우리 한중을 치러 올 것이 틀림없다. 나는 스스로 한녕왕(漢寧王)이 되어 군사를 통솔하여 조조에게 맞서려고 하는데 그대들의 뜻은 어떠한가?"

염포(閻圃) 曰: "한천(漢川: 한중)의 백성들로 말할 것 같으면, 호구(戶口)가 10만이 넘고 재물이 풍부하고 곡식 또한 넉넉하며 사면이 험하고 견고합니다. 이번에 마초가 패하면서 서량의 백성들 중 자오곡(子午谷)을 통하여 한중으로 들어 온 숫자만도 수만 명에 이릅니다. 제 생각에 익주의 유장은 어리석고 나약하니, 먼저 서천의 41개 주(州)를 빼앗아 그곳을 근본으로 삼은 이후에 왕(王)을 칭하셔도 늦지 않을 것입니다."

그 말을 들은 장로는 크게 기뻐하며 자신의 아우 장위(張衛)와 함께 군사를 일으킬 일을 상의했다.

이러한 거사 계획은 즉시 첩자에 의해 서천의 익주에 보고되었다.

익주(益州)의 유장은 자를 계옥(季玉)이라 하며 유언(劉焉)의 아들이자 한(漢) 노공왕(魯恭王)의 후손이다. 동한(東漢)의 장제(章帝) 원화(元和) 연간에 봉지인 경릉(竟陵)이 서천으로 옮겨와 그 자손들이 이곳에 살게 된 것이다.

후에 유장의 부친 유언의 벼슬이 익주목(益州牧)에 이르렀으나 흥평(興平) 원년(元年: 194년) 유언이 악성 종창으로 죽자 익주의 태수 조위(趙韙) 등이 그의 아들 유장을 익주목으로 추대한 것이다.

유장은 일찍이 장로의 모친과 그의 아우를 죽인 일이 있어 장로와는 원수 사이가 되었다.

유장은 방희(龐羲)를 파서(巴西) 태수로 삼아 장로의 침략을 막고 있었다. 파서 태수 방희는 장로가 군사를 일으켜 서천을 치려 한다는 정보를 입수하여 급히 유장에게 보고했다.

유장은 원래 겁이 많고 마음이 약한 사람이라 이 소식을 듣고 마음속으로 크게 걱정이 되어 급히 여러 관원들을 모아 놓고 상의했다. 문득 한 사람이 당당히 나서며 말하기를: "주공께서는 걱정하지 마십시오. 제가 비록 재주는 없으나 청산유수와 같은 제 말솜씨로 장로가 우리 서천 땅을 감히 넘보지 못하게 만들겠습니다."

이야말로:

촉 땅의 모사가 나서서 한 말 한마디로 只因蜀地謀臣進
마침내 형주의 호걸들 이끌어오게 되네 致引荊州豪杰來

이 사람이 누구인지 궁금하거든 다음 회를 기대하시라.

제 60 회

장송은 오히려 양수에게 골탕을 먹이고
방통은 서촉을 차지하는 일을 상의하다

張永年反難楊修

龐士元議取西蜀

유장에게 계책을 올린 자는 익주 별가(別駕)로 있는 성은 장(張), 이름은 송(松), 자(字)가 영년(永年)이라는 사람이었다.

그의 생김새는 튀어나온 이마에 뾰족한 머리, 납작코에 뻐드렁니, 게다가 5자도 안 되는 작은 키, 그야말로 볼품없이 생겼지만 목소리만큼은 큰 종소리처럼 우렁찼다.

유장이 묻기를: "별가는 어떤 계책이 있기에 장로가 우리 땅을 감히 넘보지 못하게 한다는 말인가?"

장송 曰: "제가 듣기로 허도의 조조는 중원(中原)을 소탕하여 여포와 두 원씨 형제가 모두 그에게 멸망했으며, 이번에 마초까지 쳐부수어 그야말로 천하무적입니다. 주공께서 예물을 갖춰 주시면 제가 허도로 가서 조조를 설득하여 군사를 일으켜 한중을 취하고 장로를 정벌하도록 하겠습니다. 그러면 장로가 조조를 막기에도 힘겨운데 어찌 감히 우리 촉을 넘볼 수 있겠습니까?"

유장은 아주 기뻐하며 황금과 주옥·온갖 비단 등을 조조에게 진상

할 예물로 갖춰 장송에게 주어 허도로 보냈다. 이때 장송은 서천의 지리를 자세히 그린 군사 지도를 짐 속에 몰래 감추어 넣고 수행원도 몇 명만 데리고 허도로 떠났다.

그러나 이 소식은 형주에 전해지고 공명은 다시 첩자를 허도로 보내 허도의 대응을 염탐하게 했다.

허도에 무사히 도착한 장송은 역관에 짐을 풀고 매일 승상부로 찾아가서 조조를 뵙기를 청했다. 이때 조조는 마초를 쳐부수고 돌아온 뒤 더욱 오만해져서 승상부에서 날마다 잔치를 벌여 술만 마시고 집 밖으로 나가는 일이 거의 없어 정사마저 모두 승상부에서 처리하고 있었다.

장송은 3일을 기다린 끝에 겨우 조조에게 자신이 서천의 사자로 왔다는 사실을 알릴 수 있었고, 조조의 측근들에게 먼저 뇌물을 상납하고서야 비로소 조조를 만날 수 있었다.

당상에 앉아 있는 조조에게 장송이 절을 하자 조조가 묻기를: "네 주인 유장은 해마다 공물조차 바치지 않고 있는데 그 까닭이 무엇이냐?"

장송 曰: "오는 길이 워낙 험한데다 도적떼가 너무 자주 출몰하여 공물을 바칠 수가 없습니다."

조조가 호통을 치기를: "내 중원을 이미 소탕했거늘 무슨 도적들이 있다는 말인가?"

장송 曰: "남쪽에는 손권이 있고 북쪽에는 장로가 있으며, 서쪽에는 유비가 있습니다. 그 중에 숫자가 적은 경우에도 무장한 자들이 십여만 명은 되는데 어찌 천하가 태평하다 하십니까?"

조조는 안 그래도 장송이 들어올 때부터 볼품없이 생긴 모습에 별로 달갑지 않게 생각하고 있었는데, 그의 말투조차 비위에 거슬리자 곧바로 소매를 털며 자리에서 벌떡 일어나 후당으로 들어가 버렸다.

좌우 사람들이 장송을 질책하기를: "당신은 사자로 온 주제에 어찌 그리 무례하고 비위를 거스르는 말만 골라서 하는가? 다행히 승상께서 당신이 멀리서 온 것을 감안하여 죄를 묻지는 않은 것이니 속히 돌아가거라!"

장송이 웃으며 말하기를: "우리 서천 사람들은 아첨할 줄 몰라서 그리 되었소이다."

그때 갑자기 계단 아래서 한 사람이 큰 소리로 호통치기를: "너희 서천 사람들은 아첨할 줄 모른다면, 그럼 우리 중원에는 아첨하는 사람만 산다는 말이더냐?"

장송이 그를 보니 그 사람은 눈썹이 곧고 눈은 가늘며 얼굴이 희고 정신이 맑아 보였다. 그의 이름을 물으니 양수(楊修)라고 했다. 그는 태위(太尉) 양표(楊彪)의 아들로 자는 덕조(德祖)이며 현재 승상부의 창고를 관리하는 장고주부(掌庫主簿)로 있었다.

양수는 학식이 넓고 아는 것이 많을 뿐 아니라 말솜씨가 좋았다. 장송은 양수가 언변이 뛰어난 자임을 알고 은근히 그의 기를 꺾어주고 싶은 마음이 생겼다. 양수 역시 자신의 재주만 믿고 평소 천하의 인사들을 우습게 생각하던 참이었는데 마침 장송이 비꼬는 투로 말을 하니 그의 코를 납작하게 해 주고 싶은 마음이 들었던 것이다.

양수는 장송을 밖으로 불러내어 서원(書院)으로 들어가 주인과 손님의 자리를 정하여 앉은 뒤 먼저 양수가 장송에게 말하기를: "촉 땅의 길은 험하다던데 멀리서 오시느라 수고가 많으셨소이다."

장송 曰: "주인의 명을 받은 몸인데 끓는 물에 뛰어들고 뜨거운 불을 밟는다 한들 어찌 마다하겠소."

양수가 묻기를: "촉의 풍토는 어떻습니까?"

장송 曰: "촉은 이 나라의 서쪽에 치우쳐 있으며 옛날에는 익주라 불렸지요. 길은 구불구불하고 가파른 금강(錦江)을 따라 나 있어 험하고,

땅은 산세가 웅장한 검각(劍閣)까지 이어져 있지요. 주위를 한 바퀴 도는 데 208정(程: 1정은 한 정거장 거리)이나 되고 가로와 세로가 각각 3만여 리나 되지요. 거기에 닭 우는 소리와 개 짖는 소리를 서로 들을 수 있을 정도로 마을들이 이어져 있으며 밭은 기름지고 수목은 무성하여 해마다 홍수나 가뭄에 대한 걱정이 없으니, 나라는 부유하고 백성은 풍족하여 노래와 춤이 끊이지 않소이다.

그곳에서 생산되는 물건들이 하도 많아 산처럼 쌓였으니, 천하에 이곳을 따라올 곳은 어디에도 없을 것이오."

양수가 또 묻기를: "촉의 인물에는 누가 있습니까?"

장송 曰: "글로는 사부(辭賦)로 유명한 사마상여(司馬相如: 서한의 사부가)가 있고, 장수로는 복파장군(伏波將軍: 동한의 장군) 마원(馬援)이 있지요. 또 의원으로는 장중경(張仲景: 동한의 명의)이 있으며 미래를 예측하는 점술가로 군평(君平: 서한의 복술가)이 있지요. 게다가 구류삼교(九流三教)[25]의 각 분야에서 빼어난 사람이 수없이 많으니 어찌 이 자리에서 다 헤아릴 수 있겠소이까?"

양수가 다시 묻기를: "지금 유계옥(劉季玉: 유장)의 수하에는 당신과 같은 사람이 얼마나 있소?"

장송 曰: "문무(文武)를 모두 갖추고 지혜와 용맹을 함께 겸비했으면서 충의(忠義)가 넘치는 인사만도 능히 백 명은 쉽게 넘깁니다. 저처럼 재주 없는 무리야 수레에 싣고 말로 헤아려야(車載斗量) 할 만큼 많아서 일일이 손꼽을 수조차 없지요."

양수 曰: "공은 지금 무슨 직책을 맡고 있소?"

장송 曰: "분에 넘치게도 별가 자리를 차지하고 있으나 일을 감당하

25 구류(九流)는 유가, 도가, 음양가, 법가, 명가, 묵가, 종횡가, 잡가, 농가 등 先秦 때의 각종 유파를 말하며, 삼교(三教)는 유교, 도교, 불교를 말함. 역자 주.

기가 어렵소이다. 감히 여쭙건대 공은 조정에서 무슨 벼슬을 하고 계시오?"

양수 日: "지금 승상부의 주부(主簿)로 있소이다."

장송 日: "내 듣기로 공은 대대로 내려오는 명문 집안 출신이라고 하던데, 어찌하여 묘당(廟堂)에서 천자를 보필하지 않고 구차하게 승상부의 한낱 아전으로 있단 말이오?"

그 말을 들은 양수는 얼굴에 부끄러운 빛이 역력했지만 뻔뻔하게 웃으며 말하기를: "내 비록 지금은 하급 관료로 있지만, 승상께서 나에게 군정에 필요한 물자와 군량을 모두 맡기셨소. 게다가 아침저녁으로 승상의 가르침과 깨우침을 받고 있기에 이 직책을 맡고 있을 따름이오."

장송이 비웃으며 말하기를: "내 듣기로 조 승상은 문(文)에 있어서는 공자와 맹자의 도(道)를 잘 모르고, 무(武)에 있어서는 손자와 오자의 병법조차 통달하지 못하여, 인의(仁義)를 가벼이 여기고 오로지 무력과 권모술수로 오늘날의 높은 자리에 올랐다고 하던데, 그런 사람이 어찌 공을 가르치고 깨우쳐 줄 수 있다는 말이오?"

양수 日: "변방의 한 모퉁이에서 여태껏 살아오신 공이 어찌 승상의 크나큰 재주를 알 수 있겠소? 내 공께 꼭 보여 드릴 게 있소."

양수는 좌우 사람을 불러 상자에서 책 한권을 꺼내오도록 하여 장송에게 보여 주었다. 장송이 보니 그 책의 제목은 '맹덕신서(孟德新書)'였다.

장송이 그 책을 처음부터 끝까지 대충 훑어보니 전부 13편으로 되어 있는데 모두 군사를 부리는 요령에 관한 내용이었다.

장송이 묻기를: "공은 이것이 어떤 책이라고 생각하시오?"

양수 日: "이 책은 승상께서 옛것을 참작하여 지금의 현실에 맞게 손자의 13편을 본떠서 직접 저술한 책이오. 공은 우리 승상이 재주가 없다고 무시했지만 이만하면 후세에 길이 남을만한 책이 아니겠소?"

장송이 껄껄 웃으며 말하기를: "이 정도의 책은 우리 촉 땅에서는 삼척동자도 다 암송할 수 있는 것인데 어찌 신서(新書)라고 말하는 것이오? 이것은 전국시대 무명씨(無名氏)가 지은 것을 조 승상이 그대로 베껴 써 놓고 자신이 지은 것인 양 그대를 속였을 뿐이외다."

양수 曰: "이 책은 승상께서 심혈을 기울여 쓰시고 아직 세상에 발표도 하지 않고 소중히 간직하고 있는 책인데 어찌 촉 땅의 어린애들까지 다 외운단 말이오! 어찌 사람을 이처럼 속인단 말이오?"

장송 曰: "공이 정 내 말을 믿지 못하겠다면 내 시험 삼아 그 책을 암송해 보리다."

곧바로 '맹덕신서'를 처음부터 끝까지 외는데 단 한 자도 틀리지 않았다.

깜짝 놀란 양수가 말하기를: "공은 한 번 본 것을 그리 잘 기억하다니 참으로 천하의 기이한 재주요!"

후세 사람이 그를 칭찬하여 시를 지었으니:

기이한 얼굴 모습 남들과 달랐고　　古怪形容異
뜻은 맑고 높았지만 체모가 없네　　淸高體貌疎
말을 하면 삼협의 물처럼 흐르고　　言傾三峽水
눈으로 단번에 열 줄을 읽어냈다　　目視十行書

그의 배짱은 서촉에서 가장 크고　　膽量魁西蜀
그의 문장은 큰 하늘을 꿰뚫었네　　文章貫太虛
제자백가와 그 밖의 모든 책들도　　百家并諸子
한번 훑어보면 모르는 게 없었네　　一覽更無餘

장송이 하직 인사를 하고 떠나려고 할 때 양수가 말하기를: "공은 잠시 역관에 더 머물러 계시오. 내 승상께 다시 말씀을 드려 공이 승상을 다시 한번 만나 볼 수 있도록 하겠소."

장송은 고맙다고 인사하고 물러갔다.

양수가 조조를 뵙고 말하기를: "방금 전 승상께서는 장송을 왜 그리 냉대하신 것입니까?"

조조 曰: "말투가 너무 불손하여 내 일부러 그런 것이다."

양수 曰: "승상께서는 지난날 예형(禰衡) 같은 사람도 용납하셔 놓고 (제 23회 참조) 장송은 어찌 받아 주시지 않으십니까?"

조조 曰: "예형은 당시 문장가로 널리 알려져 있었기 때문에 내 차마 그를 죽이지 못했던 것이지만 장송이야 내세울 만한 재주도 없지 않느냐?"

양수 曰: "아닙니다. 방금 제가 그와 잠시 대화를 나누어 보았는데 그의 말은 청산유수와 같고 말 재주는 어디에도 막힘이 없습니다. 제가 승상께서 지으신 '맹덕신서'를 보여 주었더니 한 번 훑어보고는 그대로 다 외워 버렸습니다. 이처럼 아는 것이 많고 기억력이 비상한 사람은 세상에 흔치 않습니다. 그가 말하기를, 그 책은 전국시대의 한 무명씨가 지은 책으로 촉 땅에서는 어린애들조차 다 외울 수 있다고 했습니다."

조조 曰: "옛사람의 생각이 내 생각과 우연히 일치했다는 말인가?"

자존심이 상한 듯 조조는 즉시 그 책을 갈기갈기 찢어 불살라 버리게 했다.

양수 曰: "그 사람으로 하여금 승상을 다시 한번 뵙도록 하여 조정의 높은 기상을 보여 주시지요."

조조 曰: "내일 내가 서쪽 교련장에서 군사를 점검하고 있을 테니 자네는 그 자를 데리고 와서 우리 군의 성대한 위용을 보도록 하라. 그리고 그로 하여금 돌아가서 그의 주인에게 전하도록 하라. 내가 곧 강남으로 내려가 서천을 취할 것이라고."

양수는 명령을 받고 물러갔다.

다음 날 양수는 장송을 데리고 서쪽 교련장으로 갔다.

조조는 교련장에 호위병 5만 명을 질서 정연하게 정렬시켜놓고 점검을 하였다. 갑옷과 투구는 선명했고 전포는 찬란했다. 징과 북소리는 천지를 진동하고, 창과 칼은 햇빛에 번쩍였다. 군사들이 일사불란하게 사방팔면으로 흩어졌다 다시 모였다. 그들이 들고 있는 정기는 바람에 나부끼고. 군사와 말들은 금방이라도 하늘로 올라갈 기세다.

하지만 장송은 이 광경을 곁눈으로 보고 있었다.

한참 뒤에 조조가 장송을 불러 손가락으로 가리키며 말하기를: "너는 서천에서 이런 영웅들을 본 적이 있느냐?"

장송 曰: "우리 촉 땅에서는 이런 군사와 무기는 본 적이 없습니다. 다만 인의(仁義)로써 백성을 다스리는 걸 보아왔을 뿐입니다."

뜻밖의 답변에 당황한 조조가 안색이 변하여 그를 노려보았지만, 장송은 조금도 두렵거나 무서워하는 기색이 없었다. 다급해진 양수가 계속해서 장송에게 눈짓을 보냈다.

조조가 장송에게 말하기를: "나는 천하의 쥐새끼 같은 무리들을 지푸라기처럼 여긴다. 나의 대군이 이르는 곳에 싸워서 이지기 못한 적이 없고, 공격하여 빼앗지 못한 곳이 없다. 나를 따르는 자는 살 것이며 거스르는 자는 죽음뿐이라는 것을 그대는 알고 있는가?"

장송 曰: "승상께서 군사를 휘몰아 가시는 곳마다 싸우면 반드시 이겼고 공격하면 반드시 빼앗은 사실은 저 역시 잘 알고 있습니다. 지난날 복양(濮陽)에서 여포를 칠 때(제12회), 완성(宛城)에서 장수와 싸울 때(제

16회), 적벽(赤壁)에서 주유를 만났을 때(제 50회), 화용(華容)에서 관우를 만났을 때(제 50회), 그리고 동관(潼關)에서 수염을 자르고 전포를 벗어 버리고 달아날 때(제 58회), 위수(渭水)에서 배를 빼앗아 타고 화살을 피했을 때(제 58회)가 그렇습니다. 이는 모두 천하에 승상을 맞설 자가 없음을 보여준 것이 아니겠습니까?"

화가 머리끝까지 치민 조조가 말하기를: "이 쥐새끼 같은 놈이 어디 나의 아픈 곳만 건드린단 말이냐!"

즉시 그를 끌고 가서 목을 베라고 호령했다.

양수가 간하기를: "장송의 죄는 죽어 마땅하나 그는 멀리 촉으로부터 조공을 바치러 온 사람인데, 만약 그를 죽인다면 그곳 백성들의 인심을 잃게 될까 봐 두렵습니다."

하지만 조조의 노기는 풀리지 않았다. 그때 순욱 조차 나서서 간하자 조조는 비로소 그의 목숨만은 살려주되 곤장을 마구 쳐서 쫓아 버리라고 했다.

역관으로 돌아온 장송이 그날 밤 성을 나가 서천으로 돌아갈 짐을 꾸리면서 생각하기를: '내 원래 서천 땅을 조조에게 바치려고 했었는데 조조가 이렇게 사람을 괄시할 줄 누가 알았으랴. 내가 서천을 떠나올 때 유장에게 그렇게 큰 소리를 쳤는데, 지금 아무것도 얻은 것이 없이 빈손으로 돌아가면 틀림없이 촉 땅 사람들에게 비웃음만 당하지 않겠는가!

내 듣기로 형주의 유현덕은 인의(仁義)로 세상에 널리 알려진지 오래니, 차라리 가는 길에 그곳으로 돌아가서 시험 삼아 그가 어떤 인물인지 살펴보고 내 생각을 정해야겠다.'

이리하여 장송은 따르는 사람 몇 명을 데리고 말에 올라 형주를 향해 길을 떠났다. 영주(郢州) 지경에 이르러 문득 보니 약 5백여 기병의 군사들이 지키고 있는데 그중 대장으로 보이는 자는 갑옷을 입지 않은 가벼운 옷차림이었다.

그 장수가 앞으로 나오더니 묻기를: "오시는 분은 혹시 장(張) 별가(別駕)가 아니시오?"

장송 曰: "그렇소이다."

그 장수가 황급히 말에서 내려서 인사를 하며 말하기를: "저 조운이 여기서 기다린 지 오래되었습니다."

장송도 말에서 내려 답례를 하며 말하기를: "그럼 장군이 상산(常山) 조자룡(趙子龍)이십니까?"

조운 曰: "그렇습니다. 저는 우리 주공 유현덕의 명을 받들어 대부께서 먼 길 오시는데 마중 나온 것입니다. 특히 제게 술과 음식을 가져다 드리라고 했으니 잠시 쉬었다 가시지요."

말이 끝나자 군사가 무릎을 꿇고 술과 음식을 올리자, 조운이 그것을 다시 받아 정중하게 장송에게 바쳤다.

장송이 속으로 생각하기를: '사람들이 말하기를 유현덕은 인자하고 너그러워 손님을 잘 대우한다고 하더니 정말 그렇구나!'

그러고는 조운과 함께 술을 몇 잔 마신 뒤 말에 올라 형주의 경계에 이르렀다. 해가 저물어 역관 앞에 도착하니 역관 앞에 1백여 명이 서서 기다리고 있다가 북을 치면서 환영을 해 주었다.

한 장수가 장송이 탄 말 앞에 나타나 말하기를: "저는 형님의 명을 받들고 온 관모라고 합니다. 대부께서 흙먼지를 무릅쓰고 먼 길을 오시는데 편히 쉬시라고 저더러 직접 역관을 깨끗이 청소해 놓고 하룻밤 묵어 가시도록 했습니다."

장송은 말에서 내려 관운장·조운과 함께 역관으로 들어가서 다시 인사를 나눈 뒤 자리에 앉았다. 이어서 정성스레 차려진 술상이 들어오고 장송은 관우와 조운이 번갈아 권하는 술잔을 받느라 밤늦게까지 술을 마시다 밤이 깊어서야 잠자리에 들었다.

다음 날 아침 식사를 마친 장송이 관우와 조운의 호위를 받으며 출발했다. 그런데 겨우 4~5리쯤 갔을 때 맞은 편에서 한 무리의 군사들이 오고 있었는데 바로 현덕이 복룡(伏龍: 제갈량)과 봉추(鳳雛: 방통)를 거느리고 직접 영접을 나온 것이었다. 그들은 멀리서 장송을 보자 얼른 말에서 내려 기다리고 있었다. 장송 역시 황급히 말에서 내려 서로 만났다.

현덕 曰: "대부의 높으신 존함은 우렛소리처럼 들어 온지 오래지만 한스럽게 구름 낀 산이 첩첩히 막혀 있어 가르침을 받지 못했소이다. 이번에 이쪽을 경유하여 성도로 돌아가신다는 말을 듣고 오로지 이곳에서 영접하기 위해 나왔소이다. 보잘것없는 고을이지만 만약 물리치지 않으시고 들어가서 잠시 쉬어가시면서 이 사람이 평소 간절히 사모하던 정을 풀 수 있도록 해 주신다면 그보다 더한 다행이 없겠습니다."

장송은 매우 기뻐하며 말에 올라 유비와 말고삐를 나란히 하고 형주성 안으로 들어갔다.

그들은 부중(府中)의 당상에 올라 서로 인사를 한 뒤 주인과 손님으로 나뉘어 서열에 따라 자리에 앉은 다음 연회를 베풀고 그를 극진히 대접했다.

술을 마시는 동안 현덕은 그저 한담만 할 뿐, 서천에 관한 일은 단 한 마디도 꺼내지 않았다.

결국 기다리다 못한 장송이 먼저 의중을 떠보며 말하기를: "지금 황숙께서는 형주를 지키고 계시는데 이곳 외에 몇 개 군이나 더 갖고 계십니까?"

공명이 답하기를: "형주는 동오로부터 잠시 빌린 땅인데 매번 사람을

보내 돌려달라고 조르지요. 우리 주공은 동오의 사위이시기 때문에 그나마 이곳에서 잠시 몸을 의지하고 있는 것입니다."

장송 曰: "동오는 6개 군에 81개 주를 거느리고 있어 나라는 강하고 백성들은 부유한데도 만족할 줄 모른단 말입니까?"

방통 曰: "우리 주인은 한조(漢朝)의 황숙임에도 주나 군을 하나도 차자하지 못하고 있는데, 이 나라를 좀먹는 도둑놈들은 도리어 자신의 강한 힘만 믿고 멋대로 땅을 점거하고 있지요. 그래서 식견이 있는 사람들은 불평을 하는 것이지요."

현덕 曰: "두 분께서는 그런 말씀 마시오. 내게 무슨 덕이 있다고 이보다 더 많은 것을 바라겠소!"

장송 曰: "그렇지 않습니다. 명공께선 한(漢) 황실의 종친이시고 인의(仁義)로 천하에 널리 알려진 분이십니다. 명공께서 주(州)나 군(郡)을 차지하는 것은 말할 것도 없고, 대통을 이어 황제의 자리에 오르셔도 분에 넘치는 일이 절대 아닐 것입니다."

현덕이 두 손을 모아 공손히 고맙다고 인사하며 말하기를: "공의 말씀은 너무 과분합니다. 이 비(備)가 어찌 그런 말씀을 감당할 수 있겠소!"

그로부터 연속 사흘간 장송을 위해 연회를 베풀면서도 현덕은 서천의 일은 한 번도 꺼내지 않았다.

장송이 하직 인사를 하고 떠나던 날, 현덕은 십리 밖 장정(長亭)에 연회 자리를 마련하여 송별연을 해 주었다.

현덕이 잔을 들어 장송에게 권하며 말하기를: "대부께서 사흘간이나 머물러 주신 데 대하여 크게 감사드리오. 이제 서로 헤어지면 언제 다시 가르침을 받을 수 있을지 모르겠소이다."

말을 마친 현덕이 그만 눈물을 줄줄 흘렸다.

장송이 속으로 생각하기를: '현덕이 이처럼 너그럽고 어질고 또 선비를 사랑하니, 내 어찌 이 사람을 저버리고 그냥 갈 수 있겠는가! 차라리 이 사람을 설득하여 서천을 취하도록 해야겠다!'

마침내 장송이 자신의 속마음을 털어놓기를: "이 송 역시 아침저녁으로 명공을 곁에서 모시고 싶지만 형편이 그렇지 못해 한스럽습니다. 제가 보기에 형주는 동쪽에는 손권이 항상 범처럼 도사리고 앉아서 넘보고 있고, 북쪽에는 조조가 항상 고래처럼 삼키려 하고 있으니, 아무래도 오래 머물러 있을 만한 곳이 못 됩니다."

현덕 曰: "나도 그런 줄은 진즉부터 알고 있으나 마땅히 갈 곳이 없으니 어찌하겠소."

장송 曰: "익주는 지형이 험하고 한쪽에 치우쳐 있는 요새인데다 비옥한 평야가 천리에 걸쳐 있고, 백성도 많고 나라도 부강하며, 지혜와 능력이 있는 인사들은 오래전부터 황숙의 덕을 흠모해 오고 있습니다. 만약 형주와 양양의 군사를 일으켜 서쪽으로 쳐들어가면 패업을 성취함은 물론 한(漢) 황실도 다시 일으킬 수 있을 것입니다."

현덕 曰: "이 비(備)가 어찌 그런 일을 감당할 수 있겠소? 더구나 익주목(益州牧: 유장) 역시 저와 같이 황실의 종친으로 촉 안에서 은덕을 베푼 지 오래되었으니, 다른 사람이 어찌 그것을 흔들 수 있겠소이까?"

장송 曰: "저는 주인을 팔아서 개인적인 영달을 추구하고 싶은 생각은 추호도 없습니다. 이제는 더 이상 제 속마음을 숨길 수가 없어 털어놓겠습니다. 유계옥(劉季玉: 유장)이 비록 지금 익주 땅을 차지하고 있지만, 그는 타고난 성품이 아둔하고 나약하여 현명하고 유능한 인사를 기용할 줄을 모릅니다. 게다가 북쪽의 장로가 항상 서천을 치려고 기회를 엿보고 있기 때문에, 민심이 흩어져서 다들 영명한 주인을 얻기를 원하고 있습니다.

제가 이번에 허도를 찾아간 것은 실은 조조에게 투항하여 서천의 평안을 얻기 위함이었는데, 뜻밖에 그 역적 놈이 오만한 간웅의 본색을 드러내며 어진 이를 깔보고 선비를 우습게 알기에 그렇게 해서는 안 되겠다는 절박한 심정에, 일부러 명공을 찾아와 뵙게 된 것입니다.

명공께서 먼저 서천을 취하시어 기틀을 삼으신 뒤 북쪽으로 한중(漢中)을 빼앗고 이어서 중원(中原)을 쳐서 거두시어 조정을 바로 잡으신다면 그 이름이 청사(靑史)에 길이 남으실 것이니 그보다 더 큰 공로가 어디 있겠습니까?

명공께서 만약 서천을 취하실 뜻이 있으시면 제가 견마지로를 다해 안에서 호응하고자 하는데 명공의 뜻은 어떤지 모르겠습니다."

현덕 曰: "공의 후의에는 깊이 감사드리나 아시다시피 유계옥과 나 유비는 같은 종친인데 만약 그를 공격한다면 세상 사람들이 모두 나에게 침 뱉고 욕을 할 것이오."

장송 曰: "대장부로서 세상을 살아가면서 공을 세우고 대업을 이루고자 한다면 달리는 말에 채찍을 가해 남보다 앞서서 행동을 해야(着鞭在先)만 가능할 뿐입니다. 만약 명공께서 지금 취하지 않으시면 틀림없이 다른 사람이 취해 버릴 테니, 그러면 그때 가서 후회해도 이미 늦는다는 것을 명심하십시오."

현덕 曰: "내 듣기로 촉으로 가는 길은 워낙 험하고 거칠어 천개의 산과 만개의 강이 가로막고 있으며, 수레가 바로 지나갈 수 없고 말 두 필이 고삐를 나란히 하여 갈 수 없을 정도로 좁다고 하니, 비록 치려고 한다 해도 무슨 좋은 계책이 있어 그곳으로 쳐들어간단 말이오?"

장송은 그제야 비로서 서천에서 출발할 때 은밀히 감추어 가져왔던 비밀 지도를 소매에서 꺼내어 현덕에게 건네주며 말하기를: "명공의 성덕(盛德)에 깊은 감명을 받아 감히 이 지도를 바칩니다. 이 지도를 보시면 촉으로 가는 길을 훤히 알 수 있을 것입니다."

현덕이 대충 살펴보니 그곳에는 촉 땅의 지리가 소상히 그려져 있을 뿐만 아니라 거리의 멀고 가까움, 넓이의 넓고 좁음, 산천과 요충지, 곳곳에 저장해 둔 양식과 물자 등이 일일이 분명하게 기재되어 있었다.

장송 曰: "명공께서는 일을 속히 도모하시는 것이 좋겠습니다. 저와 뜻을 함께 할 심복 친구 법정(法正)과 맹달(孟達) 두 사람이 있는데, 그들도 반드시 명공을 도울 것입니다. 제가 돌아가서 그 둘을 보낼 테니 그 사람들이 형주로 오거든 명공께서는 그들과 마음을 터놓고 의논하십시오."

현덕이 두 손을 모아 공손히 인사하며 말하기를: " '푸른 산은 늙지 않고 맑은 물은 길이 흐를 것입니다(青山不老 綠水長存).' 후일 일이 뜻대로 이루어지면 반드시 이 은혜를 후하게 갚겠습니다."

장송 曰: "이 송(松)이 밝은 주인을 만나 기쁨에 못 이겨 제가 알고 있는 것을 모조리 말씀드리지 않을 수 없어서일 뿐, 어찌 감히 보답을 바라겠습니까?"

말을 마친 두 사람은 작별했다. 공명은 운장 등에게 명하여 수십 리 밖까지 그를 호송 한 뒤 돌아오도록 했다.

익주로 돌아온 장송은 먼저 친구인 법정을 만났다.

법정의 자는 효직(孝直)으로 우부풍군(右扶風郡) 출신이며 현사(賢士)인 법진(法眞)의 아들이다.

장송은 법정에게 자세히 설명하기를: "조조는 현사들을 우습게 보고 오만하여 그와는 근심을 나눌 수 있을지언정 즐거움을 함께 할 수는 없네. 내 돌아오는 길에 유 황숙을 만나 보았는데 그는 조조와는 전혀 달랐네. 나는 유 황숙께 이미 익주를 바치겠다고 약조했네. 그래서 맨 먼저 자네와 의논하려고 온 것이네."

법정 曰: "나도 유장의 무능함을 보고 마음속으로 유 황숙을 생각한 지 오래 되었네. 우리 두 사람이 같은 생각이니 의논할 게 뭐 있겠나?"

잠시 후 맹달이 왔다. 맹달의 자는 자경(子慶)으로 법정과는 고향도 같다. 맹달이 들어오면서 법정과 장송이 은밀히 얘기하는 것을 보고 말하기를: "내 이미 두 사람의 뜻을 알고 있네. 바로 익주를 누군가에게 바치려는 것 아닌가!"

장송 曰: "맞네. 그러려는 참인데, 친구는 누구에게 바쳐야 한다고 생각하고 있는가?"

맹달 曰: "유현덕이 아니면 누가 있겠소."

세 사람은 박장대소를 했다.

법정이 장송에게 말하기를: "친구는 내일 유장을 보러가야 할 텐데, 어찌 할 작정인가?"

장송 曰: "내가 두 분을 사자로 천거할 테니 그대들이 형주로 가주시오."

두 사람은 고개를 끄덕였다.

다음 날 유장을 뵈러 장송이 들어가니, 유장이 묻기를: "갔던 일은 어찌 되었소?"

장송 曰: "조조는 한(漢)의 역적으로 천하를 찬탈하려는 마음만 갖고 있어 더불어 말할 위인이 아니었습니다. 그는 이미 우리 서천까지 빼앗으려는 마음을 품은 지 오래였습니다."

유정 曰: "그러면 우리는 어찌해야 좋겠소?"

장송 曰: "저에게 장로와 조조가 감히 서천을 쉽게 넘보지 못하게 할 한 가지 계책이 있습니다."

유장이 말하기를: "그 계책이 무엇이오?"

장송 曰: "형주의 유 황숙은 주공과 같은 황실의 종친인데다 그의 성품이 인자하고 너그러워 장자(長者)의 풍도가 있습니다. 적벽의 싸움에서 유비에게 패한 조조는 그의 이름만 들어도 간담이 서늘해진다고 하는데, 그까짓 장로쯤이야 말해 무엇 하겠습니까? 주공께서 유 황숙에게 사자를 보내 우호 관계를 맺으시고, 그로 하여금 밖에서 우리를 돕게 한다면 조조와 장로를 능히 막을 수 있을 것입니다."

유장 曰: "나 역시 그런 마음을 먹은 지 오래되었소. 그럼 누구를 사자로 보내는 것이 좋겠소?"

장송 曰: "법정과 맹달이 아니면 이 일을 해낼 수 없습니다."

유장이 즉시 그 두 사람을 들어오라고 하여 서신 한 통을 써 주며 먼저 법정을 사신으로 보내 현덕과 우호 관계를 잘 맺게 하고 이어서 맹달에게 정예병 5천 명을 거느리고 가서 현덕이 서천으로 들어오는 것을 잘 맞이하라고 분부했다.

한창 이런 상의를 하고 있을 때 문득 한 사람이 얼굴에 땀을 줄줄 흘리며 밖에서 뛰어들어와 큰 소리로 외치기를: "주공께서 만약 장송의 말을 들으시면 서천의 41개 주와 군은 바로 남의 손아귀에 들어가고 말 것입니다!"

깜짝 놀란 장송이 쳐다보니 그는 바로 황권(黃權)이었다. 그는 파서(巴西) 낭중(閬中) 출신으로 자를 공형(公衡)이라 했으며 현재 유장의 부중에서 주부(主簿) 벼슬을 하고 있었다.

유장이 묻기를: "현덕은 나와 종친이기에 나는 그와 손을 잡고 도움을 청하려 하는 것인데, 그대는 무슨 까닭으로 그런 소리를 하는가?"

황권 曰: "저도 유비가 사람을 너그럽게 대한다는 것을 잘 알고 있습니다. 그러나 유비는 부드러움으로 굳셈을 제압할 수 있는 힘이 있기 때문에 그를 대적할 영웅은 아무도 없습니다. 유비는 지금 먼 곳에 있는 사람들에게서는 인심을 얻고 있으며, 가까운 곳에 있는 백성들은 그에게 기대를 걸고 있습니다. 그에게는 또 제갈량·방통의 뛰어난 지모가 있고, 관우·장비·조운·황충·위연과 같은 용맹한 장수들을 날개로 삼고 있습니다.

만약 그를 촉으로 불러들여 주공께서 그를 부하로 취급한다면 유비가 어찌 몸을 굽혀 주공을 섬기며 소소한 일을 하려 할 것이며, 그렇다고 그를 손님으로 대접한다면 한 나라에 두 주인이 있는 셈이니 이를 어찌 용인한단 말씀입니까?

지금 이 신하의 말을 들으시면 서촉은 태산처럼 안전할 것이로되, 만약 듣지 않으시면 주공께서는 계란을 쌓아 놓은 것처럼 위태롭게(累卵之危)되실 것입니다. 장송은 허도에서 돌아오는 길에 형주를 거쳐 왔으니 틀림없이 유비와 무슨 계책을 꾸미고 왔을 것입니다. 먼저 장송의 목을 베시고 이어서 유비와의 관계를 끊는 것만이 천만다행으로 우리 서천을 위기에서 구할 수 있습니다."

유장 曰: "그러면 조조와 장로가 쳐들어오면 그들을 무슨 수로 막을 수 있는가?"

황권 曰: "국경을 폐쇄하고 요충지의 왕래를 단절시킨 뒤에 성벽을 높이 쌓고 해자를 깊게 파서 성을 굳게 지키면서 기다리면 적들은 저절로 물러날 것입니다."

유장 曰: "적의 군사들이 쳐들어와 눈썹을 태우는 것처럼 위급한 상황에서 그저 적들이 저절로 물러나기만을 기다린다는 것은 너무나 한심한 계책이 아닌가!"

황권의 말을 듣지 않고 유장이 법정을 형주로 보내려고 하는데, 또

한 사람이 나서며 말하기를: "안 됩니다. 절대로 안 됩니다!"

유장이 보니 그는 장전(帳前) 종사관 왕루(王累)였다.

왕루가 머리를 조아리며 말하기를: "주공께서 지금 장송의 말을 들으시면 그것은 바로 화를 자초하는 것입니다."

유장 曰: "그렇지 않다. 내가 유현덕과 결연을 맺으려는 것은 실로 장로를 막기 위함이니라."

왕루 曰: "장로가 국경을 침범하는 일은 쉽게 해결할 수 있는 하찮은 일(癬疥之疾)이지만 유비가 서천으로 들어오는 것은 내부에 숨어있는 치명적인 화근(心腹之患)과 같습니다. 더구나 유비는 세상이 다 아는 효웅(梟雄)으로 처음에는 조조를 섬기다가 곧바로 그를 해치려고 생각했고, 나중에 손권을 따르다가 곧바로 형주를 차지해 버렸습니다. 그의 마음 씀씀이가 그와 같은데 어찌 우리와 함께 할 수 있겠습니까? 지금 만약 그를 불러들인다면 서천은 바로 끝장입니다!"

유장이 꾸짖어 말하기를: "다시는 그런 소리 하지 마라! 현덕은 나의 종친인데 어찌 나의 기업을 빼앗으려 하겠느냐?"

곧바로 두 사람을 밖으로 끌어내라고 한 다음 곧바로 법정에게 출발하라고 명령했다.

익주를 떠난 법정이 곧장 형주로 가서 현덕에게 엎드려 절을 한 뒤 서신을 올렸다. 현덕이 봉투를 뜯고 서신을 읽어 보니, 그 내용은:

"집안의 아우 유장은 현덕 종형 장군 휘하에 두 번 절하며 이 글을 올립니다. 종형의 우레 같은 명성을 엎드려 사모한 지 오래되었으나, 촉(蜀) 땅의 길이 하도 험해 아무런 예물도 가져다드리지 못해 참으로 부끄럽고 황송하옵니다.

제가 듣기로 길흉(吉凶) 간에 서로 구해 주고 환난(患難) 중에 서로 돕는 것은 친구 사이에도 당연한 일이거늘 하물며 같은 종족 간에는 더 말할 나위가 있겠습니까?

지금 장로는 북쪽에서 조만간 군사를 일으켜 이 서천을 쳐들어오려고 하니 저는 마음이 매우 불안합니다.

사람을 보내 삼가 글월을 올리오니 종형께서는 부디 청을 들어주시기를 간절히 바랍니다. 종친의 정을 생각하시고 형제의 의리를 저버리지 않으신다면 즉시 군사를 일으키시어 미쳐 날뛰는 도적을 무찔러주십시오. 그리하여 입술과 이(脣齒)의 관계를 영원히 이어가 주신다면 그 은혜 잊지 않겠습니다.

글로써는 하고 싶은 말을 다 할 수 없으니 오직 군사를 이끌고 오시기만 고대하고 있겠습니다."

서신을 다 읽고 난 현덕은 매우 기뻐하며 연회를 베풀어 법정을 대접했다.

술이 몇 순배 돌자 현덕이 좌우를 물리치고 법정에게 은밀히 말하기를: "나는 효직(孝直: 법정)의 명성을 우러른 지 오래인데다 지난번 장 별가께서도 공의 성덕을 기리는 말을 많이 들었는데 이제 직접 만나서 가르침을 받게 되었으니 이보다 더 큰 영광이 어디 있겠소이까?"

법정이 고맙다고 인사를 하며 말하기를: "촉의 변변치 못한 관리에게는 너무나 과분한 칭찬이십니다. 제가 듣기로 '말은 백락(伯樂)[26]을 만나야 울고, 사람은 자신을 알아주는 사람을 만나야 그를 위해 목숨을 바친다(馬逢伯樂而嘶, 人逢知己而死).'고 했습니다. 지난번 장 별가가 드린 말씀에 대해 마음의 결정을 하셨습니까?"

26 춘추시대 진秦나라 사람으로 말을 잘 감별하기로 유명함. 후에 인재를 잘 발굴하여 등용하는 사람을 비유하기도 함. 역자 주

현덕 曰: “이 비(備)는 여태껏 남의 땅에 빌붙어 지내다 보니 서글픈 생각에 나도 모르게 한숨이 새어 나온 적이 한두 번이 아니었소. ‘굴뚝새도 깃들일 나뭇가지가 있고 토끼도 세 갈래 굴을 마련해 둔다고 하는데, 하물며 사람인 나는 어떤가!(鷦鷯尙存一枝, 狡兎猶藏三窟, 何況人乎)’하고요. 촉에는 남아도는 땅들이 많이 있다니 취하고 싶은 욕심이 없는 것은 아닌데 유계옥은 나의 종친이라 차마 도모할 수가 없으니…”

법정이 말하기를: “익주는 하늘이 주신 땅이라 난세를 다스릴만한 주인이 아니면 차지할 수 없는 곳입니다. 지금 유계옥은 현사를 쓸 줄 모르니 머지않아 그 땅은 장군이 아니더라도 다른 사람의 손에 들어가고야 말 것입니다. 게다가 오늘 장군께서 서신을 읽어 본 바와 같이 이것은 자신이 스스로 익주를 장군께 바치려고 하는 것이나 마찬가지인데 이런 기회를 놓쳐서는 안 됩니다. 토끼는 먼저 잡는 사람이 임자라는 말도 있지 않습니까? 장군께서 그 땅을 얻으시고자 한다면 저는 목숨을 바쳐서라도 돕겠습니다.”

현덕은 두 손을 모아 감사하다고 인사를 하며 말하기를: “이 문제는 천천히 상의해 보겠소.”

그날 연회가 끝나고 공명이 몸소 법정을 그가 머무를 숙소까지 바래다주었다. 현덕은 홀로 앉아 한참을 깊은 생각에 잠겨 있는데, 방통이 나서며 말하기를: “마땅히 결단을 내려야 할 때 결단을 내리지 못하면 어리석은 사람입니다. 고명하신 주공께서 어찌 이리도 망설임이 많으십니까?”

현덕이 묻기를: “공의 생각에는 어찌해야 좋을 것 같소?”

방통 曰: “형주의 동쪽에는 손권이 버티고 있고, 북쪽에는 조조가 호시탐탐 노리고 있으니 형주는 뜻을 펼치기가 어려운 곳입니다. 그러나 익주는 호구(戶口)가 백만 호에 이르고 땅은 넓고 물자는 풍부해 대업을 이루는데 이보다 더 좋은 곳이 없습니다. 더구나 지금 다행히도 장송과 법정이 안에서 돕겠다고 하니, 이는 곧 하늘이 주신 기회입니다. 이런 상황에서 도대체 망설일 까닭이 무엇입니까?"

현덕 曰: "지금까지 물과 불처럼 나와 맞서고 있는(水火相克) 사람은 바로 조조요. 조조가 급하게 서두를 때 나는 느긋하게 나가고, 조조가 포악할 때 나는 어질게 대했으며, 조조가 속임수를 쓸 때 나는 충직함으로 대하여, 매사에 그와 상반되게 했기 때문에 지금 이 정도라도 이루어낼 수 있었소. 작은 이익을 취하려고 천하 사람들에게 신의를 잃어버리는 일을 나는 차마 하지 못하겠소."

방통이 웃으며 말하기를: "주공의 말씀은 천하가 태평한 시절에는 하늘의 이치에 맞지만, 지금처럼 갈라지고 어지러운 세상에서 군사로써 힘을 다투는 상황에서는 한 가지 도리만 있는 것이 아니지요. 오히려 정상적인 시절에나 적용할 도리를 이런 어지러운 시기에 적용하려다 보면 반걸음도 앞으로 나아갈 수 없으니 지금이야말로 마땅히 때와 장소를 가려 임기응변을 할 줄 아는 권도(權道)를 따라야 합니다.

또한 '약한 나라를 합병하고 어리석은 자가 다스리는 나라는 공격하며(并弱攻昧), 무력으로 빼앗아 법으로 다스리는 것(逆取順守)'이 바로 탕왕(湯王)과 무왕(武王)의 방식이 아닙니까!

유장에 대한 의리 때문에 망설이신다면 그것은 대업을 다 이루신 뒤에 갚을 수도 있을 것입니다. 그때 가서 더 큰 나라를 그에게 다스리게 한다면 주공께서 신의를 저버린 게 무엇이 있겠습니까?

만약 이번에 서천을 취하지 않으시면 결국 다른 사람이 취하고 말 것이니 주공께서는 부디 이 점을 깊이 헤아려 주십시오."

방통의 말을 다 듣고 난 현덕은 크게 깨달아 말하기를: "공의 금석(金

取西蜀

石)과 같은 귀한 말씀 가슴 깊이 새기겠소!"

마침내 현덕은 공명도 함께 불러 군사를 일으켜 서천으로 갈 일을 상의했다.

공명 曰: "형주도 중요한 곳이니 마땅히 군사를 나누어 지켜야 합니다."

현덕 曰: "나는 방사원(龐士元: 방통)과 황충·위연과 함께 서천으로 갈 테니, 군사(軍師)께서는 관운장·장익덕·조자룡과 함께 형주를 지켜 주시오."

공명이 그리하겠다고 했다.

이리하여 공명이 형주 전체를 총괄한 가운데 관운장은 양양(襄陽)의 요로(要路)를 지키면서 청니애구(靑泥隘口)를 지키고, 장비는 네 군(四郡: 영릉·계양·무릉·장사)을 맡아 다스리며 장강을 순찰하고, 조운은 강릉(江陵)에 군사를 주둔시키고 공안(公安)을 지키도록 했다.

서천으로 떠나는 현덕은 황충을 선두 부대로 삼고, 위연을 후군으로, 자신은 유봉(劉封)·관평(關平)과 함께 중군이 되어 방통을 군사(軍師)로 삼아 거느리는 군사는 기병과 보병을 합쳐 5만 명이었다.

현덕이 군사를 거느리고 막 떠나려고 할 때 문득 요화(廖化)[27]가 한 무리의 군사를 이끌고 투항해 왔다. 현덕은 그에게 운장을 보좌하여 조조를 막도록 했다.

현덕이 군사를 거느리고 서천을 향해 출발한 것은 그해 동짓달이었다. 길을 떠난 지 얼마 되지 않아 맹달이 영접을 나왔다. 그는 현덕에게 절을 하고 유 익주께서 자신에게 군사 5천 명을 이끌고 멀리까지 가서

27 요화에 관한 내용은 제 27회를 참조 바람. 역자 주.

영접하라고 해서 왔다고 말했다.

현덕은 익주로 사람을 보내 자신이 군사를 거느리고 가고 있다는 소식을 보고하도록 했다. 유장은 곧바로 형주의 군사들이 지나는 주와 군에 서신을 보내 형주의 군사들에게 식량과 물자를 공급하도록 지시했다. 그리고 유장 자신이 직접 부성(涪城)까지 가서 현덕을 맞이하려고 수레와 장막, 기치와 갑옷 등을 충분히 준비하도록 명령했다.

주부 황권이 들어와서 간하기를: "주공께서 이번에 가시면 틀림없이 유비에게 해를 당하고 말 것입니다. 오랫동안 주공의 녹을 먹은 저로서는 차마 주공께서 그들의 간계에 빠지는 것을 보고만 있을 수는 없어 간하오니 제발 신중하게 생각하십시오."

장송 曰: "황권의 말은 종친간의 의리를 갈라놓고 우리 땅을 넘보는 도적들의 위세만 더해 줄 뿐으로 주공께는 조금도 이로움이 없을 것입니다."

이에 유장이 황권을 꾸짖기를: "내 뜻은 이미 정해졌거늘, 너는 어찌 거스르려 하느냐?"

황권이 머리를 바닥에 짓찧어 피를 흘리며 다가가 입으로 유장의 옷자락을 물며 제발 가지 말라고 간했다. 몹시 화가 난 유장이 옷자락을 잡아채며 일어섰다. 황권이 입에 문 옷자락을 끝까지 놓지 않으니 그의 앞니 두 개가 쑥 빠지고 말았다.

유장은 주위 사람들에게 호령하여 황권을 끌어내게 하자 황권은 대성통곡을 하며 물러갔다.

유장이 출발하려는데 한 사람이 외치기를: "주공께서는 어찌 황공형(黃公衡: 황권)의 충언을 듣지 않으시고 스스로 사지(死地)로 들어가려 하시옵니까?"

유장이 계단 앞에 엎드려 외치며 간하는 사람을 보니 그는 건영(建寧) 유원(愈元) 사람으로 성은 이(李), 이름은 회(恢)였다.

그는 머리를 조아리며 간하기를: "제가 듣기로 '임금에게는 잘못에 대하여 바른말로 간하는 신하기 있고(君有爭臣), 아비에게는 바른말로 간하는 자식이 있다(父有爭子).'고 합니다. 황공형의 충의(忠毅)의 말을 주공께서는 반드시 들으셔야 합니다. 만약 유비에게 서천으로 들어오게 허용하는 것은 마치 호랑이에게 문을 열어 주며 맞이하는 것과 다름없습니다."

유장 曰: "현덕은 나의 종형인데 어찌 나를 해치겠느냐? 다시 이런 말을 하는 자는 내 반드시 목을 벨 것이다!"

그는 좌우에 호통을 쳐 그를 끌어내도록 했다.

장송 曰: "지금 촉의 문신들은 그저 자신의 처자식만 생각할 뿐 주공을 위해서는 더 이상 힘을 쓰지 않고 있으며 장수들은 자신의 공(功)만 믿고 교만에 빠져 각기 딴 뜻을 품고 있습니다. 그러니 유 황숙의 힘을 빌리지 않으면 외부에서는 적이 쳐들어오고 내부에서는 백성들이 들고 일어날 것이니 이 촉 땅은 반드시 망하고 말 것입니다."

유장 曰: "역시 나라를 생각하고 나를 위해 주는 사람은 공뿐이오."

다음 날 유장이 말에 올라 유교문(楡橋門)을 나서는데 어떤 사람이 와서 고하기를: "종사(從事) 왕루(王累)가 자신의 몸을 꽁꽁 묶고 성문 꼭대기에 거꾸로 매달려 있는데, 한 손에는 간하는 글을 쥐고, 또 한 손에는 칼을 잡고서 만일 주공께서 자신이 간하는 말을 들어주지 않으시면 들고 있는 칼로 줄을 끊어 땅에 떨어져 죽어 버리겠다고 합니다."

유장이 그가 쥐고 있는 글을 가져오라고 해서 읽어 보니, 그 내용은:

"익주 종사 신(臣) 왕루는 피눈물을 흘리며 간절히 고합나이다. 듣기에, '좋은 약은 입에 쓰나 몸에 이롭고, 충언은 귀에 거슬리나 행함에 이롭다(良藥苦口利于病, 忠言逆耳利于行).'라고 하였나이다. 옛날 초(楚) 회왕(懷王)은 무관(武關)에서 열리는 회맹(會盟)에 참석하지 말라는 굴원(屈原)의 말을 듣지 않고 갔다가 결국 진왕(秦王)에게 붙잡혀 곤욕을 당했사옵니다.

지금 주공께서 경솔하게 성도(成都)를 떠나 부성(涪城)에서 유비를 맞이하려 하시는데, 가는 길은 있어도 돌아오는 길은 없을까 실로 두렵사옵니다. 만약 저잣거리에서 장송의 목을 베시더라도 유비와의 약속만 끊을 수 있다면 촉 땅의 모든 백성들을 위해서도 다행일 것이며 주공의 기업을 위해서도 역시 큰 다행일 것이옵나이다."

글을 다 읽고 난 유장은 버럭 화를 내며 말하기를: "나는 어진 이를 만나 지초(芝草)와 난초(蘭草)처럼 돈독한 우정을 나누려는 것인데 너는 어찌하여 번번이 나를 모욕하는 것이냐?"

그 말이 미처 끝나기도 전에 왕루는 외마디 소리를 지르며 스스로 매고 있던 줄을 끊어 땅에 떨어져 그 자리에서 즉사하고 말았다.

후세 사람이 이를 탄식한 시가 있으니:

성문에 거꾸로 매달려 간하는 글을 바쳐	倒卦城門捧諫章
목숨을 버림으로써 유장에게 보답했다네	拼將一死報劉璋
이 부러진 황권 결국 유비에게 항복하니	黃權折齒終降備
곧은 절개야 어찌 왕루와 비교가 되겠나	矢節何如王累剛

유장은 3만 명의 군사를 거느리고 부성으로 가는데, 그 뒤에는 현덕을 영접하기 위한 군량미와 군수 물자 그리고 비단 등을 실은 천여 대의

수레가 따르고 있었다.

이때 현덕의 선두 부대는 이미 숙저(塾沮)에 당도해 있었다. 그들이 이르는 곳마다 군사들에게 필요한 모든 물자는 서천의 주와 군에서 공급해 주었으며, 백성들의 물건을 털끝 하나라도 건드린 자는 목을 베겠다는 현덕의 엄명에 따라 백성을 침범하는 일이 추호도 없었다.

그러니 백성들은 노인들은 부축하고 어린애들은 손을 잡고 모두 길가로 나와서 환영을 하고 향을 피우며 절을 했다. 현덕은 이들에게 일일이 좋은 말로 위로해 주고 안심시켰다.

법정이 방통에게 은밀히 말하기를: "장송에게서 밀서가 왔는데 부성에서 유장을 만나는 자리에서 도모해야 하며 그 기회를 절대 놓쳐서는 안 될 것이라고 했습니다."

방통 曰: "당분간 그 일은 누구에게도 말하지 마시오. 우리 주공과 유장이 만난 뒤 기회를 보아 일을 도모하겠소. 만약 사전에 이 일이 누설되면 도중에 어떤 변고가 일어날지 모르오."

법정 역시 이 일을 비밀로 하고 더 이상 입 밖에 내지 않았다.

부성은 성도에서 360리 떨어진 곳이다. 이미 부성에 도착한 유장은 사람을 보내 현덕을 영접하도록 했다. 양쪽의 군사는 모두 부성의 위쪽에 주둔했다.

현덕이 마침내 성 안으로 들어가 유장을 만났다. 서로 형제간의 정을 나누고 예를 마치자 현덕이 눈물을 뿌리며 마음에서 우러나오는 참된 정을 나눴다.

연회가 끝나고 각자 자신의 영채로 돌아와 쉬었다.

유장이 여러 관원들에게 말하기를: "황권과 왕루 같은 자들이 참으로 가소롭지 않느냐! 우리 종형(宗兄)의 마음도 모르면서 함부로 의심을 하다니, 내가 오늘 본 현덕은 참으로 인의(仁義)의 사람이구나! 내 외부의 지원군으로 든든한 그를 얻었으니 어찌 조조와 장로 따위를 걱정하겠느냐? 장송이 아니었더라면 일을 그르칠 뻔했다."

그러고는 입고 있던 녹색 전포를 벗어 황금 5백 냥과 함께 성도에 남아 있는 장송에게 내려주도록 했다.

이때 부하 참모인 유괴(劉璝)·영포(泠苞)·장임(張任)·등현(鄧賢) 등 일반 문무 관원들이 고하기를: "주공, 아직 기뻐하기는 너무 이릅니다. 유비는 보기에는 부드러운 것 같지만 실은 강한 사람이라 그의 속마음을 헤아리기 어렵습니다. 경계를 풀어서는 안 됩니다."

유장이 웃으며 말하기를: "너희들은 무슨 걱정이 그리도 많으냐? 우리 형님이 두 마음을 품겠는가!"

관원들은 모두 탄식을 하며 물러갔다.

한편 현덕이 영채로 돌아오자 방통이 들어와서 말하기를: "주공께서는 오늘 연회 자리에서 유계옥의 동정을 보셨습니까?"

현덕 曰: "계옥은 참으로 성실한 사람이더군."

방통 曰: "계옥은 비록 좋은 사람처럼 보였지만 그의 신하 유괴·장임 등은 모두 얼굴에 불만의 기색이 역력했으니 앞으로 어떤 일이 벌어질지는 아무도 예상할 수 없습니다. 그래서 제가 생각한 계책은 내일 계옥을 불러 연회를 베풀되 미리 벽의 커튼 뒤에 도부수 1백 명을 숨겨 두었다가 주공께서 술잔을 던지는 것을 신호로 일제히 뛰쳐나와 그를 죽여 버리는 것입니다. 그런 다음에 일제히 성도로 쳐들어가면 칼을 칼집에서 뽑지 않고 화살을 시위에 얹을 필요도 없이 가만히 앉아서 서천을 평정할 수 있을 것입니다."

현덕 曰: "계옥은 나의 종친으로 성심성의껏 나를 대우해 주고 있소. 게다가 나는 막 촉 땅에 들어와 백성들에게 은혜도 베풀지 못했고 신뢰도 얻지 못했는데, 내가 만약 그런 일을 저지른다면 위로는 하늘이 용납하지 않을 것이며 아래로는 백성들의 원성만 살 뿐이오. 공의 이번 계책은 아무리 무력으로 천하를 다스리는 자라 하더라도 쓰지 않을 것이오."

방통 曰: "이것은 저의 계책이 아닙니다. 법정이 장송의 밀서를 받았는데 그가 거사를 지체하면 안 되니 가능한 한 빨리 도모하라고 했습니다."

말이 끝나기도 전에 법정이 들어와서 말하기를: "저희들이 이렇게 서두르는 것은 결코 우리 자신들을 위한 것이 아니라 천명(天命)을 따르려는 것입니다."

현덕 曰: "유계옥은 나의 종친인데 차마 나는 그렇게 할 수 없소."

법정 曰: "명공께서 잘못 생각하고 계십니다. 만약 그렇게 하지 않으면 장로가 그의 어미를 죽인 원수인 촉을 빼앗고 말 것입니다. 명공께서는 멀리서 산 넘고 물을 건너 군사를 거느리고 이곳까지 오셨으니, 이제는 앞으로 나아가면 공을 세울 수 있지만, 뒤로 물러서면 아무것도 얻을 수 없습니다. 공연한 망설임과 의심으로 시간만 끌다 보면 거사는 실패할 것이고, 비밀 계책이 누설되는 날에는 도리어 저들에게 당하게 될 것입니다.

하늘과 사람이 모두 주공에게 돌려주려고 하는 이런 기회를 이용하여 저들이 전혀 생각하지 못하고 있을 때 신속하게 일을 해치워 조속히 기업(基業)을 세우시는 것이 실로 상책입니다."

방통 역시 재삼 권했다.

이야말로:

주인은 몇 번이고 너그럽고 관대한데	人主幾番存厚道
신하들은 그저 권모술수만 쓰려 하네	才臣一意進權謀

현덕의 마음이 어떠한지 궁금하거든 다음 회를 기대하시라.

삼국지연의3 _적벽대전

초판 인쇄 2022년 8월 23일
초판 발행 2022년 8월 29일

지 은 이 나관중
옮 긴 이 김민수
펴 낸 이 김재광
펴 낸 곳 솔과학
등 록 제10-140호 1997년 2월 22일
주 소 서울특별시 마포구 독막로 295번지 302호(염리동 삼부골든타워)
전 화 02-714-8655
팩 스 02-711-4656
E-mail solkwahak@hanmail.net

ISBN 979-11-92404-10-3 (04820)

값 20,000원